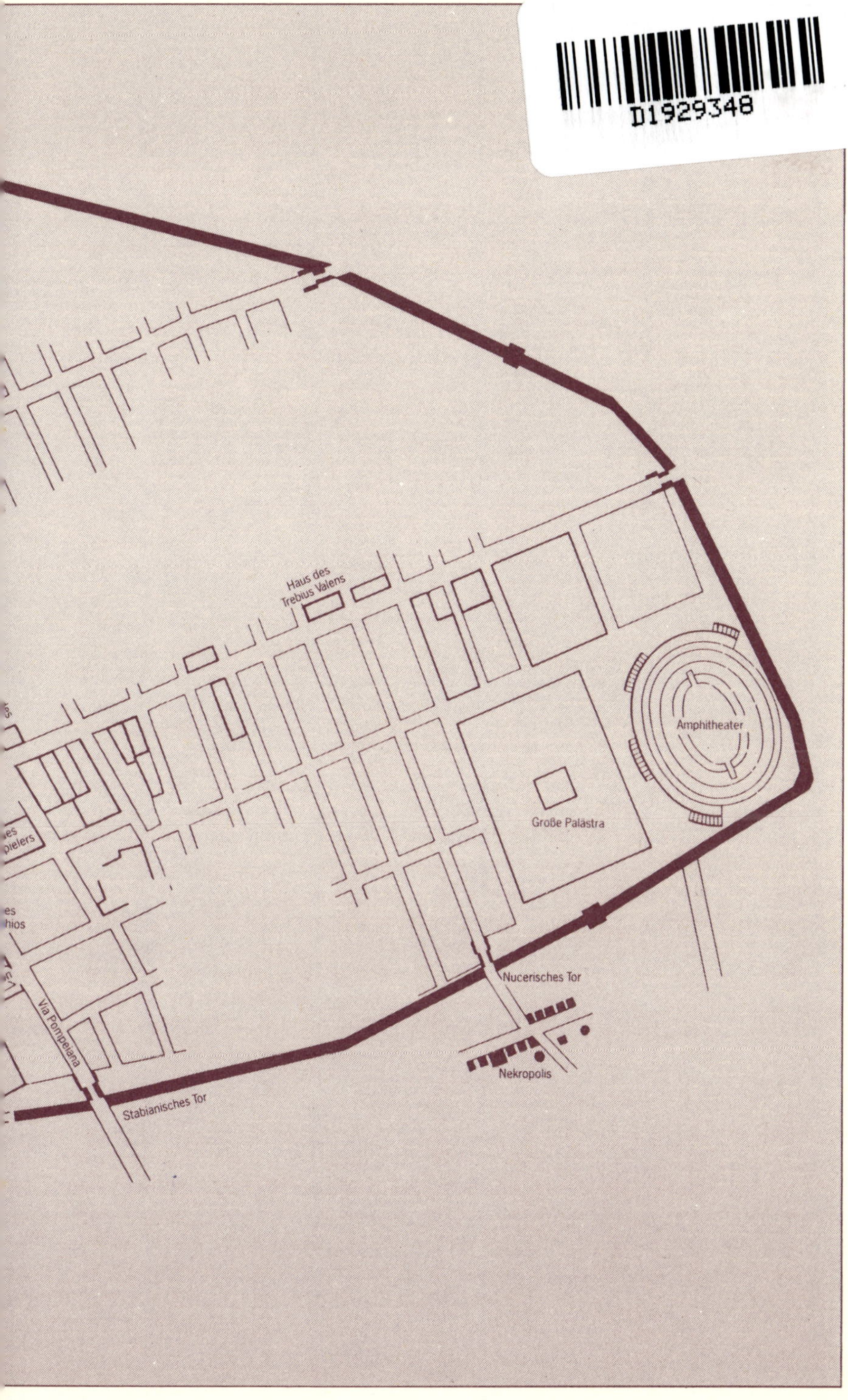
Haus des
Trebius Valens
Amphitheater
Große Palästra
Nucerisches Tor
Nekropolis
Via Pompeiana
Stabianisches Tor

Philipp Vandenberg
Der Pompejaner

Philipp Vandenberg

# Der Pompejaner

Historischer Roman

Gustav Lübbe Verlag

Schutzumschlag: Manfred Peters,
Bergisch Gladbach, unter Verwendung eines Fotos
von © Leonard von Matt, Buochs (Schweiz):
Wandgemälde Umgebung Villa Boscotrecase, Pompeji.
Satz: ICS Communikations-Service,
Bergisch Gladbach
Druck und Einband: May & Co., Darmstadt

Printed in West Germany
ISBN 3-7857-0440-2

# 1

Das Jahr war noch jung, und am Morgen sandte Neptun vom Meer her den lauen Favonius, einen kräftigen Westwind. Wie in jedem Jahr um die Iden des Februarius, wenn Sonnengott Sol, der beim Wagenrennen im Circus den Viergespannen die Spur weist, in das Sternbild des Wassermanns tritt, brachte der Favonius die Schnee und Hagel treibenden Winde Aquilo und Corno zum Schweigen, pustete sie wirbelnd zurück in den asiatischen Osten oder den unwirtlichen Norden Germaniens, um dann, kurz vor den Kalenden des Martius, dem Chelidonias das Feld zu räumen, dem Schwalbenwind, der seinen Namen hat, weil um diese Zeit die Schwalben um die Giebel der Tempel schießen wie asiatische Pfeile.

Ein strahlender Himmel verfärbte die Hänge des Vesuv milchigblau; die Schatten der Häuserzeilen wurden kürzer, und die Quader der Straßen und Plätze sogen die Frühlingssonne auf. Zögernd kamen die Pompejaner aus ihren Häusern, Männer strebten zum Forum, gierig nach Neuigkeiten, während Frauen auf dem angrenzenden Macellum die Preise von Fleisch, Fisch und schwarzen Bohnen verglichen.

Glückliches Pompeji, samtweiche Quitte im Garten der Venus, wohlhabendste aller campanischen Städte und Lieblingskind der römischen Mutter, anmutig, verhätschelt wie Amphitrite auf dem Delphin, obwohl doch Poseidon, der geile Räuber, kein Gott der Römer war, sondern ein Grieche! Aber der sprichwörtliche Stolz der Pompejaner machte vor der Vergangenheit nicht halt, im Gegenteil: Jedes Kind in Pompeji sprach Lateinisch und Griechisch und konnte seinen Homer hersagen, weil es Schrift und Sprache in der Schule lernte und weil, wie die Alten ihren Kindern erzählten, Pompejis aufrechte Ahnen am Fuße des Berges den delischen Apollon verehrten, den Gott des Lichtes und der Weissagung, während das römische Völkchen noch im Dunkeln tappte – kulturlose Plebs! Auch samnitische Besatzer, denen die Pompejaner nachfolgend Treue schworen, schwören mußten, vermochten jenes Selbstwertgefühl nicht zu brechen, und Sulla, der »Glückliche« – wie er selbst immer wieder zu betonen pflegte –, tat gut daran, den Kuhhandel seiner Veteranen zu tolerieren, die das geschenkte pompejanische Land nie betraten, sondern es ohne Verzug den ursprünglichen Besitzern zurückverkauften, dem Mercurius sei Dank. An Geld mangelte es nie in Pompeji, und so blieb man weitgehend unter sich, gönnte den römischen Massen das kostenlose Getreide und die Willkür ihrer Cäsaren.

»In Rom erzählen sich die Leute, der Göttliche habe einen Flötenspieler bestochen, damit der behaupte, mit der Kaiserin ein Verhältnis zu haben«, sagte Vesonius Primus, während er mit seinem Begleiter in die Straße der Fortuna einbog.

»Das ist immer noch besser, als sie umzubringen, wie er es mit seiner Mutter getan hat!« Terentius Proculus war ein Freund des Vesonius; sie hatten denselben griechischen Schulmeister gehabt und galten seither als unzertrennlich. »Wer sagt's?« fügte Terentius hinzu.

»Nigidius.«

Terentius blies verächtlich durch die Lippen. Er haßte diesen Nigidius, einen typischen Römer, arrogant und kaltschnäuzig. Nicht, daß er ihm je etwas getan hätte, nein! Aber die Art, wie er aus seiner Sänfte hervorlugte, den Mund zu einem maskenhaften Grinsen verzogen, ließ ihn erschauern. Daß er, Nigidius, der Römer, in Pompeji eine Großbäckerei mit drei Mühlen betrieb, sei hier nur deshalb erwähnt, weil auch Terentius Bäcker war – nur buk der etwas kleinere Brötchen.

»Er hat die besten Verbindungen«, begann Vesonius aufs neue. »Wer wußte als erster von Poppäas Liaison mit dem Göttlichen? – Nigidius! Wer posaunte laut heraus, der Cäsar werde sich von Octavia scheiden lassen? – Nigidius!« Vesonius Primus, der in Pompeji bekannt war, weil er, seinem Stand als Färberei-Unternehmer gemäß, täglich eine andersfarbige Toga zu tragen pflegte, versuchte das peinliche Schweigen des Freundes zu übergehen, indem er ihn in die Seite puffte und mit einer ruckartigen Bewegung des Kopfes zur anderen Straßenseite zeigte: »Ululitremulus! Wen die Götter mit diesem Namen strafen, der kann nur Schauspieler sein. Schauspieler!« Vesonius war entrüstet.

Am Tempel der Fortuna Augusta, einem eleganten Marmorbau mit vier hohen korinthischen Säulen, an dessen Eingangsstufen das ewige Feuer zu Ehren des *pater patriae* loderte, wandten sich die beiden nach Süden zur Straße des Forums, in der dichtes Gedränge herrschte. Jetzt machten sich die beiden Sklaven der angesehenen Männer bemerkbar, die ihren Herren bisher wortlos vorangegangen waren: »Platz da für meinen Herrn Vesonius Primus!« – »Aus dem Weg, mein Herr Terentius Proculus kommt, der Bäcker!« Ein ums andere Mal wiederholten sie ihren Ruf, und wo immer die Warnung ihre Wirkung verfehlte, nahmen die Sklaven ihre Ellbogen zu Hilfe und schubsten im Wege Stehende beiseite.

»Um ganz sicher zu gehen«, raunte Vesonius seinem Schulfreund hinter vorgehaltener Hand zu, »soll der Göttliche in seinem Scheidebrief Octavia der Unfruchtbarkeit beschuldigt haben . . .«

Terentius hob die Schultern: »Nach neun Jahren Ehe? Kein Wunder! *Ex nihilo nihil!*«

Vesonius schüttelte den Kopf: »Es soll gar nicht an Octavia liegen, meint Nigidius.«

»Nigidius, Nigidius, Nigidius!« platzte Terentius heraus. »Er war wohl dabei, dieser Pfau aus dem Ei einer Henne?«

Indigniert steckte Vesonius die Hände in die Ärmel seiner zartgelben Toga und murmelte irgend etwas von einem Gerücht, das er wiedergebe, in den Stabianer Thermen rede man ganz offen darüber, aber wenn es ihn nicht interessiere, dann werde er eben still sein und die Sonne auf seinem spiegelnden Schädel genießen. Er habe gedacht, man sei befreundet, sei's drum.

»Nun sei doch nicht gleich beleidigt!» versuchte Terentius den Freund aufzumuntern, und beinahe wäre er Opfer eines Zusammenstoßes geworden, weil ein störrischer Esel wie von Furien gehetzt auf sie zustürmte, daß die Menschen schreiend auseinanderstoben; auch Terentius konnte gerade noch ausweichen.

Vesonius lachte. »Wohl einer aus Poppäas Herde!«

»Kaum!« erwiderte Terentius. »Poppäas Esel sind auf dem Landgut vor den Toren der Stadt. Es sollen über fünfhundert sein.«

»Dann stimmt es wirklich, wenn die Leute sich erzählen, sie bade jeden Tag in Eselsmilch?«

»Siehst du einen anderen Grund, sich ein halbes Tausend Esel zu halten?«

Terentius und Vesonius überquerten die Straße der Augustalen und betraten beim Jupitertempel das Forum.

»Ich kann mich noch gut an ihre Mutter erinnern, sie lebte mit ihrem Mann Quintus nahe dem Odeon und der Gladiatorenkaserne. Ein schönes Haus!«

»Und eine schöne Frau!« fügte Vesonius hinzu.

»Den Poppäern gehören immer noch vier Häuser in der Stadt, obgleich sie doch schon lange nicht mehr hier leben. Die junge Poppäa habe ich nie gesehen.«

»Sie soll schön sein wie Venus, und ihr Liebreiz soll sogar schon Männer zur Raserei gebracht haben, die bis dahin in pausbäckigen Knaben das schönere Ideal erkannten.«

»Du meinst Otho.«

»Ach was, Otho ist ein Dummkopf, und ich verstehe einfach nicht, was Poppäa Sabina an diesem Laffen finden konnte! Das einzige, was er hat, sind gute Kontakte zum Kaiser.«

»Eben«, stellte Terentius fest, »eben. Poppäa hatte es von vorneherein auf den Kaiser abgesehen.«

»Und er auf sie!«

»Und er auf sie«, wiederholte Terentius. »Warum, glaubst du, hat er Otho als Statthalter nach Lusitanien geschickt, nach Lusitanien hinter den Säulen des Herkules?«

Beide lachten und verdrehten die Augen himmelwärts. Vom Macellum wehte schneidender Fischgeruch und mischte sich mit dem pestilenzialischen Gestank warmer Innereien. Das Geschrei der Händler – wohl hundert trafen sich hier jeden Vormittag – wurde lauter, je näher die Mittagsstunde kam, denn frische Ware, die nicht am selben Tag verkauft werden konnte, mußte vernichtet werden. Darüber wachten die Marktaufseher.

*Macellum*, das war mehr als eine einfache Markthalle, in der Händler vom Land Waren feilboten. Die Markthalle nahm eine ganze Straßenzeile ein. Unter ihrem lichten Gebälk erhob sich eine

Rotunde mit zwölf Säulen, die eine Kugel trugen, darunter ein Marmorbecken mit Fischen, den größten und schmackhaftesten, welche das Mittelmeer hergab. Die Händler wurden in gemauerte Kojen an den Außenwänden der Halle gedrängt. Eine Ecke blieb allerlei Kleintieren, Geflügel, Schafen und Ziegen vorbehalten. Welch unbeschreiblicher Lärm!

Aphrodisius, der Freigelassene des steinreichen Bankiers Lucius Cäcilius Serenus, ein drahtiger, schlanker Bursche mit einem breiten Schädel, der seine fremdländische Herkunft verriet, drängte von Händler zu Händler, schüttelte Münzen in einer bronzenen Schale und mahnte mit dem Ausruf »*Mercatus, mercatus!*« zur Abgabe der Standmiete. Scherzend fand er für jeden ein gutes Wort; auch für den Fleischer, der, das Mietgeld mißmutig in die Schale werfend, auf einem Berg Flachsenfleisch sitzengeblieben war.

»Vielleicht nimmt dir Scaurus das Zeug ab?« meinte Aphrodisius lachend, »es stinkt ja schon!« Scaurus, unter Kaiser Claudius Duumvir, war durch den Gestank fauliger Innereien und Fische zum reichen Mann geworden; sein *garum pompejanum*, eine salzige Würzsoße, wurde in alle Welt exportiert, was der Stadt hohe Steuereinnahmen, aber auch den Ruf der Genußsucht einbrachte. Am Salztor, wo die Maultiertreiber das am Ufer des Meeres gewonnene Salz abluden und die wenig vornehmen Bewohner des Viertels den Namen *Salienses* trugen, produzierte Scaurus seine würzige Soße unter freiem Himmel. Gesalzene Fisch- und Fleischreste faulten in riesigen Zisternen, in der Hauptsache Makrelen und Thunfische und Innereien von Schlachttieren. Nach Wochen des Reifens über dem Feuer eingedickt, zauberte Scaurus dann unter Zusetzung von saurer Milch die vielgefragte Soße, doch das genaue Wie blieb sein Geheimnis.

Die Schafe des Kleintierhändlers Statius blökten laut, einige rannten blind gegen den Pferch, daß die Einfriedung zu splittern drohte. »Sie fürchten wohl deinen Dolch?« rief Aphrodisius dem Kleintierhändler zu, der seine Tiere vor den Augen des Käufers abzustechen pflegte. Der konnte nicht einmal antworten, sondern warf Aphrodisius nur das Standgeld zu, weil sich ein buntscheckiger Hahn aus seinen Fesseln befreit hatte und unter ohrenbetäubendem

Kreischen das Weite suchte. Einem dunkelhäutigen asiatischen Sklaven, der das wild flatternde Federvieh mit ausgebreiteten Armen aufzuhalten versuchte, flog der in Todesangst schreiende Vogel ins Gesicht, hackte und kratzte, daß der Sklave blutüberströmt von seinem Vorhaben abließ. Der Vorfall versetzte zudem auch die übrigen Tiere im Macellum in Aufregung, das Blöken der Schafe, das Brüllen der Kälber, das Kreischen der Hühner und das Zischen der Gänse wuchs zur Unerträglichkeit, und viele der Matronen, die mit ihren Sklaven Einkäufe verrichteten, drängten ängstlich ins Freie.

»Beim Bacchus!« rief Aphrodisius. »Als ob die Mänaden hinter ihnen her wären!«

Vor dem Eingang zur Markthalle, den zur Rechten eine Wechselstube, zur Linken eine Schenke flankierte, gaffte eine johlende Menschentraube auf eine Frau von behaglicher Üppigkeit, die, auf einem umgestülpten Korb stehend, die Fäuste in die Hüften gestemmt, das zottige schwarze Haar von Zeit zu Zeit zornig aus dem Gesicht schleudernd, lautstark die Vorzüge des Vibius Severus pries, eines Mannes, der aufgrund seiner Lauterkeit für das Ädilenamt prädestiniert sei.

Ascula hieß das begehrliche Weib, die Frau des Schankwirtes Lucius Vetutius Placidus, und jeder Mann in Pompeji kannte ihren Namen, der im schlampigen Dialekt der Pompejaner (über den sich vor allem die Römer lustig machten, weil er die Hälfte aller Vokale verschluckte) »Ascla« ausgesprochen wurde. »Ascla«, das klang wie ein Schnalzen mit der Zunge, wie ein Laut der Bewunderung für eine Frau, der mancher einen Weinberg am Vesuv geopfert hätte, hätte sie ihn auch nur ein einziges Mal erhört. *Sed varium et mutabile semper femina:* Ascula, die zwischen modrigen Weinfässern und öligen Pfannen bei den Gästen von Placidus' Schänke tagtäglich aufs neue Begehren erweckte, die enggeschnürt und breitbrüstig wie Diana zwischen den rohen Holztischen tänzelte, sie schien ein Ausbund von Tugend; jedenfalls hatte man noch nie, auch nicht gerüchteweise, von irgend etwas Anstößigem gehört.

Vielleicht lag es daran, daß Ascula ebenso begehrt wie gefürchtet war, daß bei ihr sich Schönheit und Klugheit paarten wie einst bei Agrippina, der Mutter des Göttlichen, und daß ein wohlhabender und konservativer Pompejaner gemeinhin Jupiter anrief und zwei Täubchen opferte, wenn ein Frauenzimmer eine politische Meinung vertrat. *O tempora, o mores!* Doch genau das tat die schöne Ascula, und ein Kandidat, der ihre Unterstützung fand, konnte sich seiner Wahl sicher sein.

»Wenn ich für Vibius Severus spreche«, rief Ascula von ihrem Weidenkorb-Podest, »so deshalb, weil Severus einen feierlichen Eid geschworen hat, sein Amt, sollte er gewählt werden, zum Wohle *aller* auszuüben, weil er geschworen hat, bei der Aufsicht über Tempel, Straßen und Märkte nicht das Wohl des einzelnen zu berücksichtigen oder jenes Mannes, aus dessen Hand das höchste Bestechungsgeld fließt, weil er geschworen hat, Hände abzuhacken, die sich ihm mit schmutzigen Geldern entgegenstrecken!«

»Severus für das Ädilenamt«, schallte es vereinzelt aus der Menge, »wir wollen Severus!«, und Vesonius und Proculus, die die Rede der Schankwirtin interessiert verfolgten, verrenkten ihre Hälse nach den Beifallklatschern, um zu sehen, ob sie nicht zu jenen gehörten, deren lautstarke Zustimmung man hundertfach auf dem Forum kaufen konnte.

»Du hast es nötig«, krächzte ein ältliches Männchen, das Reizen wie denen der Ascula zeit seines Lebens abhold gewesen zu sein schien, »predigst Lauterkeit und Gerechtigkeit und schenkst in deiner Kaschemme den erdigen Vesuv-Wein als samtigen Falerner aus. Bacchus möge dich strafen!«

Das aber war der schönen Wirtin zuviel. Sie stieg einen Schritt von ihrem Weidenkorb herab, angelte sich das Männchen, das ängstlich die Ellenbogen vor das Gesicht hielt wie ein Kind, welches die Schläge des Schulmeisters fürchtet, und schob mit kräftigen Armen den Alten auf den Korb. »Da, seht sie euch an, diese weinerliche Kreatur, der Priaps das Gemüt eines Weibes in die Wiege gelegt hat, reißt das Maul auf wie ein Herold bei der Ankündigung von Spielen! Also rede, welche Klage hast du gegen mich vorzubringen?« Dabei schüttelte Ascula den Alten, daß man fürchten mußte, Kopf und Arme würden von dem klapprigen Mann abfallen. Die Zuhörer johlten vor Vergnügen.

»Du Sohn eines Storchs und einer abgehalfterten Hure aus dem Lupanar«, ereiferte sich Ascula, »kannst du überhaupt Ziegenmilch von Rebensaft unterscheiden? Ich will dir sagen, und euch allen, die ihr mir zuhört: In Placidus' Schenke wird nur Falerner ausgeschenkt, der diesen Namen verdient, Wein aus den Gärten der Vibier und Arrier, die zwischen der sechsten und siebzehnten Meile der Via Appia liegen. Und jetzt verschwinde!«

Wütend stieß Ascula den Alten von ihrem Podest, daß er in die Menge stolperte, wo er von einem zum andern geschubst wurde, bis es ihm gelang, sich mühsam freizukämpfen.

»Ich stehe freilich nicht hier«, begann die Wirtin von neuem, »um euch die Vorzüge des roten Falerners zu erklären, die kennt ihr Männer von Pompeji besser als die Römer, die noch immer, wie vor hundert Jahren, den Wein mit Wasser vermischen. Ich will euch vielmehr erklären, warum Vibius Severus der rechte Mann für das Amt des Ädilen ist.«

»Er ist ein Freigelassener, ein Libertinus, und seinem Herrn Valens zu Ehrerbietung und Gehorsam verpflichtet«, wandte der wohlbeleibte Viehzüchter Marcus Postumus ein. »Er ist, beim Jupiter, nicht Herr seiner Entschlüsse!«

»Er *ist* Herr seiner Entschlüsse, und unsere Gesetze erlauben ihm die Ausübung dieses Amtes!« erwiderte Ascula. »Vielleicht ist er sogar unabhängiger als du, Postumus – jedenfalls muß Severus nicht immer erst seine Frau fragen, bevor er eine Entscheidung trifft!«

Da lachten die Umstehenden laut und klatschten in die Hände, und der dicke Postumus drängte mit hochrotem Kopf aus der Menge.

»Pompejaner«, begann Ascula abermals, »wenn ich hier für Severus spreche, so nicht wegen des eigenen Vorteils . . .«

Die Schankwirtin hielt inne, sie starrte erschreckt zum Himmel, von wo ein heiseres Quäken zu hören war, ja, jetzt hörten es alle, einen furchtbaren, klagenden Gesang. Doch noch ehe die Menschen nach der Ursache sehen konnten, krachte ein großes, helles Etwas gegen das hohe Portal des Macellums, man sah einen Blutspritzer und Federn zerstäuben, dann klatschte ein Körper lautstark zu Boden. »Ein Schwan, ein Schwan!« ging es wie ein Aufschrei durch die Menge, und eine alte Frau reckte die Arme gen Himmel und rief: »Jupiter sei mit uns, das bedeutet nichts Gutes!«

Das betroffene Schweigen, die Ratlosigkeit, mit der die aufgebrachten Pompejaner der ungewöhnlichen Situation zunächst begegneten, wich schon bald einem wilden Schreien, Rufen und Gestikulieren. Ein jeder wollte das Tier aus einer anderen Richtung kommen gesehen haben, vom Westen, vom Meer, vom Norden, vom Averner See, ja, einige behaupteten sogar, der Schwan sei senkrecht vom Himmel gestürzt, ein Zugtier vom Wagen des Apollon. Doch als Marcus Holconius Rufus das Wort ergriff, ein weißhaariger Priester des Jupiter, der in seinem Leben schon alle Ämter und Würden der Stadt bekleidet hatte, da schwieg das erregte Menschenrund von einem Augenblick auf den anderen.

Er habe, erklärte Rufus mit zitternder Stimme, schon viele Boten des Unheils gesehen, Opferstiere, deren Herzen auf der falschen Seite lagen, die Leber von Lämmern ohne Fortsatz, Blitze aus dem Unglück verheißenden Nordwesten, aber dies sei das schrecklichste aller Vorzeichen, mögen die Götter Pompeji gnädig sein.

Zerfetzt wie nach einem Kampf mit dem Adler der Berge lag das stolze Tier auf dem Marmorboden des Forums, ein Bild des Todes und der Verwüstung. Ekel überkam die Pompejaner. Rufus aber, dessen Alter selbst ihm ein Geheimnis war, weil er seine Eltern nicht kannte, Rufus weinte im Anblick des Kadavers, und er verkündete unter Tränen, daß ein Schwan nur einmal in seinem Leben singe, nämlich im Sterben, und daß dieser Schwan freiwillig den Tod gesucht habe, um einer düsteren Zukunft zu entgehen.

Da wandten sich viele ab, denen das abgründige Orakel Furcht einflößte, unter ihnen auch Terentius und Vesonius.

In Pompeji konnte jeder Wanderwahrsager ein Vermögen verdienen, sagte er nur den Leuten Gutes voraus, denn Pompeji war eine Stadt der Lebensfreude, und für Unglück, Leid und Mißerfolge schien kein Platz. Mehr als einer dieser Unglückspropheten wurde aus der Stadt geprügelt, weil man nicht hören wollte, was nicht geschehen sollte. Und Marcus Holconius Rufus, den Priester des Jupiter, bewahrten nur sein Alter und seine Weisheit vor einem ähnlichen Schicksal.

Aphrodisius hatte die Worte des Alten mit pochendem Herzen vernommen; er trat an Rufus heran und fragte: »Sprich, wie sollen wir den Zorn der Götter besänftigen?«

»Bete, mein Sohn«, erwiderte der Priester, »bete und opfere im Tempel des Apollon, dessen heiliges Tier der Schwan ist!«

Der Tempel des Apollon lag auf der gegenüberliegenden Seite des Forums, inmitten eines von einem Säulenwald umgebenen heiligen Bezirkes, das größte Heiligtum der Stadt. Vom Quästor Campanius war dieses Bauwerk, wie eine Inschrift auf dem Marmorboden in goldenen Lettern verriet, dem Gott des Sibyllinischen Orakels zu Ehren prunkvoll errichtet worden, und Cäsar Augustus wußte dem Tempel und seiner Priesterschaft neuen Glanz und hohes Ansehen zu verleihen, weil er Apollon, den Gott des Friedens und der geistigen Erleuchtung, als seinen Schutzgott betrachtete.

Unter den Kolonnaden des Forums boten fliegende Händler ihre Waren feil. Sandalen und Schuhwerk aus feinem, weichem Leder, Stoffe ballenweise, kostbares Geschirr aus den Kolonien, kunstvoll gefertigte Werkzeuge und Gerätschaften, Sicheln, Ketten und Pferdegeschirre, Schmuck und hunderterlei Süßigkeiten. Aber auch hier auf dem Forum schienen die Menschen von einer seltsamen Unruhe befallen. Anders als sonst, wenn gelassene Geschäftigkeit herrschte, redeten die Händler gereizt auf ihre Kunden ein, fluchten beim Mercurius, schimpften laut. Hunde hetzten kläffend über den Platz, und Krähen kreisten krächzend um die Giebel. Nie hatte Aphrodisius Ähnliches erlebt.

Ein Raunen ging über das Forum. Die Pompejaner steckten die Köpfe zusammen und machten einander darauf aufmerksam, daß Eumachia vorübergehe, die Priesterin. Eumachia, Tochter des Lucius, war die reichste Frau in der Stadt, hatte das Monopol über den Wollhandel inne, besaß mehr Weinberge als alle anderen

Winzer zusammen und bezog riesige Gewinne aus Ziegeleien. Wie stets befand Eumachia sich in Begleitung ihres Sohnes Numistrius Fronto, eines verweichlichten Jünglings, der mit dem Geld seiner Mutter die Schauspieler der Paris-Truppe unterstützte, einer Art Wanderbühne, die in Pompeji hängengeblieben war. Frontos sehnlichster Wunsch war es, selbst Schauspieler zu werden, aber Eumachia war dagegen, weil er das Geschäftsimperium der Eumachier übernehmen sollte. Man tuschelte in Pompeji, daß das Verhältnis der beiden nicht dem normalen Verhältnis von Mutter und Sohn entspreche; hinter vorgehaltener Hand wurde geflüstert, Eumachia liebe ihren Sohn nicht nur so, wie es einer Mutter zukomme; sie sei auch seine Geliebte, weil sie Fronto keiner anderen Frau gönne, so wie es einst – *vivant sequentes!* – Agrippina mit Nero getan habe.

Auf dem östlichen Forum besaß Eumachia ein Geschäftsgebäude, das beinahe so groß wie das gesamte Macellum war. Jeder mußte an einer weißen Marmorstatue, die Eumachia darstellte, vorbei, wollte er den Handelspalast, diesen Tempel des Geldes, betreten, und wagte er es bei all dem Prunk, erhobenen Hauptes einzutreten, dann leuchtete ihm auf dem Architrav eine Inschrift entgegen:

*Eumachia, Tochter des Lucius, öffentliche Priesterin, hat in ihrem Namen und im Namen ihres Sohnes Numistrius Fronto auf eigene Kosten eine Vorhalle, einen Kryptoporticus und einen Porticus errichten lassen und hat sie selbst zu Ehren der Concordia und der Pietas Augusta geweiht.*

Ihre Wege kreuzten sich inmitten des Forums, der des Aphrodisius und jener der Eumachia. Der Jüngling errötete und blieb stehen, um der Priesterin und ihrem Sohn den Vortritt zu lassen. Zwei Sklavinnen vor und hinter den beiden ließen Mutter und Sohn außerordentlich vornehm erscheinen. Fronto mochte so alt sein wie Aphrodisius, kaum älter als achtzehn Jahre; doch als dieser Eumachia im Vorübergehen musterte, die Anmut ihrer Bewegungen unter einem vielfaltigen Umhang, das Gesicht wie Alabaster unter gewellten Haaren, ein Abbild einer griechischen Göttin, da traf ihn der Blick Eumachias aus dunklen, rätselhaften Augen, und Aphrodisius spürte, wie ihm das Blut in den Kopf schoß. Die Priesterin schien es zu bemerken; sie hielt ihren Kopf leicht schräg, und über ihr Gesicht huschte ein Lächeln.

Aber noch ehe der Junge sich verneigen oder auch nur nicken konnte, war Eumachia an ihm vorbei, nicht einmal ihr Lächeln hatte er erwidert, welch eine Frau! Wie vom Donner Jupiters gerührt stand Aphrodisius da, wagte nicht, sich umzusehen, der Boden unter seinen Füßen schien zu zittern. Er gab sich einen Ruck und ging weiter. Beim Castor und Pollux, welche Wärme ging von dieser Frau aus, welches Feuer! Am liebsten hätte Aphrodisius kehrtgemacht, sich der Priesterin zu Füßen geworfen und sie angebetet wie die Laren im Hause seines Herrn.

»Gefällt dir wohl, was?« Die Stimme des alten Tuchmachers Vecilius Verecundus holte Aphrodisius in die Wirklichkeit zurück.

»Ich weiß nicht, was du meinst, Verecundus«, heuchelte der Junge.

»Brauchst mir doch nichts vorzumachen«, grinste Verecundus, »sogar ein alter Philemon wie ich könnte an einer so schönen Frau Gefallen finden.« Und dabei tätschelte er seine Wange.

Obwohl er sich schon zu erwachsen vorkam für diese Geste, ließ es Aphrodisius geschehen; schließlich kannte er den Alten seit frühester Kindheit. Verecundus war wie er ein Freigelassener, das heißt, sein Herr hatte ihm nach der Hälfte eines treuen arbeitsreichen Lebens als Sklave die Freiheit geschenkt und ihn mit einer Abfindung bedacht, die es Verecundus erlaubte, eine kleine Tuchmacher-Werkstätte aufzumachen.

»Sie ist schön wie eine Göttin«, erwiderte Aphrodisius verlegen, und als er merkte, daß Verecundus nicht reagierte, fügte er schnell hinzu: »Ich will im Tempel des Apollon ein Rauchopfer darbringen.«

»Um diese Zeit?«

»Die Götter kennen keine Stunden!«

»Was zwingt dich zu solcher Frömmigkeit?«

»Ein düsteres Vorzeichen. In vollem Flug prallte ein Schwan gegen den Eingang des Macellums, dabei sang er mit klagender Stimme. Das soll Unglück verheißen, sagt Rufus.«

»Rufus ist ein weiser Mann«, erwiderte Verecundus. »Warum aber, beim Apollon, muß er sich mit Weissagungen abgeben?«

»Du glaubst nicht an Vorzeichen?« erkundigte Aphrodisius sich vorsichtig.

»Nicht an solche von Schwänen und nicht an solche aus den Eingeweiden geschlachteter Tiere.«

»Aber solche Vorzeichen kündeten vom Tod des göttlichen Cäsar!«

Verecundus ergriff den Arm des Jungen. »Glaube mir, Aphrodisius, der göttliche Cäsar wäre auch ohne Vorzeichen unter den Dolchen seiner Mörder gestorben.«

Aphrodisius wollte antworten, aber dazu kam es nicht, denn ein störrischer Ziegenbock rannte, den Strick des Hirten hinter sich herschleifend, geradewegs auf den Jungen zu. Aphrodisius bemerkte ihn zu spät, und ehe er sich versah, hatte ihn das aufgebrachte Tier zu Boden gestoßen und war über ihn hinweggetrampelt.

Der Alte lachte, und im Weggehen rief er feixend: »Schon wieder so ein übles Vorzeichen, he?«

Die Ellenbogen schmerzten, als Aphrodisius sich erhob und den Staub von seinem Gewand klopfte. Er hatte den festen Willen, den Worten des Alten Glauben zu schenken, diese Anhäufung seltsamer Ereignisse als Zufall abzutun, aber schon im nächsten Augenblick kamen wieder Zweifel auf. Noch nie im Leben hatte er einen Schwan sich zu Tode stürzen sehen, noch nie hatte im Macellum eine solche Unruhe geherrscht unter Menschen und Tieren. Und ein Ziegenbock auf dem Forum der Stadt, der ihn einfach über den Haufen rannte?

Der Junge wurde von einer unheimlichen Angst befallen. Obwohl ein seidigblauer Frühlingshimmel über Pompeji glänzte, lähmte Aphrodisius eine unerklärliche Furcht. Im Kopf dröhnte entferntes, unergründliches Donnern; ihm war, als poche das Blut in seinen Schläfen hart wie der Hammer des Schmieds an der Via Pompeiana. Er wollte laufen, rennen, ohne zu wissen wohin, wollte die milde Luft in seine Lungen pumpen, doch ein lähmendes Band umschloß seinen Brustkorb, er spürte Schweiß im Nacken und ein Zittern in den Schenkeln und glaubte sich von einer Seuche befallen, wie sie bisweilen von afrikanischen Kaufleuten eingeschleppt wurde.

Mit unsicheren Schritten suchte Aphrodisius Zuflucht im heiligen Bezirk des Apollontempels, der den Lärm des angrenzenden Forums abschirmte. Im Schatten des Säulenganges ließ er sich nieder, legte den Kopf auf die Knie und schloß die Augen. Gewiß würde ihm Cerrinus, der Arzt am Salztor, mit einem seiner galligen Getränke helfen können. Der Gedanke beruhigte ihn, und er sah auf. Von dem endlosen Wandgemälde, das das Innere des Säulenganges ausschmückte, blickte Äneas auf ihn herab. Griechische Künstler hatten hier Szenen aus der Ilias zu neuem Leben erweckt, und die Menschen kamen von weither, diese Wunder der Farben zu betrachten. Was der blinde Sänger mit hundertmal tausend Worten erzählte, die Geschichte von Ilions listiger Einnahme nach zehnjähriger Belagerung, des Raubes der schönen Helena wegen, war von griechischer Hand – den Namen des Künstlers wußte niemand zu nennen – in einen festlichen Rausch kostbarster Farben getaucht und so wahrheitsgetreu wie möglich nachgezeichnet worden. Nichts galt den Pompejanern als größerer Beweis von Glückseligkeit, als wenn die Nachkommen das Aussehen der Vorfahren zu erfahren trachteten. Auch hatte der Künstler weder mit Licht gespart noch mit Schatten, deren gelungene Darstellung als Ausdruck höchster Vollendung galt, und sogar die wechselvolle Abstufung getroffen, die zwischen beiden liegt und von den Griechen *tonos* genannt wird. Kostbarste Farben waren den Pompejanern nicht zu teuer für diese orgiastische Vorführung ihres heldenhaften Ahnen Äneas, der, dem trojanischen Brand entronnen, in italisches Land entkam und auf dem Bild in hellem Zinnober glänzte, der Farbe, die bei den Römern in heiliger Verehrung stand, teurer als Gold und ausersehen, an hohen Festtagen das Gesicht des Jupiter Capitolinus zu färben.

Man sagte, ein Athener namens Kallias habe das leuchtende Rot vor einem halben Jahrtausend entdeckt, aber nicht auf der Suche nach Farbe, sondern als er den roten Sand einer Silbergrube im Feuer zu Gold schmelzen wollte. *Auri sacra fames!*

Ob es nun der von den Pompejanern »Drachenblut« genannte Zinnober war, der natürliche Rötel aus Sinope-Erde, der giftige

Scharlach oder das getragene Syrischrot aus der dortigen Erde – die Menschen in dieser Stadt schwelgten in Rot, sie liebten den geheiligten Luxus dieser Farbe, das Samtige, Blutige, Sexuelle. Kein Haus in Pompeji, von dessen Wänden nicht auf irgendeinem Wandgemälde Rotes troff, Zinnober in den Hallen der Götter, äthiopisches Kicherrot, zu acht As das Pfund, in den verkommenen Häusern der Salienses.

Mit den Augen folgte Aphrodisius der homerischen Erzählung, erkannte Äneas, der seinen vom Blitz gelähmten Vater Anchises aus dem brennenden Troja trug. Im Schein des Feuers schimmerte seine Rüstung blutrot, dunkler Qualm hüllte Mauern und Türme ein. Einer der mächtigen Wehrtürme drohte zu bersten, ein klaffender Spalt durchzog das Mauerwerk von oben nach unten, ja, es schien, als wachse dieser Mauerspalt in die Breite und das Bauwerk drohe jeden Augenblick einzustürzen.

Aphrodisius war so in den Anblick des Wandgemäldes vertieft, daß er die Rufe, die aufgeregt durch den heiligen Bezirk des Tempels hallten, überhaupt nicht wahrnahm. Je länger er das Bild betrachtete, desto mehr neue Eindrücke taten sich ihm auf. Da lagen trojanische Kämpfer nach Luft ringend am Fuße der Mauer, zerschlagene Schilde, Menschen stürzten sich von der Mauerkrone, und auf einmal schien das Gemälde zu leben: Aphrodisius hörte das Bersten des Mauerwerks, und beißender Steinstaub stieg in seine Nase. An den trojanischen Mauern taten sich immer neue Risse auf, die Wehrtürme verschoben sich gegeneinander, und plötzlich begann das Mauerwerk unter klagendem Ächzen zu brechen.

Erst allmählich begriff Aphrodisius, daß dieses Zerstörungswerk nicht seiner Phantasie entsprang, sondern der Wirklichkeit.

Die Säulen, welche den heiligen Bezirk einsäumten, hoben und senkten sich langsam, Kapitelle barsten mit ohrenbetäubendem Knall, und kunstvoll modellierte Akanthusblätter klatschten zu Boden wie vom Herbstwind geschütteltes Laub. Aphrodisius tat ein paar Schritte ins Freie, wischte sich ratlos über die Augen und hielt die Hände vor den Mund gepreßt: Der Tempel Apollons, Stolz pompejanischer Vergangenheit, verformte sich wie das Spiegelbild der Häuser in den Lachen, die der Regen in der Straße der Thermen zurückließ. Schreiende Menschen rannten an Aphrodisius vorbei, zwei Priester zerrten einen dritten über die Tempelstufen herab, sein Kopf hing leblos auf der Brust. Beim Jupiter, die Erde bebte!

Wie gelähmt stand Aphrodisius da; er spürte das polternde Donnern unter seinen Füßen, fühlte, wie er von einer unsichtbaren Macht emporgehoben und im nächsten Augenblick wieder niedergelassen wurde, kaum konnte er sich auf den Beinen halten. Der Boden wankte, ohne zu brechen, Wogen trieben auf ihn zu wie im Meer bei ruhigem Seegang. Venus auf der hohen Säule vor dem Tempel drehte sich wie im Tanz, bekam das Übergewicht und stürzte in die entgegengesetzte Richtung wie die Säule. Aus dem Fries des Tempels sprangen die Figuren übermütig wie Kinder und zerschellten klirrend auf der breiten Treppe. Die Ecksäule des Tempels knickte plötzlich wie ein Halm unter der nassen Ähre, für kurze Augenblicke hing der Architrav ungestützt in der Luft, dann barst die zweite Säule, die dritte, und langsam, unendlich langsam, als sträube er sich gegen die Vernichtung, senkte sich die rechte Seite des Giebels, zu der Generationen Pompejaner hilfeflehend emporgeblickt hatten, zerbrach in der Mitte wie ein dürrer Ast, stürzte donnernd in die Tiefe und hüllte das geschundene Heiligtum in eine jäh aufwallende Wolke aus Staub wie ein tödlich getroffener Imperator, der seinen Mantel über das Gesicht zieht zum Zeichen der Trauer.

Aphrodisius rang nach Luft; der feine Steinstaub drang in seine Lungen, er hustete, spuckte und verlor die Orientierung. Wo war der schmale Mauerdurchlaß zum Forum? Schon schwankten die Kolonnaden. Fiel auch nur ein Säule, so würden alle stürzen. *Absit!* Aphrodisius wankte in die Richtung, wo er den Zugang vermutete, aber der weiße Staub nahm ihm die Sicht. Steine prasselten von irgendwoher, er wich zurück, stolperte über einen Quader, schlug mit dem Kopf auf, daß ihm schwarz wurde vor Augen, versuchte sich zu erheben, spürte ein Stechen im Kopf, kam hoch und tappte weiter nach vorne. Hundeelend, apathisch wankte er auf die Kolonnaden zu, sah die erste Säule fallen, spürte Marmor unter den Sohlen, und plötzlich sah Aphrodisius einen hellen Schein: der Durchlaß!

Noch ein paar Schritte trennten ihn von der rettenden Maueröffnung. Er hätte ja rennen können, um dem Inferno zu entkommen, aber er blieb stehen, Aphrodisius machte aus unerfindlichen Gründen halt, blickte nach oben, wo aus den Fugen gehobene Quader mahlende Geräusche von sich gaben, und noch ehe er einen klaren Gedanken fassen konnte, machte er kehrt und stolperte zurück in die Richtung, aus der er gekommen war. Im selben Augenblick fiel die Kolonnade in sich zusammen, polternd stürzte eine Säule die andere.

In entgegengesetzter Richtung, an der Straße des Meeres, lag der Haupteingang des Heiligtums. Er war größer und breiter als der Zugang zum Forum. Vielleicht gab es hier noch ein Durchkommen. Der Staub hatte Aphrodisius blind gemacht. Seine Augen tränten. Irgendwann im Gehen, Stolpern, Kriechen bemerkte er das Blut auf seinem Handrücken; er mußte es von seinem Kopf gewischt haben. Doch es kümmerte ihn nicht. Die Erde dröhnte, und eine neue Angst befiel ihn: Der weiche Boden könnte sich öffnen und ihn verschlingen wie Pluto, der Persephone durch den Erdspalt entführte.

Noch stand das hohe Tor aufrecht, aber je näher Aphrodisius kam, desto bedrohlicher wankte das Bauwerk. Wollte er je lebend aus dieser bebenden Falle herauskommen, so mußte er rennen, er mußte alles riskieren, bei allen Göttern Roms, er mußte es tun! Aphrodisius lief los, blind, kopflos, mit Todesverachtung, was war dieses sein Leben schon wert? Und zum ersten Mal in seinem jungen Leben zog Aphrodisius Bilanz. Von einem Augenblick auf den anderen, mühsam nach Luft ringend, wurde ihm plötzlich bewußt, daß er nicht sonderlich an diesem Leben hing, und dieser Gedanke erschreckte ihn. Nicht der Tod war es, der ihm Furcht einflößte, sondern die Angst vor dem Sterben, vor einem qualvollen Dahinsiechen.

Also sprang der Junge mit Riesensätzen durch das berstende Tor. Die Straße des Meeres schien umgepflügt wie ein campanischer Acker im Frühling, die blauschwarzen Quadersteine standen aufgeworfen. Das Tribunal zur Rechten war schwer beschädigt, aber es stand noch wankend. Aus dem Inneren drangen furchtbare Schreie von Männern, denen herabfallende Trümmer die Gliedmaßen zerquetscht und zerschlagen hatten und für die es keine Rettung mehr gab.

Lusovia, seine Mutter, Imeneus, der Vater, was mochte ihnen geschehen sein? Und Serenus, sein Herr? Das Haus an der Straße nach Stabiä?

Das Forum glich einem Schlachtfeld. Zu Hunderten lagen Menschen niedergestreckt. Aphrodisius stieg über sie hinweg, taumelte auf den Tempel des Jupiter zu, von dem nur eine Säule gefallen war. Aus dem Inneren drangen schwarze Rauchwolken und mischten sich mit dem weißgrauen Steinstaub im Freien. Wie der Trommelwirbel eines Herolds, zurückhaltend erst, dann schnell lauter werdend, kündigte sich mit dumpfem Donnergrollen ein neuer Erdstoß an. Aphrodisius hielt inne, blickte hilfesuchend um sich, spürte, wie ihn eine Erdwoge hochhob, sah die Welle wassergleich vor sich herlaufen direkt auf den Jupitertempel zu, die Stufen erfassend wie den Bug eines Schiffes, sie hochreißend, daß die Treppe platzte, in Teile zerriß wie splitterndes Holz, gegen die Säulen des Porticus schlagend, sie hochhebend mit ungebändigter Kraft. Und der große, stolze Tempel des Jupiter bäumte sich auf wie ein gezügelter Gaul, verharrte einen Augenblick in dieser Haltung, um dann aber schneller, als man es von einem so großen Bauwerk erwarten durfte, krachend und schnaubend in sich zusammenzusinken. Eine Wolke aus Staub stieg zum Himmel, die Sonne verfinsterte sich, und Aphrodisius begann zu beten, halblaut erst, furchtsam, dann zornig sein Gebet herausschreiend: »O Jupiter Optimus Maximus, der du Blitze und Donner schlägst mit deinem Stab, der du dem Beben der Erde gebietest, dem Wind und den Wellen, laß diese Stadt leben!«

Als hätte Jupiter das Flehen des Pompejaners erhört, entfernte sich das Donnergrollen der Erde; es blieben die Schreie, das gespenstische Poltern von vereinzelt noch herabstürzenden Steinen. Aphrodisius kam nur mühsam voran. Das Macellum zur Rechten hatte die Erdstöße, wie es schien, am besten überstanden; vielleicht hätte der Triumphbogen des Tiberius die Katastrophe sogar überlebt, doch der berstende Jupitertempel hatte auch dieses Bauwerk zum Einsturz gebracht. Jetzt türmten sich Berge von Schutt und

Gestein auf, und über allem lagen beißende Staubwolken. Der Staub drang in die Lungen ein, und Aphrodisius spie weißen Schleim.

Der Gedanke an seine Eltern, an den Patron, der immer gut zu ihm gewesen war, trieb Aphrodisius vorwärts. Wasser stand in der Straße des Forums. Die bleiernen Leitungen der Thermen zur Linken waren geplatzt, zusammengesunken die wuchtigen Atlanten, die das kunstvolle Gewölbe am Eingang trugen. Seine Hoffnung, das Beben würde die kleineren Bauwerke verschont haben, bewahrheitete sich nicht, im Gegenteil: nicht ein Stein war vom kleinen Tempel der Fortuna Augusta auf dem anderen geblieben, und die Wohnhäuser an der Straße der Fortuna lagen in Trümmern, wie zerschlagen von einer riesigen Faust.

Da begann Aphrodisius zu laufen, so schnell er konnte. Die Vorstellung, seine Eltern könnten unter den Trümmern des Hauses verschüttet sein, mochten vielleicht noch am Leben sein und auf Hilfe warten, beschleunigte seine Schritte, obwohl jeder einzelne Schritt schmerzte. Seine Fußsohlen waren aufgerissen, am rechten Schienbein klaffte eine tiefe Wunde. Vor dem Haus des Appius – oder besser: vor der Ruine des Hauses – stellten sich dem Jungen zwei schreiende Frauen in den Weg und versuchten, Aphrodisius mit sich zu ziehen; er möge helfen, beschworen sie ihn, mit bloßen Händen die Trümmer wegzuräumen. Aber Aphrodisius riß sich los. Der Schmerz, die Hilflosigkeit und Verzweiflung in den Gesichtern der beiden Frauen trieben ihm Tränen in die Augen.

Aphrodisius konnte sich nicht erinnern, jemals geweint zu haben. Als Sohn eines Sklaven wirst du hart. Du bekommst dein Brandmal und bist ein mit Sprache begabtes Werkzeug, hast zu leben, wo man dich hinstellt, zu tun, was man dir aufträgt, kannst gefoltert werden, wenn man dich der Lüge bezichtigt, und das Gesetz bestraft dich ungleich höher als einen freien Bürger. Und wenn Seneca, des göttlichen Nero zwielichtiger Hausphilosoph, tausendmal predigte, Sklaven seien auch Menschen, du bleibst ein minderwertiger Mensch, dem die Toga zu tragen versagt bleibt.

Warum er, Aphrodisius, an seinem achtzehnten Geburtstag von seinem Herrn freigelassen worden war, hatte er bis heute nicht begriffen. Ihr Verhältnis war bis dahin korrekt gewesen, mehr nicht, doch seither hegte er ein Gefühl ehrlicher Zuneigung und Dankbarkeit gegenüber dem Patron und konnte hoffen, den Makel der unfreien Geburt abzustreifen wie ein verschmutztes Pallium.

Sein Herz schlug zum Hals, als er in die Straße nach Stabiä einbog. Dem Jupiter sei Dank, das Haus stand noch, nur die Fassade zur Straße schien eingestürzt. Im Näherkommen bemerkte Aphrodisius jedoch, daß dicke Rauchschwaden aus der seitlichen Fensteröffnung quollen. Die Eingänge, von denen das Haus des Serenus zwei hatte, einen privaten und einen zum Geschäftstrakt des Hauses, waren verschüttet. Aus den Trümmern stieg Qualm auf und verbreitete ekelhaften Gestank.

Erst jetzt bemerkte Aphrodisius, daß das Haus schwankte und zitterte, langsam aber stetig wie der Wipfel eines hohen Baumes. Das obere Stockwerk mit der umlaufenden Altane ruhte nur noch auf den Säulen des Innenhofes, Vorder- und Rückwand waren eingestürzt. Nur noch der Seiteneingang bot einen Weg ins Innere.

»Vater«, rief er gequält, »Mutter, hört ihr mich?«

Doch anstelle einer Antwort drang aus dem schmalen Einlaß das Geräusch von prasselndem Feuer.

»Jupiter, stehe mir bei«, sagte Aphrodisius leise. Das war ein Gebet, aber gleichzeitig eine Aufforderung an sich selbst, ein hilfloser Versuch, sich Mut zu machen, sich selbst zu überwinden, und er war drauf und dran hineinzuspringen, den langen Korridor entlang zu laufen in den hinteren Trakt des Hauses, wo er seine Mutter in der Küche, den Vater im Sklaventrakt vermutete. Er konnte die Augen schließen, den Weg kannte er blind. Aber dann blickte er noch einmal nach oben, sah die wankenden Säulen der Loggia, und die Furcht, unter den Trümmern des Hauses begraben zu werden, lähmte seine Glieder.

Aphrodisius wußte nicht, wie lange er in dieser Starrheit verharrt hatte, atemlos, gedankenlos, allein in dem Gefühl lähmender Angst. Erst ein furchtbarer Schrei schüttelte ihn wach. Der Junge war nicht sicher, ob dieser Schrei überhaupt aus dem Innern des Hauses gedrungen war, aber vielleicht war es der Vater, der, von den Flammen eingeschlossen, um Hilfe rief – und da sah er, Aphrodisius, tatenlos zu, wie das Haus niederbrannte und in sich zusammenstürzte. Dieser Gedanke peitschte ihn zu der nun folgenden Tat.

Ein Fetzen seines Gewandes, der an ihm herabhing, diente als Mundschutz; noch einmal holte Aphrodisius tief Luft, dann stürmte er los. Jetzt blickte er nicht mehr furchtsam nach oben, weil er genau wußte, daß ein solcher Blick den neugewonnenen Mut bremsen und die letzte Hoffnung zunichte machen würde. Aphrodisius sprang durch die Tür, schloß die Augen vor dem beißenden Rauch, die Linke wie einen Fühler vor sich herschwenkend, wandte er sich nach rechts. Hitze schlug ihm entgegen, und in dem langen Korridor hallte das Prasseln des Feuers laut und unheilverheißend. Rauchwolken leuchteten gelb und rot, sobald er die Augen öffnete. So gelangte er in das Triclinium, ein langgestrecktes Speisezimmer; es war leer. Soweit er es durch den Rauch erkennen konnte, lagen überall Scherben von Geschirr auf dem Boden herum.

Der Brandherd schien nicht hier, sondern im rückwärtsgelegenen Küchentrakt zu liegen, wo die Laren das Herdfeuer bewachten. »Mutter!« rief Aphrodisius, »Mutter!«, während er sich mühevoll einen Weg bahnte. Die Wände des Hauses ächzten, sie konnten jeden Augenblick einstürzen, ihn unter sich begraben, aber daran mochte er nicht denken, nicht in diesem Augenblick! Das Atmen fiel zunehmend schwerer, je näher er dem Feuer kam, seine Lungen schienen zu kochen.

Benommen erreichte er das Atrium, den fensterlosen zentralen Innenraum, doch seine Hoffnung, der Rauch würde hier durch die Öffnung in der Decke abziehen, bewahrheitete sich nicht. Im Gegenteil: die Dachöffnung verursachte einen starken Sog, wodurch die Hitze jaulend entwich. Das kostbare Mobiliar an den Wänden, die langen Vorhänge an den Seiten hatten bereits Feuer gefangen und strömten einen beißenden Geruch aus.

Aphrodisius tauchte seinen Kleiderfetzen in das Impluvium, ein knietiefes Marmorbecken, das den Regen von der Dachöffnung auffing. Den nassen Lappen vor Mund und Nase pressend, stolperte er weiter, hustend und schnaubend, bis ihm eine Feuerwand den Weg versperrte.

»Mutter«, rief er immer wieder, »Mutter!«, aber durch das Rasen des Feuers drang keine Antwort. Schmutzige Tränen rannen über sein Gesicht, die Hitze in seinem Haupthaar schmerzte, die Haut brannte.

Aphrodisius wußte selbst nicht mehr genau, warum er eigentlich hier stand, irgend etwas trieb ihn durch diese Feuerwand, nur schnell mußte es gehen. Und da hatte der Junge eine Idee: Er lief zurück, sprang in das Impluvium, drehte sich in dem Becken wie ein Pferd, das sich im Staub der Koppel wälzt, und wollte gerade den Fuß auf den Beckenrand setzen, als die Decke über der Feuerwand krachend zusammenfiel.

Nun begann auch das Atrium zu bersten, einzelne Kassetten der Decke stürzten polternd ins Feuer, ein Pilaster löste sich von der Wand und krachte, in viele Teile zerspringend, auf den Boden. Was langsam begonnen hatte, setzte sich in rasender Eile fort, und Aphrodisius verfiel in Panik. Würde er hier je lebend herauskommen? Triefend suchte er den Weg zurückzufinden, den er gekommen war.

Im Tablinum stolperte er über ein Hindernis, schlug längs auf den Boden, brüllte vor Schmerz und blieb entkräftet und benommen liegen. In diesem Augenblick wollte Aphrodisius nicht mehr leben, er wollte einschlafen, nie mehr aufwachen, tot sein. Ein paar Sekunden hing er diesem Gedanken nach, dann kehrte der Lebenswille zurück; er raffte sich auf, mühsam nach Luft schnappend, und dabei fiel sein Blick auf das Hindernis, das ihn zu Fall gebracht hatte.

Beim Jupiter! Aphrodisius wischte die nassen Haare aus dem Gesicht, drückte die Knöchel seiner Zeigefinger in die zusammengekniffenen Augen als mißtraute er seinen Sinnen: Da lag Serenus, sein Herr, zusammengerollt wie eine Katze, den Kopf mit den Ellenbogen schützend, und rührte sich nicht.

»Herr?« rief Aphrodisius ungläubig, aber er bekam keine Antwort. Heulend packte der Junge den kleinen, untersetzten Mann unter den Achseln und schleifte den leblosen Körper rückwärts aus dem Tablinum. Lang, endlos lang erschien ihm der finstere, rauchverhangene Korridor. Heißer Schweiß preßte aus allen seinen Poren, jeder Atemzug stach wie ein glühendes Schwert in seine Lungen. Endlich wurde es hell.

Aphrodisius zog den Patron auf die Straße und blickte hilfesuchend um sich. Menschen hetzten an ihm vorbei, aber sie beachteten ihn nicht; ein jeder trug an seinem eigenen Schicksal. Aphrodisius schluchzte laut, und während er seinen Herrn auf das Pflaster bettete, während er hilflos die Arme des leblosen Körpers ergriff und wieder auf den Boden fallen ließ, während er mit bloßen Händen das kleine, trockene Blutrinnsal abwischte, das eine dunkle Spur von Serenus' Mund über das Kinn zum Hals zeichnete – da machte er eine grausige Entdeckung: Im Hals des Patron steckte ein Dolch, bis zum Schaft.

Aphrodisius zitterte. Vorsichtig, als sei es ein heißes Eisen, berührte er den geschwungenen Griff, dann packte er zu, zog die Waffe heraus und schleuderte sie in das brennende Haus.

Da gab Serenus einen leisen, seufzenden Laut von sich. Serenus lebte! Er lebte! Am liebsten hätte es Aphrodisius laut herausgeschrien, doch Serenus öffnete die Augen, nicht ganz, gerade so weit, daß man seine Pupillen sehen konnte. Den Falten auf seiner Stirne war anzusehen, wie sehr ihn das anstrengte. Und nun versuchte er mit den Lippen ein Wort zu formen.

»Herr«, flüsterte Aphrodisius. »Herr, was ist geschehen?«

Ein unverständliches Gurgeln war die Antwort. Serenus schloß die Augen, aber seine Lippen bewegten sich weiter: »Popidius Pansa.« Ja, Aphrodisius verstand die Worte ganz deutlich: »Popidius Pansa.«

Im Bewußtsein, eine große Tat vollbracht zu haben, riß Serenus die Augen weit auf, als wollte er das Bild dieser brennenden, zerstörten Welt tief in sich aufnehmen, und Aphrodisius glaubte auf den Lippen des Patrons ein Lächeln zu erkennen, ein Lächeln, das ihm, Aphrodisius, galt. Dann sank sein Kopf zur Seite.

»Herr!« rief Aphrodisius noch einmal, ein hilfloses, leises »Herr!«

Das alles geschah am vierten Tag vor den Nonen des Februarius unter dem Konsulat des Publius Marius und Lucius Asinius, im achten Jahr der Regierung des göttlichen Nero.

## 2

*Decimillus sucht seine Schwester Decimilla.*

*Angehörige der Vettier melden sich bei Rufus in der Straße der Fortuna.*

*Wer kann Angaben machen über den Verbleib der kleinen Tullia, einzige Tochter des Gärtners Florealis?*

*Aesquilia, ich lebe! Dein Pollus.*

Das pompejanische Forum war vom Erdbeben in eine Trümmerwüste verwandelt worden, nun kündeten Inschriften auf Mauerresten, Säulenstümpfen und Steinplatten vom Überleben. Viele Bewohner hatte die Katastrophe um den Verstand gebracht, sie irrten schreiend oder betend durch die Straßen oder versteckten sich zitternd in den Ruinen. Hier und da ragte eine Tafel aus dem Schutt, mit der die reichen Pompejaner gerne ihre Hauseingänge versahen, wie *Lucrum gaudium* – ›Gewinn macht Spaß‹ oder der Wahlaufruf an einer Hauswand: *Stimmt für Marcellus, er wird herrliche Spiele veranstalten!* Und ein Schelm hatte unter die Empfehlung einer Schenke, die ihren zweifelhaften Ruf mit den Worten *Hier wohnt das Glück* in Erinnerung brachte, die humorvolle Zeile gekritzelt: *Mit unbekanntem Ziel verzogen.*

In Trauben umlagerten die Menschen die Totenlisten, die auf dem Forum ausgehängt wurden: Verecundus, der Tuchmacher, hatte Frau und Sohn verloren, Ascula ihren Mann Placidus, Terentius Proculus war von einer umstürzenden Mauer erschlagen, Numidius Fronto, der Sohn der mächtigen Priesterin Eumachia, vor den Augen seiner Mutter zerquetscht worden. Tot war auch der hoffnungsvolle Kandidat für das Ädilenamt, Severus.

Lucius Cäcilius Aphrodisius hatte seine Eltern verloren; sie waren zusammen mit siebzehn anderen Sklaven in der brennenden

Ruine umgekommen. Aber seltsamerweise empfand er keine Trauer, er spürte nur eine große Leere, und ein Gefühl der Gleichgültigkeit machte sich breit. Doch darin unterschied er sich kaum von den anderen, die dem Inferno entgangen waren.

Sieben Tage und sieben Nächte loderten die Totenfeuer am Salztor außerhalb der Stadt. Dort verbrannten die Pompejaner auf mächtigen Scheiterhaufen die Opfer, welche das Erdbeben gefordert hatte. Die Urnen mit ihrer Asche setzten sie in eilends errichteten Grabstätten an der Via consularis bei.

Gleichgültig starrte er in das Feuer, das den Leichnam seines Herrn verzehrte, er weinte keine Träne. Auch Fulvia, Serenus' Frau, die nur deshalb dem Tod entronnen war, weil sie sich zum Zeitpunkt der Katastrophe auf den Märkten aufhielt, schien teilnahmslos. Allein zu sein, ohne Zuneigung und Hilfe eines anderen, zukunftlos, das war das einzige, was Aphrodisius empfand. Aphrodisius wußte nicht, ob Fulvia die tiefe Wunde am Hals ihres Gatten bemerkt hatte, eigens darauf hingewiesen hatte er sie jedenfalls nicht. Beider Rede beschränkte sich nur auf das Nötigste, nicht anders als in all den Jahren zuvor. Im übrigen war es ihm gleichgültig, ob sein Herr durch den Rauch des Feuers oder durch den Dolch in seinem Hals umgekommen war – er war tot, und den Namen, den Serenus sterbend gemurmelt hatte, hatte Aphrodisius in der Aufregung des Augenblickes vergessen.

Serenus tot, das bedeutete für Aphrodisius das Ende seines Aufstiegs, der doch gerade erst begonnen hatte. Gewiß, er war ein Freigelassener, war ein Bürger, durfte die Toga tragen, wie es einem Libertinus zukam –, konnte sich frei bewegen zwischen Numidien und dem Mare Germanicum, zwischen Lusitanien und dem parthischen Osten. Aber ein Römer ohne Besitz war ein schlechter Römer und taugte nicht einmal zum Wehrdienst. Früher oder später würde er deshalb den Freiheitsstab zurückgeben und sich wieder als Sklave verdingen müssen, unabwendbar wie der Schicksalsspruch der Parzen.

Pompeji, der Venus campanischer Stolz, trug Trauer, Ruinen ragten klagend zum Himmel, wo einst Tempel den Ruhm der Götter verkündeten. Keines der Heiligtümer hatte das Beben überstanden, und im nahen Nuceria, vor allem aber in Neapel, wo die Erdstöße nur ein paar Statuen auf öffentlichen Plätzen zum Bersten gebracht hatten, sprachen die Menschen von der Rache der Götter für den Stolz und die Hoffart der lebensgierigen Pompejaner. Auch der Göttliche in Rom ließ seiner Schadenfreude freien Lauf und rührte keinen Finger, als die Hiobsbotschaft in Rom eintraf, obwohl doch Tiberius den Städten Kleinasiens, die ein ähnliches Schicksal erduldet hatten, großzügige Hilfe hatte zuteil werden lassen.

Aber vielleicht war es gerade das Gefühl des Alleingelassenseins, das die Pompejaner motivierte, die Stadt wieder aufzubauen, reicher und prächtiger als je zuvor: Von überall strömten Handwerker herbei; Bauarbeiter, Zimmerleute, Steinschneider und Mosaikleger sahen beim Wiederaufbau der Stadt gute Verdienstmöglichkeiten. Sie hausten in den herrenlosen Ruinen, von denen es genügend gab, und zogen plündernd durch die Stadt wie streunende Hunde.

Wohlhabende Pompejaner wie Serenus besaßen ein Landgut vor den Toren, und diese Landgüter hatten unter dem Beben weit weniger gelitten; zum Teil waren sie gänzlich unversehrt geblieben. Auch Fulvia bezog ihren campanischen Besitz, und Aphrodisius dachte zunächst, sie würde seine Dienste schätzen, weil sie niemanden hatte, der ihre Geschäfte verrichtete, und weil er die rechte Hand seines Herrn gewesen war. Doch eines Abends rief sie ihn ins Tablinum.

»Du hast«, begann sie beinahe verlegen, »Serenus, deinem Herrn, immer treu gedient.«

»Seit den Tagen meiner Kindheit, Herrin!«

»Dafür hat Serenus dir die Freiheit geschenkt.«

»Die Götter mögen es ihm lohnen.« Aphrodisius wußte, worauf Fulvia hinauswollte. Er wußte was sie sagen würde: Daß sie ihn nicht mehr brauche, daß er endlich verschwinden solle, ein Fußtritt für einen Hund, und er sagte: »Ich glaube zu verstehen, Herrin, *ad rem!*«

Fulvia schien erleichtert. Sie zog einen ledernen Beutel hervor und warf ihn vor Aphrodisius auf den Tisch: »Der Lohn für deine Arbeit, Mercurius auf allen Wegen.« Er war entlassen.

In dem Beutel befanden sich tausend Sesterzen, exakt abgezählt sag uns doch, wem sollen wir glauben, unseren Augen oder unserem Verstand?«

Da lächelte der Alte mühevoll, beinahe gequält, und antwortete: »Jüngling, glaube nie deinen Augen, denn sie können dich täuschen. Sie gaukeln dem Wanderer in der Wüste eine Oase vor, die es nicht gibt; andererseits siehst du bei Tage kein Funkeln der Sterne, obwohl die Astronomen seit tausend Jahren verkünden, sie schienen auch am Tage. Glaube aber auch nicht deinem Verstand, denn dieser Weg entfernt dich mehr von den Göttern als jeder andere. Wirklich glauben kannst du nur deinem Herzen. Spricht es aus deinem Innersten: glaube, so zögere nicht, und dein Glaube wird dir Glück bedeuten.«

»Glaubst du an den Prediger aus Kilikien?« erkundigte sich Aphrodisius.

»Es geht nicht um ihn«, erwiderte Amandus, »es geht um den Gott, den er verkündet.«

»Ein fremder Gott aus der Wüste. Frevelt er nicht die Götter Roms?«

Amandus legte die Hand auf den Arm des Jungen: »Mein Sohn, mein Haar ist weiß geworden in all den Jahren, in denen ich Dienst an den Göttern verrichtet habe. Ich habe Götter kommen und gehen gesehen, erhöht und erniedrigt, ich habe Statuen errichtet und wieder geschleift. Welch eine Zeit, die ihre Götter wechselt wie die Dienerschaft.«

»Dann glaubst du also an den fremden Gott, Amandus?«

Der Priester hob die Schultern bis zum Hals, daß sich sein Kinn in viele Falten legte, und ließ sie wieder sinken.

»Aber verboten ist es nicht, an den fremden Gott zu glauben?«

»Sie haben den Tarsier zweimal verhaftet und zweimal wieder freigelassen, also ist seine Lehre wohl nicht verboten. In Rom und in Korinth gibt es bereits Gemeinden, die ihm folgen; man läßt sie gewähren, und das ist richtig so. Denn würde der Kaiser die Lehre verbieten – sei versichert, der Tarsier hätte einen größeren Zulauf als je zuvor! Denn zwei Dinge lieben die Römer vor allen anderen: das Fremde und das Verbotene.«

in Bronzemünzen, der Preis zweier Maultiere oder eines schlechten Sklaven.

Rom, an den Kalenden des Martius.

Pyrallis, die Zofe, überbrachte die Botschaft: »Der Quästor kommt!«

»Jupiter möge mich schützen!« rief Poppäa Sabina. »Woher bringst du die Nachricht?« Und als Pyrallis das Haupt senkte, fuhr sie fort: »Ach, ich hätte wohl gar nicht fragen müssen – Longinus?«

Die Zofe nickte heftig. Erst vor wenigen Tagen hatte Poppäa entdeckt, daß ihre Dienerin mit Longinus, dem Prätorianer von der Leibwache des Göttlichen, ein Verhältnis hatte. Poppäa hätte dagegen kaum etwas einzuwenden gehabt – nur legte sie Wert darauf, stets als erste darüber informiert zu sein, wer gerade mit wem das Lager teilte.

»Longinus sagt, der Göttliche habe einen großen Empfang vorbereitet, als der Bote die Nachricht überbrachte.« Pyrallis sah die Herrin mit furchtsamen Augen an. Gleich würde Poppäa wutschnaubend wie ein Stier in der Arena durch das Haus stürmen und den Quästor, ihren Mann, verfluchen und wünschen, er möge zur Hölle fahren; sie kannte das.

Aber Poppäa blieb ruhig, beängstigend ruhig, rief nach Polybius, ihrem Privatsekretär, und erkundigte sich, ob er vergessen habe, eine Botschaft zu übermitteln. Polybius verneinte bei allen Göttern und verschwand.

»Pyrallis«, sagte Poppäa, »was wird hier gespielt?«

Ihr feuerrotes Haar glänzte golden im Widerschein der Fackeln; sie trug es streng gescheitelt wie eine griechische Göttin, und wie ein Götterbild leuchtete auch ihre Haut, weiß und durchsichtig. Das lange, wallende Gewand, entgegen gängiger Mode hochgeschlossen, umspielte züchtig die Konturen ihres Körpers und enthüllte dennoch mehr als es verbarg. Sie lag hingegossen auf einem purpurbespannten Diwan und sog, während sie überlegte, goldbraune Datteln in den Mund – nein, Poppäa aß die mehligen afrikanischen Früchte nicht, sie umschloß eine jede mit den Lippen, ließ die Frucht in den Mund gleiten, ein kurzer Biß, dann spuckte sie den langen Kern weit von sich, als zielte sie auf eine imaginäre Gestalt.

Pompejanische Maler hatten die Wände des Tablinums in der ihnen eigenen Art in gedämpften Farben ausgemalt, und wer je Einlaß fand in das weiträumige Haus auf dem Esquilin, mußte ohne Übertreibung bekennen, daß es der Kaiservilla auf dem Palatin in nichts nachstand. Ein dunkelhäutiger, gehörnter Pan blies, von einer Harfenspielerin begleitet, die Flöte, verführerische Klänge für zwei halbbekleidete Mädchen, die, als habe man sie ertappt, ängstlich auf den Betrachter blicken. An der gegenüberliegenden Wand saß Europa auf dem kretischen Stier, nackt bis zu den Hüften, aber mit einem Schleier im Haar. Der bullige, von drei spielenden Mädchen umgebene Stier zeigte nichts von der Wildheit des Zeus, ließ sich von einem der Mädchen zärtlich umgarnen, nur die großen, wachen Augen verrieten sein kühnes Vorhaben.

»Was mag den Quästor bewegen, unverhofft in Rom aufzukreuzen?« sagte Poppäa vor sich hin.

»Wenn Ihr mich fragt, Herrin«, erwiderte Pyrallis, »dann ist es die Sehnsucht nach seiner Frau . . .«

»Ach was!« fiel ihr Poppäa ins Wort. »In Lusitanien gibt es genug Weiber für einen Mann wie den Quästor. Oder glaubst du, der Quästor ist wählerisch? Er bespringt eine Kuh, wenn es seiner Karriere förderlich ist, dieser Quästor!«

Dieser Quästor! In Poppäas Worten lag soviel Spott, soviel Haß, dabei war sie noch immer mit diesem Mann verheiratet, einem Mann, dem die Kinder auf der Straße nachriefen, weil er extrem krumme Beine hatte, gleichzeitig aber eitel war wie ein Pfau und seine Glatze unter einer Perücke verbarg. Wenn eine Schönheit wie Poppäa Sabina einen solchen Mann heiratete, dann natürlich nicht ohne Grund – nur Liebe war jedenfalls nicht im Spiel.

Marcus Salvius Otho, so hieß der Angetraute, war ein intimer Freund des Kaisers, ja, er schlief auch mit *ihm*, und dieses Verhältnis konnte Poppäa nur nützlich sein. Eine Meisterin der Verführungskunst, hatte sie sich Otho an den Hals geworfen, ohne ihm vor der Ehe je das Letzte zu geben. Aber auch als der Kaiserintimus ihrer Forderung nachgekommen war, gab Poppäa nicht nach. Erst wollte sie Nero kennenlernen. Und als sie am Ziel ihrer Wünsche war und als der Göttliche rasend wurde vor Verlangen nach der schönen Frau, da forderte sie von Nero, er möge sie von Otho, diesem lästigen Ehegemahl, befreien – erst wenn sie ihn weit genug fort wisse von Rom, könne sie sich ihm, dem Göttlichen, hingeben. Da suchte denn der Kaiser auf der Karte seines Weltreiches und fand im äußersten Westen die Provinz Lusitanien, dorthin entsandte er Otho mit dem Titel eines Quästors; er sollte dort – recht lange – nach dem Rechten sehen.

»Ich glaube«, meinte Poppäa und spuckte einen Dattelkern verächtlich in die Ecke, »da haben die beiden einen Plan ausgeheckt.«

»Noch seid Ihr mit ihm verheiratet, Herrin!« entgegnete Pyrallis. »Ihr könnt Otho wohl nicht das Haus verbieten.«

»Ich will diesen Namen nicht hören!« zischte Poppäa. »Der Quästor wird, beim Hercules, keinen Fuß über diese Schwelle setzen. So wahr ich Poppäa Sabina bin, die Enkelin des Poppäus Sabinus, des Konsuls und Triumphators, des Statthalters von Mösien, Achaia und Mazedonien.«

Die schöne Sabinerin ließ kaum eine Gelegenheit aus, auf ihren prominenten Großvater mütterlicherseits hinzuweisen, dessen Namen sie angenommen hatte, weil ihr leiblicher Vater Ollius kaum mehr als ein Nichts war; sie verachtete ihn, denn er hatte die falschen Freunde und war zu Fall gekommen, noch ehe er auch nur ein einziges höheres Amt bekleidet hatte. Das galt im übrigen auch für ihren ersten Mann, Rufrius Crispinus, ein Ritter zwar von vornehmer Haltung, aber ohne höhere Ambitionen, den sie über Nacht verließ, um sich Otho an den Hals zu werfen.

»Meine Sänfte!« Poppäa klatschte in die Hände. »Pyrallis, einen Schleier.«

Die Zofe brachte einen langen bauschigen Schleier, schlang ihn ihrer Herrin zweimal um Kopf und Hals und befestigte das lange, herabhängende Ende im Gürtel ihrer Tunika. »Ihr solltet vorsichtig sein, Herrin«, meinte sie zaghaft, »die Stadt ist voller Unruhe. Erst der Tod der Kaiserinmutter – jetzt Octavias Verbannung nach Pandateria . . .«

Poppäa sprang auf: »Das Weib soll froh sein, daß ihr Kopf noch auf dem Hals sitzt. Pandateria ist eine liebliche Insel . . .«

». . . aber die wenigsten haben den Aufenthalt dort überlebt«, warf die Dienerin ein.

»Verräterinnen verdienen keine Milde. Octavia hat Nero nach dem Leben getrachtet.« Pyrallis schwieg. »Du glaubst meinen Worten nicht?« fuhr Poppäa fort. »Hat nicht Anicetus, der Kommandant der Flotte von Misenum, ein Mann, der über jeden Zweifel erhaben ist, bezeugt, daß Octavia die Schiffe ausspioniert und Anhänger unter den Mannschaften gesucht hat? Nicht nur der Kaiser, ich selbst mußte um mein Leben fürchten!«

Poppäa zog den Schleier vors Gesicht. Im Atrium warteten vier galatische Sklaven mit der Sänfte, einem engen, mit Blütenranken verzierten Möbel mit je einer Tragestange an beiden Seiten, die Fenster mit Purpur verhängt. »Zum Kapitol!« kommandierte Poppäa barsch.

Die drahtigen Galater hoben die Sänfte mit der Herrin hoch wie einen leichten Weidenkorb, dann rannten sie los durch die nächtlichen Straßen der Stadt. Zerlumpte, grölende Gestalten drängten sich vor den Kaschemmen und Garküchen, die es an jeder Straßenecke gab, weil die wenigsten Häuser – und schon gar nicht die zahllosen *insulae*, die, oft vierstöckig und aus Holz gebaut, die Straßen säumten – über eine Kochgelegenheit verfügten. Poppäa nahm den Umweg über die Heilige Straße, um zu kontrollieren, ob der Göttliche ihren Willen erfüllt und die Standbilder Octavias beseitigt und durch ihre, Poppäas, ersetzt hatte. Zwölf Bildhauern aus Achaia hatte sie eine ganze Woche Modell gestanden, und obwohl alle zwölf hohe Meister ihrer Kunst waren, hatten sie nach vollendeter Arbeit übereinstimmend bekannt, nur Phidias, der Liebling der Götter, der Athene Promachos zum Leben erweckte, wäre der Aufgabe gewachsen gewesen, ein ihrer wirklichen Schönheit gemäßes Abbild zu schaffen. Das aber störte die Sabinerin nur wenig, obgleich sie jeden Pfau an Eitelkeit übertraf. Allein wichtig war ihr die jedem Römer sichtbare Postierung anstelle der verstoßenen Kaiserin.

So schlug ihr Herz höher, als sie in der Dunkelheit ihr Konterfei vor dem Tempel des Göttlichen Gaius Julius Cäsar erkannte, stolz und selbstbewußt, doch traf es sie wie ein Donnerschlag, als sie gegenüber der Julischen Halle, vor dem Triumphbogen des göttlichen Tiberius, ihre Statue im Staub liegen sah.

»Schneller!« herrschte Poppäa die Sklaven an, um an jeden einzelnen Aufstellungsort zu gelangen. Aber wohin sie auch kam, überall waren die Standbilder umgestoßen, demoliert oder mit schwarzer Farbe beschmiert. Rasend vor Wut trieb sie die Sklaven zum Kapitol hinauf, wo die Sabinerin ihre lebensgroße Marmorstatue neben dem göttlichen Nero in einer Reihe mit Augustus, Tiberius, Caligula und Claudius wußte. Hier Hand anzulegen würde der Pöbel nicht gewagt haben, und tatsächlich erkannte sie im Dämmerlicht, daß ihr Abbild aufrecht stand, in einer Reihe mit den Kaisern des Imperiums. Erst im Näherkommen entdeckte sie das Furchtbare: Man hatte ihrem Bildwerk und dem des göttlichen Nero einen Sack über den Kopf gestülpt, so wie es Gatten- und Muttermördern zukam, die nach ergangenem Urteil zusammen mit einem Hahn oder einer Schlange in einen Sack gesteckt und ertränkt wurden.

»Bringt mich auf schnellstem Weg nach Hause!« rief Poppäa empört, und die Galater rannten, so schnell sie nur konnten; die Unbeherrschtheit ihrer Herrin war gefürchtet. Poppäas Zorn schwoll an zu blinder Wut, als sie an jener Stelle vorbeikam, wo noch kurz zuvor ihr eigenes Standbild Entzücken hervorgerufen hatte: Dort stand nun eine Skulptur Octavias, und ein Blumenkranz krönte ihr Haupt.

»Sie muß sterben, sie muß sterben!« Poppäa wiederholte die Worte, leise, beschwörend, wie einen Fluch. Sie muß sterben! Es war ein Fehler, sie nach Pandateria zu verbannen, Octavia muß sterben! Warum hassen mich die Römer so? Gewiß, ich bin schöner, reicher, begehrter als alle anderen, aber ist das ein Grund, mich zu hassen?

Der göttliche Nero hatte ihr zugesichert, sich von Octavia scheiden zu lassen, sobald es die Umstände erlaubten. Das war gewiß nicht einfach, weil Octavia zurückgezogen lebte wie eine Vestalin und weil selbst ein gekaufter alexandrinischer Flötenspieler, der behauptete, die Kaisergemahlin eine Nacht und einen Tag geliebt zu haben, vor Gericht keinen Glauben fand – höchst erstaunlich für einen Mann dieses Berufes und dieser Herkunft.

Unterwegs begegneten Poppäa Koprophagen und Müßiggänger, die in der Menge Stärke suchten; sie trugen lodernde Fackeln und riefen: »Octavia, Octavia!«, daß die Sabinerin ihre Hände auf die Ohren preßte, so schmerzte sie dieser Name. Ob nicht Seneca hinter all diesen Aktionen steckte? Der Alte konnte sie nicht leiden und hatte schon mehrfach beim Kaiser gegen sie intrigiert, doch obwohl er reich und mächtig war, obwohl er mit seinem Freund Burrus ein halbes Dezennium lang das Weltreich regiert hatte, weil der göttliche Nero noch ein Kind war, gelang es ihm nicht, den Kaiser umzustimmen. Der vergötterte seine Poppäa.

Die Sabinerin wußte sehr wohl um den Grund seiner Parteinahme gegen sie, hatte sie ihn doch, als er, der alternde Philosoph und Redner, um eine einzige Nacht mit ihr buhlte, abgewiesen und ins Lupanar hinter dem Theater des Pompejus verwiesen, wo sie es ihm zu dritt für drei Sesterzen besorgten, sie selbst koste 300 Millionen, so viel also, wie, Gerüchten zufolge, Senecas gesamtes Vermögen. Diesen Scherz verstand der geile Bock sehr wohl, und seither hatte sie ihn zum Feind – und er sie.

Auf dem Esquilin wartete der Verwalter ihrer pompejanischen Güter, Marcus Silanus. Die Nachricht von dem Erdbeben hatte Poppäa nicht weiter erschüttert; nur eine genaue Aufstellung der Schäden wollte sie haben und Vorschläge, wie man sie zu beheben gedenke. Das riesige Landgut im Nordosten Pompejis hatte, im Gegensatz zu den drei Stadthäusern, keinen Schaden genommen – nur: von den fünfhundert Eseln, die dort gehalten wurden, war die Hälfte während des Bebens in wilder Panik entlaufen, und es war trotz großer Anstrengungen der Sklavenschaft nicht gelungen, mehr als ein Dutzend der Grautiere wieder einzufangen. Esel als Last- und Zugtiere seien während des Wiederaufbaues der Stadt gefragt wie nie zuvor, meinte Marcus Silanus, zur Zeit könne er daher nicht mehr als drei Faß Eselsmilch täglich liefern, er bedauere.

»Du willst also, daß ich im harten Wasser der Aqua Julia bade!« geiferte Poppäa. »Du willst, daß meine Haut rauh wird wie die eines

Waschweibes aus der Vorstadt! Du willst, daß ich in den Thermen des Agrippa bade, wo die Huren verkehren und mit den Prätorianern Orgien feiern!«

»Herrin«, versuchte Silanus sie zu beschwichtigen, »jeder Römer spricht von Eurer Schönheit, Euer Ruf geht weit über die Grenzen Pompejis hinaus und jedermann weiß, daß die Milch der pompejanischen Esel dazu beiträgt, diese Eure Schönheit zu erhalten. Aber, beim Hercules, ich kann nicht mehr Esel melken lassen als im Stall stehen!«

»Dann kaufe eine neue Herde.«

»Leicht gesagt«, entgegnete Silanus, »die Märkte, wo sonst Dutzende dieser Tiere feilgeboten werden, sind wie leergefegt. Eumachia, die mächtige Priesterin, hat alle Esel, Maultiere und Zugochsen aufgekauft, sie erwirbt Häuserruinen zu einem Spottpreis und baut sie wieder auf, um sie später teuer zu verkaufen.«

Poppäa legte den Kopf zur Seite und sagte: »Nicht übel, diese Frau.«

»Dabei kommt ihr zugute«, fuhr Marcus Silanus fort, »daß sie neben ihren Landgütern und Weinbergen auch die größten von Pompejis Ziegeleien besitzt.«

»Und da kommst du und teilst mir mit, daß ich, Poppäa Sabina, unter den Folgen eines Erdbebens leiden soll – eines Bebens, das nicht einmal in Neapel zu verspüren war!«

»Herrin, große Teile Pompejis sind zerstört. Jupiters Wille war es, daß kein Heiligtum der Stadt erhalten blieb. *Quod dei bene vertant.*«

»Jupiters Wille ist es offenbar auch, daß Eumachia sich an der Katastrophe bereichert, während du mir den Verlust von ein paar Hundert Eseln meldest.« Poppäa ging unruhig auf und ab. »Die Einkünfte aus meinen pompejanischen Gütern sind ohnehin so dürftig, daß ich mich frage, ob du der richtige Verwalter bist für meine Besitzungen.«

Silanus ließ den Kopf hängen; er wollte sich rechtfertigen, erklären, daß der Sommer ungewöhnlich trocken, der Ertrag deshalb bescheiden war, doch er kam gar nicht dazu, weil Poppäa wutschnaubend durchs Haus eilte und ihn durch Gesten aufforderte, ihr zu folgen. So schlurfte denn Silanus mit schlechtem Gewissen hinter Poppäa her wie ein gezüchtigter Hund, ständig mit neuen Befehlen und weiteren Zornesausbrüchen rechnend. Im Gehen rief Poppäa nach Pyrallis, ließ den Schleier auf den Boden fallen und forderte, im Garderobenraum angelangt, ein neues Kleid für den Abend. Pyrallis trat hinzu, löste die Fibeln an den Schultern der Herrin, und das Gewand glitt von ihr herab wie ein Segel, das bei der Einfahrt in den Hafen gerefft wird. Nackt und blendend wie eine achaische Statue stand Poppäa da, und Silanus senkte den Blick. Er wollte sich umdrehen, aus dem Raum gehen, doch dann begriff er, daß Poppäa ihn mit dieser Handlung demütigen wollte, daß sie sagen wollte: Du bist für mich Luft, bist kein Mann, ein Werkzeug bist du, ein Knecht, nichts weiter. Und obwohl er ihre Schönheit erkannte, das Weiß ihrer Haut, von dem sich das rote Haar abhob wie die Sonne am Himmel, die Äpfel ihrer Brüste und die sanfte Rundung ihrer Hüften, fühlte Silanus nichts – im Gegenteil, die Demütigung verursachte ihm tiefes Mißbehagen. Pyrallis streifte der Herrin ein anderes, dunkelgrünes Kleid über, und noch immer stand der Verwalter da, mit gesenktem Blick.

»Ich will dir einen Vorschlag machen«, begann Poppäa und forderte die Zofe mit einer Kopfbewegung auf zu verschwinden. Sie winkte Silanus so nahe zu sich heran, daß er ihren Atem hören konnte. »Ich könnte dich davonjagen wie einen Hund, der nach dem Wild auf der Festtafel des Herrn geschnappt hat, aber ich will dir eine Chance geben . . .«

Silanus beugte das Knie, ergriff die Hand der Herrin und preßte sie gegen die Stirne, so wie er es als Sklave getan hatte, als er noch nicht in Freiheit stand, und sagte: »Sprich, Herrin, was soll ich tun?«

»Octavia . . .«

»Die Frau des Göttlichen?«

»Er verbannte sie auf die Insel Pandateria, die der Küste von Cumä vorgelagert ist, dorthin, wo einst die euböische Sibylle weissagte, keine Tagesreise von Pompeji entfernt.«

»Ein furchtbares Vorzeichen! Kaum einer hat diese Insel

jemals lebend verlassen – und wenn, so folgte der Tod ihm auf dem Fuße. Octavia sieht einem traurigen Schicksal entgegen.«

»Also ist es ein Gebot der Menschlichkeit, der Kaisergemahlin dieses traurige Los zu ersparen. Ich glaube, der Tod wäre eine Erlösung für Octavia.«

Silanus schwieg. Es dauerte eine ganze Weile, bis er begriff, was Poppäa mit diesen hämischen Worten meinte. Dann aber erschrak er und begann am ganzen Körper zu zittern.

»Sie ist mir im Weg«, sagte Poppäa zornig und warf ihr volles Haar in den Nacken. »Die Römer bekränzen *ihre* Statuen mit Blumen und stürzen die meinen in den Sand. Solange sie am Leben ist, werde ich immer eine Nebenbuhlerin haben. Du mußt sie mir aus dem Weg schaffen.«

Als Poppäa das versteinerte Gesicht des Pompejaners sah, sagte sie beschwichtigend: »Du mußt es ja nicht selbst besorgen! Man wird dir zwanzigtausend Sesterzen aushändigen, über die du mir keine Rechenschaft schuldig bist. Führst du die Tat selbst aus, so sind sie dein, willst du dir die Finger nicht schmutzig machen, so dinge einen der zahllosen Taugenichtse, die überall auf den Straßen herumlungern. Nur hüte dich, das in Rom zu tun, denn in Rom haben die Wände Ohren, die Decken Augen und selbst das Straßenpflaster ist mit Nasen ausgestattet, Spürhunde folgen jedem deiner Schritte . . .«

Poppäa rief nach Polybius, dem Schreiber, und beauftragte ihn, dem pompejanischen Verwalter sechzigtausend Sesterzen auszuhändigen.

»Sechzigtausend Sesterzen?« fragte Silanus ungläubig.

»Für den Kauf neuer Esel, du Dummkopf«, erwiderte Poppäa, »meinetwegen läßt du sie – *rebus sic stantibus* – aus Karthago herbeischaffen.«

Silanus rechnete – und verstand.

»Verdoppelt die Nachtwachen!« rief Poppäa Sabina, als Silanus gegangen war. »Und sollte der Quästor aus Lusitanien Einlaß fordern, dann werft ihn hinaus.«

Aphrodisius war so arm, wie Poppäa reich war. Er trug die tausend Sesterzen unter seinem Gürtel auf dem Leib, denn er mußte befürchten, in den öffentlichen Schlafstellen, die für die Obdachlosen eilends eingerichtet worden waren, bestohlen zu werden. Tagelang war er ziellos durch die Ruinenstraßen geirrt, als laufe er dem eigenen Schicksal hinterher – doch wenn der Abend sich herniedersenkte, wenn kühler Wind durch die Ruinen heulte, wenn er fröstelnd zu den anderen Obdachlosen schlich, dann holte ihn das Schicksal wieder ein. Den Plan, nach Rom zu gehen und sich dort bei einem anderen Patron zu verdingen, hatte er aufgegeben, weil ihm bei dem Beben sein Freiheitsstab abhanden gekommen war. Unter dem Arm, da trug er indessen noch immer das eingebrannte Sklavenmal – wer würde ihm schon glauben in der großen, fremden Stadt?

Das Macellum, wo er für seinen Herrn Serenus den Marktzins kassiert hatte, lag verlassen da. Bald jedoch tauchten Händler vom Land auf, um ihre Stände an Straßenkreuzungen aufzuschlagen. Früher, vor dem Erdbeben, war das streng verboten gewesen – jetzt mußten die Pompejaner zufrieden sein, daß es überhaupt wieder etwas zu kaufen gab. Murrend zahlten sie Wucherpreise für Getreide, Linsen, Bohnen und Gemüse, vereinzelt wurde sogar Fleisch angeboten zum dreifachen Preis. Doch als die Ädilen drohten, bei Cäsar eine Senkung des Münzwerts zu erwirken, da blieben tags darauf die Stände leer wie das Forum nach einem Herbststurm, obwohl es Waren gab im Überfluß. Die aber lagerten in Vorratsräumen, und von nun an konnte man dieselben Händler beobachten, wie sie sich nach Einbruch der Dämmerung in Hausnischen herumdrückten, mit Säcken und Körben von Haus zu Haus schlichen wie Diebe in der Vorstadt, all jenen Recht gebend, die seit alters her behaupteten, Handel sei die Mutter des Reichtums.

Erblickte ein Reicher in diesen trüben Tagen den einzigen Trost in seinem Geldsack, so fand ihn der Arme im Gebet. Schlechte Zeiten sind Zeiten der Götter, denn mit knurrendem Magen betet sich's leichter, und so pilgerten Priester und Propheten in die zerstörte Stadt, um Gefolgsleute buhlend wie brünftige Wölfe und nie um eine verlockende Versprechung verlegen. Eumachia, die

Priesterin, ließ zuerst auf dem Forum ein Larenheiligtum errichten, für die Schutzgötter des Hauses und der Familie. Aus dem Osten kamen Priester des felsengeborenen Mithras, dem auch der göttliche Nero zugetan sein sollte, und predigten strenge Gebote und Prüfungen im Kampf gegen das Böse. Für Isis mit dem Kuhgehörn, die Schicksalsherrscherin, sprachen Jünger aus Rom, wo die Göttermutter vom Nil des Nachts mit furchterregenden Riten wie Demeter verehrt wurde.

Am stärksten berührten Aphrodisius die Reden eines Mannes aus Kilikien, der, von Geburt ein römischer Bürger und Zeltmacher von Beruf, kahlköpfig, aber mit wehendem Bart auf die Stufen der Tempelruine des Jupiter trat und in griechischer Sprache zu den Pompejanern redete. Er komme aus Rom, sagte er, wo er zwei Jahre gefangengehalten, dank römischer Gerichte jedoch in Freiheit gesetzt worden sei. Als er vom Unglück, das Pompeji traf, hörte, habe er sich sofort auf den Weg gemacht. Sein Name sei Paulus; er sei Jude, geboren im kilikischen Tarsos und aufgewachsen in Jerusalem. Unterrichtet bei dem Pharisäer Gamaliel nach der Strenge des väterlichen Gesetzes als ein Eiferer für seinen Gott.

Zornig habe er die Anhänger einer Sekte verfolgt, die sich Christen nannten nach einem Mann mit Namen Jesus Christus, der gerade hingerichtet worden war wegen politischer Umtriebe. Unvermittelt auf dem Wege nach Damaskus habe ihn ein Strahl des Himmels getroffen, er sei zu Boden gestürzt und eine Stimme habe zu ihm gesprochen, er sei Jesus, den er verfolge, und als er die Augen öffnete, sei er blind gewesen. In Damaskus sei ihm ein Mann namens Ananias entgegengetreten, habe ihm die Hände aufgelegt und erklärt, dieser Jesus habe ihm das Augenlicht genommen, damit er sehend werde und erfüllt von der Erkenntnis. Und sogleich sei es ihm wie Schuppen von den Augen gefallen, er habe sehen können und den Glauben gefunden an seinen Gott.

Da klatschten die Pompejaner begeistert Beifall, weil sie nichts lieber hörten als Geschichten von geheimnisvollem Zauber, und Vesonius Primus, der Färber, rief, er solle den Zauber wiederholen, sie alle wollten die Stimme vom Himmel hören, und wenn er verspreche, ihn wieder sehend zu machen, würde er sogar bereitwillig erblinden. Die Pompejaner johlten.

»Wir werden dir glauben und uns zu deinem Glauben bekehren«, rief der reiche Nigidius, »wenn du über Nacht unsere eingestürzten Häuser wiederaufbaust.« – Und Ascula, die Schankwirtin, schluchzte: »Ich schenke dir sogar mein Haus, wenn du meinen Mann Placidus zum Leben erweckst.« – »Und meine Frau und meinen Sohn!« fügte der Tuchmacher Verecundus mit gebrochener Stimme hinzu. – Und der alte Priester Amandus fragte: »Sage mir, Fremder, wie erklärst du die Willkür der Götter, die Ungerechten und Gerechten das gleiche Unglück zuweisen? Wie erklärst du den Zorn der Götter über diese Stadt, die gewiß nicht sittenloser ist als das sittenlose Korinth und die Gesetze gewiß nicht mehr mißachtet als das gesetzlose Rom? Aber weder Rom noch Korinth mußten ein solch schweres Schicksal erleiden.«

Nun aber erhob der Mann aus Tarsos seine Stimme, und die aufgebrachte Menschenmenge verstummte: »O Mensch«, sprach Paulus, »wer bist du, daß du rechten willst mit Gott? Will etwa das Gebilde zu seinem Bildner sagen: ›Warum hast du mich so gemacht?‹ Oder hat der Töpfer nicht Macht über den Ton, um aus derselben Masse das eine Gefäß zu machen zur Ehre, das andere zur Unehre? Wenn nun Gott, da er seinen Zorn zeigen und sein Mächtigsein kundtun wollte, in großer Geduld Gefäße des Zorns ertrug, die hergerichtet waren zum Untergang, und wenn er zeigen wollte den Reichtum seiner Herrlichkeit an den Gefäßen der Erbarmung, die er im voraus bereitet hat zur Herrlichkeit?«

Da schwiegen die Pompejaner. Viele verstanden die Worte des Fremden nicht, und Amandus hielt Paulus entgegen: »Du bist ein weitgereister Mann und erfahren in den Lehren der griechischen Philosophen. Du bist ein Sophist und wirst uns gleich beweisen, daß Achilles den Wettlauf gegen die Schildkröte nie gewinnen kann.«

Paulus hob die Hand: »Hört mich an, ich bin weder ein asiatischer Zauberer noch ein Sophist. Ich bin euer aller Bruder; denn es gibt keine Unterschiede zwischen Römern, Hellenen und Juden.

Ein und derselbe ist der Herr aller, und jeder, der ihn anruft, wird gerettet werden.«

»Gerettet? Wovor?« warf Nigidius Maius ein, und die Pompejaner drängten näher an den Fremden heran.

»Vor der ewigen Verdammnis!« erwiderte Paulus. »Ihr sollt am Stand der Zeit erkennen, daß die Stunde gekommen ist, vom Schlafe aufzustehen. Die Nacht ist vorgerückt, es naht der Tag. Deshalb laßt uns ablegen die Werke der Finsternis und anlegen die Waffen des Lichts. Wie am Tage laßt uns ehrbar wandeln, uns nicht ergehen in Schmausereien und Trinkgelagen, nicht in Wollust und Ausschweifungen, nicht in Streit und Eifersucht.«

Das aber war zuviel für die Pompejaner. Ein jeder fühlte sich irgendwie verletzt, persönlich getroffen, ertappt, und Nigidius rief voller Häme: »Auch nur einer von diesen Bangemachern! Verschone uns mit deinen Reden! Wir haben Götter genug, wir brauchen deinen Gott nicht! *Pereat, pereat!*« Die übrigen unterstützten ihn lautstark. Bald erhob sich die Forderung, der fremde Prediger solle verschwinden und auf dem Lande nach Dummen suchen, die seiner Lehre glaubten, und sie drängten Paulus von den Stufen der Tempelruine.

Doch der schien furchtlos, erwiderte ihre zornigen Blicke mit gütigem Lächeln, und als er an Fabius Eupor, einem Krämer aus der Via consularis, vorbeikam, der seit seiner Jugend an Krücken ging, da legte er ihm die flache Hand auf die Stirne, daß der arme Teufel strauchelte und zu Boden fiel. Er war nicht gerade beliebt in Pompeji, weil seine Fische meistens stanken und das Gemüse, das er verkaufte, oft faulig war. Aber nun, vor dem Fremden, taten die Pompejaner entrüstet, weil er einen der Ihren zu Boden gestoßen hatte, noch dazu den hilflosen lahmen Eupor, und sie hoben die Fäuste gegen den Mann aus Tarsus. Aphrodisius, der das alles aus nächster Nähe beobachtete, mußte befürchten, die Menge würde den Prediger erschlagen, doch dem gelang im verwirrenden Handgemenge die Flucht.

»Sieh nur, Amandus!« Aphrodisius zog den alten Priester am Ärmel und deutete auf den lahmen Krämer. Eupor stand plötzlich inmitten der aufgebrachten Pompejaner und blickte sprachlos an sich herab. Niemand konnte sich erinnern, Fabius Eupor je ohne Krücken unter den Achseln gesehen zu haben – doch nun stand er aufrecht da, ohne hölzernes Gehwerkzeug, staunend, betroffen. Immer mehr Pompejaner wurden auf ihn aufmerksam, das hektische Getümmel verstummte allmählich, und in der Stille heulte der Krämer plötzlich los: »Meine Beine, meine Beine, ich fühle Leben in meinen Beinen, ich kann sie bewegen, Jupiter, ich kann gehen, ich kann gehen, glotzt nicht so ungläubig, ich kann gehen, gehen!«

Die Schreie des Krämers hallten über das brache Forum wie der Kranichschrei über die weiten campanischen Felder. Nigidius schien als erster das Unfaßbare zu begreifen. Er rief: »Der Zauberer, wo ist der kilikische Zauberer?« Und obwohl ihn ein jeder soeben noch gesehen haben wollte, blieb Paulus aus Tarsos verschwunden, war wie vom Erdboden verschluckt. Da bedrängten die Pompejaner Fabius Eupor mit eindringlichen Fragen, wollten wissen, was er gefühlt habe, als der Fremde ihn berührte, ob er Schmerzen verspüre, wenn man ihn ins Bein zwicke, ob er wirklich jener Fabius Eupor sei, der in der Via consularis stinkenden Fisch verkaufe, und Ascula wollte wissen, was der Fremde bezahlt habe, damit er dieses Schauspiel mitmache.

Da schluchzte der Krämer laut, und die Tränen rannen über sein gefurchtes Gesicht, und er fluchte und schalt Ascula, ob sie denn glaube, daß es eine Freude sei, ein Leben lang auf Krücken herumzulaufen anstatt auf den Beinen, und er riß die Ärmel seines Gewandes hoch und zeigte die wundgescheuerten Fleischfalten seiner Achselhöhlen.

Der seltsame Vorfall auf dem Forum trennte die Pompejaner in zwei Parteien. Die einen riefen nach dem fremden Prediger, weil sie mehr hören wollten von dem unbekannten Gott, der diesen Zauber vollbrachte, die anderen schalten den Mann aus Tarsos der Volksverhetzung und forderten, ihn festzunehmen und abermals vor Gericht zu stellen; der Tod durch das Schwert sei ihm sicher.

Amandus, der alte Priester, verfolgte die Diskussionen schweigend, und Aphrodisius trat verwirrt an ihn heran und fragte: »Du schweigst, Priester? Dabei wäre es doch deine Sache zu reden. Hast du nicht mit eigenen Augen gesehen, was alle gesehen haben? Nun

»Dann bin ich in der Tat kein wahrer Römer!« rief Aphrodisius aus, und Amandus erkundigte sich: »Ein Freigelassener, he?«

Aphrodisius nickte.

»Woher kommt dein Vater?«

Aphrodisius schwieg. – »Aus Germanien«, antwortete er nach einer Weile.

»Ist er . . .?«

»Ja«, sagte Aphrodisius, »meine Mutter auch, und Serenus, mein Herr.«

»Beim Jupiter! Und nun?«

»Ich weiß nicht«, antwortete der Junge, »ich weiß nicht, wie es weitergehen soll. Vielleicht werde ich mich wieder – *pro tempore* – als Sklave verdingen.«

»Du willst freiwillig in den Sklavenstand zurückkehren?« Amandus schlug die Hände zusammen. »Die Götter mögen dich vor so viel Dummheit schützen!«

»Meine Herrin Fulvia hat mich hinausgeworfen. Sie gab mir tausend Sesterzen. Jetzt lebe ich bei den Obdachlosen. Was bleibt mir anderes übrig? Ich bin jung, ich muß wieder ganz von vorne anfangen. Die Götter wollen es so. Ein Sklave ist ein Sklave, und so soll es bleiben.«

»Dummes Geschwätz!« Amandus fuchtelte zornig in der Luft herum. »Müßte ein Mensch der bleiben, als der er geboren wird, dann dürften wir keinen unserer Cäsaren als Gott verehren, Nero nicht und nicht Claudius, Tiberius nicht und nicht den göttlichen Cäsar Augustus. Und sind es nicht gerade Männer deines Standes, Freigelassene, die zu höchster Macht im Staat gelangt sind? Männer wie Pallas, dem Antonia die Freiheit schenkte, und der so reich wurde, daß selbst der Göttliche ihn fürchtete, Männer wie Atilius, der in Rom sein eigenes Theater erbaute und Gladiatoren kämpfen ließ, Männer wie Epaphroditos, der das höchste Vertrauen des Cäsars besitzt? Und war nicht Horaz, den seine Oden unsterblich gemacht haben, der Sohn eines Freigelassenen aus Venusia?«

Da mußte Aphrodisius eingestehen, daß er das Gut der Freiheit leichtfertig aufs Spiel setzte und daß Freiheit ein Geschenk der Götter sei, das zurückzugeben einem Frevel gleichkam. So versprach er dem alten Priester, seine Freiheit zu bewahren wie ein wertvolles Gut.

Doch das war leichter gesagt als getan, weil des Abends im Asyl der Obdachlosen, einer Viehhalle vor den Mauern der Stadt, Sklavenhändler durch die Reihen der am Boden Ruhenden schlichen und mit Versprechungen von Geld und anständiger Unterkunft billige Arbeitskräfte warben für den Wiederaufbau der Stadt. Ein um das andere Mal lehnte Aphrodisius diese Angebote ab, weil sie für einen jungen Freigelassenen nichts anderes als die Rückkehr in den Sklavenstand bedeutet hätten.

Eines Abends redete ihn ein Herrenloser an. Er lag neben ihm, den Kopf auf sein Bündel gestützt, und machte, trotz seines heruntergekommenen Aussehens, einen zufriedenen Eindruck. Er reichte Aphrodisius einen abgestoßenen Tonkrug.

»Kein Falerner, aber unverdünnt reicht er zum Fröhlichsein.«

Aphrodisius schob den Kurg beiseite und schüttelte den Kopf.

»O verzeiht vielmals, hoher Herr, daß ich es wagte, Euch anzusprechen«, sagte der Sklave mit übertriebener Ehrerbietung.

Und Aphrodisius erwiderte: »Schon gut, war nicht so gemeint.«

»Libertinus, he?« erkundigte sich der andere vorsichtig?«

Aphrodisius nickte.

»Fortuna liebt dich.«

Aphrodisius sah auf: »Und du?«

»Gavius. Meine Herrschaft kam um.«

»Meine auch. Ich bin Lucius Cäcilius Aphrodisius.«

»Du bist ein Freigelassener, das sieht man.«

Aphrodisius grinste spöttisch: »Woran willst du das erkennen, alter Schmeichler? Mein Magen knurrt nicht weniger laut als der deine.«

Der Sklave zeigte mit beiden Fingern auf sein Gegenüber: »Du trägst die Miene eines Freien zur Schau« – er wies mit den Fingern auf sich –, »ich hingegen werde immer ein Sklave bleiben, auch wenn mir Cäsar persönlich das Bürgerrecht verleiht.«

Beide lachten, und Aphrodisius gewann Interesse an dem Kauz. »Hast wohl auch noch keinen neuen Herrn gefunden?«

Gavius winkte ab: »Arbeit gibt es genug . . .«

». . . aber?«

»*Zuviel* Arbeit! Diese Sklaventreiber verlangen zuviel. Vierzehn Stunden Steine schleppen am Tag, und das für zehn As. Nein, danke.«

»Was willst du tun, Halunke?«

»Vor allem will ich reich werden, Libertinus. Bist du erst einmal reich, so bist du frei.«

»Wer möchte das nicht!« lachte Aphrodisius. »Die Frage ist nur: Wie willst du das anstellen?«

»Man muß nachdenken«, sagte Gavius mit todernstem Gesicht. »So!« Und dabei legte er seinen Kopf in die hohle Hand.

»Und?« erkundigte sich Aphrodisius. »Ist dir schon etwas eingefallen?«

»Nein. Das heißt, doch. Etwas will ich dir sagen: Durch Arbeit kann man nicht reich werden. Wenn du das einmal begriffen hast, bist du auf dem richtigen Weg.«

»Du glaubst also, all die reichen Pompejaner, Loreius Tiburtinus, Herrenius Florus, Umbricius Scaurus, Eumachia und nicht zuletzt mein Herr Serenus, seien ohne Arbeit reich geworden? Da irrst du, mein lieber Gavius! Was meinen Herrn Serenus betrifft, so hat er angefangen wie ich, als Pachteintreiber im Macellum, und als er starb, war er der größte Geldverleiher der Stadt.«

»Eben«, fiel ihm Gavius ins Wort, »eben. So etwas geht doch nicht mit rechten Dingen zu, ich meine, ein Pachteintreiber des Macellums wird nicht so einfach Geldverleiher.«

»Natürlich nicht. Dazwischen liegen viel Arbeit, Sparsamkeit gegen sich selbst und geschicktes Anlegen des Verdienten. Mein Herr Serenus investierte in ein Landgut, aus den Erträgen kaufte er eine Ziegelei, beide Unternehmen warfen schließlich so viel Geld ab, daß er sein Geld verleihen konnte – womit er sich dann eine neue Einnahmequelle erschloß.«

»Sag' ich doch«, plapperte Gavius. »*Hast* du erst einmal Geld, so vermehrt es sich ganz von selbst.«

»Tölpel!« Aphrodisius fuhr den Sklaven an. »So kann nur einer reden, der von Geld keine Ahnung hat! Glaube mir, es ist schwerer, ein Vermögen zu erhalten als ein Vermögen zu verdienen. *Sic!*«

Das aber wollte Gavius überhaupt nicht gelten lassen. Er schlug zornig mit der Faust auf sein Bündel und rief so laut, daß die Umliegenden erschrocken auffuhren: »Auf dieser Welt wird aus einem Reichen kein Armer, weil die Lumpen immer zusammenhalten!«

Als Gavius bemerkte, daß viele Augen auf ihn gerichtet waren, stellte er sich schlafend. Doch kurze Zeit später blinzelte er mit den Augen, ob das Interesse der Umliegenden nachgelassen habe, schließlich stupste er Aphrodisius an: »He, kann man dir vertrauen, Libertinus?«

»Das kannst du halten wie du willst, Sklave«, antwortete Aphrodisius.

»Die Götter mögen wissen warum, aber ich vertraue dir, Libertinus.«

»Den Göttern sei Dank.«

»Du machst dich lustig über mich, Libertinus!«

»So ist es auch.«

»Aber es ist eine ernste Angelegenheit. Es geht um viel Geld!«

Aphrodisius rückte näher: »Laß hören, Sklave!«

»Du kennst Silanus, den Herrn der Güter der Poppäa?«

»Jedes Kind kennt Silanus.«

Hinter vorgehaltener Hand flüsterte Gavius: »Es geht um zehntausend Sesterzen.«

Aphrodisius holte tief Luft: »Zehntausend Sesterzen! Schon mit der Hälfte wären wir reich, Sklave.«

»Du kannst sie dir verdienen«, meinte Gavius vorsichtig.

»Zehntausend Sesterzen? Was nützt dir so viel Geld, wenn du nicht mehr Gelegenheit hast, es auszugeben? Ich meine, an diesem Geschäft ist etwas faul, vermutlich bezahlt man mit seinem Leben.«

Gavius hob die Schultern. »Silanus sucht einen Mann, der nach Pandateria segelt.«

»Er wird ihn gewiß nicht für die Seefahrt entlohnen. Pandateria ist eine unfreundliche, felsige Insel. Kein Mensch geht freiwillig dahin.«

»Du scheinst nicht zu wissen, wer dort Aufenthalt genommen

hat – nicht freiwillig natürlich«, erwiderte der Sklave, und nach einer Weile fügte er hinzu: »Octavia, die Gemahlin des Göttlichen.«

»Beim Hercules!« entfuhr es dem Jungen. »Jetzt begreife ich! Silanus handelt im Auftrag Poppäas.« Und auf einmal sah Aphrodisius den Dolch im Hals seines Herrn Serenus, doch schnell, wie es gekommen war, verdrängte er das Bild aus seinem Gedächtnis, zweifelte sogar, ob er das Ganze nicht bloß geträumt habe, schließlich hatte Fulvia Serenus mit allen Ehren bestattet. Sollte sie wirklich die Wunde in seinem Hals nicht gesehen haben . . .?

»Je mehr Geld, desto schlechter der Charakter.« Die Worte des Sklaven holten Aphrodisius in die Wirklichkeit zurück, und er fragte: »Wäre das nicht ein Geschäft für dich?«

»Für mich?« erwiderte Gavius entrüstet. »Lieber vierzehn Stunden Steine schleppen, aber ein reines Gewissen. Auf solchen Reichtum kann ich verzichten!«

»Und du glaubst, *ich* würde eine solchen Auftrag übernehmen? Danke den Göttern, daß hier so viele Leute schlafen, sonst würde ich die Sohlen meiner Sandalen auf deinem Hinterteil tanzen lassen!«

Gavius brummte etwas in sich hinein. Aphrodisius verstand nur soviel wie: Man müsse ja nicht gleich glauben, daß er, Gavius, ein schlechter Mensch sei, nur weil er berichte, was in den finsteren Ecken der Stadt geflüstert werde. Darüber schlief er auf seinem Bündel ein.

Aphrodisius aber hatte in dieser Nacht einen seltsamen Traum: Sklaven trugen ihn in einer Sänfte durch die zerstörten Straßen der Stadt, und hinter ihm erhoben sich die Steine und kehrten an ihren ursprünglichen Ort zurück, Stein auf Stein, und die Häuser erstrahlten in ihrem alten Glanz. Und am Ende der Straße nach Stabiä stand ein wunderschönes Mädchen, und Aphrodisius befahl den Sklaven, schneller zu laufen, aber so schnell sie auch liefen, sie erreichten das Mädchen nicht. Da sprang Aphrodisius aus der Sänfte und rannte, bis seine Lungen kochten, und als er einen ganzen Tag gelaufen war, wurde es Nacht um ihn herum, so finster, daß er nicht einmal die eigenen Füße erkennen konnte, und sein Atem stockte, daß er das Bewußtsein verlor. Da erwachte Aphrodisius.

Schneller als man erwarten durfte, erholten sich die Pompejaner von dem Schrecken, den das Erdbeben verbreitet hatte, ja, hier und da gewann man sogar den Eindruck, daß die reichen Pompejaner die Katastrophe gar nicht als Unglück betrachteten, sondern als einen Wink Fortunas mit dem Füllhorn. Denn wer reich war in der Stadt und bei dem Beben nicht Hab und Gut verloren hatte, dem bot sich nun Gelegenheit, Grund und Boden von den weniger Begüterten zu erwerben, die sich nicht in der Lage sahen, ihre zerstörten Häuser aus eigenen Mitteln wiederaufzubauen. Und das große Angebot hatte zur Folge, daß Baugrund und Häuserruinen zu Spottpreisen feilgeboten wurden. So kam es, daß die Reichen noch reicher wurden, während die Armen ihres einfachen Lebensunterhalts beraubt wurden und sich als Tagelöhner verdingen mußten, für zwölf As am Tag.

Die reichen Familien der Stadt aber, die Vettier, Sittier, Postumier, Vibier und Cornelier, lebten froh auf ihren Landgütern und vergnügten sich abends bei ausschweifenden Gelagen, die täglich ein anderer Gastgeber ausrichtete. Da protzten sie dann mit ihren neuerworbenen Häusern, als handelte es sich um einen Wettbewerb in der großen Palästra.

Alleius Nigidius Maius bot alles auf, was seinen gewaltigen Reichtum zur Geltung brachte: Dreihundert Fackeln beleuchteten die Auffahrtsallee zu seinem Landgut, die Marmorkolonnade am Eingang leuchtete blendend weiß, das Innere des Hauses gliederte sich um einen dunkelgrünen Teich, in dem rote Goldfische wie von Zauberhand gelenkt ihre Bahnen zogen. Wie viele Räume die Zimmerfluchten bargen, wußte selbst Nigidius nicht zu sagen, doch rühmte er sich, Gemächer für hundert Gäste bereitzuhalten. Überall im Haus begegnete der Gast dem Duft herber Blüten, dessen Geheimnis in einem kaum sichtbaren Röhrensystem lag, durch das in regelmäßigen Abständen von der Decke herab kostbare Essenzen versprüht wurden.

»Das mag für Scaurus, den Fischsoßenpanscher, ja vonnöten sein«, meinte der dicke Viehzüchter Marcus Postumus lachend, während er sich mit beiden Händen an einer knusprig braunen Gans zu schaffen machte, »aber unsereins kennt durchaus seine eigenen

Essenzen.« Und Florus, der neben ihm bei Tische lag und große Mengen Wein in sich hineinschüttete, Florus mokierte sich, die Verführungen der Nase unterdrückten den Geschmackssinn des Gaumens, und sie seien doch wohl zum Essen und Trinken zusammengekommen und nicht zum Riechen.

»Nganz recht, nganz recht!« näselte der Schauspieler Ululitremulus, der mit seinem Freund Caldus eine einzige Liege teilte, um seinen Liebling besser füttern zu können. »Welch ein Geflatter auf all den Tischen!« entrüstete er sich. »Wohin ich sehe, nur Gänse, Enten, Hühnchen, Wachteln, Stieglitze und Ringeltauben. Ich glaube, wir werden alle nach Hause fliegen!«

Die anderen Gäste klatschten vor Vergnügen. Keiner von ihnen konnte Nigidius leiden, und das einzige was sie verband, war das Verlangen, anders sein zu wollen, anders als alle anderen, wohlhabender, schöner, einflußreicher, berühmter. Dafür ließ man sich auch verspotten. Und doch tat Nigidius nur einen Wink, und Sklaven schleppten auf silbernem Tablett ein Wildschwein herein, rotgeröstet und glänzend wie ein Spiegel, daß die Gäste vor Entzücken in Tränen ausbrachen, weil sie nie ein malerischeres erblickt hatten. Nigidius aber strahlte über das ganze breite Gesicht und verkündete, Pylades, sein phrygischer Koch, habe dieses Wunder der Kochkunst geschaffen, und mit dem Ruf: »Dem Kaiser, dem Vater des Vaterlandes!« rammte er ein Küchenmesser in den Wildschweinrücken, daß heiße Luft aus seinem Inneren entwich.

»Nun, Ululitremulus«, spottete Nigidius, »ich hoffe, du wirst nach dem Genuß des Wildschweinbratens nicht auf dem Bauch nach Hause robben, so wie du zuvor beim Geflügelessen fürchtetest, nach Hause fliegen zu müssen.« Nun hatte Nigidius die Lacher auf *seiner* Seite. Dann aber begann ein lautes, lustvolles Schmatzen und Schlürfen, ein Grunzen und Stöhnen, denn ein Pompejaner aß nicht nur für sich, sondern auch für jene, die mit ihm bei Tische lagen. Man aß im Liegen, den Kopf auf die Linke gestützt, mit der Rechten Essen schaufelnd. Der Wein, vom besten Falerner, wurde in flachen Schalen gereicht, *ad libitum*, und wollte man einem dringenden Bedürfnis nachkommen, erhob man sich nicht, sondern schnippte mit dem Finger, und der dem Gast zugeteilte Sklave trat vor und hielt einem, von den anderen unbeachtet, einen Tonkrug unter.

Trebius Valens, ein einflußreicher Politiker, den der reiche Klüngel zum Duumvir vorgesehen hatte, erkundigte sich beim Hausherrn, wer denn nun besser zu essen verstehe, die Römer oder die Pompejaner.

Diese Frage, erwiderte Nigidius, der Römer, bedürfe keiner Antwort, nur eines Hinweises, und in Anspielung auf den Ruf des Feinschmeckers Lucius Licinius Lucullus meinte er, Leute, die einen Feldherrn im Mithridatischen Krieg als Gott des Bauches verehrten, sollten besser bleiben, was sie sind, Getreidefresser. Vom Essen hätten sie jedenfalls keine Ahnung. Und er fügte hinzu: »Besser Duumvir in Pompeji als Konsul in Rom.«

»Was zahlst du mir für meine Stimme?« wollte Loreius Tiburtinus von dem Kandidaten wissen.

Der aber lachte: »Tiburtinus, du bist keine Ascula! Wer Ascula hinter sich weiß, der kann mit seiner Wahl rechnen. Aber du, Tiburtinus?«

»Aber du, Tiburtinus?« wiederholten die anderen seine Worte und verschluckten sich vor lauter Lachen: »Aber du, Tiburtinus?«

Ascula gab das Stichwort, denn in Gesellschaft gab es für die Pompejaner vor allem zwei Themen: Frauen und Geld. Frauen fehlten bei diesen Gelagen, anständige Frauen jedenfalls, wozu Ehefrauen und höhere Töchter zu zählen sind, denen das Feuer zu hüten aufgetragen war. Jenen Damen, die zwischen den einzelnen Gängen singend, tanzend oder sich entkleidend auftraten, ging der Ruf des Unzüchtigen voraus.

Ermattet von der Anstrengung des Essens, ließ Scaurus sich auf sein Ruhebett fallen und streckte alle viere von sich, und während Sklaven mit duftenden, heißen Tüchern Gesicht und Hände des Gesättigten abwischten, rief der Fischsoßenpanscher prustend: »Was ist das für ein Fest, bei dem der Bauch befriedigt wird, während die Augen darben?«

Da tat Nigidius einen Wink, und die Sklaven, die zuvor das Wildschwein gebracht hatten, trugen nun auf einer großer Silberschale über ihren Köpfen ein dunkelhäutiges nacktes Mädchen herein. Es kniete zusammengesunken mit ausgestreckten Armen wie ein schlafender schwarzer Schwan auf dem weiß schimmernden Silber, eine Statue des Phidias konnte nicht schöner sein. Die Sklaven setzten die Schale auf den niedrigen Tisch, und zur Musik von Flöte, Harfe und Schlagwerk, die hinter einem Vorhang erschallte, begann die schwarze Perle ihre geschmeidigen Glieder zu bewegen, langsam wie eine Schlange, lasziv wie eine Hure im Lupanar, und die Musik wurde immer schneller.

Sie heiße Lycoris, stamme aus Karthago und sei geboren, als der göttliche Caligula starb, erklärte Nigidius voll Stolz, also gerade einundzwanzig Jahre, und Trebius Valens, der keine Gelegenheit versäumte, seine hohe Bildung herauszustreichen, zitierte eine Ode des Horaz:

*»Lycoris, die hübsche, feine,*
*Mit der schmalen Stirne, brennt*
*Nur für Cyrus ganz alleine,*
*Der ihr Lieben nicht erkennt;*
*Denn er seufzt mit Ach und Weh*
*Nach der spröden Pholoe.«*

»Und wer darf das schöne Kind mit nach Hause nehmen?« erkundigte sich der dicke Viehzüchter Postumus lachend. »Aber wie ich dich Geizhals kenne, Nigidius, willst du Lycoris für dich behalten. Schöne Gastfreundschaft ist das!«

»Wir werden sie verlosen!« rief Nigidius, nachdem die kraushaarige Karthagerin ihren ekstatischen Tanz beendet hatte.

»Und was, wenn Ululitremulus gewinnt?« fragte Florus lachend.

»Dann schenke ich sie dir, Florus!« erwiderte der Verspottete.

Ein Sklave brachte einen Krug mit hölzernen Stäbchen. Nigidius zog eines heraus, zeigte es herum und sprach, während er das eine Ende in die Flamme eines Öllämpchens hielt, so daß das Holz schwarz verkohlte. »Wer das schwarze Stäbchen zieht, erhält Lycoris zum Geschenk.« Dann steckte er das angesengte Stäbchen wieder in den Krug zurück.

Loreius Tiburtinus machte das Rennen; doch der hatte zu allerletzt soviel Glück erwartet und bekundete freiheraus sein Desinteresse, weil Plautia, seine Frau, streng sei wie eine Vesta-Priesterin und nur Sklavinnen jenseits von Anmut und Schönheit in seinem Haus dulde. Da überboten sich die Pompejaner gegenseitig, um in den Besitz des dunkelhäutigen Mädchens zu kommen: Postumus bot eine Kuh, Scaurus ein Faß Garum, Valens versprach seine Freundschaft als Duumvir und Florus Wein für ein Jahr. Nur Priscillianus, der reiche Bankier, schien desinteressiert; er saß aufrecht, die Hände über den Bauch gespannt, und sagte kein Wort.

»He, Priscillianus«, neckte Nigidius, »das Mädchen ist ein Kapital, oder wäre dir ein schöner Knabe lieber?« Und dabei faßte er den Bankier an der Schulter. Starr wie eine Statue auf dem Forum kippte Priscillianus zur Seite, sein wuchtiger Körper bekam das Übergewicht und schlug mit einem dumpfen Schlag auf dem roten Marmor auf. Von einem Augenblick auf den anderen wurde es still im Raum. Alle starrten auf den verkrümmt daliegenden Koloß, und es dauerte eine ganze Weile, bis sie das Furchtbare begriffen: der starre Blick, ein verzerrter Mund – Priscillianus war tot. In seinem Rücken steckte ein Dolch. Wie eine Qualle am Strand lag er da, milchigweiß, mit verbogenen Gliedmaßen, und Ululitremulus trat hinzu, faßte die Hand des Toten und ließ sie entsetzt auf den Boden fallen. Wer hatte den Dolch gegen Priscillianus geführt?

Natürlich fiel der erste Verdacht auf Nigidius Maius, den Gastgeber, und der Ädil nahm den angesehenen Geschäftsmann in Gewahrsam. Doch der schwor beim Leben seiner Mutter und bei seiner rechten Hand, mit dem Attentat nichts zu tun zu haben, welches Motiv sollte er auch gehabt haben? Ja, es gelang ihm sogar mit Hilfe seines Advokaten glaubhaft zu machen, daß ihm, Nigidius, der Mord in die Schuhe geschoben werden sollte. Denn, so argumentierte er schlüssig, sogar der dümmste Mörder begehe seine Tat nicht im eigenen Haus.

Wer aber stand dann hinter dem Anschlag auf den reichen Bankier?

Trebius Valens, weil er in Priscillianus einen potentiellen Gegner sah? Loreius Tiburtinus, sein Gutsnachbar? Herrenius Florus, mit dem er Geschäfte machte? Ululitremulus und Caldus, denen er gewiß gleichgültig gegenüberstand? Umbricius Scaurus, den er einen »Stinker« schimpfte? Marcus Postumus, den er nur vom Sehen kannte?

Wie immer in diesen Tagen, wenn ein Verbrechen nicht aufgeklärt werden konnte, wurden von den Ädilen die Sklaven angeklagt; denn jede Tat brauchte einen Täter, und jeder Täter bedurfte seiner Strafe. Und mit Sklaven gingen die Gesetze, denen auch sie unterstanden, nicht zimperlich um: »*Ad leones* – zu den Löwen mit ihnen!« lautete oft der Schuldspruch, weil ein Römer einen Sklaven nicht für wert erachtete, ehrenvoll zu sterben – durch das Schwert.

Trotz eindringlicher Verhöre jedes einzelnen der siebzig Sklaven auf Nigidius' Landgut fand der Ädil keinen Hinweis auf den Täter; aber einer mußte ja wohl den Dolch gegen Priscillianus geschleudert haben, und so fällten die Richter ein grausames Urteil: alle siebzig Sklaven den Löwen zum Fraß vorzuwerfen, wie es das Gesetz in einem solchen Falle erlaubte, und nicht einmal der Volkstribun konnte Einspruch erheben. Wie Tiere zusammengebunden, führten zwei Centurionen die schreienden, klagenden Sklaven auf der Appischen Straße nach Rom, wo der Bedarf größer war, denn das pompejanische Theater lag zerstört.

Nigidius aber suchte unter den Obdachlosen Pompejis neue Sklaven für sein Landgut. Die meisten lehnten es ab, sich freiwillig wieder in Abhängigkeit zu begeben, auch wenn der Magen knurrte und die nächtliche Kühle im Asyl wohlige Erinnerungen wach werden ließ an ein anständiges Dach über dem Kopf. Sie wollten die unverhofft gewonnene Freiheit so lange wie irgend möglich auskosten. Viele flohen in die Berge, andere suchten im Hafen von Neapel ein Schiff zu besteigen und außer Landes zu gelangen; wer blieb, war alt und gebrechlich, ihm fehlte der Mut, ein neues Leben zu beginnen, oder aber ein Draufgänger wie Gavius, einer, der dem Schicksal die Stirn bot und die ausweglose Situation als Herausforderung betrachtete.

Der Sklavenmarkt am Tor zum Meer lag verödet, es gab keine Ware – *mancipium*, wie die Pompejaner zu sagen pflegten. Vorbei waren die Zeiten eines Gaius Julius Cäsar, der Zehntausende Sklaven aus Gallien mitbrachte, Bithynien war durch den Sklavenhandel entvölkert, und für den Wiederaufbau der Stadt wurden ganze Sklavenvölker gebraucht. Deshalb schickten die Duumviri, die obersten Hüter der Stadt, eine Gesandtschaft nach Rom, der Kaiser möge den Pompejanern ein Sklavenkontingent überlassen.

Nero aber warf die Sendboten hinaus. Feldzüge und die Eroberung neuer Provinzen, bei denen die Kaiser Roms immer neue Arbeitskräfte requirierten, waren dem Göttlichen höchst zuwider. Er selbst brauche, ließ er wissen, ein ganzes Sklavenheer, um endlich einen standesgemäßen Palast bauen zu können; bisher hause er auf dem Palatin unter seiner Würde. Wen die Götter mit der Zerstörung seiner Stadt straften, den solle der Cäsar nicht mit Sklaven belohnen.

So faßten die Duumviri den Beschluß, alle Obdachlosen der Stadt, alle Beschäftigungslosen und alle herrenlosen Sklaven zusammenzutreiben und sie am folgenden Tag meistbietend zu versteigern. Die Götter mochten wissen, wie Gavius von diesem Vorhaben erfuhr; am Abend vor der Menschenjagd kehrte er jedenfalls aufgeregt in das Asyl zurück und nahm Aphrodisius beiseite: »Nichts wie weg von hier, Libertinus, morgen ist es zu spät!« Und als er das ungläubige Gesicht des Freigelassenen erkannte, erklärte er, was er auf Umwegen erfahren hatte.

»Ich habe nichts zu fürchten!« entgegnete Aphrodisius. »Warum sollte ich fliehen? Vor allem – wohin?«

»Du hast kein Haus, du hast keinen Herrn, du hast keine Arbeit, nicht einmal einen Freiheitsstab, der dich als Freigelassenen ausweist. Sie werden dich morgen wieder zum Sklaven machen wie in den Tagen deiner Kindheit!«

»Und warum sagst du mir das alles?« erkundigte sich Aphrodisius. »Ich meine, was hast *du* davon?«

Gavius wurde verlegen. »Ich tue dir gerne einen Gefallen. – Vielleicht kannst du mir auch einen Gefallen tun.«

»Ach so ist das!« lachte Aphrodisius. »*Manus manum lavat!* Laß hören!«

»Nun ja, ich dachte, daß du mich vielleicht mitnimmst. Ein

Sklave wie ich, dem das Gesetz verbietet, sich frei zu bewegen, hat keine Chance, auch nur eine Meile weit zu kommen. Mir sieht man den Sklaven doch schon von weitem an – mit dir als meinem Herrn kann ich gehen, wohin ich will.«

Aphrodisius schüttelte den Kopf: »Ich bin kein Herr!«

Und Gavius beschwichtigte ihn: »Es kommt im Leben nicht darauf an, was einer ist, es kommt darauf an, wie er aussieht. Und du siehst aus wie ein Herr, als wärst du schon als echter Herr geboren.«

Aphrodisius konnte sich einfach nicht zu dem Entschluß durchringen zu fliehen, schon gar nicht mit dem Sklaven. »Wovon sollen wir leben?« fragte er herausfordernd.

»Hast du gar nichts?«

»Beim Mercurius! Ein paar Sesterzen . . .«

»Das reicht!« wandte Gavius ein, ohne nachzufragen, wie viele es überhaupt seien.

»Die werden doppelt so schnell verbraucht sein, wenn wir zu zweit sind!«

Gavius winkte ab. »Na und? Dafür hast du einen Sklaven. Einen Sklaven, der dir am Abend die Sandalen löst; einen Sklaven, der dir den Weg weist; einen Sklaven, der deine Kleider in Ordnung bringt; einen Sklaven . . .«

»Genug, genug, Gavius, ich weiß, wozu ein Sklave gut ist. Nur, auf der Flucht kommt es auf dergleichen weniger an.«

»Außerdem bin ich ein Bithynier!«

»Ein Bithynier? Was macht das?«

Da tat Gavius entrüstet: »Libertinus, die Götter gaben dir einen klugen Kopf und eine Gestalt wie ein Standbild auf dem Forum, und du kennst das Geheimnis der bithynischen Sklaven nicht?«

»Nein«, erwiderte Aphrodisius, »woher sollte ich?«

»Dabei warst du selbst einmal Sklave, Libertinus! Aber das ist es eben, worin bithynische Sklaven sich von allen anderen Sklaven unterscheiden.«

»Du machst mich neugierig, Gavius.«

»Es ist über hundert Jahre her, daß unser letzter König starb. Er trug den Namen Nikomedes Philopator, und weil Bithynien seit alters ein Zankapfel war zwischen den mächtigen Völkern des Westens und Ostens, setzte er, um dem Land den Frieden zu bewahren, Rom als Erben ein. Als Erben, wohlgemerkt. Was aber taten die Römer? Sie machten das stolze Bithynien zu einer Provinz und raubten ihm die Wälder, die Frauen und die Männer. Damals schworen alle Bithynier einen heiligen Eid: Wohin auch immer das Schicksal sie verschlagen würde, wollten sie einander durch ihre Sprache zu erkennen geben, damit ein Bithynier dem anderen helfe.«

»Deshalb also bist du stets über alles informiert«, staunte Aphrodisius.

Gavius nickte. »Wohin du auch kommst, ein Bithynier war immer schon da.«

Die Worte des Sklaven überzeugten Aphrodisius. Dieser Gavius konnte von ungeheurem Nutzen sein. Er reichte dem Sklaven die Hand: »Du sollst mir mehr sein als ein Sklave, du sollst mir Freund sein!«

Der Bithynier weinte vor Glück. »Du sollst es nicht bereuen, Libertinus, du sollst es nicht bereuen.« Und in dieser Nacht schlichen sie sich aus dem Asyl vor der Stadt, um nach Rom zu gehen – in eine ungewisse Zukunft.

# 3

Den Fremden, der von Süden kam, empfing Rom mit einer Allee von Gräbern, die zu beiden Seiten die Appische Straße säumten: Tempel und geräumige Häuser für die Reichen, Columbarien, Taubenschlägen gleich, für die Urnen der Armen. Die Römer verbrannten ihre Toten in festlicher Kleidung, im Mund eine Münze für Charon, den greisen Fährmann, der die Schatten in ihr ewiges Reich übersetzte – mit Ausnahme eines Fingers, der, kein Mensch wußte warum, abgeschnitten und parfümiert in der Erde bestattet wurde. Die Gräberstraße war kein Ort der Trauer, auch nicht der Andacht oder der Erbauung, und die Wagen, denen Aphrodisius und sein treuer Sklave zu Hunderten begegneten, hüpften ratternd durch die endlos scheinende Reihe, Wolken von Staub aufwirbelnd über dem grobschlächtigen Pflaster.

Hier, im dichter werdenden Verkehr, fühlten sie sich sicherer als in der Einsamkeit der Pontinischen Sümpfe, die die Appische Straße, von Capua kommend, durchquerte, und wo sie gewahr sein mußten, in die Hände einer Ädilenstreife zu laufen. Das hätte das Ende ihrer Freiheit bedeutet – denn ohne Freiheitsstab warst du kein Mensch, du warst *mancipium*, nicht mehr. Appius hatte der Straße vor Jahrhunderten den Namen gegeben, ein rühriger Censor, nach dem auch die Aqua Appia benannt war, Roms erste Wasserleitung aus dem Quellenland von Präneste, die an der Porta Capena aus dem Boden trat und von dort aus Straßen und Häuser auf Bogen überquerte.

An der Porta Appia lagerten Hunderte von Fremden, aus einer Garküche wehte schneidender Geruch, fliegende Händler verkauften Brot und eingeweichte Bohnen, eimerweise, dazwischen sah man Fremdenführer mit lautem Organ ihre Dienste anpreisend, man sah Ausrufer für zwielichtige Herbergen, bettelnde Kinder und alte Weiber. Ermattet ließen die beiden Pompejaner ihr Bündel fallen, setzten sich zu den anderen in den Staub und beratschlagten, was zu tun sei. Aphrodisius schien entmutigt; er zweifelte, ob er angesichts dieser Menschenmassen je Aussicht haben würde, eine Arbeit zu finden. Aber Gavius tröstete ihn, er habe viele Tausend Freunde in der Stadt, alles Bithynier, er solle nur warten, bis er zurück sei. Gavius verschwand im Gewühl.

Aphrodisius genoß die warmen Sonnenstrahlen und schlief ein. Helios, den die Römer Sol nannten, ein Sohn der Titanen Hyperion und Theia, welcher mit dem von vier feurigen Sonnenrossen gezogenen Wagen alltäglich aus dem Ozean steigt, um in hohem Bogen über den Himmel zu jagen, forderte den Pompejaner auf, mit ihm in den goldenen Becher zu steigen, jenen, den er Herakles für die rasende Fahrt nach der Insel des Westens auslieh, um die Rinder des Geryoneus zu holen; er müsse nichts fürchten, denn es geschehe in jeder Nacht, daß der mit Flügeln versehene Becher in reißender Fahrt über den Spiegel des Meeres gleite, die Stätte der Hesperiden zurücklassend, das Land der Aithiopen als Ziel, wo die frühgeborene Schwester Eos mit neuen Rossen warte. Doch Aphrodisius weigerte sich, seinen Fuß in das wankende Gefährt zu setzen, und bat, den Morgen abwarten zu dürfen, um den Sonnenwagen zu besteigen, der den täglichen Weg über das Firmament nahm. Da schüttelte Helios sein weithin leuchtendes Antlitz und rief laut in die Helle des Himmels, ob er die Gefahren nicht kenne, die der hohe Bogen mit sich bringe, ob er etwa das Schicksal seines Sohnes Phaethon teilen wolle, der seinen Mut, den Wagen des Vaters besteigend, mit dem Leben bezahlte, weil er, nach kurzem steilem Aufstieg, kopfüber in die Tiefe stürzte, wovon noch heute der Morgenstern künde – früh aufgehend und bald schon verschwindend. Aber so sehr der Pompejaner auch flehte, Helios blieb unerbittlich, weil das Wasser der Erde und damit den Menschen, die Luft aber dem Himmel und damit den Göttern vorbehalten sei, und jeder Mensch, der in das Reich der Unsterblichen eindringe, müsse dies büßen wie Odysseus und seine Gefährten, welche die dreihundertfünfzig Sonnenrinder geraubt und gegessen hätten und denen dafür alle dreihundertfünfzig Tage des Jahres des Mondes, und somit auch der Tag ihrer Heimkehr, genommen wurden. Denn es sei den Menschen aufgetragen, das Schicksal der Menschen zu leben und nicht jenes der Götter, und jeder, der sich in höhere Gefilde versteige, werde tiefer stürzen als all jene Menschen, die den Lebenspfad nie verließen. So sprach der Gott mit dem goldenen Strahlenkranz und er stieg in den Becher, und seine Flügel teilten schäumend das Meer.

Er wußte selbst nicht, wie lange er vor sich hin geträumt hatte. Als er aufwachte, lag das Appische Tor im dämmrigen Licht, und Gavius stand vor ihm und grinste von einem Ohr zum anderen und sagte, als Aphrodisius ihn erblickte: »Alles in Ordnung, Libertinus.«

»Was heißt das, alles in Ordnung? Nichts ist in Ordnung! Wir haben seit zwei Tagen nichts gegessen und wissen nicht, wo wir uns schlafen legen sollen in der großen, fremden Stadt.«

»Ich sagte doch, alles in Ordnung!« erwiderte Gavius, »Bithynier haben überall Freunde, komm!«

Aphrodisius war erschöpft. Nach elf Tagen endlich am Ziel, überfiel ihn eine unsägliche Müdigkeit, und er stolperte hinter dem Sklaven her wie ein wundgelaufenes Tier, das der Hirte von der Weide heimholt. Er sprach kein Wort, wollte nicht reden, und eine Art Ehrfurcht machte dem anfänglichen Staunen Platz, Ehrfurcht vor dem Erhabenen, dem sie beiderseits des Weges begegneten, immer wieder Marmor, weiß, selten rot, Marmor, nicht Ziegel wie in Pompeji, und dazwischen hölzerne Wohnbauten, vier, fünf Stockwerke übereinandergetürmt, beängstigend in ihrer filigranen Architektur, öffentlich für Augen und Ohren und ohne sanitäre Einrichtungen. »Vorsicht!« Von oben wurden Nachttöpfe geleert, die natürlich auch als Tagtöpfe dienten. Und das Lärmen nahm zu, das Drängen, Rennen und Hasten, je näher sie dem Stadtzentrum kamen.

Gavius' Ziel war die Rennbahn, der Große Circus, eingesenkt zwischen die Hügel Palatin und Aventin, wo sich Herbergen, Läden und Werkstätten der Plebs quetschten, wo täglich kostenlose Getreiderationen ausgegeben wurden und wo es eine eigene bithynische Kolonie gab, meist Freigelassene, die als Handwerker ihr Glück versuchten. Winzige Holzhäuser drückten sich an die Außenmauern der langgestreckten Rennbahn, wo Bigen und Quadrigen, zwei- und vierspännige Pferdewagen, um jenen *spina* genannten Mittelbau rasten, an dessen beiden Enden sieben riesige Delphine hochschnellten und nacheinander verschwanden, sobald eine Runde zurückgelegt war. Wahrsager, Astrologen und käufliche Frauen säumten das Viertel in armseligen Hütten, denn ein Wagenrennen war ein Fest, das lange vor dem Start begann und das der Zieleinlauf nicht beendete. Da wetteten Grüne, Rote, Weiße und Blaue – so die Anhänger der einzelnen Rennställe – auf Sieg oder Niederlage, und mancher Freigelassene wurde über Nacht berühmt und reich, wenn Prämien lockten oder Bestechung, und sogar die Namen der Hengste schlug man in Marmor, wollte man sie nicht gar zum Konsul machen, wie der göttliche Spinner Gaius Cäsar, den sie Caligula nannten – das Stiefelchen.

Aphrodisius blieb stehen, sah die Rennbahn in ihrer ganzen Länge, die der Nord-Süd-Ausdehnung Pompejis gleichkam, und fühlte sich winzig wie nie zuvor im Leben. Wie sollte es ihm je gelingen, in diesem Moloch Fuß zu fassen? Forderte er nicht zuviel von Lachesis, der Schicksalsgöttin, die das Lebenslos zuteilt? Er war als pompejanischer Sklave geboren, sein Herr Serenus hatte ihm die Freiheit geschenkt, und Klotho sei Dank, daß er das Beben überlebte – was wollte er hier in Rom? Er, Lucius Cäcilius Aphrodisius, Sohn des Sklaven Imeneus?

»Herr!« Gavius zupfte ihn am Ärmel. Ja, Gavius sagte »Herr«. Und dieses eine Wort zerstreute alle Bedenken. Sie sollten alle »Herr« zu ihm sagen, alle, denen er je im Leben begegnete, »Herr«, zu ihm, dem gebürtigen Sklaven Aphrodisius, und er wandte sich Gavius zu und sagte: »Verzeih, ich war mit meinen Gedanken abwesend. Wohin gehen wir?«

»Dort!« Gavius deutete auf eine der zahllosen Schenken und Herbergen, die den Circus säumten. »Ist nicht besonders luxuriös, aber billig. Der Wirt, ein Bithynier, nimmt uns dreißig As.«

»Pro Nacht?«

»Das ist nicht viel, Herr! Rom ist die teuerste Stadt der Welt. In den vornehmen Häusern auf dem Cälius verlangen sie siebzig Sesterzen, das ist das Zehnfache!«

Der Wirt hieß Myron, und die Herberge war ein baufälliger Holzbau, durch den der Wind strich. In zwei Stockwerken übereinandergetürmt und durch Leitern verbunden, glichen die Unterkünfte eher Hühnerställen, wie sie auf den pompejanischen Landgütern zu finden waren. Aphrodisius und Gavius bekamen einen Verschlag im obersten Stockwerk zugewiesen, in dem es außer zwei Holzpritschen und einer Bank ohne Lehne nichts zu entdecken gab. Holzläden verschlossen die winzigen Fensteröffnungen, aber sie schirmten den Lärm, der von der Straße kam, in keiner Weise ab, weshalb sich die beiden Pompejaner, nachdem sie ihr Bündel verstaut hatten, in den Schankraum, begaben, wo Männer herumhingen, denen Fortuna bisher ihr Füllhorn versagt hatte.

Der einzige erfreuliche Anblick im Dämmerlicht der stinkenden Wirtsstube war ein schwarzgelocktes Mädchen, dessen fremdes Lächeln den Pompejaner streifte wie ein blühender Mandelzweig. Es war jenes erste Lächeln in einer fremden Stadt, das man nicht vergißt.

»Gefällt dir wohl, wie?« erkundigte sich Gavius spottend. »Leda heißt sie, Myrons Tochter.«

Aphrodisius nickte und wandte seinen Blick den heruntergekommenen Gästen zu.

»Du mußt dich nicht wundern, Herr, das ist nur die *eine* Seite von Rom«, sagte Gavius tröstend, als er Aphrodisius' ratlose Blicke erkannte, »der andere Teil, das ist das Volk auf den sieben Hügeln.«

»Ich wundere mich nicht«, entgegnete Aphrodisius spöttisch, und stürzte eine Schale billigen, grünen Weins hinab, »wir passen doch ganz gut hierher. Oder etwa nicht?«

»Gib mir drei Tage Zeit«, sagte Gavius und spreizte Daumen, Zeige- und Mittelfinger, »und du wirst in einem richtigen Bett, in einem richtigen Haus schlafen und für richtiges Geld arbeiten, wie es einem Freigelassenen zukommt. Ich schwöre es bei meiner rechten Hand.«

Abend senkte sich über die Hügel der Stadt, und um den Circus herum kamen die Menschen aus ihren Löchern, und der Lärm nahm zu, so daß an Schlafen nicht zu denken war. Das Essen war schlecht und teuer – ein Pampf aus gekochtem Gemüse mit zähen Fleischresten versetzt – aber es sättigte. Tausende Fackeln erhellten die engen Gassen. Händler schoben ihre Karren mit Fladenbrot und Süßigkeiten über das Pflaster, andere drängten durch die Menge und schenkten billigen, grünen Wein aus Ziegenschläuchen aus; man trank aus tönernen Schalen, redete im Vorübergehen mit jedem, kritisierte die letzten Spiele, die niedrigen Getreiderationen und, *cum grano salis*, das Liebesleben des Göttlichen, bei Venus und Amor.

Dazwischen sah man Mädchen, die sich selbst verkauften, für zwei As im nächsten Hauseingang, üppige Ägypterinnen mit wogenden Brüsten unter fließenden Gewändern, und Sklaventöchter aus Numidien, zierlich und schlank wie afrikanische Gazellen und kaum älter als vierzehn Jahre. Als Aphrodisius die lüsternen Blicke seines Sklaven sah, griff er zum Gürtel, zog zwei Münzen hervor und gab sie Gavius, ohne ein Wort zu sagen. Der nahm das Geld und strahlte über das ganze Gesicht wie ein Sklave bei den Saturnalien, die den Dienern Freiheit gewährten für einen Tag und ein gemeinsames Mahl mit dem Herrn, und verschwand in der Menge.

Auf dem Bürgersteig, der kniehoch über dem Straßenpflaster lag, wurde gewürfelt. Der erste Spieler bestimmte den Einsatz, die nachfolgenden legten die gleiche Summe darauf, wer die höchste Punktzahl würfelte, steckte die Gesamtsumme ein. Das alles ging so schnell, daß Aphrodisius Mühe hatte, dem Spielverlauf zu folgen. Auf Schritt und Tritt begegnete man diesen Würfelspielern, und der Pompejaner wunderte sich über die zerlumpten Gestalten, die bisweilen den Eindruck erweckten, als hätten sie kein festes Dach über dem Kopf, dann aber einen Aureus in den Kreidekreis warfen, was hundert Sesterzen gleichkam, und meistens gewannen – sechshundert Sesterzen, ein kleines Vermögen.

War es der Wein oder war es das vielhundertfache Klappern der Würfel auf den Steinen, das bei Aphrodisius alle Bedenken zerstreute, das ihn in seinen Gürtel greifen ließ? Auf einmal warf er einen Aureus in den Kreis, griff nach dem Würfel, kullerte ihn über das Pflaster, Fortuna auf der rollenden Kugel um Beistand anrufend. Aber die nahm das Flehen des Pompejaners nicht wahr, und so versuchte es Aphrodisius ein zweites, ein drittes Mal, hoffend, daß beim nächsten Mal die Reihe an ihm sei, damit er wenigstens den Einsatz zurückgewänne. Den Glauben daran, sein Geld zu versechsfachen, hatte er bereits aufgegeben. Nur nicht alles verlieren, dieser eine Gedanke brachte ihn dazu, die letzte Münze einzusetzen. Aber das Glück ist eine Hure; es macht dir schöne Augen und verheißt dir den Himmel auf Erden, es gaukelt dir vor, du seist der einzige – doch zum Zug kommst du nie. Und so würfelte Aphrodisius ein letztes Mal und verlor.

Er ging wie im Traum, wußte selbst nicht, ob er sich das alles nur eingebildet hatte und griff zu seinem Gürtel, an dem sein Beutel befestigt war. Der Beutel war leer. Aphrodisius hatte sein ganzes Geld verspielt, ein Vermögen für einen wie ihn, er verstand sich selbst nicht. An eine Hauswand gelehnt, blickte er durch die drängenden, hastenden, lärmenden Menschen hindurch wie durch einen Schleier, das Klappern der Würfel hämmerte in seinem Kopf, Geruchsschwaden aus den Garküchen, die sich dicht an dicht drängten, erregten Übelkeit in ihm.

Als Gavius zurückkehrte, sah er sofort, daß etwas nicht simmte mit seinem Herrn. Er packte ihn übermütig an der Schulter und rief: »Warum stehst du herum wie ein Opfertier vor dem Tempel? Nimm dir ein Mädchen oder, wenn es sein muß, einen Knaben, hier gibt es Hunderte.«

Aphrodisius reagierte nicht, er blickte durch Gavius hindurch und sagte tonlos, beinahe teilnahmslos: »Gavius, als du gingst, hatte ich ein Vermögen im Gürtel, nun bin ich ärmer als jeder Bettler, mir blieb kein As.«

»Beim Castor und Pollux!« rief Gavius. »Du hast gewürfelt!«

Aphrodisius nickte stumm, und der Sklave fuchtelte mit den Armen wild in der Luft herum, als wollte er eine unsichtbare Last in die Höhe heben, und dabei rief er immer wieder: »Kann ein Sklave seinen Herrn nicht einen Augenblick alleine lassen?« Aber als er das verzweifelte Gesicht des Aphrodisius erkannte, versuchte er ihn zu trösten; er hätte ihn warnen müssen vor den üblen Machenschaften der Würfelspieler, die allesamt mit falschen Würfeln spielten und nur darauf aus seien, einem Fremden, der ihre Praktiken nicht kenne, das Geld aus dem Beutel zu ziehen.

»Und ich dachte, unter den Armen gebe es keine Gauner«, brach es aus Aphrodisius hervor. Er war dem Weinen nahe.

»Wer sagt denn, daß es Arme waren, von denen du übers Ohr gehauen wurdest?«

»Sie sahen so aus.«

Gavius lachte laut. »Ich bin zwar nur ein bithynischer Sklave, habe weder lesen noch schreiben gelernt, von den Lehren der griechischen Philosophen ganz zu schweigen, aber ich habe Erfahrungen im Umgang mit Menschen gemacht, mit Armen und Reichen, und eine Erfahrung ist die: Jene, die den Reichtum zur Schau stellen, sind weit weniger begütert als jene, die so scheinen, als sei die Armut ihr ständiger Begleiter.«

»Du meinst, alle diese zerlumpten Würfelspieler sind wohlhabende Römer?«

»Nicht alle – wohl aber jene, die den Fremden das Geld aus der Tasche ziehen. Sie kommen in Lumpen gehüllt, weil sie wissen, daß du mit einem Bettler eher spielst als mit einem Senator in Purpurtoga. Oder hättest du je mit so einem vornehmen Römer gewürfelt?«

»Nein. Nie.«

»Siehst du. *Dies diem docet.*«

Aphrodisius preßte die Hände vors Gesicht und murmelte leise: »Gavius, ich schäme mich.«

»Ach was«, antwortete der Sklave, »das Leben besteht aus Erfahrungen. Der Dumme lernt aus eigener Erfahrung, der Kluge aus der Erfahrung der anderen, Herr!«

»Herr, Herr, nenn mich nicht Herr!« brauste Aphrodisius auf, »ich beneide jeden Sklaven in Rom, weil er ein Dach über dem Kopf hat und sein geregeltes Essen.«

»Sei unbesorgt«, erwiderte Gavius, »du wirst weder verhungern noch im Rinnstein verkommen. Vergiß nicht, wir haben viele tausend Freunde in Rom, alles Bithynier. Komm!«

Als der Morgen graute, stand Aphrodisius auf, warf sich die Tunika über und stahl sich unbemerkt aus der Herberge.

Die Stadt empfing ihn in weißem Dunst. Anders als in Pompeji, wo mit dem Morgengrauen die Geschäftigkeit begann, schlief Rom dem Tag entgegen. Vor den Tempeln des Jupiter auf dem Aventin, dem des Apollon auf dem Palatin und dem des göttlichen Julius loderten gelbrote Feuer und verbreiteten schwarzen Qualm, der sich wallend in die Straßen ergoß. Auf Schritt und Tritt stieß man hier auf einen Tempel, dem Mars geweiht oder Saturn, der Juno oder Minerva. Am höchsten Punkt der Via sacra glänzte das Heiligtum der Laren, und den Penaten wurde im Bezirk der Velia Tempelehre zuteil. Wie im Traum irrte Aphrodisius durch die erwachende Stadt, sah den Kaiserpalast, von dem man erzählte, daß er tausend Zimmern Raum bot, und machte beim Triumphbogen des göttlichen Augustus halt, den der Senat in Auftrag gegeben hatte, als der Sohn des Divus Julius die an die Parther verlorenen Feldzeichen zurückholte.

Wo mochte er sein, der Tarpejische Felsen, von dem die Römer üble Verbrecher zu stürzen pflegten? Aphrodisius suchte den Horizont mit den Augen ab – aber wohin er auch blickte, er sah nur Säulenhallen, Tempelfassaden und Triumphbögen, als hätten die Götter selbst eine Kulisse vor ihm errichtet, um ihn daran zu hindern, freiwillig aus dem Leben zu scheiden.

»Du trauerst wohl den Gelegenheiten der vergangenen Nacht nach?«

Aphrodisius erschrak. Er drehte sich um. Lautlos, als wären sie aus dem Boden gewachsen, hatten vier bullige Sklaven eine Sänfte abgestellt, und hinter dem Vorhang, den eine schmale, weiße Hand beiseiteschob, tauchte ein Gesicht auf, schön wie Venus, von Goldlocken umspielt. Aphrodisius wollte fortlaufen, aber noch ehe er den ersten Schritt tat, sagte die Schöne: »Komm näher, Jüngling.«

Der Pompejaner blickte sich um, ob auch wirklich *er* gemeint sei, und dann ermutigte ihn das sanfte Lächeln der Römerin. Er trat einen Schritt näher, sah unsicher die Sklaven an; doch die erwiderten seinen Blick nicht, verschränkten wie auf ein unhörbares Kommando die Arme über der Brust und blickten streng und scheinbar teilnahmslos zum Himmel.

»Aurora schenke dir einen guten Morgen«, sagte Aphrodisius höflich und machte den ungelenken Versuch einer Verbeugung.

»Jupiter begleite dich durch den Tag«, erwiderte die Römerin ebenso freundlich, und indem sie den Kopf leicht zur Seite neigte und die Brauen ihrer schwarzgerahmten Augen hochzog, so daß sich auf der Stirne feine Fältchen bildeten, fragte sie: »Ist's Bacchus mit dem Wolfsfell, der dein Gesicht verfinstert, oder der elternlose Cupido?«

»O nein, schöne Römerin«, erwiderte Aphrodisius, »nicht der Wein ist schuld an meiner Trauer, und eine Frau schon gar nicht – ich selbst bin es, der mir Unmut bereitet.«

»Du bist nicht von hier«, stellte die Schöne fest, während sie aus ihrer Sänfte stieg.

»Nein«, sagte der Junge, »ich bin Pompejaner, ein Freigelassener.« Jetzt erst sah Aphrodisius, wie überaus schön diese Frau war. Ihr langes Gewand floß, in kunstvolle Falten gelegt, an ihrem Körper herab, und unwillkürlich blieb Aphrodisius' Blick an jener Stelle hängen, wo zwei kräftige Halbkugeln durch die Kannelüren dieser weißen jonischen Säule drängten.

»Ein Pompejaner, ach«, wiederholte die Römerin und streckte dem Jungen die geöffnete Rechte entgegen.

Die Wärme, die von ihrer weißen Hand ausging, traf ihn unerwartet. Aphrodisius ließ die Schöne gewähren, die ihn näher zu sich heranzog, bis sich ihre Augen in gleicher Höhe gegenüberstanden. »Ja, Herrin«, sagte er verlegen.

»Du bist nach dem Erdbeben geflohen?«

»Ja, Herrin, ich habe meine Eltern verloren und meinen Herrn Serenus, und meine Herrin Fulvia brauchte mich nicht mehr. Das Macellum, in dem ich die Pacht eintrieb, ist zerstört, da gab es für mich nichts mehr zu tun. Sie gab mir tausend Sesterzen, damit ich ein neues Leben beginnen konnte, aber . . .«

»Aber?«

Aphrodisius blieb stumm.

»Aber?« fragte die Römerin mit Nachdruck.

»Als ich gestern hier ankam, habe ich mein gesamtes Vermögen beim Würfeln verspielt.« Während Aphrodisius das sagte, traten Tränen in seine Augen, Tränen ohnmächtiger Wut. Er riß die Augen weit auf, weil er hoffte, die schöne Römerin würde nicht merken, daß er weinte, aber die wischte mit den Fingern über seine

Lider und sagte: »Großer, dummer Junge.« Da warf Aphrodisius sich der Römerin in die Arme, verbarg sein Gesicht an ihrem Hals und schluchzte wie ein Kind. Die Unbekannte aber hielt ihn fest, fuhr abwechselnd mit beiden Händen über seinen Rücken wie eine Mutter, die ihr Kind tröstet, und wiederholte: »Großer, dummer Junge.«

Als er zur Besinnung kam, blickte Aphrodisius erschreckt auf. Am liebsten wäre er fortgelaufen, weil er sich schämte vor der schönen Frau, aber die hielt ihn fest mit sanfter Gewalt und zwang ihm ihren Blick auf: »Du hast richtige Tränen geweint«, sagte die Unbekannte, »das ist selten in Rom.«

Aphrodisius sah sie fragend an.

»Weißt du, in dieser Stadt wird viel geweint. Die Römer kennen kein größeres Vergnügen, als Tränen zu weinen. Wer weint, vermindert seinen Gram. Seltsamerweise aber weinen auch jene, die von Not und Gram entfernt sind wie Zypern von den Säulen des Hercules, weil sie den Armen das Privileg der Tränen nicht gönnen. Wie heißt du, Fremder?«

»Aphrodisius.«

»Aphrodisius – der auf dem Schaum des Meeres Wandelnde, welch schöner Name! Er paßt zu einem schönen Jüngling, wie du es bist, Aphrodisius.«

Der Pompejaner wagte nicht, die Römerin nach ihrem Namen zu fragen, ja, er zweifelte sogar, ob sie eine Römerin sei. Das üppige Blondhaar verlieh ihr etwas Exotisches – vielleicht war sie Germanin oder eine jener wilden Britannierinnen, die der göttliche Claudius von seinem letzten Feldzug mitgebracht hatte, vielleicht Freigelassene wie er, aber mit mehr Glück. Sie mochte beinahe doppelt so alt sein wie er, eine zu vollendeter Schönheit erblühte Frau. Nein, Aphrodisius wagte es nicht, sie anzureden.

»Komm mit mir!« sagte die Unbekannte, und es klang wie ein Befehl, dem sich zu widersetzen Aphrodisius nie gewagt hätte; sie schaute auch gar nicht, ob der Jüngling der Aufforderung nachkam, sondern nahm in ihrer Sänfte Platz, gab den Sklaven einen Wink, worauf sich deren statuenhafte Starrheit in beflissene Geschäftigkeit verwandelte, und blickte lächelnd aus dem Fenster, während Aphrodisius neben der wankenden Sänfte herlief wie ein gutmütiger Hund. Die Sklaven, bemüht, die Erschütterungen möglichst gering zu halten, machten sehr kleine, schnelle Schritte und wandten sich dem Esquilin zu, dessen großzügige Parkanlagen mit ihren unzähligen Rhododendronbäumen betörenden Duft verströmten.

»Schöner Jüngling«, hatte sie gesagt, und sie hatte ihn gemeint, ihn, Lucius Cäcilius Aphrodisius, Sohn des Sklaven Imeneus, Freigelassener des Serenus! Er hatte nie darüber nachgedacht, ob er von Gestalt und Angesicht schön war. Als Sklave siehst du zu, deine Arbeit zu verrichten und keine Schläge einzufangen; du bist dankbar, dich trefflich satt zu essen und hin und wieder ein paar As zu erhalten für besondere Leistung. *Pauper ubique iacet.* Als Freigelassener gar schuftest du mehr als ein Sklave, weil du es für Lohn tust und für die eigene Tasche, und von der Möglichkeit, dich überall frei zu bewegen, machst du wenig Gebrauch, weil dich deine Arbeit Tag und Nacht im Zaum hält. Und fängst du erst einmal an, darüber nachzudenken, ob deine Nase edel, dein Blick sanft, dein Körper wohlgestaltet ist, so hast du schon verloren, denn die Schönheit eines Mannes ist sein Verstand.

Vor einem prachtvollen Haus mit einem Porticus und hohen Säulen setzten die Träger die Sänfte ab, und die schöne Unbekannte stieg aus. Sofort kamen Bedienstete von allen Seiten, eine Zofe in Begleitung zweier Dienerinnen; ein Sekretär, ein Leibsklave hielten sich im Hintergrund, und ohne sie auch nur eines Blickes zu würdigen, sagte die Schöne, während sie die breite Treppe zum Eingang emporstieg: »Das ist Aphrodisius, ein junger Pompejaner. Die Badesklavinnen sollen ihn waschen und salben. Beschafft ihm Schuhwerk und neue Kleider und gebt ihm einen Beutel mit tausend Sesterzen. Dann bringt ihn in mein Tablinum.«

Aphrodisius rang nach Luft. Das alles war kein Traum, das war Wirklichkeit, wie der Tarpejische Felsen. Oder war es jene Wirklichkeit, der du auf dem Weg zu den Gefilden der Seligen begegnest?

Die einen nannten den Krämer Fabius Eupor einen Scharlatan, den die Götter eines Tages furchtbar strafen würden. Wie Bellerophon, der Sohn Neptuns, der auf dem geflügelten Roß versuchte, den Himmel zu erklimmen und ins Meer stürzte, würde auch Eupor abstürzen zur Strafe für seine Überheblichkeit. Die anderen aber sahen in der Heilung des lahmen Eupor ein Zeichen des unbekannten Gottes, den der Kilikier verkündet hatte. Diese fanden sich bei dem Krämer ein wie Korybanten im Tempel der Kybele, welche Fruchtbarkeit brachte nach dem Regen des Winters, und sangen freudige Lieder zur Ehre jenes Gottes, der von den Reichen Armut, von den Stolzen Demut und von Streitsüchtigen Verträglichkeit, von den Drängenden Geduld und von den Zweiflern Glauben forderte – lachhaft in Pompeji, der Stadt der Reichen, Stolzen, Streitbaren, Ehrgeizigen und Gottlosen.

Tagaus, tagein wurde Eupor bestürmt zu erklären, wie die Lähmung von ihm abgefallen sei, warum gerade er diese Gunst erfahren habe und was zu tun sei, um ähnliches Glück zu erlangen. Aber Eupor, ein Mann von schlichtem Gemüt, der in einer Welt aus Fisch, Dörrobst, Käse und Gemüse lebte, vermochte das Wunder nicht zu erklären; er wisse auch nicht, sagte er, welcher Art dieser Gott sei, der weder in Rom noch in Hellas einen Tempel besitze. Ihm sei nur bekannt, daß sein Sohn, Jesus genannt, unter dem Procurator Pontius Pilatus von Judäa, im sechzehnten Jahr der Regierung des göttlichen Tiberius, wegen Volksverhetzung verurteilt und hingerichtet worden sei, zuvor aber angedroht habe, wiederzukehren und die Welt zu richten, und alle die sich nicht zu ihm bekannt hätten, würden seinen Zorn erfahren. Er selbst habe dem namenlosen Gott schon ein Lamm geopfert im Larenheiligtum, der einzigen Opferstätte, die wiederhergestellt sei.

Vielleicht wäre die wundersame Heilung des Fabius Eupor sogar in Vergessenheit geraten, wäre nicht eines Tages der römische Centurio Julius von der Kohorte Augusta eingetroffen, der Grüße des kilikischen Zauberers überbrachte und behauptete, Paulus auf seiner Reise nach Cäsarea zum campanischen Hafen Puteoli begleitet zu haben. Er habe Paulus während der zweijährigen Untersuchungshaft in Rom bewacht und dabei die Lehre des Kilikiers angenommen. Julius wußte auch zu berichten, daß der

Kilikier in die spanische Provinz aufgebrochen sei, um dort seine Heilslehre zu verkünden.

Das Bekenntnis des Centurio zog viele Pompejaner an – vor allem solche, die auf der Schattenseite des Lebens standen, denn gerade ihnen versprach die Botschaft bessere Tage. Sie bestürmten den Hauptmann mit allerlei Fragen: Wie sie in den Genuß des Heiles kommen könnten, welche Opfer der namenlose Gott fordere. Verecundus, der Tuchmacher, bot die Hälfte seines bescheidenen Vermögens, und Cassia, die Frau des Ladenbesitzers Pinarius Cerealis, die Einnahmen eines ganzen Monats, damit dem Gott aus dem Osten ein kleiner Tempel errichtet werden könne nach dem Vorbild der Fortuna Augusta an der Straße zum Forum.

Doch zur Verblüffung der Pompejaner erklärte der römische Centurio, sein Gott brauche keinen Tempel; weder in Rom noch in Korinth noch in Ephesus, wo sich große Gemeinden gebildet hätten, sei ein Tempel vorhanden. Der Gott sei überall anwesend, wo sich zwei oder drei in seinem Namen versammelten. Auf einem Heringsfaß stehend, berichtete Julius von der römischen Gemeinde: Sie würden sich Christen nennen, nach Jesus, der den griechischen Beinamen *Christós* trug, der Gesalbte, und machten sich untereinander kenntlich durch ein großes lateinisches X, das dem griechischen Chi entsprach, dem ersten Buchstaben von Christos, und mit einem Stück Kreide malte er das Zeichen an die Wand. In Rom, so fuhr der Centurio fort, werde eine vieltausendköpfige Gemeinde von einer Gerusia, einem Rat der Alten, regiert und von jährlich neu zu wählenden Archonten betreut. Ein *frontistes* kümmere sich um das gemeinschaftliche Vermögen, und jene, die sich durch Alter und Weisheit vor allen anderen hervortäten, würden sie »Vater« nennen und »Mutter«, und die so Genannten sähen eine Ehre darin.

Der alte Schulmeister Saturnius gab zu bedenken, ob nicht all dies gegen die römischen Gesetze verstoße, die andere Ämter und Würden vorsähen, und ob andererseits den Gesetzen des Cäsars Folge zu leisten sei.

Dem Kaiser sei zu gehorchen, erwiderte Julius, denn wer sich der Obrigkeit widersetze, widersetze sich der Anordnung Gottes. Ein Christ gebe jedem, was er ihm schulde, Steuer, wem Steuer gebühre, Zoll, wem Zoll gebühre, Furcht, wem Furcht gebühre, und Ehre, wem Ehre gebühre. Ein Christ bleibe niemandem etwas schuldig, und zudem sei es Gebot, einen jeden zu lieben.

Da umarmten sich die Pompejaner im Krämerladen des Fabius Eupor wie Sklaven und Herren bei den Saturnalien, und beseelt von der Hoffnung auf ein besseres Leben, beschlossen sie die Gründung einer Christengemeinde. Auf Zuruf wählten sie den Tuchmacher Verecundus, den Wundarzt Cerrinus, den Schulmeister Saturnius und den Schauspieler Norbanus Sorex in den Rat der Alten und Fabius Eupor, der als erster in den Genuß des Heiles gekommen war, zum Archonten.

Unbeachtet von den anderen wohnten zwei Frauen der Versammlung bei, Statia hieß die eine, Petronia die andere. Sie waren Angestellte in der Bäckerei des Nigidius und standen in dem Ruf, die Männer zu hassen wie der Löwe das Feuer. Ihre losen Reden waren ebenso gefürchtet wie ihre Klatschsüchtigkeit, weshalb dem reichen Nigidius nachgesagt wurde, er höre alles mit sechs Ohren.

»Man darf diesen Leuten kein Wort glauben«, zischte Petronia, »sie geben sich den Anschein der Gesetzmäßigkeit, doch sind sie in Wirklichkeit Feinde des Volkes, die den Umsturz planen.«

»Was sollen wir tun?« erwiderte Statia. »Der Kaiser hat ihr Treiben bisher nicht verboten?«

»Er hat es aber auch nicht ausdrücklich gebilligt. Vermutlich weiß er gar nicht, wie gefährlich diese Leute sind. Er müßte handeln wie der göttliche Tiberius, der alle Wahrsager und Magier aus dem Land vertrieb und Lucius Pituanius, den Schlimmsten von allen, vom Tarpejischen Felsen stürzte.«

Heimlich, ohne daß es jemand bemerkte, stahlen sich Statia und Petronia davon. Aber in ihrem Gedächtnis behielten sie jeden einzelnen.

Es hatte bis in den Mittag gedauert, bevor die Badesklavinnen Aphrodisius entließen. Sie hatten ihn in betörend duftendem heißem Wasser geschrubbt, das aus glänzenden Rohren in ein blaugefliestes Becken strömte. Sie hatten sein blondes Haar gewaschen mit schäumenden Essenzen, sie hatten ihn auf eine Kline mit weichen weißen Tüchern gebettet und seinen Körper geknetet, daß er wohlig erschauerte, sie hatten ihm den Saft frischer Früchte gereicht, während eine Korintherin zur Kithara schmeichelnde Weisen vortrug, sie hatten ihm jeden Wunsch erfüllt, noch ehe Aphrodisius ihn aussprechen konnte. Nur eines hatten sie ihm versagt: Aufklärung darüber, wer die Frau war, der er dies alles verdankte.

Als die beiden Mädchen, von denen jede die Schönheit einer Nymphe zur Schau trug, Aphrodisius, angetan mit einer safrangelben Tunika, den Beutel mit tausend Sesterzen am Gürtel, in das Tablinum führten, da war er willenlos, beinahe gleichgültig, weil er schon einmal erlebt hatte, wie Fortuna sein Leben von einem Augenblick auf den anderen veränderte. Auf dem Tisch des Empfangsraumes standen, farbenprächtig mit Früchten und Blumen dekoriert, die köstlichsten Speisen: Geflügel, malerisch zerlegt, Soßen in silbernen Schüsselchen und Fladenbrot, in verspielten Formen gebacken. Mit einladenden Gesten komplimentierten die Dienerinnen den Fremden auf eine Liege, und Aphrodisius machte es sich, den Kopf auf die linke Hand stützend, bequem, und wenn auch nur ein Blick auf eine der Speisen fiel, wurde sie ihm von den Mädchen sofort gereicht.

Ob er roten dem weißen Wein vorziehe?

Aphrodisius deutete auf eine Karaffe aus Alabaster, in der Wein von dunkler Farbe schimmerte, und eines der Mädchen füllte eine Schale zur Hälfte, goß klares Wasser auf und reichte sie dem Gast. Da streckte Aphrodisius den Arm aus und schüttete, so wie er es oft bei seinem Herrn Serenus gesehen hatte, einen Schluck auf den Boden, den Göttern zum Opfer. Der Pompejaner trank gierig, und er hätte gewiß die Schale in einem einzigen Zug geleert, doch da trat hinter einem Vorhang die Herrin des Hauses hervor.

Daß sie wirklich die schöne Unbekannte war, erkannte Aphrodisius nur an ihrer Stimme, denn sie sah nun ganz anders aus: Sie trug eine *recta*, ein langes silberfarbenes Gewand, das im Stehen, das heißt aufwärts gewebt war, ohne Überwurf getragen und auf den Schultern von zwei Gemmen gehalten wurde. Die besondere Webart verursachte bei jedem Schritt wellenartige, fließende Bewegungen, die ihre Hüften und Brüste umspielten und in unregelmäßigem Rhythmus den Blick freigaben auf zwei schwarze Arbylen, zierliche, spitze, bis zu den Knöcheln reichende geschlossene Schuhe, wie sie griechische Tragöden zu tragen pflegten, wenn sie weibliche Rollen darstellten. Das Augenfälligste aber war ihr Haar, das nun feuerrot leuchtete, hochgetürmt wie das Rutenbündel der Liktoren und wie dieses umwickelt mit silbernen Bändern. Die weiße Haut ihrer nackten Arme, der in leichter Biegung nach außen gekrümmte Hals und ihr Gesicht – die Augen geschwärzt wie die einer Ägypterin, Zinnober auf den breiten Lippen – all das verlieh der Schönen den Zauber des Unwirklichen. Nicht anders sah er Aphrodite in seinen Träumen, die vor Zypern dem Meerschaum entstiegene Göttin der Schönheit, die mit Hephaistos, dem Krüppel, verehelicht war und ihn mit Ares betrog, dem Wilden, der selbst den Göttern verhaßt war.

»Du wunderst dich?« sagte die Schöne. Aphrodisius brachte keinen Laut hervor. Was sollte er auch sagen? Sollte er sagen, daß er noch nie eine so schöne, die Sinne verwirrende Frau gesehen hatte? Daß er, bei allen Göttern, doch endlich einmal wissen wolle, welches Ziel die Unbekannte verfolgte? Ausgerechnet mit ihm, dem Freigelassenen aus Pompeji?

»Weißt du«, begann die Unbekannte und setzte sich zu Aphrodisius auf die Kline, »ich muß mich verkleiden, um unerkannt zu bleiben. Ich wechsle täglich Perücken und Kleider und tausche die Sänften und Sklaven aus, denn ich bin nicht sehr beliebt in Rom und habe viele Feinde. Ich bin Poppäa Sabina. Ja, ich stamme aus Pompeji, wie du.«

Beim Jupiter! Aphrodisius wagte nicht zu atmen. Poppäa Sabina. Welch eine Frau! Hetäre, Mänade, Furie in einem. Wie eine Fliege hing er im Spinnennetz und verstrickte sich mit jedem Blick nur noch mehr. Poppäa drückte Aphrodisius mit sanfter Gewalt auf das Lager, ihre langen weißen Finger hielten ihn wie Krallen gefangen, und er gab nach, ließ die Schöne gewähren, als sie, einer Schlange gleich, unter seine Tunika glitt, seinen Priapos suchte, packte und festhielt wie eine Beute, auf die man stolz ist; und Aphrodisius stöhnte, weil es Schmerz und Lust zugleich erzeugte, nicht wissend, welches Gefühl das stärkere war.

»Ich will dich, Pompejaner!« sagte Poppäa tonlos und schob ihr Knie zwischen seine Beine. Das Rascheln ihrer silbrigen Recta, unter der er die höchste Wollust ahnte, erregte ihn so sehr, daß sich sein Becken zu heben und senken begann, heimlich und langsam zuerst, dann immer schneller und kraftvoller.

»Ich will dich!« wiederholte Poppäa, doch diesmal klang ihre Stimme schrill und beinahe ekstatisch, und Aphrodisius griff ihren Schenkel, der sich unter dem Kleid abzeichnete, rund und geschmeidig wie ein Delphin des Apoll, und das Weib antwortete, indem es das andere Bein an sich heranzog und aufstellte wie ein Zelt, daß der schwere Stoff von ihrem Knie rutschte und den anderen Schenkel freigab, nackt und weiß.

Aus dem Vorraum drang auf einmal wildes Geschrei. Als sie die gellende Stimme ihrer Zofe Pyrallis vernahm, ließ Poppäa von Aphrodisius ab, erhob sich blitzschnell und strich ihre Recta zurecht. Aphrodisius, der nicht begriff, wollte schreien, flehen, sie solle wieder seinen Priapos fassen, ihn pressen, bis er schmerzte, nie habe er größere Lust verspürt. Doch da stand plötzlich ein leibhaftiger römischer Hauptmann im Tablinum und mühte sich heftig, die Zofe und zwei Haussklaven abzuschütteln.

»Anicetus?« rief Poppäa erstaunt und gab den anderen ein Zeichen, von dem Eindringling abzulassen. »Du magst ein guter Präfekt der Flotte von Misenum sein, und dein rauhes Verhalten mag deine Ruderknechte einschüchtern, aber hier ist nicht Misenum, hier bist du in Rom, und hier gelten immer noch Gesetz und Anstand.«

Anicetus strich verlegen über die Lederlappen seines Brustpanzers, dann zog er den Helm vom Kopf, klemmte ihn zwischen Hüfte und Beuge seines linken Armes und nahm Haltung an: »Verzeihe mein ungestümes Eindringen, Poppäa, aber ich bringe eine Nachricht von höchster Wichtigkeit, und die Diener wollten mich nicht vorlassen.«

»Sie haben recht getan«, entgegnete Poppäa schnippisch, »so wichtig kann keine Nachricht sein, daß man mich in meiner Mittagsruhe stören dürfte.«

»Ich glaube doch!« antwortete der Hauptmann, ging ein paar

Schritte zur Tür und gab mit der Hand ein Zeichen nach draußen. Ein Rudersklave im blauen Sagum, einem auf der rechten Schulter zusammengehaltenen kurzen Soldatenmantel, trug einen Weidenkorb herein und stellte ihn wortlos auf den Boden. Aphrodisius erhob sich von der Kline und machte Anstalten, den Raum zu verlassen.

»Du bleibst!« sagte Poppäa, ohne den Pompejaner anzusehen, und zu dem Hauptmann: »Was soll das, Alter?«

»In diesem Korb befindet sich die Nachricht, die ich im Auftrag des Cäsars überbringe.«

»Laß schon sehen!« sagte Poppäa barsch und nahm den Deckel von dem Korb. Poppäa stieß einen kurzen, heftigen Schrei aus. Jetzt erkannte auch Aphrodisius den furchtbaren Inhalt: In dem Korb lag, – *homo homini lupus!* – der abgeschlagene Kopf einer Frau, blutverkrustet, das Haar in wirren Strähnen.

»Octavia?« fragte Poppäa.

Der Hauptmann nickte.

Da huschte ein triumphierendes Lächeln über das Gesicht Poppäas, und von einem Augenblick auf den anderen verwandelte sich das Antlitz zur bösen Fratze, und Poppäa lachte, laut und wild, und schlug die Hände über dem Kopf zusammen und tanzte wie eine Mänade des Dionysos.

Starr sah Aphrodisius zu. War von dieser Frau soeben noch höchste Begehrlichkeit ausgegangen, so empfand Aphrodisius nun auf einmal tiefe Abscheu, und diese Abscheu packte ihn plötzlich und hart wie der Griff des Scharfrichters im Mamertinischen Kerker und preßte das eben zu sich Genommene aus ihm heraus: Er erbrach sich über der Liege.

Poppäa schien Aphrodisius' Unbill entweder nicht zu bemerken oder nicht bemerken zu wollen und fragte den Hauptmann in schmeichlerischem Tonfall: »Hat Marcus Silanus dich gedungen?«

»Marcus Silanus?« fragte Anicetus zurück. »Nein. Ich habe im Auftrag des Göttlichen gehandelt. Was ist mit diesem Silanus?«

»Ach, nichts«, erwiderte Poppäa.

Und Anicetus fügte hinzu: »Ich hoffe, du bist mit mir zufrieden.«

Poppäa ging auf den Hauptmann zu und faßte ihn an den Armen: »Du hast mir einen großen Gefallen erwiesen, Alter, der Göttliche wird es dir zu lohnen wissen!«

Anicetus nahm Haltung an und hob die Hand zum Gruß. »*Salve!*« Mit eiligen Schritten verließ er das Tablinum.

Poppäa aber klatschte in die Hände: »Pyrallis!« Sie zeigte auf den Korb: »Bring das nach draußen. Man soll es den Hühnern vorwerfen oder den Schweinen.«

Aphrodisius erhob sich. Im Nacken spürte er kalten Schweiß. Er wankte zur Tür. Poppäas Aufforderung zu bleiben mißachtend, taumelte er durch einen Vorraum zum Atrium. Er hatte nur ein Verlangen: Luft zu holen, tief einzuatmen, einen unsichtbaren Würger abzuschütteln. An einer Wand unter tanzenden Nymphen stand ein Tisch mit einer Obstschale. Und daneben lag ein Dolch, ein Dolch, der ihm auffiel, weil er den gleichen geschwungenen Griff hatte wie jenes seltsame Mordwerkzeug, das im Hals seines Herrn Serenus steckte, gekrümmt wie der Schnabel eines phönizischen Schiffes. Aphrodisius zögerte; er wollte sich den Dolch näher ansehen, doch dann tauchte vor ihm das Bild seines sterbenden Herrn auf, und er sah, wie er den Dolch aus dem Hals zog, sah das Blut hervorquellen und das Pflaster, das sich dunkel verfärbte, und er stürzte ins Freie und sog die Luft ein wie ein gehetztes Tier, das mit Mühe dem Jäger entkommen war.

Aphrodisius konnte nicht wissen, daß er, seit er Poppäas Haus betreten hatte, unter ständiger Beobachtung stand. Und es waren nicht etwa Poppäas Leute, wie vielleicht anzunehmen wäre, nein, ein geheimer Bund interessierte sich für den jungen Pompejaner und überwachte jeden seiner Schritte. Dahinter stand eine verschworene Gemeinschaft reicher Adliger, einflußreicher Senatoren und kampfbereiter Soldaten. Ihr Ziel: die Beseitigung des Cäsars, dessen Handlungen zunehmend unberechenbar und unkalkulierbar erschienen, seit er seinen väterlichen Freund Burrus durch Gift beseitigt hatte. Außerdem hatte Nero seinen Erzieher und engsten Berater Seneca aufs Land abgeschoben, Seneca, der für den Kaiser ein zweiter Vater war, und es schien wohl nur eine Frage der Zeit, wann auch er einem Anschlag zum Opfer fallen würde, war Seneca doch mit Poppäa tödlich verfeindet.

Poppäa Sabina wurde von den Verschwörern als Schwachstelle in dem Schutzschild betrachtet, mit dem Kaiser Nero sich seit der Ermordung seiner Mutter Agrippina umgab; denn der Cäsar lebte abgeschieden von der Außenwelt, Tag und Nacht beschützt von einer doppelten Leibwache, und nur Poppäa lockte ihn bisweilen aus seinem goldenen Käfig, weil sie es ablehnte, den palatinischen Palast zu betreten, solange Nero ihr die Ehe verweigerte.

So geriet Aphrodisius unversehens und nichtsahnend zwischen die Mühlsteine der Politik.

»Piso« lautete das Kennwort der Verschwörer, »Piso«, weil der Kopf des Geheimbundes Gaius Calpurnius Piso hieß, ein Mann von hohem Adel und großem Ansehen; ein ehemaliger Konsul, für den allein das Wort »Cäsar« ein rotes Tuch war, seit der göttliche Caligula zu seinem Hochzeitsmahl erschienen war, seine Braut Livia Orestilla entführt und nach drei Tagen geschändet zurückgebracht hatte.

Sie trafen sich des Nachts heimlich auf dem Landgut Senecas und sie kamen, damit die Zahl der Mitwisser möglichst klein sei, ohne Sklaven: Piso, der Anführer, Fänius Rufus, einer der beiden Prätorianerpräfekten, dem man nachsagte, er habe mit Neros Mutter Agrippina ein Verhältnis gehabt, Subrius Flavus, Tribun einer Prätorianerkohorte, Sulpicius Asper, der Centurio, der Senator Quintanus und der Dichter Lucanus, dessen Reime öffentlich vorzutragen der göttliche Nero verboten hatte.

Der Cäsar, wußte Rufus zu berichten, wolle demnächst im Circus Maximus auftreten – als Rennfahrer.

»Wenn er nur nicht singt!« lachte der alte Seneca.

»Ja, wenn er nur nicht singt!« wiederholte Rufus, und die anderen sahen ihn fragend an. »Ich will sagen, es ist unwahrscheinlich, daß einem *Sänger* im Circus etwas zustößt, aber mit dem Rennwagen hat sich schon mancher das Genick gebrochen.«

Calpurnius Piso legte seine hohe Stirne in Falten: »Wenn wir darauf warten, bis sich der Göttliche das Genick bricht, dann können wir uns nach Tusculum zurückziehen wie der große Cicero oder nach Sabinum wie Horatius Flaccus und schönen Gedanken nachgehen. Wir werden dann weiterhin den Launen des Cäsars ausgesetzt sein und stets um unser Leben fürchten müssen.«

Was Piso dachte, aber nicht auszusprechen wagte, war das Folgende: Natürlich können wir uns auch wie Seneca nach Campanien zurückziehen, den Cäsar einen Muttermörder und Unhold schelten und hunderttausend Sesterzen Prämie aussetzen für denjenigen, der Nero beseitigt. Aber das sagte Piso nicht; er sah den Alten, der die Gelassenheit eines durch nichts zu erschütternden Stoikers ausstrahlte, nur an und wartete auf eine Antwort.

Aber Seneca schwieg, wie es seine Art war. Nichts, aber auch gar nichts vermochte ihn aus der Ruhe zu bringen. Er redete nur, wenn er lange nachgedacht hatte. Seine Haltung kam nicht von ungefähr: Seneca war schon viele Tode gestorben. Mit Dreißig hatten sie ihn nach Ägypten geschickt, weil man glaubte, er würde den italienischen Winter nicht überleben, aber Seneca kehrte zurück, wurde Quästor und sogar Senator. Der göttliche Caligula hatte ihn auf die Todesliste gesetzt, ließ das Urteil aber nicht vollstrecken, weil man täglich mit seinem natürlichen Ableben rechnete. Von Claudius war Seneca nach Korsika verbannt worden, was gleichfalls einem Todesurteil gleichkam, doch Agrippina holte ihn zurück und machte ihn zum Erzieher ihres elfjährigen Sohnes Nero. Und dieser Nero, mittlerweile fünfundzwanzig Jahre alt, hatte nun ebenfalls seinen Tod beschlossen.

Furcht kannte Seneca nicht. Der Weise und wer nach Weisheit strebt, pflegte er zu sagen, ist zwar an seinen Leib gebunden, aber mit seinem besseren Teil ist er fern von ihm und hält seine Gedanken auf das Höhere gerichtet. Er soll das Leben meistern wie den Kriegsdienst, an den ihn der Fahneneid bindet, und am besten ist es, wenn er das Leben nicht liebt, es aber auch nicht haßt, und alles Menschliche erträgt.

»Was habt ihr in Erfahrung gebracht über Poppäas neuen Gespielen?« fragte der Alte nach einer Weile.

Subrius Flavus, zuständig für Spionage und Beobachtung, antwortete: »Es ist nicht allzuviel, muß ich gestehen, aber das, was wir wissen, ist äußerst interessant. Der Junge paßt genau in unser Konzept.«

»Ist er vermögend?«

»Nein, er ist völlig mittellos. Und das bißchen Geld, das er hatte, hat er verspielt. Er wurde beim Circus gesehen.«

»Großartig!« stellte Seneca fest. »Alle Spieler sind käuflich. Wie alt?«

»Schwer zu sagen, achtzehn Lenze, vielleicht zwanzig.«

»Römer?«

»Pompejaner. Vermutlich ein Freigelassener.«

»Also ehrgeizig. In der Tat, er paßt großartig in unsere Planung. Aber sprich, Flavus, wie kam der Kerl an Poppäa heran?«

Der Tribun hob die Schultern: »Das frage ich mich auch. Er war einfach da, das heißt, meine Leute haben von ihm erst Notiz genommen, als er Poppäas Haus betrat.«

Seneca dachte laut: »Merkwürdig, ein junger unbekannter Pompejaner macht sich an Poppäa Sabina heran, eine Frau, die doch nur Augen für den Cäsar hat . . .«

»Er sieht sehr gut aus, der Pompejaner«, wandte Flavus ein, »vielleicht hat Poppäa sich an *ihn* herangemacht. Auch eine Frau wie Poppäa braucht mal einen Kerl, wenn ihr Mann im fernen Lusitanien weilt.« Der Tribun lachte, wurde aber sogleich wieder ernst: »Wie wollen wir vorgehen?«

Asper, der Centurio, ein harter Bursche, dem ein Zug Brutalität ins Gesicht geschrieben stand, schlug mit der rechten Faust in die flache Hand, als wollte er etwas Unsichtbares zerquetschen, und rief: »Wir werden uns den Pompejaner schon gefügig machen.«

»Unsinn!« schimpfte Piso. »Wenn du doch immer erst deinen Verstand zu Wort kommen ließest, Asper, bevor deine Fäuste reden! Wir sind schon allzu oft gescheitert, weil unsere Aktionen schlecht geplant und vorschnell ausgeführt wurden.« Piso preßte die Lippen zusammen, daß nur noch ein schmaler Strich zu erkennen war, und seine Augen funkelten zornig. »Wenn ich daran denke«, begann er von neuem, »aus welchen Gründen das Attentat an der Brücke des Agrippa gescheitert ist, könnte ich mir die Haare ausraufen!«

Die anderen nickten zustimmend. »Das ist lachhaft! Lachhaft ist das!« Piso spuckte auf den Boden, und Rufus blickte betroffen, denn die Schelte galt ihm. Fänius Rufus, dem die Ausführung des Attentats übertragen war, hatte das Vorhaben minutiös geplant: Der Cäsar sollte auf dem Wege zu einer Veteranen-Entlassung an der Brücke des Agrippa überfallen und ermordet, seine Leiche in den Tiber geworfen werden. Gaius Piso wäre noch in der Nacht zum neuen Cäsar ausgerufen worden. Eigentlich konnte gar nichts schiefgehen. Rufus hatte eine halbe Prätorianer-Kohorte um sich. Aber ein launiger Zufall ließ das Unternehmen scheitern: Die Veteranen erwarteten den Cäsar nicht auf dem Marsfeld, sondern zogen ihm singend bis zur Brücke des Agrippa entgegen, und Rufus und seine Prätorianer sahen sich unerwartet von einer singenden Legion altgedienter Soldaten umringt.

»Was nützen all die Vorwürfe«, wandte Seneca ein, »vielleicht sollte ich dem Göttlichen gegenübertreten, so wie ich ihm unzählige Male gegenübergetreten bin, sollte sagen, mein Sohn, du bist nicht mehr mein Sohn, nicht der, den ich in der Weisheit des Lebens unterwiesen habe, du bist ein Untier, trägst die Grausamkeit des Löwen und die Feigheit der Hyäne zur Schau, und die Römer fürchten dich mehr als den schrecklichen Krieg, und ich sollte den Dolch aus dem Gewand ziehen und ihm den Tod geben, der ihm gebührt.«

Da erhob sich ein wildes Geschrei unter den Verschwörern. Die einen sagte, Cäsarenmord sei nicht Sache der Philosophen, die anderen sprachen Seneca die physische Kraft ab, eine solche Tat zu vollbringen, und der Dichter Lucanus rief: »Seneca, du hast ein Leben lang mit Worten zugestoßen, und deine Gedanken haben die Seele der Menschen getroffen. Du bist nicht der Mann, der seinen Dolch erhebt, du würdest als erster fallen!«

»Was ist schon der Tod!« erwiderte der alte Seneca und legte die Hand auf die Brust. »Mir liegt am Leben nicht mehr als am Tod, ja, mancher hat seinem Leben erst mit dem Tod Größe verliehen. Denkt an Sokrates, wie er den Schierlingsbecher nahm. Nehmt Cato sein Schwert, das ihm die Freiheit sicherte, und ihr habt ihm einen großen Teil seines Ruhmes genommen. Ich will sagen: Vielleicht erwartet auch mich ein Tod, der mein Leben adelt?«

Mit dem Losungswort »Piso!« auf den Lippen betrat ein Freigelassener des Rufus das Tablinum, ging auf seinen Herrn zu und flüsterte ihm etwas ins Ohr. Der schlug die Hände vors Gesicht, daß die übrigen Verschwörer ihn erwartungsvoll ansahen.

»Octavia«, sagte er nach einer Weile, und jeder im Raum wußte, was er meinte.

»Gab Poppäa den Auftrag?« fragte Piso.

Fänius Rufus verneinte: »Angeblich steckt Nero dahinter, Anicetus hat Poppäa in einem Korb Octavias Kopf überbracht.«

»Dann hat Poppäa ihr Ziel erreicht«, stellte Piso fest.

»Und der Göttliche auch!« fügte Rufus hinzu. »Nun führt wohl kein Weg mehr daran vorbei, daß Poppäa Sabina die Frau des Cäsars wird.«

Poppäa war ein unersättliches Frauenzimmer, und Aphrodisius war jung, zu jung, um sich aus eigener Kraft aus den Fängen der begehrlichen Römerin zu befreien. Schon am ersten Tag wollte er fliehen, einfach fortlaufen, in der großen Stadt untertauchen, doch ein einziges Wort, eine leise Berührung genügte, und der Pompejaner wurde gefügig und weich wie das Wachs, das die Priester im Tempel des Apollon opferten.

Er schlief mit ihr, wild und orgiastisch, und Poppäa, die Unnahbare, Selbstsichere, Herrische, verwandelte sich immer wieder. Sie spielte mit ihm übermütig wie eine Katze, sie fraß ihn auf wie ein gieriges Tier, und sie ließ sich verzaubern wie ein kleines Mädchen, dem vieles neu und alles fremd ist.

In der ersten Nacht nannte sie ihn »mein Adonis«, in der zweiten Nacht nannte sie ihn »mein Cupido«, in der dritten Nacht nannte sie ihn gar »mein Hercules« – doch in der vierten Nacht blieb »Hercules« allein, ebenso in der fogenden; und alle Fragen, wo Poppäa geblieben sei, beantworteten die Zofe Pyrallis und Polybius, der Schreiber, mit einem hilflosen Achselzucken. Ob er einen Wunsch habe, den sie ihm erfüllen könnten?

Enttäuscht machte sich Aphrodisius auf die Suche nach seinem treuen Sklaven Gavius, und sein erster Weg führte ihn zu der Herberge am Circus Maximus, wo er seine offene Rechnung zu begleichen bestrebt war. Der Wirt sah Aphrodisius verwundert an und beteuerte unter Anrufung des Mercurius, der Sklave habe alles korrekt beglichen, er sei doch ein Bithynier. Wo sich Gavius derzeit aufhalte, vermochte er nicht zu sagen, aber er sei mit Metellus, dem Kesselflicker, gesehen worden, dessen Werkstatt am anderen Ende der Rennbahn liege, auch er ein Bithynier.

Metellus begegnete dem gutgekleideten Aphrodisius mit Mißtrauen, und auch seine Geschichte, er sei Gavius einfach davongelaufen, bestärkte nicht gerade seine Glaubhaftigkeit: Zwar kam es durchaus vor, daß ein Sklave seinem Herrn davonlief, aber nie umgekehrt. Schließlich gab er zu, den Aufenthaltsort des Sklaven zu kennen und bestellte Aphrodisius für den Abend an denselben Ort; wenn er die Wahrheit gesprochen habe, würde Gavius sicher kommen.

Natürlich kam Gavius, und er weinte vor Freude, als ihn Aphrodisius in die Arme schloß. Es fiel ihm schwer, die Geschichte zu glauben, die Aphrodisius da erzählte, aber dann betrachtete er das kostbare Gewand seines Herrn und den Geldbeutel in seinem Gürtel, und lächelnd schüttelte er den Kopf, als wollte er sagen: Ich kann es einfach nicht fassen.

Im Hause der Poppäa auf dem Esquilin herrschte unerklärliche Geschäftigkeit, obwohl die Herrin seit Tagen nicht gesehen wurde. Aphrodisius zeigte Bedenken, seinen Sklaven Gavius mitzubringen, und fragte Polybius, wie er sich verhalten solle. Polybius aber war erfreut über die Nachricht; er brauche, so meinte er, jetzt keinen Skalven für den Pompejaner zu kaufen, wie Poppäa ihm aufgetragen habe. Aphrodisius solle sich um die Abrechnungen der Landgüter kümmern.

Während der Pompejaner ein gewisses Unbehagen empfand, weil Poppäa Sabina sang- und klanglos verschwunden war, fühlte sich sein Sklave Gavius in der neuen Umgebung sichtlich wohl und zeichnete sich durch nie enden wollenden Hunger und große Leutseligkeit aus. Nach wenigen Tagen bereits wußte Gavius genau, wer unter den zweihundert Domestiken wem wohlgesonnen und wer wessen Gegner war – er glaubte es jedenfalls. Und natürlich war ihm auch nicht der Grund der Geschäftigkeit verborgen geblieben: Poppäas Eheschließung mit dem göttlichen Nero.

Beim Castor und Pollux! Aphrodisius fand keine Worte. Dieses Weib schlief mit ihm und heiratete den Göttlichen! Er war verwirrt, verzweifelt. Gavius versuchte, ihn zu trösten, und suchte nach einer Erklärung. Einen Cäsar, meinte er verschmitzt, heirate man nicht aus Liebe, sondern aus Berechnung, das sei allen Gemahlinnen der Cäsaren gemeinsam gewesen. Allerdings habe das nie ausgeschlossen, daß sie ihre Liebe außerhalb des Palatins vergaben, und er, Aphrodisius, sei in der glücklichen Lage, sich der Gunst der künftigen Gemahlin des Göttlichen zu erfreuen.

In dieser Nacht fand Aphrodisius keinen Schlaf. Der Gedanke, von Poppäa mißbraucht zu werden wie ein Lustknabe im Lupanar, ließ ihn nicht los, gleichzeitig aber wuchs seine Begierde nach dieser Frau, die ihm höchste Lust bereitet hatte. Hatte nicht er Poppäa mißbraucht? Hatte nicht er sie benutzt wie eine Hure?

Von der Straße drangen Schreie. Steine polterten gegen die Hauswand. Als Aphrodisius sich erhob und vorsichtig durch ein Fenster nach draußen blickte, sah er das Haus von einer Volksmenge umringt, Fackeln wurden in die Fenster geschleudert, und die Menschen riefen: »Agrippina! Octavia! Wer wird die nächste sein?«

Polybius bewies Mut. Er zeigte sich am Fenster und rief den Aufrührern – es mochte sich um ein paar Hundert handeln – zu, wenn ihr Zorn Poppäa gelte, so müßten sie sich zum Palatin wenden, die Hausherrin sei seit fünf Tagen nicht mehr gesehen worden. Da fielen böse Schimpfworte, und die Aufrührer löschten ihre Fackeln und zerstreuten sich zum Forum hin, und Aphrodisius überlegte, wie er sich am besten aus dieser Situation befreien könne.

Am Tag der Nonen des Monats Augustus herrschte große Unruhe in den Straßen der Stadt. Die Menschen drängten lärmend und schimpfend zu den Getreidespeichern, wo der Göttliche aus Anlaß seiner Vermählung mit Poppäa Sabina eine kostenlose Getreideration verteilen ließ, drei Modius Weizen für jeden Bedürftigen. *Roma Dea!* Das war nicht viel; bei ähnlichen Anlässen hatten

Roms Cäsaren ein Zigfaches verteilt. Aber der göttliche Nero war äußerst knapp bei Kasse, und die ägyptische Provinz, die ein Drittel des gesamten Getreidebedarfs lieferte, klagte über eine schlechte Ernte. So kam es, daß viele stolze Plebejer in langer Schlange um ihre Ration anstanden, sie dann aber den Verteilern vor die Füße kippten.

Die Geschäftigkeit im Hause Poppäas ließ vermuten, die Kaiserin würde an ihrem Hochzeitstag zurückkehren, und Aphrodisius befand sich in großer Aufregung. Er würde nicht wagen, ihr gegenüberzutreten. Und was ihm schon an all den Tagen zuvor aufgefallen war, erschien ihm an diesem Tag noch rätselhafter: Das Leben in Poppäas Haus nahm seinen geregelten Verlauf. Jeder Sklave, jeder Freigelassene erhielt seine Befehle, und deren Ausführung wurde wiederum von einem anderen kontrolliert. Zuerst glaubte Aphrodisius, alle Befehle würden bei Polybius, dem Schreiber, zusammenlaufen – doch dann erkannte er, daß auch Polybius der täglichen Kontrolle eines täglich wechselnden Kontrolleurs unterlag.

Poppäa erschien nicht. Die Hochzeit des Cäsars fand hinter geschlossenen Türen auf dem Palatin statt. Nero fürchtete um sein Leben, und dies schien nicht unbegründet, nachdem die Blumen und Kränze, mit denen der Kaiser seine und Poppäas Statuen auf dem Forum und vor den Tempeln der Stadt behängt hatte, herabgerissen und zertrampelt worden waren. Jene, die sich die Beseitigung des Göttlichen zum Ziel gesetzt hatten, sahen es mit Freude.

Am Abend wurden Fackeln entzündet und Teppiche ausgelegt, ein opulentes Mahl wartete im Tablinum, die Sklaven trugen Festtagstracht, und einer jeder glaubte, Poppäa würde erscheinen in Begleitung des Göttlichen. Doch dann kam ein krummbeiniger Mann, kaum dreißig Jahre alt, den kahlen Schädel mit einer Perücke verdeckend und eitel einherstolzierend wie ein Pfau: Marcus Salvius Otho, Quästor von Lusitanien.

Mit Pathos vergoß Otho Tränen wie ein Schauspieler im Theater des Agrippa und verfluchte den Tag, an dem er in diese böse Welt gestoßen wurde, und den Schoß seiner Mutter Albia Terentia, weil der göttliche Nero, mit dem er einst selbst das Bett teilte, seine eigene Frau geheiratet hatte, ohne ihn, Otho, um Erlaubnis zu fragen. Dem nicht genug, der Cäsar habe ihm den Zutritt zur Hochzeitstafel verwehrt, Prätorianer hätten ihn abgewiesen, und Rufus habe ihm den vorgefertigten Scheidebrief unter die Nase gehalten: »Hier, unterschreibe!«

»Sauft und freßt soviel ihr könnt!« rief Otho, während er angetrunken durch das Haus rannte und die Sklaven und Freigelassenen zusammentrommelte, »der göttliche Nero mag mir seine *Tafel* verwehren, seinen *Thron* verwehren kann er mir nicht!« Alle, die es hörten, erschraken über diese Worte, weil Marcus Salvius Otho seit frühester Kindheit als intimer Freund des Flaviers galt, und man erzählte sogar, Otho habe Poppäa nur zum Schein geehelicht, um sie dem Göttlichen zu überlassen, wann immer dieser es wünschte. War es Poppäa, die die beiden Freunde entzweite, oder stand dahinter die panische Angst des Göttlichen vor einem Attentat?

Die Diener gehorchten, obwohl Otho in diesem Hause nichts mehr zu sagen hatte, und trugen Wein herbei und Fleisch und Früchte, und sie ließen den Quästor hochleben, waren sie doch Diener und Gäste zugleich. Musikanten spielten auf, und Otho hieß zwei schöne numidische Sklaven zu tanzen, ein Wunsch, dem die Afrikaner nur höchst widerwillig und ungeschickt nachkamen, und auch der rote Wein, den Otho den Sklaven aus einem Lederschlauch in die offenen Münder spritzte, vermochte ihre schwerfällige Darbietung nicht zu steigern. Eine wilde aquitanische Sklavin mit ausladenden Hüften und langen, zottigen Haaren stieg schließlich auf einen der Tische und begann, zwischen Früchten und duftenden Speisen zu tanzen, daß die unbeholfenen Jünglinge sich schnell zurückzogen und die Zuschauer das Weib mit immer schneller werdendem Klatschen in eine Art Ekstase peitschten. Ihre Bewegungen glichen einer sich häutenden Schlange, so streifte die Aquitanierin ihre Kleider ab und zeigte mit hinter dem Kopf verschränkten Armen ihre vollen Brüste, und die Diener bewarfen die Tänzerin mit blauen Trauben, die rote Flecken auf ihrer Haut hinterließen und deren Saft in kleinen Rinnsalen an ihrem Körper herunterrann wie frisches Blut.

Otho fand an dem Treiben weniger Interesse als die Sklavenschaft, er schüttete Unmengen des schweren Chios-Weines in sich hinein und grunzte unzufrieden vor sich hin, als Seleukos, Poppäas Hausastrologe, vor den sich auf seiner Liege lümmelnden Quästor hintrat, die Hand zum Gruß ausstreckte und fragte, ob er an die Sterne glaube.

»*Quid sit futurum cras, fuge quaerere*«, antwortete der Quästor, Horatius Flaccus zitierend, »aber wenn sie Gutes künden . . .«

»Was ist schon gut?« erwiderte der Sterndeuter und hob die Hände. »Das weißt du doch immer erst am Ende deines Lebens. Die meisten streben nach Geld, Geld ist der einzige Gott, an den die Römer glauben, und doch: Dieser eine Gott mordet mehr als alle Schurken zusammen. Geld macht nicht glücklich, im Gegenteil.«

»Das kann ich dir bezeugen, Weiser der Gestirne. Manchmal glaube ich, ich war glücklicher, als mein Vater Lucius mich mit der Rute schlug wie einen unbeugsamen Sklaven. Denn danach hatte ich immerhin noch die Hoffnung, meinen Vater würde ein früher Tod ereilen und ich könne das sorglose Leben eines reichen Sohnes führen. Aber meine Hoffnungen erfüllten sich nur zum Teil: Zwar hinterließ mir Lucius all seinen Reichtum, doch sind meine Sorgen nun größer als je zuvor. Fürchtete ich früher nur die Rute des Alten, so lebe ich nun in Angst vor allen anderen, ja selbst Nero, meinen besten Freund, muß ich fürchten.«

Da legte der Weise aus Kos die Stirne in Falten und sprach: »Deine Furcht mag nicht unbegründet sein, Herr, aber was Nero betrifft, so kannst du zuversichtlich sein . . .«

Otho sah Seleukos fragend an.

»Du bist doch im Zeichen des Mars geboren?« erkundigte sich der Sterndeuter.

Otho nickte.

»Dann hast du dem göttlichen Nero eines voraus.« Seleukos hielt in seiner Rede inne.

»So rede schon, Alter«, drängte Otho und nahm eine drohende Haltung ein.

Seleukos zögerte, blickte argwöhnisch um sich und flüsterte

dann mit gesenktem Blick: »Ich will dir sagen, was die Sterne dir zugedacht haben, aber verrate es niemand: Deine Lebensbahn ist länger als die des göttlichen Nero.«

Über das Gesicht Othos huschte ein Lächeln, verbreiterte sich zum Grinsen und endete schließlich in einem hämischen Ausruf, der sich anhörte wie »Ha!«. Otho war immerhin fünf Jahre älter als Nero. Der Sterndeuter machte ein Gesicht, als habe er noch Wichtiges zu sagen, er hob die Hand, zog die Augenbrauen hoch und rückte näher an Otho heran.

»Das ist noch nicht alles«, flüsterte Seleukos und kostete die Spannung seines Gegenübers mit einer überlangen Sprechpause aus. Der Quästor griff zum Gürtel, nestelte an seinem Geldsack herum und steckte ihn, wohlgefüllt, dem Sterndeuter zu, wie es Brauch war, wenn man eine gute Prognose empfangen hatte. »Merk dir die Zahl 37, sie wird in deinem Leben die größte Rolle spielen.«

»Erkläre mir deine Worte!« bestürmte Otho den Sterndeuter. »Welche Bewandtnis hat es mit dieser Zahl?«

Seleukos hob die Schultern: »Die Sterne geben nicht alles preis, nur diese Zahl, die dir den größten Triumph bescheren wird, aber . . .«

»Aber?« bohrte Otho, »aber?«

». . . aber auch dein Ende.«

Otho blickte betroffen. »Mein Ende und meinen größten Triumph? Was hat das zu bedeuten?«

»Über das Ende brauchen wir nicht zu reden«, erwiderte Seleukos, »das Ende ist einem jeden vorbestimmt vom Tage seiner Geburt an. Und was den Triumph betrifft: Du wirst dem göttlichen Nero in nichts nachstehen.«

Kaum hatte der Sterndeuter geendet, da sprang Otho auf, umarmte den Mann aus Kos wie einen Vater und küßte ihn auf beide Wangen, daß die Umstehenden aufmerksam wurden und neugierig hinzutraten. Seleukos aber, dem das sichtlich peinlich war, befreite sich aus der freundlichen Umklammerung, neigte den Kopf zum Gruß, sprach ein devotes »Herr!« und tauchte im festlichen Getümmel unter.

»Sauft, Freunde, sauft!« rief Otho und hob seine Schale mit dem roten Chios-Wein. »Sauft, so viel ihr könnt, sauft auf mein Wohl, das dem des göttlichen Nero in nichts nachsteht!«

Jene, die den Ausruf des Quästors verstanden hatten, erstarrten, und die, welche klatschend und johlend den lasziven Bewegungen der aquitanischen Tänzerin folgten, die ihren Körper nackt auf dem Tisch darbot, verstummten einer nach dem anderen, denn schnell und unaufhaltsam wie eine Feuersbrunst, geschürt von der über die Wellen des Korns dahingleitenden Nereide Oreithyia, verbreiteten sich die Worte des Quästors, der sein Glück dem des göttlichen Nero gleichsetzte, welch ein Frevel.

»Was starrt ihr mich so an?« sprach Otho mit schwerer Zunge in das Schweigen. »Der Sterndeuter hat es prophezeit, bei meiner rechten Hand, ich werde Nero überleben, fragt den Weisen von der Insel.« Aber Seleukos blieb verschwunden, und gewiß hätte keiner zu fragen gewagt, ob der Quästor aus Lusitanien die Wahrheit gesprochen habe, denn seine Worte waren ein Frevel gegen den Göttlichen und todeswürdig wie die Schändung einer Vestalischen Jungfrau.

Von der Dienerschaft wußte ein jeder um die enge Beziehung Othos zu Nero, ja, selbst seine Scheinehe mit Poppäa war ein offenes Geheimnis gewesen. Um so mehr zeigten sie sich nun entsetzt. Stand Otho hinter den Verschwörern gegen den Cäsar, von denen man immer wieder gerüchteweise hörte, oder wollte er nur provozieren, um sie zu unüberlegtem Handeln herauszufordern?

»Sauft!« rief der Quästor, um das spannungsgeladene Schweigen zu überbrücken, und mit wankenden Schritten ging Otho durch die Reihen und preßte jedem, der ihm vor die Füße kam, seine Weinschale an den Mund. »Ihr werdet lange warten, bis es euch wieder so gut geht, elendes Pack.«

Ängstlich wichen die Sklaven und Freigelassenen Poppäas zurück, viele flohen überstürzt aus dem Tablinum, die nackte Sklavin raffte ihre Kleider zusammen und verschwand lautlos.

»Und du?« wandte sich Otho an den einzigen, der wie festgewurzelt stehenblieb – Aphrodisius. »Warum rennst du nicht weg wie die anderen, wie diese Ratten, deren stinkende Nester in der Vorstadt sind?«

»Warum sollte ich fortlaufen?« entgegnete der Pompejaner und sah dem Quästor mutig ins Gesicht.

»Warum, warum?« ereiferte sich Otho. »Aus demselben Grund, der die anderen von mir wegtreibt: Sie wollen nicht mit einem trinken, der von sich behauptet, er würde den Cäsar überleben. Das ist Gotteslästerung. Findest du nicht?«

Aphrodisius verneinte: »Wenn's in den Sternen steht . . . Dann müßte der Göttliche die Lehre der Sterndeuter verbieten. Doch das hat er nicht getan – also kann es keine Gotteslästerung sein, wenn Seleukos berichtet, was die Sterne sagen.«

Otho kniff die Augen zusammen: »Du gefällst mir, Jüngling, du hast Mut und Verstand in gleichem Maße. Wie ist dein Name, und was tust du hier?«

»Ich?« entgegnete Aphrodisius verlegen. »Ich bin der Freigelassene Aphrodisius. Ich stamme aus Pompeji, wo ich vor dem großen Beben Pachteintreiber im Macellum war. Ich habe bei der Katastrophe meinen Herrn Serenus verloren, meine Eltern und meine Arbeit, nun versuche ich hier in Rom mein Glück. Poppäa gab mir eine Chance als Buchhalter, ich kann mit Zahlen umgehen!«

Mühsam versuchte Otho seine schwere Zunge unter Kontrolle zu bringen, die kleine, gedrungene Gestalt wankte. »Es würde mich wundern«, sagte er nach einer Pause des Nachdenkens, »es würde mich wundern, wenn dich Poppäa nicht an irgendeiner Straßenecke aufgegabelt und nach Hause geschleppt hätte . . .«

Aphrodisius blickte betroffen, er sagte nichts.

»Versteh mich recht, Pompejaner, ich will dich nicht beleidigen, aber ich war sechs Jahre mit dieser Frau verheiratet, ich kenne ihre Vorliebe für derlei Abenteuer. Sie ist wie die schöne Nymphe Canens, die Picus den Kopf verdrehte und sich am Ufer des Tiber einfach in Luft auflöste. Die meisten sehen sie nie wieder.«

Aphrodisius nickte. Wie recht er hatte. Genauso war es ihm ergangen: Nach drei Nächten war Poppäa verschwunden, als hätte sie sich in Luft aufgelöst.

»Du kannst von Glück reden, wenn sie dir eine Arbeit verschafft hat«, begann Otho von neuem, »ich kann dir Namen nennen von römischen Jünglingen, die wurden nach einer Nacht von den Sklaven aus dem Haus geprügelt. Du mußt gut gewesen sein.« Die Worte des Quästors klangen durchaus anerkennend.

Der Pompejaner scharrte verlegen auf dem rot-weißen Bodenmosaik des Tablinums. Was sollte er erwidern? Er schämte sich, aber sollte er das zugeben? Sollte er eingestehen, daß er sich vor dieser Frau fürchtete, vor dem Augenblick, in dem sie hier wieder auftauchte? Daß er sich Tag und Nacht Gedanken machte, ob er nicht einfach fortlaufen, Rom verlassen sollte?

»Ich habe, ich habe das alles nicht gewollt«, stotterte Aphrodisius. »Ich hatte sogar den Gedanken, mich vom Tarpejischen Felsen zu stürzen, weil ich mein letztes Geld beim Würfeln verloren hatte. Da stand sie auf einmal vor mir wie eine der Grazien, wie das blühende Glück der Thalia, wie der begehrenswerte Frohsinn Euphrosynes, und sie sagte: ›Komm mit mir!‹. Da bin ich ihr gefolgt ohne nachzudenken, ich wußte nicht einmal, wer sie war.«

»Du mußt dich nicht entschuldigen!« wehrte Otho ab. »So ist sie nun mal. Wärst du es nicht gewesen, stünde jetzt ein anderer hier. So aber hast du Poppäas Leidenschaft erlebt, und darum beneide ich dich, denn selbst Libitina, die Göttin der Lust, kann nicht leidenschaftlicher sein als sie. Aber –«

»Aber?« drängte Aphrodisius.

»Nun ja, du weißt doch, Libitina ist nicht nur die Göttin der Lust, Libitina ist auch die Göttin –«

»– des Todes, ich weiß«, sagte Aphrodisius. »Was willst du damit sagen, Quästor?«

Otho zog die rechte Schulter hoch, als quäle ihn der Gedanke: »Der Cäsar ist unberechenbar. Kein Sterblicher vermag zu sagen, ob er morgen die Gunst oder den Groll des Göttlichen auf sich zieht. Sieh mich an! Seit den Tagen der *toga virilis* glaubte ich Neros bester Freund zu sein, und als er mich aus dem fernen Lusitanien nach Rom rief, hoffte ich, der Freund suchte die Nähe des Freundes. In Wirklichkeit muß ich um mein Leben fürchten. Ich will nicht daran denken, wie Nero reagiert, wenn er erfährt, mit wem Poppäa noch zwei Wochen vor ihrer Eheschließung mit dem Göttlichen das Lager teilte.«

Aphrodisius sprang auf, aber der Quästor drückte ihn neben sich auf die Kline: »Du darfst dich jetzt nicht zu irgendwelchen unüberlegten Handlungen hinreißen lassen, Pompejaner. Erst wenn es flieht, fällt das Kaninchen der Schlange zum Opfer.«

Noch während er sprach, hatte Otho einen Dolch aus den Falten seines Gewandes gezogen, und zum Sprung bereit wie eine Katze, schlich er auf die Reihe der Säulen zu, die das Tablinum einrahmten. Jetzt erkannte auch Aphrodisius den Schatten hinter der Säule. Otho holte aus. Doch der Unbekannte schien den Anschleichenden bemerkt zu haben, sprang hervor und trat Otho in geduckter Haltung und mit ausgebreiteten Armen entgegen wie ein unbewaffneter Gladiator.

»Gavius!« Der Pompejaner erkannte seinen Sklaven.

Otho hielt inne. »Du kennst den Kerl?«

»Laß ab«, erwiderte Aphrodisius, »das ist mein Sklave Gavius, ein Bithynier.«

»Esel!« stieß der Quästor hervor. »Das hätte dich das Leben kosten können. Sehr gescheit war es nicht, dich hinter einer Säule zu verstecken und unser Gespräch zu belauschen.«

»Besser ein lebender Esel als ein toter Philosoph!« konterte der Bithynier.

Aber Otho gab sich nicht zufrieden: »Weißt du nicht, Sklave, daß es in diesen Tagen lebensgefährlich ist, die Gespräche anderer zu belauschen, hier, wo ein jeder eines jeden Feind ist und um sein Leben fürchtet?«

»Das ist mir sehr wohl bekannt, Quästor, aber wußte *ich*, daß du *meinem* Herrn wohlgesonnen gegenübertratest?«

Und Aphrodisius fügte entschuldigend hinzu: »Er ist ein treuer Sklave, wie alle Bithynier, du mußt das verstehen. Er ist mein Eumaios, mein Schweinehirt, der mich treu beschützt wie Odysseus.«

Da lachte Otho bitter und laut: »Wir sind beide Opfer derselben Frau. Das macht uns zu Verbündeten!« Er reichte Aphrodisius eine Schale mit rotem Chios-Wein: »Hier, trink. Laßt uns auf unsere Freundschaft trinken. *Carpe diem*! Wer weiß, ob wir morgen noch leben!«

Gavius sah den Quästor an wie einen Armen, mit dem man

Mitleid hat, dann puffte er Aphrodisius mit dem Ellenbogen in die Seite: »Euphrosyne, die Frohgesinnte der Chariten, scheint ihm heute noch nicht begegnet zu sein, he?«

»Ein gewitzter Bursche, dein Bithynier!« lachte Otho. »Ich kaufe ihn dir ab. Was soll er kosten?«

»Er ist unverkäuflich.«

»Gut, ich biete das Doppelte.«

Aphrodisius schüttelte den Kopf, aber Gavius erkundigte sich vorwitzig, wie hoch denn das *einfache* Gebot gewesen sei.

»Tausend Sesterzen.«

»Tausend Sesterzen? Bei Cardea, der Göttin der Türangel, glaubst du, du könntest für zweitausend Sesterzen einen Sklaven wie mich bekommen?«

»Dreitausend Sesterzen!«

»Dreitausend Sesterzen? Ich höre wohl nicht gut. Dreitausend Sesterzen für einen Bithynier? Aphrodisius, hast du das gehört? Erst nennt er mich einen Esel, dann bietet er für diesen Esel dreitausend Sesterzen. Auf dem Viehmarkt kriegst du sechs Esel für die Summe, und du kannst jedem das Fell über die Ohren ziehen, wenn er deinen Ansprüchen nicht genügt.«

»Halt! Was soll der Unsinn!« schimpfte Aphrodisius. »Ich habe gesagt, mein Sklave ist nicht verkäuflich, und dabei bleibt es.«

»Bei der Göttin der Maultiertreiber Epona, dreitausend Sesterzen! Ich wollte doch nur sehen, was so einer wie ich wert ist«, entschuldigte sich Gavius und hüpfte von einem Bein auf das andere.

»Um den Burschen beneide ich dich«, sagte Otho, »ich hätte ihn nur allzugerne nach Lusitanien mitgenommen. Die dortigen Sklaven taugen *in actu* gerade als Viehtreiber.«

»Du kehrst zurück in deine Provinz?« fragte der Pompejaner.

»Noch heute nacht«, erwiderte Otho. »Meine Schiffe warten in Ostia. Hier in Rom ist mir der Boden zu heiß. Aber glaube mir, Rom hat einen Tiberius überlebt, einen Claudius und einen Caligula – es wird auch einen Nero überleben.«

# 4

Dem milden Herbst folgte ein kalter Winter, so daß Eisschollen auf dem Tiber trieben und viele der Ärmsten unter den Armen, die ihre Nächte in den Ecken und Nischen der Thermen verbrachten, erfroren. Ganz Rom schien aufzuatmen, als an den Kalenden des Monats Martius wärmender Frühling sich über die Stadt senkte, leuchtend und farbenfroh.

Aphrodisius hatte sich eingelebt im Hause der Poppäa und versah, da er mit Zahlen umzugehen verstand wie Pythagoras von Samos, inzwischen das gesamte Rechnungswesen. Boten aus dem Palast kontrollierten bisweilen seine Arbeit, überbrachten Aufträge und verschwanden, ohne jemals Poppäas Namen zu erwähnen. Fragen seinerseits, auch schriftliche Anfragen, blieben unbeantwortet. Gesehen hatte er Poppäa seit ihrer Eheschließung mit dem Cäsar nicht mehr, und manchmal zweifelte er, ob Poppäa Sabina überhaupt noch am Leben war. Die Unberechenbarkeit des Kaisers hatte ein Ausmaß erreicht, das zu vielfältigen Spekulationen Anlaß gab. Mehrmals hatte Aphrodisius die Vorstellungen im Theater des Marcellus besucht, das vom göttlichen Augustus zu Ehren seines Neffen auf dem Forum Holitorium errichtet worden war. Hier trat Nero als Schauspieler und Sänger auf, vor – wie jedermann wußte – bezahlten Klatschern.

Die Hoffnung, Poppäa Sabina in der ersten Reihe auszumachen, erfüllte sich nie. Dabei wußte Aphrodisius überhaupt nicht, wie er sich verhalten hätte, wäre Poppäa jemals im Theater erschienen; er spürte nur jene unbeschreibliche Anziehungskraft, die von der Erinnerung an sie ausging, und so begnügte er sich mit dem Betrachten ihrer Statuen, die überall in der Stadt zu besichtigen waren. Und wenn auch das Erz nur einen unzulänglichen Abglanz bildete, so begnügte sich Aphrodisius mit dem Ersatz, um seine Sinne aufzupeitschen, und seine Augen umarmten ein um das andere Mal das kalte Erz wie Ixion die Wolkengöttin Nephele, die der schönen Hera nur gleichsah. Alle Frauen, denen Aphrodisius in dieser Zeit begegnete, erregten mehr seine Phantasie als sein Herz; dem Vergleich mit Poppäa hielt keine stand.

Eines Tages kam Gavius mit der Nachricht, Poppäa zeige sich aus einem bestimmten Grund nicht mehr in der Öffentlichkeit, sie sei schwanger und wolle nicht, daß irgend jemand ihre Unförmigkeit erkenne; Longinus habe das behauptet, der Geliebte der Zofe Pyrallis, der einzigen Person, die Poppäa auf den Palatin begleiten durfte.

*Perfer obdura!* Rom hatte neuen Gesprächsstoff. Schmutzige Witze machten die Runde. Sie drehten sich in der Hauptsache darum, daß keine einzige von Neros zahlreichen Liebschaften bisher Folgen gezeitigt hatte, und nun auf einmal sollte Poppäa Sabina schwanger sein, nach nicht viel mehr als einem halben Jahr? Von wem nur, beim Bauch der Venus, der Äneas gebar?

Aphrodisius zitterte am ganzen Körper, als er davon erfuhr. Tagelang fand er keinen Schlaf. Er soff sich verzweifelt durch die Kneipen am großen Circus, und Gavius beobachtete seinen Herrn voll Sorge, weil er kaum noch redete und seine Arbeit vernachlässigte wie sich selbst, wochenlang, und tagtäglich fragte der Pompejaner seine Sklaven, ob er Neues aus dem Palast gehört habe.

Schließlich machte das Gerücht die Runde, Poppäa befinde sich gar nicht mehr auf dem Palatin. Sechzig ausgewählte Träger hätten sie des Nachts in einem Sänftenbett mit schnellen, wiegenden Schritten nach Antium an der latinischen Küste getragen, damit das Kind in der Stadt Fortunas zur Welt komme, wo der Cäsar selbst das Licht der Welt erblickt hatte, vor mehr als fünfundzwanzig Jahren.

Als aber die Nachricht eintraf, Poppäa habe einer gesunden Tochter das Leben geschenkt, die den Namen Claudia und den Ehrentitel Augusta tragen solle, genau wie ihre Mutter, und als der gesamte Senat auf Geheiß des Cäsars den Weg nach Antium nahm, um der stolzen Mutter, die angeblich noch schöner geworden war, zu huldigen, da irrte Aphrodisius tagelang durch die Stadt, um ihre Standbilder zu betrachten, und die Nächte schlug er sich in den Hurenhäusern am großen Circus um die Ohren, wo er Ausschau hielt nach einer, die Poppäa auch nur ein wenig ähnlich sah – vergeblich.

In der dritten Nacht begegnete er im Haus des dreifachen Priapos einer wunderschönen Frau, nicht jung, nicht alt, weich und zerbrechlich und von edlen Gesichtszügen, und Aphrodisius ahnte sofort, daß Hersilia, so hieß die Schöne, nicht eine von jenen war, die diesem Gewerbe berufsmäßig oder aus Not nachgingen, sondern eine vornehme Römerin, die ein Vergnügen suchte, das ihr im eigenen Hause versagt blieb. Und obwohl er gekommen war, um eine Frau zu besteigen, um seine Wut und seine unerfüllte Sehnsucht nach Poppäa zu stillen, vertraute sich der Pompejaner tatenlos Hersilia an, und die Schöne ihrerseits erwiderte seine Gefühle mit scheuer Zärtlichkeit und schüttete ihm ihr Herz aus wie einem alten Freund. In dieser Nacht schlief Aphrodisius in ihrem vornehmen Haus auf dem Aventin unter einem Baldachin aus gelber Seide unter kostenbaren, glänzenden Tüchern, die schöne Herrin neben sich. Er lauschte ihrer schmeichelnden, samtigen Stimme, doch er wagte nicht, sie zu berühren.

Hersilia hatte vor einem Jahr ihren Mann verloren, der einem karthagischen Sumpffieber erlegen war. Seither führte sie das Unternehmen, eine Weberei, die in einer Woche mehr abwarf, als ein Mensch in einem Jahr verbrauchen konnte, allein. Anträge von reichen Römern, so erzählte Hersilia, habe sie würdevoll abgelehnt, weil sie spürte, daß die Zuneigung nicht ihrer Person, sondern dem Profit ihres Geschäfts galt. Dies sei auch der Grund gewesen, warum sie im Hause des dreifachen Priapos Zuflucht genommen habe, es sei ihr nicht leicht gefallen – bei Talasio, dem Gott des Hochzeitsbettes!

Die schöne Weberin gehörte zu jenen Frauen, die genau Bescheid wissen um ihre Wirkung auf Männer und die mit gezielter Zurückhaltung mehr Leidenschaft entfachen als andere mit geöffneten Schenkeln. Und so hatte Aphrodisius Poppäa, das Vorbild einer Frau, schon beinahe vergessen, als das Gerücht umging, Poppäas Tochter Claudia Augusta sei von einer unheilbaren Krankheit befallen, das Kind liege im Sterben. Die Opferfeuer, die vor allen Tempeln Roms qualmenden Gestank verbreiteten, schürten die Gewißheit, und am dritten Tag verkündeten es die Herolde unter Trommelschlag auf dem Forum: Claudia Augusta, Tochter des göttlichen Nero und der edlen Poppäa Augusta, ist tot! Auf Wunsch des Cäsars wurde das Kind in den göttlichen Rang erhoben und wie ein Cäsar bestattet, und Nero ließ ihm einen Tempel bauen nahe dem Forum.

Poppäa blieb Aphrodisius auch weiterhin verborgen; doch er begegnete täglich ihren Aufträgen und Weisungen. Auf Geheiß Hersilias, die meinte, ein mit den Zahlen vertrauter Verwalter wie Aphrodisius sei ihr mehr vonnöten als der unsichtbaren Gemahlin des Cäsars, schrieb der Pompejaner ein Pergament an die ehemalige Geliebte und bat in aller Form um seine Entlassung. Anstelle einer Antwort überreichte ihm Polybius, der Sekretär, im Auftrag der Kaiserin eine beachtliche Abfindung für treue Dienste. An den Nonen des Monats, der dem göttlichen Cäsar Augustus geweiht war, zog Aphrodisius mit seinem bithynischen Sklaven Gavius in das Haus der Weberin Hersilia.

Hersilia unterschied sich von allen Frauen, an denen Aphrodisius bisher Gefallen gefunden hatte; denn hatte er bisher jene Frauen verehrt, die ihre Weiblichkeit offen zur Schau trugen, so begegnete ihm in Hersilia das Gegenteil: Sie war vornehm zurückhaltend, und ihre Blässe unterstrich diese Eigenschaften noch; sie bewegte sich aristokratisch steif, was ihr etwas Unnahbares verlieh, und es war gerade diese kühle Distanziertheit, die Aphrodisius reizte.

»Ich hoffe«, hatte Hersilia mit erhobenem Haupt gesprochen, »du wirst deine Stellung nicht mißbrauchen. Ich vertraue dir.«

Und Aphrodisius hatte geantwortet: »Ich werde dir zu Willen sein, schöne Hersilia. Wenn du willst, daß ich dich berühre, werde ich dich berühren. Willst du aber, daß ich dir fernbleibe, so werde ich dir fernbleiben, und du brauchst meine Nähe nicht zu fürchten.«

In dieser Nacht, in der er bei ihr lag, fragte der Pompejaner, ob sie seine Nähe fühlen wolle; aber noch ehe er seine Hand auf ihren auf- und niedergehenden Busen legen konnte, den ein durchsichtiges Nachtgewand herausfordernd enthüllte, antwortete Hersilia: »Ich will deine Nähe spüren, mehr nicht.« Und Aphrodisius gehorchte.

Einen Tag später streifte Aphrodisius das zarte Gewand von ihrem weißen Körper; er stellte keine Fragen und sog die edle Schönheit ihrer Formen mit den Augen in sich auf, während

Hersilia, den Kopf von ihm abgewandt, den Geliebten gewähren ließ. Da stellte Hersilia die Frage, ob Aphrodisius sein Versprechen vergessen habe. Nein, antwortete dieser, er werde sich daran halten, selbst wenn er in Sehnsucht verschmachte wie Narcissus vor seinem eigenen Spiegelbild.

In der Nacht darauf, die zunächst nicht anders verlief als die vorangegangenen, erwachte Aphrodisius, weil sein Priapos vor Lust zu platzen drohte. Er wandte sich Hersilia zu, die ihm schlafend den Rücken zuwandte, weil er glaubte, sie müsse seinen Stab fühlen; aber Hersilia atmete gleichmäßig. Vorsichtig, zärtlich pochte Aphrodisius mit seinem Priapos gegen das verschlossene Tor, und was sich ihm zunächst hart und abweisend entgegenstemmte wie das eherne Tor am Tempel der Vesta, das keinem männlichen Wesen Zutritt gewährt, verlor auf einmal seine Härte und wurde schmiegsam, und es bedurfte nur eines kleinen Stoßes, und der Pompejaner sah sich am Ziel seiner Träume. Heimlich wie ein Dieb drang er in sie ein.

Hersilia erwiderte seine sachten Bewegungen wie im Traum; ihr Atem begann zu kochen, und Aphrodisius rieb seine Stirne in ihrem Nacken. Er verdrängte die Überlegung, ob sie tatsächlich noch schlafe oder ihm mit Bewußtsein zu Willen sei; das tagelange Warten, die plötzliche Lust hatten ihm den Verstand geraubt. Seine Bewegungen wuchsen, ohne heftig zu werden, und Hersilia gehorchte und ließ ihn gewähren wie Pasiphaë den Stier, weil sie es wollte wie jene. Aphrodisius ergötzte sich an ihrer geilen Trägheit, suchte von hinten Halt an ihren Brüsten.

Auf einmal schien Hersilia zu erwachen, den Kopf, die Arme zu bewegen, ohne sich zu wehren. Aber noch bevor sie das volle Bewußtsein erlangt hatte, noch bevor ihr Gehirn den Akt der Verführung registrierte, peitschte Aphrodisius die Geliebte zum Höhepunkt des Glücks, der sich bei Hersilia mit einem gequälten Schrei ankündigte, nach dem ihr Körper in eine sekundenlange Starre verfiel, aus der er sich dann zitternd löste.

Die Lust Hersilias stand der seinen nicht nach, und Aphrodisius warf sich über die Geliebte und küßte sie, und er sah, daß sie weinte.

»Warum weinst du?« fragte Aphrodisius unsicher.

»Vor Glück!« antwortete Hersilia und sie fügte hinzu: »Du Dummkopf!« Und mit gespreizten Fingern fuhr sie dem Pompejaner durch das Haar.

»Aber Tränen sind ein Zeichen des Schmerzes und der Trauer!«

»Sind sie auch! Aber in jedem Glück ist ein Teil Wehmut verborgen.«

»Wehmut?«

»Jeder Augenblick des Glücks schließt die Unwiederbringlichkeit mit ein.«

»Aber ich werde dich lieben, so oft du nach mir verlangst, Hersilia!«

Da wurden ihre Tränen stärker; sie schluchzte laut, und ihr zarter Körper wurde erschüttert wie bei einer Fahrt über die Appische Straße.

»Ich liebe dich doch!« wiederholte Aphrodisius hilflos.

Hersilia wischte mit bloßen Händen die Tränen aus ihren Augen. »Ich glaube dir«, sagte sie stockend, »wie anders könnte es sein, daß ich heute das empfunden habe, was Venus mir bisher versagte.«

»Was hat dir Venus versagt?« Aphrodisius sah Hersilia verständnislos an.

»Die Liebe.« Hersilia hatte die Augen weit geöffnet, und die weitgeöffneten Augen flehten um Verständnis. »Ich meine«, begann sie zaghaft, »du mußt wissen, daß mir Venus nicht den vollen Genuß der Liebe in den Schoß gelegt hat. Ich bin nicht vollkommen als Frau, denn mir fehlt die Leidenschaft, und die Leidenschaft fehlt, weil ich unvollkommen bin . . .«

Aphrodisius setzte sich auf. »Aber du warst von glühender Leidenschaft! Nie war ich mehr berauscht vom Körper einer Frau. Ich werde dich nie verlassen, und wenn ich gehen soll, dann mußt du mich aus dem Hause peitschen.«

»Und Poppäa?« Einen langen Augenblick stand dieser Name drohend im Raum, drohend, als könnte er alles zerstören, was soeben erst begonnen hatte. Aber dann sah Aphrodisius Hersilia in die Augen.

»Warum erwähnst du den Namen?« fragte er traurig. »Jetzt, in diesem Augenblick gemeinsamen Glücks?«

»Weil . . .«

»Sprich nicht weiter!« unterbrach Aphrodisius. »Nie hat eine Frau mich glücklicher gemacht als du.«

»Nie hat ein Mann mich glücklicher gemacht«, wiederholte Hersilia. »Es war das erste Mal. Ich werde im Tempel der Venus Genetrix auf dem Forum des göttlichen Cäsar einen Widder opfern, weil sie mir dich geschickt hat.«

»Und ich?« lachte der Pompejaner. »Welchem Gott soll ich ein Opfer darbringen?«

»Mir ist es ernst«, entgegnete Hersilia. »Du kannst das vielleicht nicht verstehen, aber mein Mann nannte mich kalt wie einen Fisch aus dem Mare Tyrrhenum und steif wie eine germanische Eiche, und ich konnte ihm nicht widersprechen. Er suchte sein Vergnügen anderweitig, und das hatte seine Richtigkeit. Ich war ihm eine gute Frau und immer für ihn da, und wenn er Huren mit nach Hause brachte, bereitete ich ihnen das Lager; er sollte nicht leiden unter meinem Unvermögen.«

»Ein Scheusal war er. Er hatte eine Frau wie dich nicht verdient!«

»O nein, Aphrodisius, ihm kann ich keinen Vorwurf machen, ihm nicht. Und als er starb, gelobte ich, nie mehr einem Mann zu gehören.«

»Beim Jupiter, was redest du!«

»Ich versuchte es sogar mit Frauen, trieb mich nächtelang an der Mulvischen Brücke herum, wo sich Laster und Verbrechen die Hand geben, und landete schließlich im Haus des dreifachen Priapos, wo mein Gemahl ein und aus ging.«

»Du suchtest gar keinen Mann?«

Hersilia schwieg.

»*Roma Dea!*« Der Pompejaner fluchte leise.

»Ich suchte nach der Zärtlichkeit einer Frau, denn ich wußte, daß ich einem Mann nicht geben kann, was er fordert.«

»Aber du kannst jedem Mann mehr geben, als er erträumt! Du lebst in einem furchtbaren Wahn, Hersilia, nicht du warst unfähig gegenüber deinem Mann, *er* trug die Schuld an deiner Zurückhaltung. Oder habe ich dir nicht heute nacht den Beweis erbracht? Haben nicht wir beide die höchste Lust erfahren, du und ich? Und wäre ich nur um ein paar Jahre älter und nicht der mittellose Freigelassene Aphrodisius aus Pompeji, ich würde dir die Hand reichen und dich zur Frau nehmen.«

»Du weißt, daß das Julische Gesetz weder das eine noch das andere als Ehehindernis erkennt!«

Aphrodisius senkte den Blick: »Das Gesetz nicht, nein, aber ich. Du bist eine vornehme Dame der Gesellschaft, ich bin ein *homo novus*. Mein Vater Imeneus und Lusovia, meine Mutter, waren Sklaven meines Herrn Serenus. Mir hat er die Freiheit geschenkt. Hätte er dies nicht getan, so könntest du nicht einmal das Lager mit mir teilen, ohne das Bürgerrecht zu verlieren.«

Hersilia nahm die Hand des Pompejaners und sagte lächelnd: »Halb Rom wäre unfrei, würden die Prätoren das alte Gesetz getreu den Buchstaben auslegen. Kein Haus, in dem nicht der *Pater familias* seine jüngste Sklavin in sein Bett holt, kein Haus, in dem nicht die Herrin ihre einsamen Tage mit einem kraftstrotzenden Gallier oder einem verwegenen Afrikaner teilt. Aber du, Aphrodisius, bist frei, bist kein fremdes Eigentum, mußt niemandes Befehle befolgen, kannst Aufenthalt nehmen, wo immer du willst. Worum sorgst du dich?«

»Ich sorge mich nicht um mich«, erwiderte Aphrodisius, »meine Sorge gilt dir. Die Römer würden mit Fingern auf dich zeigen und spotten, weil du einen hergelaufenen Pompejaner zum Mann erwählt hast, einen Habenichts aus der Provinz, der die Pacht eintrieb im Macellum . . .«

»Die Gemahlin des Cäsars kannte derlei Gedanken nicht«, wandte Hersilia ein, »und Poppäa Sabina gilt als die anspruchsvollste Frau in Rom.«

»Poppäa, Poppäa! Ich kann diesen Namen nicht mehr hören.«

»Aber du mußt kein schlechtes Gewissen haben! Sie gilt als die schönste Frau der Welt. Ein Mann wäre kein Mann, der ihren Antrag abschlägt.«

»Hersilia!« – Aphrodisius hielt die Geliebte fest, als fürchtete er, sie könne sich von ihm losreißen – »Du bist noch einmal so schön wie Poppäa und noch einmal so begehrenswert, glaube mir.«

»Die Leidenschaft macht jeden Mann zum Schmeichler.«

»Ich schmeichle nicht, beim Jupiter, es ist die Wahrheit. Ich habe Poppäa nie geliebt, sondern nur ihr Äußeres, die Welt, die sie umgab. Aber *dich* liebe ich! Nicht deinen Reichtum, deine Schönheit, die Begehrlichkeit deines Körpers. Ich würde dich sogar lieben, wenn du verlangtest, dich nie mehr zu berühren.«

»Ist das dein voller Ernst?«

»Ich schwöre es, bei meiner rechten Hand!«

*Improbe amor, quid non mortalia pectora cogis!* Am selben Tag beschlossen Aphrodisius und Hersilia, fortan zu leben wie Mann und Frau.

Glücklich die Sklaven in jenen Tagen der wachsenden Unsicherheit! Denn nur wer klein, arm und unbedeutend war in Rom, konnte ruhig leben. An jeder Straßenecke, in jeder Kneipe, sogar in den Tempeln der Götter wimmelte es von Speculatoren und Frumentariern – Denunzianten und Spionen –, die im Auftrag des Cäsars ausforschten, wer wessen Freund, wer wessen Feind war. Da half es gar nichts, sich als Anhänger des Kaisers zu bekennen, im Gegenteil, gerade die Freunde Neros lebten am gefährlichsten, und eine Einladung zum Gastmahl beim Kaiser kam einem Todesurteil gleich, weil sich der Cäsar seiner Freunde mit vergiftetem Wein oder vergifteten Speisen zu entledigen pflegte. Er bediente sich dabei der Künste Locustas, einer gefürchteten Giftmischerin.

Auf diese Weise starb Doryphoros, der mächtige Freigelassene, dem Nero einst so zugetan war, daß er sich offiziell mit ihm vermählt hatte. Doch dann beging Doryphoros einen entscheidenden Fehler: Er riet dem Cäsar davon ab, Poppäa zu heiraten, weil sie schlecht und verderbt sei, und das bedeutete sein Ende. Auch Pallas, dem Nero den Thron verdankte, starb durch Gift. Pallas, der Liebhaber seiner Mutter Agrippina, hatte diese mit dem alternden Claudius verkuppelt und ihm nahegelegt, den jungen Nero zu adoptieren, obwohl Claudius einen leiblichen Sohn und Nachfolger hatte. Pallas war zweiunddreißig Jahre alt und hatte sich als Freigelassener ein beträchtliches Vermögen erworben, das er, da kinderlos, dem Cäsar vermachte. Da aber Pallas nur sechs Jahre älter war als er, spottete der Göttliche, der Freund würde ihm sein Vermögen durch ein langes Greisenalter vorenthalten.

Der Cäsar befand sich in permanenter Geldnot. Er hatte, wie sein Vorbild Caligula, die Schätze seines Vorgängers in kurzer Zeit durchgebracht, weil er – und das ließ er öffentlich verkünden – nach dem Grundsatz lebte, nur Verschwender seien wahre Menschen. Jedes seiner kostbaren Gewänder trug er nur ein einziges Mal, und selbst seine Mauleseltreiber gingen in canusischer Wolle neben Tieren einher, deren Hufe in silbernen Schuhen steckten. Beliebte der Göttliche zu fischen, so tat er dies mit einem goldenen Netz, beliebte er mit seinen Saufkumpanen zu würfeln, so zählte ein Punkt vierhunderttausend Sesterzen. Er litt darunter, daß sein Palast auf dem Palatin, ein verwinkeltes Bauwerk mit tausend Zimmern, Erblast seiner Vorgänger, weder zu verschönern noch zu erweitern war; die Stadt mit ihren engen Straßen bot nicht mehr Raum. Diese Stadt, sagte Nero, beleidige sein Auge.

Und selbst ein Mann wie Anicetus, der in Neros Auftrag seine Mutter Agrippina und seine Gattin Octavia beseitigt hatte, konnte sich des Wohlwollens des Göttlichen nicht sicher sein. Nero verbannte den hilfreichen Anicetus nach Sardinien, wo er kurz darauf verstarb. Die Angst ging um in Rom, und Freund und Feind des Cäsars fragten sich betroffen, wer wohl der nächste sein würde.

Entsetzt starrten die Römer des Nachts zum Himmel, wo der gewaltige Schweif eines Kometen das Firmament umspannte. Viele warfen sich zu Boden und preßten ihre Stirne auf das Pflaster, weil sie glaubten, das Ende der Menschheit sei gekommen; Sklaven vergewaltigten Frauen oder schöne Knaben, weil sie wenigstens einmal im Leben ihren Trieben freien Lauf lassen wollten, und die Anhänger der asiatischen Sekte, deren Lehre der Tarsier Paulus predigte, zogen singend und tanzend durch die Straßen, weil sie glaubten, das Reich ihres Königs sei nahe. Ein

Komet, so verkündeten die Sterndeuter, künde den Untergang eines Machthabers an, und der Cäsar ließ seinen Hofastrologen Balbillus kommen und fragte, wie der seltenen Erscheinung zu begegnen sei.

Balbillus, der schon dem göttlichen Claudius gedient hatte, beschwichtigte den Cäsar: der Schweif des Sternes sei überall zu erkennen, in Britannien wie in Ägypten, im jenseitigen Spanien ebenso wie im Partherreich, und so müsse das Zeichen am Himmel keineswegs *seinen* Untergang bedeuten. Auch könne er den Zorn der Götter dadurch besänftigen, daß er eine hochgestellte Persönlichkeit opfere.

Zehn Tage hielt der Cäsar sich in den Mauern seines Palastes versteckt, und als der Schweif des Kometen am Himmel verblaßte, gab er seinen Prätorianern Befehl, die allervornehmsten Römer zu töten, damit keiner ihm die Macht streitig mache. Bekannt wurde der furchtbare Mordauftrag durch den Prätorianer Fänius Rufus, der zu den Verschwörern um Piso gehörte. Und mußten bisher Freunde wie Feinde des Cäsars um ihr Leben fürchten, so standen nun auch Männer auf den Todeslisten, die weder das eine waren noch das andere, und deren edle Abkunft ihren einzigen Makel darstellte.

In der Villa des Piso im Badeort Baiä trafen sich die Verschwörer zum wiederholten Mal. Ihre Zahl wuchs von Tag zu Tag, und der alte Seneca machte sich lustig über sie. Wozu das Ganze, fragte er, in Rom gebe es ohnehin nur noch Verschwörer, und der Cäsar habe keine Anhänger mehr. Tatsache war: Je mehr Leute sich den Verschwörern anschlossen, desto rascher sank die Bereitschaft des einzelnen, das Attentat auszuführen. Einer schob dem anderen die Initiative zu, aber jeder wollte Nutznießer der Folgen sein.

»Nenn das Kennwort!« herrschte der Centurio vor Pisos Landgut die Fremde an, er hielt seine Fackel vor ihr verhülltes Gesicht.

»Piso«, sagte die Frau und zog den dunklen Schleier vom Mund.

Der Centurio blickte ratlos: »Mir ist nicht bekannt, daß Frauen in unserem Kreise sind.«

»Daran magst du erkennen, wie gering die Bedeutung ist, die man dir schenkt!« Sie schob den Centurio beiseite und betrat das Haus.

Das wichtelnde Murmeln der Männer im Atrium verstummte

plötzlich, als die Fremde den weiten Umhang zurückschlug, wie selbstverständlich das Kennwort »Piso« nannte und neben dem Dichter Lucanus Platz nahm.

»Wer bist du?« fragte Lucanus, der als erster die Fassung wiedergewonnen hatte.

Die Frau trug jene nicht seltene Art von Schönheit zur Schau, die Härte und Erfahrung ins Gesicht eines Menschen schreiben. »Ich heiße Epicharis und vertrete eure Sache.«

»Aber –« Fänius Rufus hielt Flavus, der einen Einwand vorbringen wollte, die Hand vor die Brust. »*Sie* soll sprechen.«

»Was soll ich viel erklären?« entgegnete Epicharis forsch. »Wenn nicht bald etwas geschieht, ich meine, wenn der Göttliche, oder besser der, mit dem uns die Götter glauben strafen zu müssen, noch lange sein Unwesen treibt, dann wird ein jeder von euch hier im weiten Rund in kurzer Zeit sein Leben verlieren. Mehr noch, Rom wird nicht mehr Rom sein, und hier in Baiä werden wieder Kühe weiden, weil der Göttliche in seiner Verschwendungssucht euch jeden Besitz abpreßt. Er läßt sich Retter der Welt nennen und äfft den göttlichen Augustus nach, dabei gerät Rom durch sein Tun von Tag zu Tag tiefer ins Verderben.«

Da erhob sich Piso und trat vor die Fremde hin, als wolle er sie von der Nähe betrachten, und sprach: »Du redest deutliche Worte, Epicharis, aber wer sagt, daß du uns wohlgesonnen bist, daß du nicht falsches Zeugnis ablegst, um uns der Verschwörung zu überführen?«

Epicharis musterte Piso mit abfälligem Blick: »Was seid ihr doch für erbärmliche Stümper! Ihr wollt den Staat retten – *ex professo* – und fürchtet nichts mehr als euer Risiko. Jede Verschwörung ist mit Risiko verbunden. Seht euch doch an: Sechzig würdevolle Männer – nur: Mit Würde allein ist der Cäsar nicht zu beseitigen!«

Die Verschwörer blickten betroffen. Der Mut, mit dem die Fremde sprach, stimmte sie nachdenklich. In der Tat waren alle bisherigen Attentate an mangelndem persönlichem Einsatz gescheitert.

»Willst *du* es tun, Epicharis?« fragte Piso.

»Warum nicht?« antwortete die Fremde entschlossen. »Ich habe nichts zu verlieren. Was ich besaß, hat mir der Göttliche genommen. Erst ermordeten seine Schergen meinen Mann – ich frage mich nur, warum ließ Nero mich am Leben? Er hat mich meines Vermögens beraubt, seine Procuratoren rissen mir die Kleider vom Leib und trieben mich nackt durch die Stadt.«

»Trugst du ein purpurnes Gewand?« fragte Lucanus.

Epicharis nickte. »Im Theater des Agrippa gab Nero das Zeichen, die Vorstellung zu unterbrechen, als er mich im obersten Rang erblickte. Seine Schläger stürzten sich auf mich, rissen mein Gewand in Fetzen, mein Haus wurde beschlagnahmt. Freunde nahmen mich auf, sonst wäre ich wohl verhungert.«

»Es ist verboten, Purpurgewänder zu tragen«, wandte Lucanus ein, »man sagt, Purpurgewänder erinnerten Nero an seine Frau Octavia.«

»Und wenn es dem Göttlichen morgen einfällt, alle Römer dürften nur noch nackt herumlaufen, damit man die Dolche sehen kann, die sie sonst in ihren Gewändern verbergen, würdet ihr dann auch gehorchen?«

Epicharis zog eine Schriftrolle aus ihrem Umhang. »Man sagt, ein Dutzend Attentate auf den Cäsar seien mißlungen . . .«

»Wer sagt das?« unterbrach der Prätorianertribun Flavus die Fremde und ging auf sie zu. Lucanus führte Flavus auf seinen Platz zurück: »Laß sie reden, Flavus.«

»Es ist gleichgültig, woher ich meine Informationen habe«, begann Epicharis von neuem, »wichtiger ist, *daß* ich sie habe, zeigt es doch, wie viele Mitwisser ihr habt, beweist es doch, wie gefährlich jeder einzelne von euch lebt. Aber wie es scheint, macht sich keiner von euch Gedanken, *warum* alle bisherigen Anschläge auf den Cäsar gescheitert sind. Ihr alle seid allzuleicht geneigt, alles dem Willen der Götter zuzuschreiben, wie es die griechischen Philosophen gelehrt haben – doch das ist nichts als eine Ausrede für eigenes Unvermögen. Und so behaupte ich, daß es nicht die Götter waren, die alle bisherigen Anschläge auf den Cäsar scheitern ließen, sondern Leute aus euren Reihen.«

Da redeten die Verschwörer wild durcheinander; einige stürzten aufgebracht auf Epicharis zu und wollten sie aus dem Haus drängen.

Piso aber ging dazwischen und rief mit lauter Stimme: »Männer, laßt Epicharis sprechen! Aus allem, was die Fremde bisher sagte, sprach große Klugheit. Und wenn sie so schwere Anschuldigungen vorbringt, wird sie Beweise haben.«

Murrend nahmen die Männer wieder Platz. Man müsse sich solche Reden nicht gefallen lassen, schimpfte der Centurio Sulpicius Asper – noch dazu von einem Weib.

»Ihr mögt«, nahm Epicharis ihre Rede wieder auf, »euch alle, die ihr hier herumsitzt, einig sein über die Beseitigung des Cäsars, weil er ein Unglück ist für Rom und das Imperium. Aber seid ihr euch auch einig über seine Nachfolge? Wie soll der neue Cäsar heißen?«

»Piso.« – »Ja, Piso!«

»Das sagst du, und du, und du vielleicht. Aber sagen das alle?«

Die Verschwörer sahen einander an, und in diesem Augenblick zweifelte ein jeder an der Lauterkeit des anderen.

Epicharis hielt ihre Schriftrolle in die Höhe: »Auf diesem Pergament sind die Namen von sechzig ehrenwerten Römern verzeichnet, die sich unter dem Kennwort »Piso« zusammengeschlossen haben. Aber hinter einigen Namen steht das Zeichen zweier gekreuzter Schwerter. Bei ihnen handelt es sich um die Mitglieder einer Verschwörung innerhalb der Verschwörung. Eine Handvoll aus euren Reihen will zwar wie alle anderen, daß der Cäsar einem anderen Platz macht – in diesem Ziel seid ihr euch alle einig –, aber sie verabscheuen Piso wegen seiner Trägheit und des schlechten Lebenswandels seiner Frau Atria. Sie wollen ihn ebenso beseitigen wie den göttlichen Nero.«

Zuerst blieb es still, und nur feindselige Blicke wurden gewechselt, dann fiel ein Name, ein weiterer wurde gerufen, und in kürzester Zeit entstand ein Tumult, bei dem jeder den anderen des Verrates beschuldigte, und die Ehrenwerten gingen mit den Fäusten aufeinander los.

Nur mit Mühe vermochte Piso sich Gehör zu verschaffen. »Freunde!« rief er, so laut er konnte, »Freunde, hört mich an!« Langsam verebbte das Geschrei. »Bevor wir uns um die Nachfolge des Cäsars streiten, sollten wir lieber handeln und Nero aus dem Weg räumen, denn dieses ist die Voraussetzung für jenes. Deshalb schlage ich vor, daß jene, die mit dem von der Mehrheit gewählten Weg nicht einverstanden sind, deren Vertrauen ich also nicht genieße – daß jene sich erheben, noch bevor Epicharis ihre Namen vorliest, und dieses Haus unbehelligt verlassen.«

Stille. Peinliches Schweigen. Die meisten starrten vor sich auf den Boden, als könnten sie den Anblick der Verräter nicht ertragen.

Zuerst erhob sich Subrius Flavus, der Prätorianertribun. Er griff zum Knauf seines Schwertes und spuckte verächtlich auf den Boden, dann trat er vor Piso hin und sprach: »Was nützt es, einen Sänger wie Nero zu töten, wenn er durch einen Schauspieler ersetzt wird!«

Rufus, der neben Piso stand, zog einen Dolch, aber Piso hielt ihn zurück; er schwieg.

»Kommt!« sagte Flavus und wies mit einer Kopfbewegung zur Türe. Da erhob sich einer nach dem andern mit gesenktem Haupt: Sulpicius Asper, Valens, insgesamt zehn Männer, und sie verließen das Haus.

Dies alles geschah so unerwartet, daß es eine Weile dauerte, bis die Verschwörer um Piso die Sprache wiedergefunden hatten. Piso stützte das Kinn auf die geballten Fäuste; er schien entmutigt, verzweifelt, den Tränen nahe. »Beim Castor und Pollux!« fluchte er leise, dann verbarg er das Gesicht in seinen Händen.

Lucanus, der geächtete Dichter, fand zuerst die Sprache wieder. Er sprach leise eine Ode des Horaz, und es klang wie ein frommes Gebet zu den Göttern:

*»Den Mann, der gerecht ist und bieder,*
*beharrlich und treu seinem Vorsatz,*
*Den schreckt nicht die brüllende Rotte,*
*nach tobendem Aufruhr verlangend,*
*Den stört nicht die Ruhe des Geistes*
*der drohende Blick des Tyrannen,*
*Nicht Südwind, der stürmischen Wogen*
*der Adria strenger Gebieter,*
*Selbst Zeus nicht, der zuckende Blitze*
*aus donnernder Rechter entsendet,*

*Und stürzte der Himmel hernieder,*
*ihn schreckten nicht fallend die Trümmer.«*

Piso erhob sich. Er ging unruhig auf und ab, die Arme auf dem Rücken verschränkt wie ein Redner vor dem Senat, dann trat er vor die Fremde hin und sagte: »Mir scheint, du bist der einzige Mann unter uns Weibern. Aber sprich, woher kanntest du die Namen der Verräter?«

Da huschte ein Lächeln über Epicharis' Gesicht, und sie reichte Piso die Schriftrolle. Piso entrollte das Pergament; er sah Epicharis an, dann seine Mitverschwörer: die Schriftrolle war leer.

»Ich wußte nur, daß es zwei Parteien gab unter den Verschwörern«, erklärte Epicharis, »wer wem zugetan war, wußte auch ich nicht. Deshalb gebrauchte ich diese List. Denn wie wollt ihr gegen den Cäsar erfolgreich sein, wenn ihr euch untereinander befehdet?«

Von diesem Tag an wußten die Verschwörer um Piso, daß ihr Kampf gegen den Kaiser noch schwieriger geworden war und noch gefährlicher.

Die Thermen öffneten um die Mittagsstunde. Mehr als zweihundert waren über die Stadt verstreut; große, die Tausenden Platz boten und ohne Entgelt betreten werden konnten, und kleine, intime, in denen spezielle Dienste angeboten wurden, nur Mitgliedern vorbehalten. Seit Agrippa, der Feldherr und Schwiegersohn des göttlichen Augustus, seine Thermen inmitten von blühenden Gärten errichtet und warme und kalte Bäder und Sauna und Palästra jedermann zugänglich gemacht hatte, war es das Anliegen aller Cäsaren gewesen, die Römer, im Wasser planschend wie die fünfzig heiteren Töchter des Nereus, bei Laune zu halten; denn *balnea, vina, Venus* waren die drei klassischen Freuden des Römers: baden, trinken und lieben.

Größer als alle anderen Wasserspiele der Stadt hatte der göttliche Nero seine Badeanstalt vor die des Agrippa gesetzt, mit Becken aus weißem Marmor und Mosaiken an den Wänden und Hallen für Sport und Spiel, mit Massage- und Leseräumen. Sklavinnen betrieben Körperpflege in eigenen Salons, und Massagediener sorgten für jegliche Art Wohlbefinden – was die *Thermae Neronianae* schon bald in Verruf brachte.

Nach dem Gesetz war das gemeinsame öffentliche Baden von Männern und Frauen bei Strafe untersagt. Sogar das Warmbad für Frauen, das Nero mit eigenem Eingang versehen und mit hohen Mauern umgeben hatte, galt als frivol; trotzdem mischten sich immer wieder lasterhafte Mädchen und Frauen, denen die Götter einen knabenhaften Körper geschenkt hatten, nur mit einem Lendenschurz bekleidet unter das Männervolk, und ein beliebter Zeitvertreib war das Gaffen und Raten: Mann oder Frau? Erschwert wurde dieses Ratespiel vor allem dadurch, daß im Rom jener Tage zahllose Männer in Frauenkleidern herumliefen, geschminkt wie die Huren am großen Circus, und auch solche wie der göttliche Hermaphroditos, dem der Lyra schlagende Hermes sein Geschlecht und die dem Meer entstiegene Aphrodite ihre Brüste verliehen hatte.

Wer auf sich hielt, mied die Thermen des göttlichen Nero, wo sich halbseidenes Gesindel ein Stelldichein gab, und besuchte die altvornehmen Badehäuser des Agrippa, Treffpunkt von Senatoren und Geschäftsleuten, die auf diese Weise kundtaten, daß sie nicht zur Anhängerschaft des Cäsars gehörten. Tigellinus, der Prätorianerpräfekt und erste Günstling des göttlichen Nero, dem die Frauen Roms die Schönheit Apollons, die Männer aber die Grausamkeit des Mars nachsagten, gepaart mit der Erfindungsgabe der Minerva – dieser Mann überredete den Cäsar zu einem Spektakel, um den Ruf der Thermen des Agrippa von einem Tag auf den anderen ins Gegenteil zu verkehren.

Inmitten der Gärten des Agrippa lag ein künstlicher See, gespeist von der Aqua Virgo und durch einen Abflußkanal mit dem Tiber verbunden. Auf diesem Teich verankerte Tigellinus ein riesiges Floß. Die bedeutendsten Künstler des Reiches verwandelten dieses Floß in ein schwimmendes Lusthaus, in das zu später Stunde die teuersten Frauen ohne jede Garderobe geladen wurden, dazu Musikantinnen mit klagenden Instrumenten, weibische Tänzer und verzärtelte Buhlknaben. Fremdländische Köche zauberten exotische Speisen, für die Geflügel aus den Steppen Asiens, Wild aus den Wäldern Germaniens und Fische aus dem fernen Ozean herbeigeschafft worden waren. Das Floß strahlte im Fackelglanz, und als das ausschweifende Gastmahl seinen Höhepunkt erreicht, als der schwere Wein, der aus Fontänen spritzte und mit bloßem Mund aufgefangen werden mußte, seine Wirkung getan hatte, da fielen die lusttrunkenen Männer über die Frauen her und die liebeshungrigen Frauen über die Männer, und Ruderschiffe zogen das Floß der Unzucht durch den Kanal, durch die ärmsten Viertel der Stadt, wo die Menschen aus den oberen Stockwerken der schmalbrüstigen Häuser ihre Notdurft kippten zum Zeichen der Verachtung.

Menschentrauben säumten das Gewässer zu beiden Seiten, Neugierige, die die Ausschweifungen des Göttlichen nur vom Hörensagen kannten, Sensationsgierige, denen auch das abartigste Ereignis willkommen war, Feinde des Cäsars, die in dem Schauspiel des Tigellinus eine Rechtfertigung für ihre Verschwörung suchten, und jene leicht verführbaren Massen, deren Zuhause ohnehin die Straße war. Unter den Gaffern, Johlern, unter all dem von der römischen Wölfin ausgespuckten Dreck: ein Mann in vornehmer Kleidung, ein Mann, der überhaupt nicht hierher paßte – Aphrodisius, der Pompejaner.

Was hatte ihn hierher getrieben, in dieses finstere, stinkende Viertel der Stadt, wo eine verrottete Gesellschaft gleichgültig und abgestumpft vor sich hin moderte, wo jeder nach anderen Gesetzen lebte, genaugenommen nur nach dem einen, dem Gesetz des Überlebens, wo ein Scheffel Weizen mehr wert war als ein Menschenleben, wo sich Kinder selbst verkauften, bevor die Eltern ihnen zuvorkamen, in ein Viertel, das die Götter vergessen hatten?

Wer hier lebte, gehörte nicht einmal zur Plebs, zur untersten Gesellschaftsschicht, der das Gesetz zwar keinen göttlichen Ahnherrn, aber wenigstens das Recht auf Leben zugestand und einen Ädilen, der ihre Sache vertrat. Die Menschen hier waren Strandgut, Abschaum aus der Cloaca Maxima, lästiges, immer hungriges Volk, und niemand, auch ein Menenius nicht, hätte sie zurückgeholt, wären sie des Nachts hunderttausendfach verschwunden.

Damals, vor mehr als einem halben Jahrtausend, hatte Menenius die aus Rom fliehenden Plebejer mit einer feurigen Rede zur Umkehr bewegt, weil die Straßen leer und die Werkstätten verwaist waren: Auch die Glieder des Leibes hätten sich einst gegen den Magen empört, weil er alles genösse, was die Glieder erarbeiteten. Füße und Hände ruhten, Mund und Zähne verweigerten die Speise. Aber da wurden auch die Glieder kraftlos, und sie erkannten, welche Bedeutung dem Magen zukam, und sie söhnten sich mit ihm aus. Damals kehrten die Plebejer zurück – doch das war lange her. Seitdem war der Schlund tiefer geworden, so tief und weitverzweigt, daß der Magen kaum noch von den Gliedern wußte.

Aphrodisius gebrauchte die Ellenbogen, um sich in die vorderste Reihe zu drängen. Nicht den obszöne Bewegungen vollführenden nackten Frauen auf dem schwimmenden Lusttempel galt sein Interesse, schon gar nicht den schönen Knaben, die mit hohen Stimmen sangen wie die Flöte des Orpheus. Der Pompejaner hoffte vielmehr, Poppäa zu sehen, die Gemahlin des Göttlichen. Aber das Floß fuhr vorbei, beklatscht, bespuckt und bejohlt, ohne daß Aphrodisius Poppäa erkennen konnte. Weder der Cäsar noch seine Gemahlin hatten an dem Gelage teilgenommen.

Warum fühlte er sich noch immer angezogen von dieser Frau? Er wußte es nicht. Aphrodisius wußte nicht einmal, wie er sich verhalten hätte, wäre Poppäa in dem schwimmenden Lusthaus an ihm vorbeigeglitten.

Heimlich hatte er sich davongestohlen; Hersilia, seine Frau, durfte nichts ahnen von seinem Ziel. Sie verhielt sich merkwürdig seit ihrer Heirat. Aphrodisius liebte die Schönheit ihrer Erscheinung und den Edelmut ihrer Gedanken, der frei war von allem Vulgären, aber ihre kühle Distanziertheit, die zu durchbrechen ihm nur einmal im Schlaf gelungen war und die er mit Liebe und Zärtlichkeit zu erwärmen hoffte, war noch kälter, noch abweisender geworden. Hersilia beantwortete jeden seiner ehelichen Annäherungsversuche mit dem barschen Hinweis: »Erinnere dich, was du geschworen hast, bei deiner rechten Hand!«

Gewiß, er hatte geschworen, Hersilia zu lieben, selbst wenn er sie nie mehr berühren durfte, aber er hatte nicht geglaubt, daß seine Frau so streng sein würde, daß sie ihn ein um das andere Mal abweisen würde wie einen unverschämten Bittsteller, wie einen dummen Jungen. Dann trat in Gedanken Poppäa vor ihn hin, die lustvolle, fordernde Frau, und er begann zu zweifeln, ob er damals die richtige Entscheidung getroffen hatte.

Aphrodisius stürzte sich in Arbeit, kontrollierte Personal und Bilanzen und deckte mit der ihm eigenen Hartnäckigkeit zahlreiche Unregelmäßigkeiten auf. Der Procurator wurde entlassen, ebenso ein Dutzend untreuer Sklaven, was den Pompejaner nicht gerade beliebt machte. Seine Strenge und Korrektheit waren gefürchtet, denn Aphrodisius hatte alle Vollmacht, und er machte Gebrauch davon.

Weil in Rom die Reichen immer reicher, die Armen aber immer ärmer wurden, ging der Umsatz an teuren Stoffen zurück, während die Nachfrage nach Billigware immer größer wurde. Wenn die Menschen frieren, sind Seide aus Massilia und Purpur aus Phönizien wenig gefragt. Deshalb kaufte der Pompejaner für fünftausend Sesterzen – das entsprach seinem gesamten Vermögen – einen eigenen Webstuhl, besetzte ihn mit dreifacher Mannschaft und webte karthagische Wolle zu kräftigem Stoff, der reißenden Absatz fand, weil er nur die Hälfte vergleichbarer Ware kostete, und jeden Tag bildete sich eine Menschenschlange vor der Weberei, so daß Aphrodisius auf Zwischenhändler verzichten konnte. Nach zwei Monaten hatte Aphrodisius bereits drei Webstühle mit dreifacher Besetzung in Betrieb, und die Römer spotteten, Hersilia habe nicht ihren Liebhaber, sondern ihren größten Konkurrenten geheiratet.

Seine Mußestunden verbrachte der Pompejaner in den Thermen des Agrippa, deren Ruf unter der Orgie des Tigellinus zwar gelitten hatte, aber immer noch besser war als jener der Thermae Neronianae. Im Unctuarium, dem Salb- und Massageraum, ließ Aphrodisius sich mit Vorliebe von der Badesklavin Zugrita behandeln, einer mandeläugigen Libyerin, während Gavius, der Sklave, im Apodyterium die Kleidung seines Herrn bewachte. In diesem Vorraum, der den vornehmen Römern zum Umkleiden diente, hielten sich vor allem die Sklaven auf, denen der Zutritt zu den Baderäumen verwehrt blieb.

»Wohl neu hier, he?« Die Frage galt Gavius.

Doch der war nicht auf den Mund gefallen und erwiderte: »Dasselbe möchte ich dich fragen. Jedenfalls habe ich dich hier auch noch nicht gesehen. Ich bin Gavius, der Sklave des Aphrodisius. Und du?«

»Turnus. Mein Herr heißt Plinius.«

»Kenn' ich nicht«, sagte Gavius keck. Es war ein Fehler, denn Turnus, der nicht nur über seinen Herrn selbst, sondern auch über dessen Ruf wachte wie der schlangenhaarige Cerberus, holte tief und geräuschvoll Luft, als wollte er sein Gegenüber fortblasen, und rief aufgeregt: »Ich werde dir mal etwas sagen, du Wurm von einem hergelaufenen *homo novus*: Mein Herr war durch seine Bücher schon weltberühmt, als der deine noch in der Cloaca Maxima nach Kupfermünzen suchte!«

Das war nun Gavius zuviel. Obwohl dem anderen von der Statur unterlegen, stürzte sich der flinke Bithynier auf Turnus, riß ihn zu Boden und begann mit Geschrei auf den verdutzten Rivalen einzuschlagen, und zwar mit beiden Fäusten und solcher Heftigkeit, daß Turnus sofort an der Lippe blutete. Gavius faßte den Gegner mit beiden Händen an den langen Haaren und stieß seinen Kopf krachend auf den Boden, daß ihm die Sinne zu schwinden drohten, und er rief: »Dir werde ich zeigen, wer in der Kloake gewatet ist, dein Herr oder der meine!«

Einige Sklaven, die versuchten, die Kampfhähne zu trennen, bekamen selbst Schläge ab und wußten keinen anderen Rat, als den Ädil zu Hilfe zu rufen, der sich gerade in den Thermen aufhielt, um die Temperatur des Caldariums zu prüfen, denn das Warmwasserbad durfte laut Vorschrift die Körpertemperatur nicht überschreiten. Aber auch dem Ädil gelang es nicht, den Kampf zu beenden, so daß die Herren der aneinandergeratenen Sklaven gerufen werden mußten. Sie endlich schlichteten den Streit. Aphrodisius erbat Verzeihung bei dem älteren Plinius; sein Sklave Gavius sei eben ein Hitzkopf wie alle Bithynier. Da lachte Plinius, dem der Ruf des gefeierten Schriftstellers vorausging, laut auf und bekannte, daß auch sein Sklave Turnus bithynischer Herkunft sei.

Während Plinius und Aphrodisius sich entfernten, standen die beiden Sklaven einander sprachlos gegenüber. »Du kannst dich gut verstellen«, begann Gavius endlich und wischte seinem Gegner das Blut aus dem Gesicht, »ich hätte dich für einen Spanier oder Lusitanier gehalten, beim Jupiter!«

»War auch nicht so gemeint mit der Cloaca Maxima«, entschuldigte sich Turnus, »aber ich liebe meinen Herrn wie einen Bruder, nicht wegen seiner Berühmtheit. Er war immer gut zu mir und hat mich nie als *mancipium* behandelt, wie das Gesetz es erlaubt. Deshalb lasse ich nichts auf ihn kommen, verstehst du?«

Gavius nickte: »Das ist mit *meinem* Herrn Aphrodisius nicht anders.«

»Aphrodisius?« Der Sklave schnippte mit dem Finger. »Jener Aphrodisius, der die reiche Weberin Hersilia geheiratet hat?«

»Eben dieser.«

»Er soll sehr tüchtig sein, dein Herr Aphrodisius!«

»Das will ich meinen, Freund. Er ist zwar nur ein Libertinus, aber er ist gescheit und tüchtig und für sein jugendliches Alter ungewöhnlich erfolgreich.«

»Weißt du«, begann Turnus nach einer Pause, in der er sichtlich nachdachte, »ich bin manchmal froh, ein Sklave zu sein und nicht so gebildet und fleißig wie dein Herr oder meiner. Die Leute sagen, man bekommt Kopfschmerzen vom vielen Denken.«

»Habe ich auch schon festgestellt«, tönte Gavius stolz, »wirklich! Was schreibt er so, dein Herr Plinius?«

»Er hat ein sehr berühmtes Buch über den Krieg gegen die Germanen geschrieben, nachdem Drusus ihm im Traum erschienen war und gebeten hatte, seine Ehre zu retten.«

»Interessant«, staunte Gavius, »wer war dieser Drusius?«

»Drusus!« korrigierte Turnus. »Stiefsohn des göttlichen Augustus, Feldherr, aber kein besonders guter, glaube ich. Jetzt arbeitet Plinius an einer Naturkunde, er sagt, er müsse zweitausend Bücher dafür lesen, und in der Tat – er sagt es nicht nur.«

»Beim Haupt der Minerva, lieber Sklave als Schriftsteller!«

»Ja, sieh nur hin, selbst auf der Massagebank schart er die Stenographen um sich, um zu diktieren, und seine Sänfte hat zwei Plätze, einen für ihn und einen für den Schreiber, denn Plinius hält jeden Augenblick, der nicht aufs Lesen oder Schreiben verwendet wird, für vergeudet. Kannst du lesen?«

»Ich habe es nicht gelernt. Bücher, sagt mein Herr Aphrodisius, sind etwas für reiche Leute.«

»Wieso für reiche Leute?«

»Bücher erfordern Zeit, und Zeit haben nur die reichen Leute.«

»Aber er gehört doch selbst zu den Reichen!«

»Aphrodisius? Da kennst du meinen Herrn aber schlecht. Er will nichts wissen vom Geld seiner Frau. Er leitet ihre Webereien, und dafür bekommt er ein Gehalt, aber der Gewinn ist nicht der seine. Persönlichen Gewinn bezieht er nur aus seinen eigenen Webstühlen. Er arbeitet von Sonnenaufgang bis Sonnenuntergang. Verstehst du das, Turnus?«

Turnus hob die Schultern. »Ich habe mich auch schon oft gefragt, warum die Reichen, die alles haben, so viel arbeiten. Ich meine, wir Sklaven können zur Arbeit gezwungen werden, das ist nun einmal unser Los – aber Plinius, der mit allen Gütern gesegnet ist, der mehr Geld hat, als er jemals ausgeben kann, Plinius steht jeden Tag vor Sonnenaufgang auf, manchmal schon um die sechste Stunde der Nacht, wenn die Müßiggänger von ihren Saufgelagen heimkehren, und beginnt mit dem Studium seiner Bücher. Ich glaube, er kennt alle Bücher, die es gibt auf der Welt.«

»Alle?«

»Alle.«

»Auch die – die germanischen?«

»Germanische Bücher? Ha! Germanen können doch gar nicht schreiben. Sie sind wild und leben bei den Bären in den Wäldern. Aber hätten sie ein Buch geschrieben, so würde mein Herr es lesen, denn er sagt, kein Buch sei so schlecht, daß es nicht irgendeinen Nutzen brächte.«

»Ekelhaft.«

»Wie?«

»Ich finde es ekelhaft, so gescheit zu sein. Was hat dein Herr davon, daß er alles weiß, alles kennt, daß ihm nichts verborgen bleibt? Kopfschmerzen! Am Ende werden sie seinen Leichnam genauso auf dem Marsfeld verbrennen wie deinen oder meinen. Gut, es werden ein paar Leute mehr dabei zusehen – aber was hat er davon, dein Plinius?«

Turnus dachte nach.

Der Streit ihrer Sklaven führte Aphrodisius und Plinius zusammen. Plinius war doppelt so alt wie der jugendliche Pompejaner, und man sah es ihm auch an: Jahrelanger Kriegsdienst in Germanien, der oft auch im Winter keine Unterbrechung fand, hatte sein Gesicht rauh gemacht und mit Falten gezeichnet.

»Du darfst ihm das nicht verübeln«, meinte Plinius mit einer Bewegung des Kopfes in Richtung des Ankleideraumes, während die Massagesklavin seinen Nacken knetete, »er kämpft wie ein Löwe, wenn es um den Ruf seines Herrn geht. Turnus hat mich schon in der Provinz Untergermanien begleitet; ich wüßte nicht, was ich ohne ihn täte.«

Aphrodisius, der bäuchlings auf der Massagebank neben ihm lag und mit sichtlichem Wohlbehagen die geschmeidigen Finger der Libyerin Zugrita auf seinem Rücken genoß, winkte ab: »Sieh doch, sie vertragen sich schon wieder!«

»Aus Pompeji kommst du?«

»Dort wurde ich geboren. Meine Eltern waren Sklaven aus Germanien. Ihre Heimat heißt Augusta Vindelicum, das von Drusus und Tiberius erobert wurde.«

»Also Libertinus?«

»Ja. Serenus hieß mein Herr. Er kam um beim großen Beben, und seine Frau Fulvia wollte mich nicht haben.«

Plinius schob den Schreibsklaven, der dicht neben ihm stand, mit dem Handrücken beiseite, beugte sich zu Aphrodisius hinüber und sagte leise: »All das sind furchtbare Vorzeichen – das Erdbeben, der Komet und die Finsternis vor wenigen Jahren, als Sol bei hellem Tag die Form der Mondsichel annahm.« Und noch leiser fügte er hinzu: »Er ist ein Feind des Menschengeschlechts.«

Aphrodisius verstand ohne zu fragen, daß der göttliche Cäsar gemeint war. Er nickte beifällig und wunderte sich über das Vertrauen, das Plinius ihm entgegenbrachte.

Der aber schien die Gedanken des Pompejaners zu erahnen. Jedenfalls sah er Aphrodisius an und sagte: »Er hat keine Freunde mehr, glaube mir, selbst die, die er für seine Freunde hält, sind zu seinen Feinden geworden. Die Götter lieben ihn nicht, sonst hätten sie ihm längst einen Thronfolger geschenkt.« Und dann machte Plinius eine Bemerkung, die den Pompejaner zusammenzucken ließ: »Poppäa kommt auch schon in die Jahre.«

Aphrodisius musterte den Schriftsteller von der Seite, um zu prüfen, ob die abfällige Bemerkung *ihn* treffen sollte. Aber Plinius blickte gleichgültig vor sich hin, jedenfalls konnte der Pompejaner nichts Bösartiges in seinem Gesichtsausdruck erkennen, und er meinte, obwohl er, schon während er redete, die Dummheit seiner Bemerkung erkannte: »Ja, wir werden alle nicht jünger.«

»Ich verstehe dich nicht«, begann Plinius nach einer langen Pause. »Wie konntest du die campanische Perle Pompeji verlassen und nach Rom kommen, in diese stinkende, sterbende Stadt? Ich würde sogar den Schutt von Pompeji dem römischen Marmor vorziehen, hielte mich nicht mein Beruf hier. Man wird nicht aus freien Stücken ein Römer, ein Römer bleibt man zwangsweise. Vor allem in einer Zeit wie dieser.«

»Für mich«, erwiderte der Pompejaner, »ist Rom eine Stadt wie jede andere, nur viel, viel größer und mit viel mehr Möglichkeiten. Sieh mich an, ich kam als ein Niemand mit eintausend Sesterzen im Beutel, die ich obendrein verspielte. Heute habe ich eine Frau, der ich redlich diene, und ein eigenes Unternehmen, das hohe Gewinne verspricht.« Aus Aphrodisius' Worten klang Stolz.

»Ich hoffe, das wird dir nicht zum Verhängnis werden.« Plinius drehte sich um und stützte sich mit den Ellenbogen auf, dann schaute er Aphrodisius ins Gesicht: »Als du nach Rom kamst, warst du ein Niemand unter vielen hunderttausend Namenlosen, und niemand hätte dir Beachtung geschenkt. Aber dann kam die Sache mit Poppäa, deine überstürzte Heirat und jetzt das unerwartete Vermögen . . .«

Aphrodisius stieß Zugrita beiseite und setzte sich auf. »Du weißt?«

»Ich sagte doch, einem Niemand schenkt kein Mensch Beachtung, aber du bist kein Niemand mehr, Aphrodisius. Du bist sogar mehr als du ahnst, verschiedene Leute haben dich bereits in ihre Planungen einbezogen. Die Götter mögen dich schützen!« Plinius erhob sich, und ohne Gruß, ja, ohne den Pompejaner auch nur noch einmal anzusehen, schritt er zum Apodyterium und verschwand.

Aphrodisius saß da und überlegte. Ich habe diesen Plinius unterschätzt, dachte er, aber er meint es zweifellos gut mit mir, sonst hätte er mich nicht gewarnt, nicht in dieser Form. Ängstlich blickte er um sich, fühlte sich auf einmal von tausend Augen beobachtet. Was wollen die alle von mir – der finster dreinblickende Bartträger? Der tänzelnde Schwule? Der rosige Muskelprotz? Der Einarmige mit dem Lächeln eines Sphinx?

»Hast du Ärger, Herr?«

Aphrodisius erschrak, doch dann blickte er in die Mandelaugen der Sklavin Zugrita und stotterte: »Ich? Nein, nein . . .« Bald darauf machte er sich auf den Heimweg. Im Gehen fragte er seinen Sklaven Gavius, ob er bemerkt habe, daß man ihn beobachte. Der Bithynier verneinte, fügte jedoch hinzu, er habe auch noch nie darauf geachtet. Wer solle ihn beobachten? Da erzählte Aphrodisius ihm von dem merkwürdigen Gespräch mit Plinius.

Als sie das Haus betraten, schlug Aphrodisius und seinem Sklaven der strenge Geruch des Opferfeuers entgegen. Rauchschwaden füllten die Räume, und der Argwohn des Pompejaners, daß etwas Außergewöhnliches vorgefallen sein mußte, wurde, als sie das Atrium betraten, zur Gewißheit: Trümmer von Statuen und Amphoren lagen über den Boden verstreut, der wilde Wein, welcher die Säulen des Innenhofes umrankte, war herabgerissen und zertrampelt worden – ein Bild der Verwüstung. Obwohl die Kalenden des Monats, an denen die Römer den Hausgöttern opferten, längst vorbei waren, wälzte sich der Opferrauch aus dem kleinen Laren-Heiligtum im hinteren Teil des Hauses, wo sich auch die Küche befand. Und obwohl der Hausbestand gut fünf Dutzend Sklaven umfaßte, zeigte sich niemand.

Auf sein Rufen trat dem Pompejaner ein Unbekannter entgegen, dem bärtigen Aussehen nach ein Grieche, und sagte, er sei Menekles, der Arzt seiner Frua Hersilia, die Lage sei ernst. Er habe ihr Laudanum in einem Trank verabreicht, das sie in eine Starre versetzte, von der er nicht wisse, wie lange sie anhalte; er bedauere, keine bessere Nachricht zu haben.

Hersilia lag in ihrem Schlafzimmer, Arme und Beine verkrampft wie Terror, der furchtbare Begleiter des Mars. Ihr Atem ging heftig, die Lippen zitterten in unregelmäßigen Abständen, der Bauch schien aufgequollen wie eine Qualle vom äußersten Westrand der Erde.

Er habe, begann der Grieche bedächtig, vor Tagen Hersilias Wasser auf ein Säckchen mit Weizen geträufelt und ebenso auf eines mit Gerste, und heute habe der Weizen zu keimen begonnen, was, nach dem Wissen der alten Ägypter, die Geburt eines Knaben ankündige, während das Keimen der Gerste ein Mädchen verheißen hätte. Ein Irrtum sei ausgeschlossen, wenn man sich Hersilias Bauch betrachte. Das Furchtbare aber sei, Hersilia sei nicht gebaut, ein Kind zu gebären, das Kind müsse durch *sectio caesarea* zur Welt gebracht werden wie der göttliche Cäsar, und das bedeute den Tod der Mutter.

Aphrodisius legte seine Hand auf Hersilias Stirne, dann sah er den Griechen an: »Weiß sie, wie es um sie steht?«

Menekles nickte: »Sie kannte das ihr drohende Geschick. Sie wußte, daß sie sich nie einem Mann hingeben durfte, weil das ihren Tod bedeuten konnte . . .«

Da stieß Aphrodisius einen langen lauten Schrei aus wie ein Gladiator im Circus, wenn der siegreiche Gegner das Schwert hebt, und Tränen flossen über sein Gesicht – *est quaedam flere voluptas* – und er schluchzte: »O ihr Götter Roms! Straft *mich* mit dem Tode, aber laßt Hersilia leben!«

»Du – hast das alles nicht gewußt?« fragte Menekles zögernd.

»Nein«, weinte der Pompejaner, »sie hat es mir nie gesagt. Ich dachte, ihre Kühle und Zurückhaltung sei Ausdruck ihres Charakters.«

»Das war es wohl auch«, erwiderte der griechische Arzt, »aber das Wissen um ihr Schicksal hat ihren Charakter geprägt.«

Aphrodisius hielt die Hände vor das Gesicht gepreßt. Er atmete schwer, und um seinen Hals legte sich eine unsichtbare Klammer. »Es darf nicht sein, es darf nicht sein!« murmelte er ein um das andere Mal.

»Niemand entgeht Atropos, der gnadenlosen Schicksalsgöttin«, entgegnete der Grieche, »sie schneidet den Lebensfaden ab, wann immer sie will, und es ist töricht, sich dagegen zu wehren.«

Die Rede schürte den Zorn des Pompejaners derart, daß auf seiner Stirne eine dunkle, senkrechte Ader hervortrat, und er wandte sich lautstark gegen den Arzt: »Du bist Grieche und redest wie ein Grieche, und ihr Griechen fügt euch tatenlos eurem Schicksal. Ich aber bin ein römischer Freigelassener, und in meinen Adern fließt germanisches Blut. Ich glaube nicht an die Moiren, die dem Menschen angeblich schon bei der Geburt sein Schicksal zuteilen. Sie darf nicht sterben, hörst du, Hersilia darf nicht sterben!«

Menekles antwortete nicht, er sah an Aphrodisius vorbei und preßte die Lippen zusammen, als wollte er sagen: Schweig! Doch der Pompejaner gab sich nicht zufrieden, er trat auf den Griechen zu und wollte seine Rede wiederholen, mit noch größerem Nachdruck fordern, Hersilia dürfe nicht sterben, da fiel sein Blick auf den Eingang des Gemachs.

Dort stand sie, Hersilia, starr wie eine Statue auf dem Capitol, die Ellenbogen mit den Händen umklammernd; sie sah Aphrodisius an. Aphrodisius versuchte vergeblich in ihren Augen zu lesen, zu erkennen, was in ihr vorging, und er hätte in diesem Augenblick sogar verstanden, wenn es ein Blick des Hasses gewesen wäre. Aber Hersilia blickte ausdruckslos, teilnahmslos wie Lara, die Göttin des Schweigens, und der Pompejaner wußte, daß ihn dieser Blick ein Leben lang verfolgen würde.

# 5

Der Bote kam nachts und ließ sich nicht abweisen. Er habe eine wichtige Botschaft für Aphrodisius, den Pompejaner, die er, nach dem Willen seines Herrn, nur persönlich übergeben dürfe. Gavius führte den Sklaven in das Triclinium, wo Aphrodisius allein bei Tische lag. Der Bote überreichte ihm das Schreiben, das er unter einer Perücke hervorzog.

Der Pompejaner las:

›*Poppäa Sabina grüßt Aphrodisius, den Pompejaner.*

*Mit Freude und Trauer nehme ich teil an Deinem Schicksal. Mit Freude, weil ich mich erinnere, wie wir uns zum ersten Mal begegnet sind. Du hattest keinen Lebensmut und wolltest Dich vom Tarpejischen Felsen stürzen wie ein Verbrecher, weil Du Dein letztes Geld – ich glaube, es waren eintausend Sesterzen – verspielt hattest. Heute, zwei Jahre später, bist Du – motu proprio – ein reicher Mann, und Du wirst jeden Tag wohlhabender. Dieser Dein Ruf drang bereits bis zum Palatin. Ich gönne es Dir von Herzen.*

*Trauer befällt mich wegen des häuslichen Leides, das Dir nach dem Willen der Götter zuteil wurde. Auch wenn Du in Trauer bist wegen des Todes Deiner Frau Hersilia, von der man allseits nur das Beste hörte, so wird Dir Dein Sohn Hersilius ein fester Trost sein in diesen schweren Tagen. Er sieht Dir gewiß ähnlich und strotzt vor Kraft wie sein Vater.*

*Mein Mutterglück währte, wie Du sicher weißt, nur kurz, doch als Glück konnte man es wohl ohnehin nicht bezeichnen. Goldene Zügel, sagt Seneca, machen ein Pferd nicht besser. Das ist es, was ich meine. Es ist ein großer Unterschied, ob Dein Leben in Muße oder in Trägheit hingeht; teilst Du Dein Leben aber mit der Angst, dann, sei versichert, neidest Du es jedem anständigen Sklaven. Doch ich habe mir dieses Leben ausgesucht, jetzt muß ich mein Schicksal tragen, ein Zurück gibt es nicht.*

*Der Brief hat einen dringenden Grund. Ich mache mir ernste Sorgen um Dich. Hüte Dich vor Tigellinus! Er schleicht wie ein wilder Löwe um alles, was nach Geld riecht, und dieser Tage erwähnte er in Anwesenheit des Göttlichen Deinen Namen. Der Göttliche ist in arger finanzieller Bedrängnis. Ich weiß nicht, wie er immer wieder seine Kassen füllt . . . mit rechten Dingen geht es gewiß nicht zu. Rom ist ein heißes Pflaster für einen homo novus wie Dich, deshalb rate ich Dir dringend, die Stadt zu verlassen. Warum kehrst Du nicht nach Pompeji zurück? Wie mir Silanus, der Verwalter meiner Güter, sagte, stehen ganze Straßenzüge zum Verkauf. Ein Mann wie Du könnte in Pompeji sein Glück machen.*

*Antworte mir nicht auf dieses Schreiben, obwohl ich nichts lieber erhielte als ein paar Zeilen aus Deiner Hand, denn auch ich stehe unter ständiger Bewachung. Du würdest uns beide in Gefahr bringen.*

*Salve! Poppäa‹*

»Unangenehmes, Herr?« erkundigte sich Gavius. Der Pompejaner schüttelte nur den Kopf, und Gavius wertete das als Zeichen, sich zu entfernen. Aphrodisius erhob sich, er hielt den Brief mit beiden Händen auf dem Rücken und ging unruhig im Tablinum auf und ab. Dann las er die Botschaft ein zweites Mal, ein drittes Mal, ratlos.

Aphrodisius suchte das Gemach auf, wo die Amme Urgulanilla über den kleinen Hersilius wachte. Sie hatte das Aussehen der Göttin Securitas, deren marmorne Statue, in der Linken eine Lanze, während ihr Haupt in der Rechten ruhte, wie eine Matrone das Forum bewachte, kraftstrotzend und mit den breiten Brüsten und stämmigen Hüften einer campanischen Bäuerin. Wenn die Amme das Kind in ihre Arme nahm, verschwand es im Fleisch ihres mächtigen Körpers. Sie herzte den Jungen wie ein eigenes Kind, sie liebte sein lautes Geschrei ebenso wie das ungelenke Lächeln, und hätte Hersilius sie gebissen, während sie ihn an die Brust setzte wie einst Hera den kleinen Herakles, sie hätte ihn nicht fallen lassen wie die Göttermutter, sondern den Schmerz ertragen, wie es einer Mutter zukam.

Der Pompejaner nahm das Kind, machte einen ungeschickten

Versuch, es in den Armen zu halten und schickte Urgulanilla hinaus. Er wollte allein sein, allein mit seinem Sohn, der ihm täglich die Tragik seines eigenen Schicksals vor Augen führte. Behutsam legte er das Kind vor sich auf den Tisch, beobachtete die ruckartigen, unkontrollierten Bewegungen, den stumpfen, fahrigen Blick seiner Augen und suchte in dem winzigen Wesen sich selbst zu erkennen. Aber obwohl ihm der Spiegel hundertemal Auskunft gegeben hatte über sein Äußeres, vermochte der Pompejaner keine Ähnlichkeit festzustellen.

Liebte er diesen Menschen, in dem ein Teil von ihm weiterlebte? Oder haßte er ihn, weil er der lebendige Beweis seiner eigenen Schwäche war, seiner Zügellosigkeit, Rücksichtslosigkeit und Selbstsucht, die Schuld trugen an Hersilias Tod? Aphrodisius versuchte vergeblich, sich über seine Gefühle klar zu werden, sie zu ordnen, einfach preiszugeben; er versuchte in sich hineinzuhorchen und lauschte seinem Innersten wie die Priester von Dodona dem Rauschen der Eiche. Aber allem Bemühen zum Trotz empfand Aphrodisius immer nur jene große Leere und das Unvermögen zu trauern, zu lieben, zu hassen. Und zum wiederholten Male flogen seine Augen über den Brief.

Poppäa hatte recht: Rom war ein heißes Pflaster für einen *homo novus.*

Der Cäsar, hieß es, plane eine Reise nach Griechenland. Woher das Gerücht stammte und ob es der Wahrheit entsprach, vermochte niemand zu sagen. Die Prätorianer streuten gezielt Gerüchte aus, der Cäsar werde sich hier oder dort aufhalten, damit er dann einen weniger gefahrvollen Weg nehmen konnte.

Den Verschwörern um Piso genügte das Gerücht zur Planung eines neuerlichen Attentats, und Epicharis lieferte die Idee: ein Mordanschlag auf See. Der Plan war nicht neu, Nero selbst hatte versucht, seine Mutter Agrippina auf seinem Prunkschiff umzubringen, und das Attentat war nur an der unerwartet stabilen Rückenlehne eines Sofas gescheitert. Jedenfalls fing die Lehne den mit Blei beschwerten Baldachin auf, der, wie geplant, auf die

Königin-Mutter herabstürzte. Creperius, ihr Vertrauter, starb, Agrippina überlebte.

Technische Unzulänglichkeiten dieser Art sollten bei dem Attentat auf den Göttlichen von vorneherein ausgeschlossen sein. Das Schiff, mit dem der Cäsar nach Griechenland strebte, sollte sinken mitsamt der Mannschaft, nur Volusius Proculus, der Flottenkommandant, durfte gerettet werden. Proculus war schon damals in das Attentat gegen Agrippina eingeweiht gewesen, hatte aber nach dem Scheitern der Aktion den Unwillen des Göttlichen auf sich gezogen und galt seither nicht gerade als Freund des Cäsars.

Um jeden Verdacht von sich zu lenken, schickten die Verschwörer Epicharis nach Misenum, wo sie mit Proculus Kontakt aufnahm. Sie sei im Auftrag verdienter Männer des Staates gekommen, die sich um die Zukunft des Reiches sorgten.

Proculus schien sofort zu begreifen und erklärte, auch er sei kein Anhänger Neros, denn seine Befehle seien unergründlich wie die Sprüche der delphischen Pythia. Welche Pläne die Verschwörer hegten? Da gab Epicharis das geplante Attentat preis, nannte Einzelheiten, ließ den Admiral jedoch in Unklarheit über die Hintermänner des Unternehmens und rettete so vielen Menschen das Leben. Denn Proculus, der eine Chance sah, sich die Gunst des göttlichen Nero zu erkaufen, eilte nach Rom und verriet dem Prätorianer Tigellinus, was Epicharis ihm anvertraut hatte.

Ofonius Tigellinus, den kein Römer an Zügellosigkeit und Kaltblütigkeit übertraf und der allein deshalb ein Mann nach dem Herzen des göttlichen Nero genannt wurde, erkannte sofort Proculus' Absicht und forderte Beweise. Beweise habe er nicht, erklärte Proculus, aber er fordere eine Gegenüberstellung mit Epicharis. Unter glühenden Eisen, meinte er augenzwinkernd, werde sie auch ihre Hintermänner nennen. Tigellinus willigte ein, gab Befehl, Epicharis gefangen zu setzen, drohte aber, den Flottenkommandanten mit glühenden Eisen zu behandeln, falls sich seine Anschuldigungen als falsch erwiesen.

Suchtrupps durchkämmten die Stadt, ja sie verschonten nicht einmal Senecas Landgut, aber Epicharis, vom Cäsar all ihrer Besitzungen beraubt, blieb unauffindbar, und sogar ein Kopfgeld von fünftausend Talenten, das Tigellinus für ihre Ergreifung aussetze, zeitigte keinen Erfolg. Natürlich hatten die Verschwörer um Piso Kenntnis vom Verrat des Proculus, und weil sie fürchten mußten, einer ihrer Sklaven könnte sie denunzieren, brachten sie die Namenlose – keiner durfte Epicharis beim Namen nennen – jede Nacht zu einem anderen Verschwörer, um so jede Spur zu verwischen.

Aber Tigellinus gab nicht auf, schien doch Epicharis' Verschwinden die Anschuldigungen des Flottenkommandanten zu bestätigen. Unter den *acta diurna*, die auf dem Forum die täglichen Neuigkeiten und Verlautbarungen verkündeten, hing ihr Steckbrief ebenso wie an den Ein- und Ausgängen des großen Circus, und wer hier ein und aus ging, für den waren fünftausend Talente ein Vermögen. Es gab Hunderte von Hinweisen auf namenlose Frauen, die sich hier und dort aufhielten und wieder verschwanden. Aber gerade weil die Hinweise so zahlreich eingingen, weil mancher Sklave, die Prämie vor Augen, in jeder Unbekannten die Gesuchte zu erkennen glaubte, verwischten sich ihre Spuren mehr und mehr.

Eines Tages vor den Nonen des Martius kehrte Gavius von Turnus zurück, dem Sklaven des Plinius, mit dem ihn seit ihrer Schlägerei eine herzliche Freundschaft verband, und er berichtete Aphrodisius von einer unbekannten Frau, die der Schriftsteller versteckt halte vor den Prätorianern. Plinius lasse fragen, ob er, Aphrodisius, bereit sei, die Namenlose für ein paar Tage aufzunehmen, ihr Leben sei in Gefahr, und der Pompejaner stehe gewiß nicht im Verdacht, ein Verschwörer gegen den Cäsar zu sein, obwohl er – wie er dem Gespräch in den Thermen zu entnehmen glaubte – dem Göttlichen keineswegs zugeneigt sei. Er bitte darum.

Aphrodisius war an der Freundschaft des großen Plinius gelegen, und außerdem befand er sich in einer Verfassung der Demut, er fühlte sich schuldig am Tod Hersilias und forderte von sich selbst Wiedergutmachung, wenn auch nur zur Beruhigung des eigenen Gewissens. Deshalb sagte er zu und ließ Gavius im Hause verbreiten, man erwarte eine pompejanische Verwandte.

Seine eigenen Webereien hatten inzwischen die Größe von Hersilias Unternehmen erreicht, und da an eine Erweiterung auf dem Aventin nicht zu denken war, entschloß sich Aphrodisius zur Verlegung der Firma an das entgegengesetzte Ende der Stadt, weit hinter das Mausoleum des göttlichen Augustus, wo unter einem künstlichen Erdhügel auch die Asche der Cäsaren Tiberius, Caligula und Claudius bestattet war und wo dunkle Bronzetafeln am Eingang die *res gestae* verkündeten, Rechenschaftsbericht über vierundvierzig Jahre Regierung des Imperators Cäsar Divi filius. Mercurius, dem die Römer an den Iden des Maius Rauchopfer darbrachten, damit er ihre Geschäfte begünstige, schien Aphrodisius bei diesem Entschluß mit allwissender Hand gelenkt zu haben – nicht nur, weil das Unternehmen am Rande der Stadt nun das größte war und bedeutende Gewinne abwarf, sondern auch und vor allem wegen seiner Lage, die schon bald von großer Bedeutung sein sollte.

Epicharis kam nachts in Begleitung des Sklaven Turnus. Er trug ein Bündel mit ihren Habseligkeiten und schien erleichtert, als er seinen Auftrag erledigt hatte, und verschwand grußlos.

»Du sollst wissen, wen du in deinem Haus aufnimmst«, begann die Unbekannte, während sie die Schnüre an ihrem kargen Bündel löste.

Der Pompejaner wehrte ab: »Schweig um deiner selbst willen. Ich nehme an, dein Steckbrief hängt auf dem Forum aus; aber dort hängen Hunderte, gerechte und ungerechte, und da Plinius dich schickt, nehme ich an, daß du zu Unrecht verfolgt wirst.«

Die Fremde ließ sich nicht abhalten: »Ich bin Epicharis!« sagte sie und erwartete irgendeine Reaktion.

Aber Aphrodisius wiederholte nur: »Gut, du bist Epicharis«, und fügte hinzu: »Ich bin Aphrodisius, der Pompejaner.«

»Die Prätorianer sind hinter mir her!«

»Bei mir werden sie dich nicht suchen.«

»Du fragst nicht, warum sie mich verfolgen?«

»Ich frage nicht, nein.«

»Du *mußt* es wissen«, drängte Epicharis. »Ich gehöre zu den Verschwörern um Piso, und Volusius Proculus, der Flottenkommandant von Misenum, hat mich verraten. Wenn sie mich hier finden, bist auch *du* verloren!«

Aphrodisius hob die Schultern. »Dunkel sind die Wege, die das

Schicksal geht. Aber hier wird man dich nicht finden, glaube mir. Die Diener und Sklaven kennen dich als pompejanische Verwandte, sie werden dich Paulina nennen, und Gavius ist treu und verschwiegen; er wird dich in das Cubiculum geleiten.«

Epicharis nickte dankend und verschwand hinter dem Sklaven, und der Pompejaner ließ sich auf seine Kline fallen, verschränkte die Arme hinter dem Kopf und starrte zur Decke, wo die Fackeln tanzende Figuren zauberten. Ohne es zu wollen, war Aphrodisius zum Mitwisser der Verschwörer geworden. Er war gewiß kein politischer Mensch. Wie alle Freigelassenen kannte er nur das eine Ziel: materielle Unabhängigkeit, denn nur Reichtum bedeutete Freiheit. Aber Reichtum bedeutete Risiko, ja, es war ein Risiko reich zu sein in diesen Tagen, und Aphrodisius *war* reich, gefährlich reich sogar.

Warum hatte Epicharis ihr gesamtes Vermögen verloren? Der Pompejaner erhob sich. Er wollte sie fragen und ging durch das erleuchtete Atrium in den Seitentrakt des Hauses, wo ein halbes Dutzend Gästezimmer bereitstanden.

»Paulina!« rief er leise, und als er keine Antwort hörte, trat er in das Cubiculum. »Paulina!« wiederholte er flüsternd.

Die Fremde lag hingestreckt auf das Bett, sie hatte das Kleid geöffnet und schlief. Epicharis war eine schöne Frau – der Pompejaner registrierte es ohne jede Begehrlichkeit, während er die Schlafende betrachtete. Und da er erkannte, daß Epicharis tief und fest schlief, wandte er sich um, um das Cubiculum auf leisen Sohlen zu verlassen; doch dabei streifte er das Bett. Die kleine, unbeabsichtigte Berührung genügte: Epicharis schreckte hoch, griff instinktiv unter ihr Kissen und zog einen Dolch hervor, den sie Aphrodisius mutig entgegenstreckte.

»Verzeih!« entschuldigte sich der Pompejaner. »Ich wußte nicht, daß du bereits zur Ruhe lagst.«

Epicharis ließ den Dolch sinken. Sie fiel schlaftrunken auf das Kissen zurück, und Tränen traten in ihre Augen.

»Ich finde keine Ruhe«, weinte sie leise, »bin immer auf der Flucht. Ich weiß nicht, wie das weitergehen soll. Solange dieser Cäsar lebt, werde ich eine Verfolgte sein, beim Jupiter.«

Aphrodisius kam näher, er faßte ihre Hand und wollte ihr den Dolch wegnehmen, und Epicharis öffnete ihre Hand bereitwillig, doch der Pompejaner hielt inne: Er glaubte, die Waffe zu kennen, betrachtete den leicht geschwungenen roten Griff, und vor seinen Augen tauchte das furchtbare Bild seines Herrn Serenus auf. Der Qualm des brennenden Hauses, der Staub der durch das Beben zerstörten Häuser drang in seine Nase, und Schweiß trat auf seine Stirne vor der flirrenden Hitze des berstenden Gemäuers; er rang nach Luft, blickte hilfesuchend um sich, aber da gab es nur Feuer und Verwüstung, und vor ihm lag Serenus mit schnarrendem Atem, und in seinem Hals steckte der Dolch, und Aphrodisius packte zu, faßte den geschwungenen Griff und zog die Waffe aus der klaffenden Wunde.

»Woher hast du diese Waffe?« fragte Aphrodisius, als er wieder zu sich gefunden hatte.

Epicharis warf den Kopf zur Seite; sie preßte die Lippen zusammen und schloß die Augen, als wollte sie ihre Tränen unterdrücken.

»Woher hast du diese Waffe?« Die Stimme des Pompejaners zitterte.

Epicharis warf den Kopf von einer Seite auf die andere, gab ihm zu verstehen, daß sie diese Frage nicht beantworten wolle. Aber Aphrodisius gab nicht nach, faßte sie an der Hand und schüttelte sie, bis Epicharis in lautes Schluchzen ausbrach.

»Mit diesem Dolch«, begann sie zögernd, »wurde Vestinus ermordet, mein Mann. Man fand ihn hinter dem Tempel des Mars Ultor, wo die Straße zur Subura führt. Sein Körper trug dreiundzwanzig Stichwunden, und neben seiner Leiche lag dieser Dolch.«

»Und die Mörder?«

»Der Prätor sprach sie frei, obwohl es zwei Zeugen gab, die die Tat beobachteten. Es waren syrische Sklaven; und als es zum Prozeß kam, verbot ihnen ihr Herr jede Aussage, er fürchtete um sein eigenes Leben. Und ein Prätor sitzt nur für ein Jahr auf der *sella curulis* und will sich keine Feinde schaffen, die ihm später selbst gefährlich werden können. Damals nahm ich den Dolch an mich und schwor bei meiner rechten Hand, die Mörder mit diesem Dolch zu treffen . . .«

»Beim Jupiter!« Aphrodisius ließ Epicharis nicht aus den Augen. Er wollte Fragen stellen, aber dann erkannte er ihren Schmerz und ihre ohnmächtige Wut und zog es vor, sich zurückzuziehen und sie erst am nächsten Tag wieder zu befragen.

In dieser Nacht kreisten seine Gedanken um den Mord an Vestinus und den seltsamen Dolch. Hatte er die gleiche Waffe nicht auch bei Poppäa gesehen? Gab es einen Zusammenhang zwischen diesen Morden und dem an seinem Herrn Serenus? Aphrodisius verwarf den Gedanken; aber schon im nächsten Augenblick kamen ihm Zweifel und er erinnerte sich, daß Serenus sterbend einen Namen genannt hatte, der ihm entfallen war, einen seltsamen Namen, an den sich der Pompejaner nicht mehr erinnern konnte.

Darüber schlief Aphrodisius ein.

Früh am Morgen wurde er durch lautes Geschrei geweckt. Gavius, gewohnt – wie es einem Sklaven zukam –, den Augenblick abzuwarten, in dem der Herr die Augen öffnete, um die Vorhänge beiseite zu ziehen und das Sonnenlicht in das Cubiculum zu lassen – Gavius stand zitternd vor seinem Bett und stammelte: »Herr, wach auf, Furchtbares ist passiert, die Prätorianer . . .«

Aphrodisius verstand nicht sogleich, erkundigte sich ärgerlich: »Welche Prätorianer?«, so daß der Sklave den Pompejaner bei den Oberarmen packte und ihn wachzurütteln versuchte: »So versteh doch, die Prätorianer des Cäsars sind im Haus, sie suchen die Verschwörerin Epicharis!«

Kaum hatte Gavius den Namen genannt, da war Aphrodisius hellwach. Er sprang aus dem Bett, warf sich die Tunika über und eilte mit Gavius durch das Atrium in den vorderen Teil des Hauses, wo eine Kohorte Soldaten dabei war, die Einrichtung auf den Kopf zu stellen. Die lärmenden Rüpel trugen goldbeschlagene Lederpanzer und Helme mit rotem Kopfputz und zeichneten sich durch auffällig ordinäres, herausforderndes Benehmen aus, indem sie Stühle und Amphoren umwarfen und die eingeschüchterten Sklaven mit Füßen traten oder, so sie weiblichen Geschlechtes waren, ins Hinterteil zwickten.

»Halt!« Ein breitschultriger Prätorianer, dessen rotgesäumte Lederstreifen an der Uniform und breite, goldene Spangen an den

Unterarmen ihn als Anführer auswiesen, trat ihnen mit quer vor die Brust gehaltener Lanze entgegen. »Nenne deinen Namen!«

»Ich bin Aphrodisius, der Pompejaner, und das ist Gavius, mein Leibsklave. Was wollt ihr in meinem Haus? Wer bist du?«

Der Prätorianer überging die Fragen des Pompejaners mit einem unverschämten breiten Grinsen, stellte seine Lanze senkrecht, schlug sie dreimal auf den Boden und rief: »Im Namen des göttlichen Cäsar, des Nero Claudius Cäsar Augustus Germanicus, des Retters der Welt, du bist verhaftet!«

»Verhaftet?« fragte Aphrodisius fassungslos.

»Du wirst beschuldigt, in deinem Haus eine gewisse Epicharis versteckt zu halten, welche der Verschwörung gegen den Göttlichen angeklagt ist.«

»Ich verstecke niemanden«, entgegnete der Pompejaner kaltschnäuzig, »und jeder, der sich in diesem Hause aufhält, tut dies aus freien Stücken, wie es einem freien Bürger in einem freien Land zukommt, es sei denn, er ist Sklave.«

»Durchsucht alle Räume!« rief der Prätorianerführer wütend, »durchkämmt jeden Winkel!« Und wie Hunde, die der Futtertrog lockt, stoben die Soldaten auseinander. Der Anführer nahm zielstrebig den Weg durch das Atrium zum hinteren Teil des Hauses. Aphrodisius und Gavius folgten ängstlich, und der Sklave warf seinem Herrn einen Blick zu, als wollte er sagen: Ich weiß, ich bin schuld an der Misere; aber Aphrodisius tätschelte seine Hand: Schon gut, Alter, schon gut.

Dem Pompejaner dauerte das Suchen in den einzelnen Räumen viel zu lange. Deshalb ging er geradewegs zu dem Cubiculum, in dem Epicharis schlief, um sich schützend vor sie zu stellen, und er öffnete die Türe, weil er annahm, Epicharis habe den Lärm längst vernommen und liege wach.

*Roma Dea!* Aphrodisius unterdrückte einen Ausruf des Erstaunens. Das Bett war leer und geordnet, Epicharis verschwunden.

Aus Cäsarea trafen zu jener Zeit schlechte Nachrichten ein. Dort wütete der römische Provinzstatthalter Gessius Florus – ein kleiner

Nero in seiner Maßlosigkeit und Unberechenbarkeit. Schon unter seinem Vorgänger, dem Statthalter Albinus, hatten die Leute von Cäsarea gelitten, weil er die unglaublichsten Sondersteuern erfand, um das Volk auszubeuten. Mehr noch, Albinus ließ wohlanständige Bürger unter Vorwand gefangensetzen und gegen hohes Lösegeld freikaufen. Aber Gessius Florus übertraf selbst diese Dreistigkeiten und benahm sich grausam wie ein Gladiator; die Judäer nannten ihn nur noch »Schrecken des Landes«.

Cäsarea war eine wunderschöne Stadt mit weißen Häusern und einem Hafen, der den von Piräus an Größe übertraf. Kaufleute hatten sie einst gegründet und der phönizischen Venus geweiht, deren Namen sie trug, bis der göttliche Augustus sie eroberte und großzügig seinem ergebenen Vasallen Herodes schenkte, worauf dieser sie dankend Cäsarea nannte, die Kaiserliche. Von Anfang an gab es Schwierigkeiten mit dem bunt zusammengewürfelten Völkergemisch aus alteingesessenen Juden, später hinzugekommenen Griechen und römischen Besatzern, als deren übelster sich Gessius Florus zeigte.

Nicht alle römischen Statthalter waren so verhaßt wie er. Als Cestius Gallus, der Procurator von Antiochia, zu Besuch in Judäa weilte, da bestürmten ihn die geknechteten Juden, sich des Volkes zu erbarmen und bei Nero, dem Göttlichen, zu intervenieren. Cestius sagte zu – und unterließ es geflissentlich: Was ging ihn eine fremde Provinz an?

Es kam dem Statthalter Gessius Florus sehr gelegen, daß eines Tages Griechen und Juden in Cäsarea aneinandergerieten; so konnte er von seinem eigenen Schreckensregiment ablenken. Der Anlaß war nichtig, doch wie ein kleiner Funke genügt, einen großen Brand zu entfachen, so stand auch hier der Anlaß in keinem Verhältnis zu dem späteren Ereignis: Die Synagoge der Juden von Cäsarea stand auf einem ungünstig gelegenen Flecken, und man konnte nur über das brachliegende Land eines Griechen dorthin gelangen. Kaufangebote hatte der Hellene stets abgelehnt, sogar zum mehrfachen Preis; statt dessen errichtete er nun Werkstätten, welche den Zugang der Juden behinderten. Die Juden sammelten acht Talente Silber und überreichten sie Florus mit der Bitte, sich für sie einzusetzen. Der

Statthalter nahm das Geld, aber er kümmerte sich nicht um die Vermittlung. Seither verging kein Tag, an dem es nicht irgendwo in Cäsarea zu Zusammenstößen kam zwischen Griechen und Juden, vor allem aber zwischen Juden und Römern.

Wie die Liebe unter *einem* Auge leidet, so fehlen dem Haß deren zwei, und Juden und römische Besatzer ließen keine Gelegenheit aus, sich gegenseitig zu provozieren, als wollten sie nichts sehnlicher als den Krieg. Doch Krieg in einer der östlichen Provinzen wünschte der römische Cäsar zu allerletzt, denn Kriege kosten Geld, und Nero hatte genug Schulden im eigenen Land. So war auch der Grund frei erfunden, den Florus nannte, als er den Tempelschatz der Juden in Jerusalem um siebzehn Talente erleichterte: Der göttliche Nero habe ihm den Auftrag erteilt, behauptete er frech. Zornige Juden beschimpften und bespuckten daraufhin den römischen Statthalter, und ein Bettelkorb machte die Runde, um »Almosen für den bedauernswerten Florus« zu sammeln; doch mehr als Schmutz und Unrat kam nicht zusammen.

Gessius Florus rächte sich bitter. Er sprengte mit fünfzig römischen Reitern und dem Centurio Capito herbei, ließ vor dem Königsschloß Agrippas, des machtlosen Königs von Judäa, einen Richterstuhl aufstellen, nahm darauf Platz und warf den Juden vor, sie hätten den Aufstand geplant. Schließlich ließ er gefangennehmen, geißeln und kreuzigen – was einem Nichtrömer zukam –, wessen er gerade habhaft werden konnte. König Agrippa war abwesend; aber Berenike, seine schöne Schwester, bat Florus um Milde, fand jedoch kein Gehör bei dem rabiaten Römer, ja, sie mußte, von Leibwächtern umgeben, in den Palast flüchten, um selbst dem Blutbad zu entgehen. Auf diese Weise kamen an einem Tag – man schrieb den sechzehnten des Monats Artemisios – sechshundertunddreißig Menschen zu Tode, darunter Frauen und kleine Kinder.

Schmerzensschreie und Parolen des Hasses gellten durch Jerusalem. Die Hohenpriester streuten Asche auf ihre Häupter zum Zeichen der Trauer, und sie zerrissen ihre Gewänder und warfen sich nebeneinander auf den Boden. Florus aber verkündete, er habe zwei Kohorten nach Jerusalem in Marsch gesetzt und forderte, die Juden sollten den Römern entgegenziehen und die einzelnen Truppen, wie es Brauch war, mit Jubel begrüßen. Klagend und mit verbissenen Mienen begaben sie sich vor die Tore der Stadt – die Priester in wallenden Gewändern und mit ihren heiligen Geräten aus dem Tempel, das Volk von Harfenspielern und Sängern begleitet. Florus indes schien angeordnet zu haben, daß die römischen Reiter den Gruß der Juden nicht erwiderten. Mit starrem Blick zogen sie an ihnen vorbei, verschmähten den Gegengruß, und die Juden begannen zu murren und zu schimpfen.

Das nahmen die Legionäre zum Zeichen: Sie stürzten sich von ihren Pferden auf das Volk und schlugen wahllos mit ihren Schwertern zu. Viele wurden tödlich getroffen, die meisten kamen in der allgemeinen Panik um, viele wurden bis zur Unkenntlichkeit zertrampelt. Danach zog sich Florus nach Cäsarea zurück.

Der Römer hatte furchtbaren Haß gesät, und ein offener Krieg schien unvermeidlich. König Agrippa wurde von den Juden bestürmt, gegen die Römer zu kämpfen, und er versuchte unter Tränen, das Volk von diesem Plan abzubringen, der genauso aussichtslos sei wie der Kampf ihrer Vorfahren. Mit eindringlichen Worten erinnerte er an die stolzen Athener, die ihre Stadt den römischen Flammen opferten, obwohl sie einen Mann wie Xerxes in die Flucht geschlagen hatten, einen Mann, der auf dem Land zu Schiff fuhr und über das Meer spazierte, wenn es ihm beliebte. Sogar die Spartaner, die bei den Thermopylen gekämpft und bei Platää gesiegt hatten und denen ein König vom Format eines Agesilaos beschieden war, hätten sich mit der Vorherrschaft der Römer abgefunden. Bisher sei es weder den von den Spartanern abstammenden Kyrenäern noch den Marmariden, deren Wohngebiete sich bis in die wasserlose Wüste ziehen, noch den Schrecken verbreitenden Syrten, Nasomanen und Mauren gelungen, den Römern Einhalt zu gebieten. Ja, nicht einmal Ägypten sehe in der Unterwerfung eine Ehrlosigkeit, wobei das prächtige Alexandria in einem Monat mehr Abgaben zahle an die Römer als Jerusalem in einem Jahr. Die Römer, mahnte König Agrippa, würden ihre heilige Stadt in Schutt und Asche legen und ihr ganzes Geschlecht ausrotten, zum abschreckenden Zeichen für andere Völker, die mit ähnlichen Gedanken spielten wie die Juden.

Seine Rede überzeugte die einen, während andere vor der Feigheit des Königs auf den Boden spuckten und Steine nach ihm warfen. Eleazar aber, der Befehlshaber der Tempelwache, überredete die Hohenpriester, Opfergaben der Römer im Tempel zurückzuweisen, so daß dem göttlichen Nero nicht mehr geopfert werden konnte. Das war eine unerhörte Provokation, die, sobald sie in Rom bekannt wurde, das militärische Eingreifen des Cäsars herausfordern mußte.

Gegenüber der Provinz Judäa hegte der Göttliche ohnehin besondere Abneigung, weil eine alte Prophezeiung behauptete, aus Judäa werde dereinst der Herr der Welt kommen. Er selbst sah sich nicht in der Lage, ein Heer anzuführen; auch mußte Nero fürchten, daß eine längere Abwesenheit chaotische Zustände in Rom zur Folge haben würde. Der Mann, den er an seiner Statt in die aufrührerische Provinz schicken wollte, war nicht mehr der jüngste, und er war wegen seiner Unbotmäßigkeit, während Gesangsdarbietungen des Göttlichen laut zu schnarchen, mit Hausverbot belegt. Bei allem war er ein verdammt guter Imperator, dreißigmal erfolgreich gegen die Britannier und derzeit Statthalter in der Provinz Africa. Sein Name: Titus Flavius Vespasianus, ein Mann, von dem später noch die Rede sein wird.

Im Tullianum, wohin die Prätorianer Aphrodisius brachten, herrschte drangvolle Enge. Die Gefängnisse Roms vermochten längst nicht mehr alle Delinquenten aufzunehmen, weshalb der Göttliche Order gab, Mörder und andere »gewöhnliche« Verbrecher zur Zwangsarbeit zu verurteilen. Das sparte den Henker und brachte sogar noch etwas ein. Politische Gefangene hingegen wurden im Tullianum isoliert, und von morgens bis abends hallten Schreie des Schmerzes und des Entsetzens durch die muffigen Gänge, Ausdruck eines verzweifelten Aufbäumens gegen die Folterknechte, die den Angeklagten mit glühenden Eisen Geständnisse abpreßten.

Einen Tag und eine Nacht verbrachte der Pompejaner allein in einem finsteren Kerkerloch, fünf Schritte im Quadrat, mit Eisenstäben vergittert wie ein Löwenkäfig im Circus Maximus. Aphrodisius versuchte auf dem gestampften Boden Schlaf zu finden, aber der Gestank von Notdurft raubte ihm den Atem, und mehr als einmal glaubte er, ersticken zu müssen. Er dämmerte vor sich hin, hatte es aufgegeben, über seine Verteidigung nachzudenken, die er vorbringen wollte, wenn sie ihn hier erst einmal rausholten. Und einmal mußten sie ihn doch herausholen.

Und dann öffnete sich lärmend das schwere Gitter, Aphrodisius rappelte sich hoch und war im Begriff, dem Schatten, der sich in der Öffnung abzeichnete, entgegenzugehen, da prallte er gegen eine armselige Kreatur, von der Kopf und Arme scheinbar willenlos herabhingen, und während der Unbekannte vor ihm zu Boden glitt wie das Opferwachs am Altar des Jupiter, wurde das Gitterwerk zugewuchtet, daß der Boden dröhnte und der endlose Gang hallte. Ungeschickt versuchte Aphrodisius den zur Erde Gestürzten aufzurichten, doch der bat flehentlich, ihn nicht zu berühren, denn jede Bewegung verursache ihm unerträgliche Schmerzen.

So saß der Pompejaner lange Zeit stumm neben dem Unbekannten und lauschte seinem zitternden Atem. Ihn anzureden wagte er nicht, und bei dem Gedanken, man würde ihn, Aphrodisius, morgen oder am Tag danach oder wann auch immer ebenso behandeln und seinen geschundenen Körper in dieses Kerkerloch werfen wie eine geborstene Amphore auf den *mons testaceus*, liefen kalte Schauer über seinen Körper. Schon überlegte er, ob er seinem Leben mit eigener Hand ein Ende bereiten solle, aber dann kam ihm der kleine Hersilius in den Sinn, für den er sich verantwortlich fühlte, sein Sohn: Durfte er ihn im Stich lassen?

Die Klagen, welche dumpf von einem Verlies zum anderen durch das Dämmerlicht hallten, schmerzten wie Dornen in seinen Ohren. Und auf einmal hörte er Stimmen, die riefen seinen Namen und schalten ihn Feigling, Schwächling, Weichling, und er schämte sich . . .

»Du mußt Namen nennen!« begann der Mann vor ihm plötzlich zu reden, »du mußt so viele Namen nennen, wie dir nur einfallen, sonst foltern sie dich zu Tode.«

Aphrodisius legte seine Hand auf den Mund des Fremden, um

anzudeuten, er solle sich schonen. Aber der nahm den Kopf zur Seite.

»Laß nur! *Dum spiro spero*. Und solange ich reden kann, bin ich noch am Leben.«

»Sie haben dich gefoltert«, sagte der Pompejaner hilflos.

Der Mann vor ihm versuchte seine Glieder zu strecken und verzog sein Gesicht. »Ein Balken über die Brust, einer über deine Schienbeine, so pressen sie dir jede Antwort heraus. Glaube mir, es ist zwecklos, zu schweigen.«

»Hast – du – geredet?« erkundigte Aphrodisius sich zögernd.

Der andere blickte zur Seite. »Sieh mich doch an«, sagte er, und Aphrodisius schämte sich für seine Frage. Im Dämmerlicht erkannte er die aufgeschundenen Schienbeine des Mannes, sein rechter Fuß war nach innen gebogen und lag da, als fehlte ihm jede Verbindung zum Körper; der Hals war blutverschmiert.

»Es wird nicht mehr lange dauern«, sagte der Gefolterte.

Der Pompejaner nickte, als wollte er sagen: hoffentlich. Hoffentlich ist den Verschwörern bald Erfolg beschieden. Doch als der andere länger und länger schwieg, als er ihn sanft berührte und keine Regung verspürte, da merkte Aphrodisius, daß der Gequälte etwas ganz anderes gemeint hatte.

Aphrodisius sprang auf. Er rannte gegen das schwere Eisengitter und versuchte, es aus seiner Verankerung zu reißen. »Laßt mich raus!« brüllte er mit aller Kraft. »Ich will hier raus!«

Aber seine Schreie mischten sich nur mit den anderen in dem weitverzweigten Verlies, und als er sich nach einer Weile noch immer nicht beruhigt hatte und gegen das Gitter schlug, bis seine Hände bluteten, da kam ein Aufseher und schüttete dem Tobenden einen Scheffel Wasser ins Gesicht, worauf der Pompejaner weinend zu Boden sank. »Er ist tot!« murmelte er immer wieder. »Er ist doch tot.« Aber das kümmerte niemanden.

In dieser Nacht, in der Aphrodisius zusammengekauert in einer Ecke hockte und auf den Toten starrte, in diesen endlos scheinenden Stunden der Qual, die nur der Tod beenden konnte, wuchs in ihm der Wille zum Überleben. Was galt ein Menschenleben im alten Rom! Leben war Zufall, Schicksal, Spiel, vor allem war es austauschbar und wertlos. Aber nun, im Angesicht des Todes, erstand in dem Pompejaner ein nie gekannter Lebenswille, und er faßte den einsamen, hilflosen, aussichtslosen Entschluß, um sein Leben zu kämpfen. Er würde um seine Freiheit kämpfen, um sein Kind und um seinen Besitz, selbst wenn er dabei zugrunde ginge.

Wie hatte er als Kind den Dulder Odysseus bewundert, von dessen Irrfahrten der Schulmeister Saturnius mit beredten Worten zu erzählen wußte, den König von Ithaka, der zwanzig Jahre durch die Meere irrte und nicht aufgab, seine Heimatinsel zu erreichen, der sich von Lotophagen und Kyklopen nicht schrecken ließ und nicht aufgab, als die Laistrygonen alle Schiffe bis auf eines zerstörten; der sogar dem höchsten Zeus trotzte und den Gott der Unterwelt nicht fürchtete. Mehr als einmal war der Dulder dem Tode näher als dem Leben, aber was ihn nicht umbrachte, machte ihn stark, und stark sein wollte auch Aphrodisius.

Am nächsten Morgen schleppten sie Aphrodisius zum Verhör. Der Tote in der Zelle schien sie nicht zu kümmern, sie stiegen über ihn hinweg wie über einen Haufen Unrat. Zum ersten Mal seit drei Tagen sah der Pompejaner Tageslicht, das durch eine kreisrunde Öffnung in der Decke fiel. Fenster gab es nicht, auch keine Sitzgelegenheit für den Angeklagten. Nur der Wortführer saß zusammen mit zwei Begleitern hinter einem Tisch. An den Wänden standen Folterknechte, die Arme über den nackten Oberkörpern verschränkt, acht mochten es sein. Auf einem Dreifuß an der Seite glühte ein Kohlebecken, Balken, mit armdicken Tauen verknotet, lehnten in einer Ecke; in der Mitte des Raumes ruhte ein Steinblock, befleckt mit verkrustetem Blut.

Einen Augenblick glaubte der Pompejaner beim Betreten des Raumes, der neue Lebensmut würde ihn verlassen; er blickte in die ausdruckslosen Gesichter der Folterknechte, die in ihm keinen Menschen sahen und die selbst keine menschliche Regung zeigten. Aber dann erkannte Aphrodisius das widerwärtige Grinsen im Gesicht des Wortführers – es war jener Prätorianer, der ihn verhaftet hatte –, und die alte Wut kehrte zurück und mit ihr der Mut.

Der Pompejaner hatte sich eine Verteidigungsrede zurechtgelegt. Die wollte er dem Ekel entgegenschleudern, wollte herausschreien, daß er seine Folterknechte nicht fürchte: Doch dann kam alles ganz anders. Der rechte der drei Männer erhob sich und sprach, ohne ihn anzusehen, er solle hören, was Tigellinus, der oberste Prätorianer des Cäsars, ihm zu verkünden habe. Und während der Grinsende einleitende Worte fand, im Namen des römischen Volkes und im Auftrag des göttlichen Nero sein Tun rechtfertigte, betrachtete Aphrodisius das Gesicht des Prätorianerpräfekten: Das also war das Scheusal, von dem die Römer tuschelten, sogar die Ratten in der Cloaca Maxima fürchteten sich vor ihm. Sein dünnes, helles Haar kringelte sich auf der Stirne. Eine senkrechte Falte änderte beim Sprechen ihr Aussehen und vollzog wogende Bewegungen. Über der fleischigen Nasenwurzel trafen sich dunkle, buschige Brauen, und während die Oberlippe schmal und kaum zu erkennen war, trat die Unterlippe stark und gedrungen hervor. Die Augen saßen tief, und man konnte sie nur ahnen, fast schien es, als schützten die Brauen vor ihrem Anblick.

Epicharis habe sich freiwillig gestellt, aber weder ihn noch andere beschuldigt, so daß . . .

Aphrodisius erwachte wie aus einem Traum; er hatte bohrende Fragen erwartet, damit gerechnet, daß der Folterknecht ein glühendes Eisen aus dem Kohlenbecken ziehen würde – und nun?

. . . so daß der Beschuldigte auf freien Fuß gesetzt werde; er möge sich schnellstens entfernen.

»Frei? Ich bin frei?« erkundigte sich der Pompejaner ungläubig. Zu plötzlich kam für Aphrodisius diese Wendung des Schicksals.

Tigellinus nickte unwillig. »Du solltest Fortuna auf dem Marsfeld eine Statue weihen, daß du einen Fürsprecher gefunden hast beim göttlichen Cäsar.«

Fürsprecher? Da fiel es dem Pompejaner wie Schuppen von den Augen: Poppäa.

»Verschwinde!« schrie der Prätorianer Tigellinus plötzlich und beugte sich über seinen Tisch: »Eines sage ich dir, Pompejaner, heute kommst du mir noch einmal davon, aber beim nächsten Mal mache ich dich fertig, dann wird dir auch dein Fürsprecher nichts nützen. Du entwischst mir nicht, Aphrodisius, du nicht!«

Lange noch hallten die haßerfüllten Worte des Prätorianers in Aphrodisius' Kopf nach.

Der Hunger trieb ihn rasch nach Hause. Doch je näher er der Via Ostiensis kam, die zum Aventin führt, desto dichter säumten die Römer den Straßenrand, und auf Befragen bekam der Pompejaner Auskunft, der Göttliche breche nach Antium auf, in seine Sommerresidenz.

Antium war eine latinische Küstenstadt, keine Tagesreise von Rom entfernt, eine Sommerfrische, weit weniger vornehm als das exklusive Baiä. Aber Neros Mutter Agrippina hatte dort einen vornehmen Landsitz, der Cäsar war in diesem Palast geboren, und so wurde es dem Göttlichen zur Gewohnheit, hier, abseits des Glutofens, in den Rom sich zur Sommerzeit verwandelte, die der Juno, dem göttlichen Julius Cäsar und dem Divus Augustus geweihten Monate zu verbringen. Und jedes Jahr an den Kalenden des Junius wiederholte sich ein gierig begafftes Schauspiel: Der Cäsar reiste mit seinem gesamten Hausstand nach Süden. Wie alles, das der Göttliche in Angriff nahm, gestaltete sich auch diese kurze Reise zu einem grandiosen Schauspiel.

Aphrodisius wollte es nicht sehen. Todmüde wankte er, von der Sonne geblendet, heimwärts, doch an der Biegung der Straße vor dem Circus Maximus gab es kein Vorankommen mehr. Eingekeilt zwischen plärrenden, drängenden Müßiggängern wurde Aphrodisius hin und her gestoßen, und als sich, von Posaunentönen angekündigt, der Zug des Kaisers näherte, da trabten schwerbewaffnete Prätorianer heran, dicht an dicht mit gezogenen Schwertern, und die Römer stoben kreischend zurück, so daß die Enge noch unerträglicher wurde. Dann wandten die Leibgardisten des Cäsars ihre hohen, nach außen gewölbten Schilde gegen die Massen und errichteten so eine undurchdringliche Wand, die den Göttlichen vor aller Gefahr bewahren sollte. Zwölftausend Prätorianer schützten den Cäsar, genau doppelt soviele wie all seine Vorgänger, aber nur die Hälfte begleitete ihn nach Antium, die andere Hälfte blieb in Rom zurück.

Durch die Phalanx der Schilde erkannte Aphrodisius Musikanten und Sänger und Tausende Knaben in gelben Gewändern, die Blüten streuten wie beim Fest der Floralien, so daß die nachfolgenden

Sklaven, welche auf Tragbahren die Lieblingsstatuen des Göttlichen mitschleppten, bis zu den Knöcheln in Blumen versanken. Den Statuen folgten die Musikinstrumente des Cäsars, Harfen, Lauten und Lyren, und das kostbare Geschirr, von dem der Cäsar zu dinieren pflegte. Die goldenen Schalen, die Krüge aus Alabaster und das kunstvolle Glas verursachten ein tausendfaches Ah und Oh, und Mosaiken, in Teile zerlegt, glitzerten in der Sonne, damit der Cäsar wie einst der göttliche Julius seinen Fuß auch unterwegs nicht auf gewöhnlichen Boden setzen mußte.

Große bunte Vögel in goldenen Käfigen sollten Nero in der Stille von Antium unterhalten, ebenso dunkelhäutige Tänzer und Springer aus Afrika und Stelzengeher aus Gallien. Schauspieler sah man mit Masken und bunten Gewändern, eine ganze Hundertschaft, und Sklavinnen mit bodenlangen Haaren. Zahme Gazellen aus Africa und schwarzgezeichnete Tiger, die Haustiere des Cäsars, wurden an Ketten mitgeführt. Und dann eine Reihe Paukenschläger in der glänzenden Lederuniform der Prätorianer, mit ausgestreckten Armen den Rhythmus schlagend für die nachfolgende Leibwache, ein endloses Heer, finstere, verächtlich dreinblickende Gestalten, kampferprobte Elitesoldaten, die keine Furcht kannten; für ihren Sold von dreitausend Sesterzen töteten sie jeden, den der Tribun nannte.

Ein Mann wie Nero konnte sich überhaupt nur mit Hilfe der Prätorianer an der Macht halten. Die dem gewöhnlichen Heer angehörenden Soldaten waren im Prätorianerlager auf dem Viminal kaserniert, zu dem eine eigene Kriegs- und Verwaltungsschule gehörte. Nach sechzehn Jahren Dienstzeit war ein Prätorianer entweder verblödet, ein unberechenbarer Haudegen, der gedankenlos dreinschlug, wo immer man ihn hinstellte, oder er hatte eine soldatische Karriere hinter sich, die ihm als Centurio den zehnfachen und als Tribunus einer Kohorte gar den vierzigfachen Sold einbrachte. Angeführt wurden die Prätorianer von zwei *praefecti*, die nach dem Willen des göttlichen Augustus dem Ritterstand angehörten. Jeder war gegenüber dem anderen gleichberechtigt, konnte also einen Befehl sofort außer Kraft setzen – ein kluger Gedanke, denn die vieltausendköpfige Elitetruppe stellte einen unberechenbaren Machtfaktor dar, und es war kein Zufall, daß die beiden Präfekten stets erbitterte Feinde waren, wie Fänius Rufus und Tigellinus.

Die Garde, mit der der Göttliche nach Antium zog, wurde von Rufus angeführt. Er saß zu Pferd in goldbeschlagener Rüstung, zur Rechten ein weiteres Roß mitführend, dem Mars geweiht, das alljährlich im Oktober auf dem Marsfeld geopfert wurde, wo man sein Blut auffing und im Tempel der Vesta aufbewahrte, zur Reinigung von schwerer Schuld. Tigellinus gab vor, wegen dringender Geschäfte in Rom festgehalten zu sein.

Auf einmal kam Bewegung in die Massen, die Menschen begannen ekstatisch zu schreien, sie fielen übereinander her und schlugen scheinbar grundlos aufeinander ein. Aphrodisius fand zunächst keine Erklärung für das seltsame Verhalten, doch dann sah er, daß unmittelbar vor dem Wagen des Cäsars, der von acht schwarzen kappadokischen Hengsten gezogen und von doppelt so vielen numidischen Reitern in weißen Lederpanzern flankiert wurde, Herolde einhergingen mit bauchigen Körben. Aus den Körben griffen sie durchbohrte hölzerne Kugeln, in denen Lose steckten, und warfen sie unter das johlende Volk. Man sagt, Nero habe je nach Lust und Laune kleine Geldgeschenke verteilen lassen, eine Wagenladung Weizen, aber auch ein Schwein oder ein Pferd, sogar ein Landgut in den Albaner Bergen sei darunter gewesen. So fuhr der Göttliche, wo immer er auftauchte, stets durch ein Spalier aufgeregt schreiender Menschen, deren Verhalten auch als Begeisterung gedeutet werden konnte.

Aphrodisius sah den Cäsar zum ersten Mal. Gequält lächelnd lugte er aus einem holpernden Wagen, dessen goldbeschlagene und mit blinkendem Glasfluß versehene Kabine jedoch zu schweben schien; denn während das hölzerne Fahrgestell auf den schwarzen Quadern der Via Ostiensis hin und her geworfen wurde, wankte das Abteil nur sanft. *Carpentum* – Kutsche – nannte man diese neue Erfindung. Der Unterschied zum einfachen Wagen beruhte darin, daß die Kabine mit handbreiten Lederriemen an vier gabelartigen bronzenen Hängestöcken aufgehängt werden konnte, welche neben den Rädern auf der Vorder- und Hinterachse verankert waren.

Zwischen Fahrgestell und Kabine gab es also keine feste Verbindung.

Goldene Löwenköpfe krönten die Hängestöcke, und die Speichen der hölzernen Räder waren mit roten und blauen Plättchen beschlagen, die je nach Drehgeschwindigkeit unterschiedliche Farbspiele zauberten. Das gefiel den Massen, und sie schrien: »Heil dir Cäsar, Heil, Heil!« Nero blickte maskenhaft, sein weiß schimmerndes Gesicht, das von rötlichen Löckchen und einem gleichfarbenen krausen Bart eingerahmt wurde, wie ihn sonst die griechischen Philosophen trugen, war nicht die Physiognomie eines knapp Dreißigjährigen. Man hätte den Cäsar auch für einen phrygischen Schreibsklaven halten können, der sein Leben in den düsteren Gemäuern der Bibliothek von Pergamon verbrachte, wo Papyrus und Pergament in fensterlosen Räumen vor dem Sonnenlicht geschützt werden. Am Zeigefinger seiner linken Hand, die er steif wie einen Heroldsstab auf- und abbewegte, steckte ein riesiger grünschimmernder Ring, mit der Rechten hielt Nero einen goldgefaßten Rubin vor das Auge und drehte ihn um die eigene Achse. Man sagte, Nero sei kurzsichtig und versuche, durch den geschliffenen Stein schärfer zu sehen; andere behaupteten dagegen, das Ganze sei nur eine Spielerei und verfälsche den Anblick der Wirklichkeit.

Auf jeden Fall hatte die Szene etwas Unwirkliches an sich, und es gab Römer, die behaupteten, der Cäsar sitze gar nicht selbst in dem Carpentum. Aus Angst vor einem Attentat lasse er sich von einem Schauspieler vertreten, der ihm täuschend ähnlich sehe; er selbst reise nachts unerkannt nach Antium – soweit war es schon gekommen.

Im Vorbeifahren wurde für einen Augenblick der Vorhang gegenüber dem Kaiser zurückgezogen, und Aphrodisius erkannte Poppäa. Der Pompejaner riß die Hand hoch zum Gruße, aber dann hörte er Schmährufe – »Cäsarenhure!« und »Octavia!« – und er ließ seine Hand schnell sinken. Ob sie ihn erkannt hatte? Aphrodisius glaubte, ein kurzes Lächeln in Poppäas Gesicht entdeckt zu haben, aber als unmittelbar neben ihm ein dicklicher Römer mit hochrotem Kopf die Faust hob und »Mörderin!« brüllte und andere erregt in den Ruf einstimmten, da zerrte Poppäa den Vorhang der Kutsche mit einer heftigen Bewegung an seine alte Stelle.

Es dauerte Stunden, bis die Leute sich in den Straßen um den Circus Maximus verlaufen hatten, und ebenso lange dauerte es auch, bis Aphrodisius nach Hause kam. Gavius empfing seinen Herrn unter Tränen und gestand, er habe bereits alle Hoffnung aufgegeben, ihn lebend wiederzusehen. Es sei ein Wunder geschehen, erklärte der Pompejaner, ohne Einzelheiten zu nennen, und der Sklave pflichtete ihm bei. Turnus, der Sklave des Plinius, habe ihm von dem beklagenswerten Schicksal der Epicharis berichtet. Danach habe sich Epicharis in den frühen Morgenstunden aus dem Haus geschlichen und sich den Prätorianern gestellt. Diese hätten sie gefoltert wie einen Sklaven, was gegen das Gesetz war, denn sie war eine römische Bürgerin. Aber, so hätten die Prätorianer ihr Vorgehen gerechtfertigt, wer dem Cäsar nach dem Leben trachte, sei kein Römer, sondern ein Sklave und verdiene eine sklavenhafte Behandlung. Obwohl Proculus keinen Beweis für die Behauptung aufführen konnte, Epicharis habe ihn als Mörder zu dingen versucht, und obwohl Epicharis alles abstritt, glaubte ihr Tigellinus nicht. Man habe sie, so Turnus, mit Geißeln ausgepeitscht, während sie mit ausgebreiteten Armen und nacktem Oberkörper zwischen zwei Säulen gefesselt war, man habe ihr glühende Eisen auf den Körper gedrückt, bis sie die Besinnung verlor, unter den Folterbalken seien ihr Rippen und Beine gebrochen worden, daß sie nicht mehr gehen konnte. Aber Epicharis habe keinen der Verschwörer verraten, nicht ein Name sei über ihre blutigen Lippen gekommen. Am nächsten Morgen sei Epicharis in einem Tragsessel aus ihrer Zelle geholt worden. Sie hatten ihr die Kleider genommen und nur einen Lendenschurz und ein Brusttuch belassen. So schleppten sie die Prätorianer zum Verhör. Epicharis aber habe den kurzen Augenblick, den sie erbat, um ihre Notdurft zu verrichten, dazu benutzt, ihr Brusttuch um die Lehne des Tragstuhles zu winden und sich selbst mit einer Schlinge erwürgt.

Aphrodisius fühlte die eisernen Krallen und Schnäbel der stymphalischen Vögel auf seiner Brust, unheilverheißender Greife, die ihre Federn wie spitze Pfeile verschossen und mit ihren Schnäbeln eherne Panzer durchbrachen. Er rang nach Luft, denn ihm wurde bewußt, daß er nach dem Willen der Götter dem gleichen Schicksal nur knapp entgangen war. Dann aber, urplötzlich, befiel Aphrodisius ein unerklärliches Lachen; er schüttelte sich wie ein Bettler am Fuße des Capitols, der den Leuten für ein As schmutzige Witze erzählt, und konnte sich nicht beruhigen, weil ein Anfall den anderen jagte. Der Pompejaner lachte homerisch laut, brüllte, prustete, und Gavius beobachtete seinen Herrn mit Besorgnis. Nach dem Grund dieses furchtbaren Gelächters zu fragen, wagte er nicht.

War es die Erleichterung, die sich *hic et nunc* manifestierte? Oder war es die Angst und das Bewußtsein, daß dieser Kampf noch lange nicht ausgestanden war?

# 6

Es schien, als habe Rom die Gunst der Götter verloren. Die Willkür des Cäsars entfremdete die Menschen mehr und mehr, und um die eigene Haut zu retten, waren Verrat und Denunziation an der Tagesordnung wie zu Zeiten des unseligen Bürgerkrieges. Ein jeder wurde des anderen Feind, und als das Gerücht umging, die Lagerhäuser der Stadt böten nur noch für sieben Tage Lebensmittelvorräte statt – wie durch Gesetz festgelegt – für sechs Wochen, da hamsterten die Römer, wessen sie gerade habhaft werden konnten; mit dem Erfolg, daß die Preise für Nahrung in ungeahnte Höhen stiegen und Nero keinen anderen Ausweg sah, als immer neue Münzen schlagen zu lassen, freilich nicht mehr aus Silber, sondern aus Kupfer.

Ein Mann wie Aphrodisius, der mit Lebensnotwendigem handelte, profitierte von dieser Entwicklung, und seine Webereien am Rande der Stadt waren bald größer als alle anderen in Rom. Und weil das Geschäft erhebliche Gewinne abwarf und das Geld beinahe täglich an Wert verlor, erinnerte sich der Pompejaner der Worte seines Herrn Serenus, der behauptet hatte, Geld an sich sei schon ein Betrug, denn es stelle nur das Versprechen dar, dir den Gegenwert auszuzahlen, biete aber niemals Gewähr. Damals hatte er diese Worte nicht verstanden, vermutlich allein deshalb, weil er nie geglaubt hatte, jemals aus dieser Erkenntnis Nutzen zu ziehen. Aber Serenus, der seine Erfahrungen im Umgang mit Geld an den Kalenden eines jeden Monats niederzuschreiben gewohnt war, hatte ihn viel gelehrt. So zum Beispiel, daß es wirtschaftlich klug sei, gegen den Strom zu schwimmen.

Gavius, der gut Freund war mit den Sklaven aller wichtigen Römer, vor allem den bithynischen – Gavius wußte zu berichten, daß Terpander, der griechische Reeder, in Geldnöten sei und zwei seiner Schiffe, mit denen er Salböle und Weihrauch von Alexandria nach Ostia und auf dem umgekehrten Weg campanische Weine transportierte, zum Kauf feilbiete. Der Preis war lächerlich günstig für einen schnellen Käufer, und Aphrodisius entschloß sich zur Übernahme der Schiffe samt Mannschaften. Von nun an transportierte Aphrodisius karthagische Wolle auf eigenes Risiko.

Karthago war eine kulturlose Stadt mit einem blühenden, fruchtbaren Hinterland. Jeder Römer wußte das, seit Marcus Porcius Cato, der bei jeder Gelegenheit und am Ende jeder Rede seine Forderung wiederholte, die Stadt müsse nun endlich zerstört werden, seit Cato vor dem Senat einen Zweig mit prallen Feigen geschwenkt hatte, größer als die größten der campanischen Bäume. Was Cato zeigen wollte, war folgendes: Nicht nur die vierundzwanzigtausend Soldaten, die dort unter Waffen standen, viertausend Reiter und dreihundert Kriegselefanten stellten für Rom eine ständige Gefahr dar. Karthago war, im Gegensatz zu Rom, autark; es war nicht angewiesen auf die Einfuhr aus fremden Ländern. So ließen die Kathager das Ultimatum der Römer, die gefordert hatten, sie sollten ihre Stadt ins Landesinnere verlegen, unbeachtet, und Scipio legte Karthago in Schutt und Asche, pflügte den Boden um und ließ Salz darauf streuen, damit es zur Wüste werde. Das war lange her.

Colonia Julia Carthago, wie die unter dem göttlichen Gaius Julius Cäsar neu entstandene Stadt nun hieß, war beliebter Siedlungsflecken für römische Veteranen und wuchs schneller als die Hauptstadt Rom. Händler aus aller Welt suchten hier ihr Glück. Gold und Silber aus dem Inneren Africas, seltene kostbare Hölzer, Öl und duftende Salben, Getreide und Wolle wurden im Überfluß gehandelt, aber auch Sklaven, Schlachtvieh und edle Pferde.

Aphrodisius nutzte die Gelegenheit und reiste in Begleitung seines Sklaven Gavius nach Karthago. Ein guter Segler legte den Weg über das Mare Internum in drei Tagen zurück. Die Schiffe des Pompejaners brauchten nur zwei. Eine fremde Welt empfing die Reisenden an der afrikanischen Küste, eine wilde, unübersichtliche, von fremden Bewohnern überquellende Stadt, auf einer Halbinsel dem Festland vorgelagert. Mochte einem Griechen die Kulturlosigkeit auffallen, das Fehlen von Tempeln und öffentlichen Gebäuden, so konnte ein Römer die Geschäftigkeit bewundern, das Überangebot an Waren und das unüberschaubare Chaos inmitten der Hütten und ebenerdigen Häuser. Es gab nicht allzu viele echte Römer in dieser Stadt, und wer die Fremdartigkeit ihrer Einwohner sah, der mochte glauben, was Agathokles, der Tyrann von Syrakus, dereinst berichtete: Die Karthager hätten beim Ansturm der Griechen ihrem großen Gott Baal fünfhundert Kinder geopfert, sie lebend oder mit durchschnittener Kehle in den glühenden Rachen seines Standbildes geworfen.

Die Größe Karthagos wurde markiert durch den ausgedehnten Hafen, in dem Schiffe aus Hispanien, aus Italien, Achaia, Asien, Syrien und Ägypten ankerten. Für alle Provinzen schien Karthago der ideale Umschlagplatz, bildete es doch zur See den Nabel des Imperiums – so günstig gelegen, daß keine Seefahrt mehr als fünf Tage in Anspruch nahm, sah man einmal von dem fernen Britannien ab.

Den Fremden, der zum ersten Mal in Karthago an Land ging, beeindruckten am meisten die endlosen Lagerhallen am Kai, und Aphrodisius machte da keine Ausnahme. Sie waren für billiges Geld zu pachten, Kaufleute konnten darin Waren stapeln, bis sich ihnen eine günstige Transportmöglichkeit bot; sie konnten aber dort auch Waren horten und eine vorteilhafte Preisentwicklung abwarten.

In diesem Jahr war der Preis für karthagischen Weizen tief gefallen. Satte Regen im Frühjahr hatten die Ernte reicher ausfallen lassen als je zuvor, so daß nach Auslieferung der römischen Tribute mehr übrig blieb, als der freie Handel aufnehmen konnte. Karthagische Händler boten ihre Getreidevorräte deshalb zu Spottpreisen an, und Aphrodisius orderte angesichts der Knappheit in Rom zwei Schiffsladungen voll und lagerte sie in einem der Vorratshäuser am Hafen. Der schwarze Ägypter, mit dem der Pompejaner ins Geschäft kam, verwies ihn an einen Händler namens Pansa in der hügeligen Unterstadt, der die beste Wolle der ganzen Provinz zu liefern versprach und gewiß Interesse habe an den fein gewebten Stoffen des Pompejaners.

Pansa bewohnte eines der wenigen zweistöckigen Häuser; es ließ zur Straße hin nur eine eisenbeschlagene Eingangstüre erkennen, keine Fenster und kein Schmuckwerk. In den Gassen von Karthago wohnte das Mißtrauen.

Hinter der Türe, die von zwei stämmigen Sklaven bewacht wurde, tat sich ein grüner Innenhof auf, wie man ihn in den vornehmen Villen Pompejis kannte, mit einem Springbrunnen und marmornen Bänken zu beiden Seiten. Ein so gepflegtes Haus hatte Aphrodisius nicht erwartet, nicht in dieser Gegend.

Pansa begrüßte Aphrodisius mit deutlichem Argwohn und schenkte seinem Sklaven Gavius keinerlei Beachtung. Er wirkte fahrig und unkonzentriert und zeigte Hemmungen, dem Pompejaner offen ins Gesicht zu sehen, und verhaspelte sich mehrmals in seiner Rede. Doch Aphrodisius fiel sein Verhalten nicht weiter auf, denn er wollte mit dem Karthager nichts als Geschäfte machen.

Nach kurzer Verhandlung einigten sich die beiden auf Lieferung einer Schiffsladung Wolle, die zu zwei Dritteln mit einer Ladung Wollstoff aus Rom bezahlt werden sollte. Pansa und Aphrodisius besiegelten das Geschäft mit Handschlag, und Gavius hatte den Eindruck, als könnte es dem Karthager gar nicht schnell genug gehen, die beiden aus dem Haus zu komplimentieren.

»Ein unangenehmer Bursche!« bemerkte Gavius, während sie über eine steile Treppe, von denen die verwinkelten Straßen Karthagos bisweilen unterbrochen wurden, hinaufstiegen.

Aphrodisius lachte. »«Ich will ja nicht mein Lager mit ihm teilen.« Und nach einer Weile fügte er hinzu: »Aber du hast recht, Gavius, er zählt zu jener Sorte Menschen, die einem aus irgendeinem Grunde höchst zuwider sind, obwohl sie einem gar nichts getan haben.«

»Jedenfalls war er froh, als wir wieder draußen waren.«

»Mag schon sein.« Der Pompejaner machte eine abfällige Bewegung mit der Hand. »Römer und Karthager haben sich schon immer gehaßt wie Enyo die Eirene, wie die Kriegsgöttin die Göttin des Friedens. Allerdings . . .«

»Allerdings?«

»Ich glaube nicht, daß Pansa Karthager ist. Er spricht unsere Sprache, durchsetzt mit griechischen Fremdwörtern.«

»Alle Karthager reden dieses Kauderwelsch, Herr, es ist halt Provinz«, feixte Gavius.

Die Abreise war für den nächsten Morgen vorgesehen, und so verbrachten die Reisenden die Nacht in einer Herberge am Hafen, die den Namen »Säulen der Weisheit« trug. Das Essen war schlecht, der Wein sauer, und die Mädchen, die sich den Fremden auf Schritt und Tritt anboten, waren so billig wie ihr Preis. Aphrodisius lehnte dankend ab, Gavius hingegen meinte, für zwei As könne man nichts verkehrt machen.

Müde schlich Aphrodisius in seine Kammer, ließ sich in Kleidern auf das Bett fallen, verschränkte die Arme hinter dem Kopf und starrte zur Decke. Das gesalzene Öl der Lampe verbreitete gelbgrünes Licht, und ihr schwarzer Qualm reizte den Atem. Noch immer hatte der Pompejaner Hersilias Tod nicht verwunden, und hätte zu Hause nicht der kleine Hersilius auf ihn gewartet, Aphrodisius hätte geglaubt, es sei alles nur ein Traum gewesen. Er hatte Hersilia geliebt und gehaßt, rasend und verzweifelt, und ihr Tod hatte ihn in tiefe Niedergeschlagenheit gestürzt. Daß er ihr seinen Reichtum verdankte, das wollte der Pompejaner nicht wahrhaben, denn sein eigenes Vermögen war mittlerweile größer als das ihre. Und doch war es so. Aber Reichtum macht blind, und er verändert den Charakter.

Kein Zweifel, Aphrodisius war ein anderer geworden. Und dazu hatte auch seine Verhaftung beigetragen. Dem Tode näher als dem Leben, bewegen dich Gedanken, die dir sonst fern sind. Du setzt dem Leben neue Maßstäbe, und dir selber setzt du Ziele, die du niemals zuvor kanntest. In dieser Nacht mit dem zu Tode Gefolterten in der stinkenden Zelle war in Aphrodisius der Entschluß gereift, Rache zu nehmen am Cäsar und seinen grausamen Hintermännern – aber nicht mit dem Schwert, wie es die römischen Verschwörer seit Jahren vergeblich versuchten! In dieser einsamen, unendlichen Nacht hatte der Pompejaner geschworen, sollte er das Tullianum je lebend verlassen, so würde er mit der einzigen Waffe kämpfen, die in diesem Reich der Verderbnis todbringend war, mit Geld. Denn Geld ist Macht, und Reichtum ist Herrschaft. Wer hatte das Sagen unter dem göttlichen Claudius, unter Caligula und Tiberius? Jene, denen das Geld im Säckel klang. Und meist waren es solche, die nicht reich geboren, sondern reich geworden waren.

Aber Reichtum und Macht haben vieles gemein. In bescheidenem Maße sind sie gut und erquickend wie das Wasser einer sprudelnden Quelle, im Übermaß jedoch gleichen sie dem Wasser des fernen Ozeans, das immer durstiger macht, je mehr man davon trinkt.

Aphrodisius schloß die Augen. Er hatte bereits gekostet vom salzigen Wasser des fernen Ozeans, und er war sich dessen bewußt. Er war sich auch bewußt, daß Geld und Reichtum an sich nichts Schlechtes sind, so wie das Messer, mit dem du die Reben beschneidest, nichts Schlechtes ist, nur weil du damit deinen Rivalen töten kannst.

Derlei Gedanken, sinnierte der Pompejaner, hätten meinen Herrn Serenus erfreut. Es waren die seinen. Ihm verdanke ich viel, er ist für mich eine Art Vorbild. Und sein Tod ist mir nach wie vor ein Rätsel, vor allem der Dolch mit dem seltsam geschwungenen Griff, dem ich nun schon mehrfach begegnet bin.

*Popidius Pansa*! Ja, Aphrodisius hörte deutlich, wie Serenus die Lippen bewegte. Der Staub von Pompeji stieg in seine Nase und der furchtbare Brandgeruch, und er erkannte das Lächeln, das letzte, mühsame Lächeln auf den Lippen des Patrons. Der Pompejaner schreckte hoch. Er saß mit weit aufgerissenen Augen auf seinem Lager, starrte an die mit einem einfachen Bord versehene gegenüberliegende Wand und flüsterte schreckensbleich: »Popidius Pansa, Popidius Pansa, bei allen Göttern Roms: Popidius Pansa!«

Der mißtrauische Händler aus der Unterstadt! Popidius Pansa! Aphrodisius glaubte, dem Karthager schon irgendeinmal begegnet zu sein, er glaubte, dieses abweisende Gesicht zu kennen, seine Art der Rede. »Popidius Pansa!« Die letzten Worte seines sterbenden Herrn Serenus. Was hatte dieser Pansa mit seinem Tod zu schaffen? Ein Karthager? Aber vielleicht war er gar kein Karthager? Hatte er ihn, den pompejanischen Freigelassenen, erkannt? War er deshalb so abweisend und mißtrauisch?

Er *mußte* eine Antwort finden!

Aphrodisius sprang auf, öffnete die Türe seiner Kammer und sah nach Gavius. Doch der ging noch seinem Vergnügen nach, und so beschloß der Pompejaner, einen Dolch im Gewand, sich alleine auf den Weg zu machen und den rätselhaften Händler aufzusuchen.

Bei Nacht wirkte Karthago noch verwirrender, undurchdringlicher und abweisender als bei Tage. Aphrodisius hatte ein paar markante Punkte, Säulen, Treppen und unförmige Häuser, im Kopf behalten und suchte den Weg durch die finstere Unterstadt. Mehr noch als Rom schien Karthago von Katzen bevölkert, und Aphrodisius stolperte an jeder Ecke über eines der geheiligten Tiere, die quäkend davonstoben und in irgendwelchen Löchern verschwanden. Unverständliche Rufe hallten durch die öden Gassen, und wenn ihm ein Schatten begegnete, was nur selten vorkam, so suchte der meist Schutz in einem Hauseingang oder einer Mauernische und wartete, bis Aphrodisius vorbei war.

Natürlich war es leichtsinnig, den Weg durch das nächtliche Karthago zu suchen, einer Stadt, die in dem Ruf stand, den Ädilen jede Nacht einen Mord zu vermelden; aber dieser rätselhafte Popidius Pansa trieb ihn dazu. Aphrodisius war sich nun ganz sicher, er kannte dieses Gesicht aus Pompeji, beim Jupiter – war Pansa gar der Mörder des Serenus?

Um sich selber Mut zu machen, sang Aphrodisius den alten Gassenhauer, den die Römer zu Geburtstagen zu singen pflegten und den jedes Kind kannte: »Mir steht schon neun Jahre und mehr noch ein Faß voll Albaner im Keller . . .«

Erst glaubte er an ein Echo von den kahlen Wänden der Häuser, doch dann bemerkte Aphrodisius, daß eine Stimme unmittelbar hinter ihm das Lied des Horaz mitsang. Er griff zum Dolch und drehte sich um. Eine dunkle Gestalt blieb schwankend stehen.

»Sing nur weiter, Zechgenosse«, lallte der Unbekannte mit schwerer Zunge. Von ihm ging keine Gefahr aus.

Aphrodisius trat näher: »Ein Römer, wie ich höre.«

»Du hörst richtig, Zechgenosse.«

»Ein trunkener Römer.«

Der andere atmete schwer, dann richtete er sich auf, als wollte er dem, was er sagte, mehr Nachdruck verleihen: »Was soll ein

Römer in dieser von allen Göttern verlassenen Stadt anderes tun als trinken, beim Bacchus.«

»Den Göttern sei Dank, daß ich dir hier begegne, ich suche einen Händler namens Pansa, einen Karthager. Ich traf ihn am heutigen Nachmittag, nun kann ich sein Haus nicht mehr finden.«

»Macht nichts«, lallte der andere und holte einen tiefen Rülpser hervor, »geh'n wir einen trinken, Römer.«

Da faßte ihn Aphrodisius an den Schultern und schüttelte ihn, als wollte er den Unbekannten zur Besinnung bringen: »Es ist wichtig für mich, hörst du, wichtig!«

»Pansa, sagst du, Römer?« Er dachte nach. »Ich kenne nur einen Pansa, Popidius Pansa; aber der ist kein Karthager. Er ist ein Pompejaner, noch nicht lange hier.«

»Wo wohnt er?«

Der Betrunkene zeigte in eine Richtung, entschied sich auf eindringliches Befragen dann aber für eine ganz andere, und Aphrodisius ging seinen eigenen Weg.

Er mochte mehr als eine Stunde durch das nächtliche Karthago geirrt sein, als Aphrodisius in der Dunkelheit die steinernen Treppen zu erkennen glaubte, die zu der Gasse führten, in der das Haus des Popidius Pansa lag. Die abweisende, fensterlose Hauswand, die eisenbeschlagene Eingangstür – der Pompejaner sah sich am Ziel.

Aber wie sollte er sich verhalten? Mitten in der Nacht? Sollte er sich als der Freigelassene des Serenus zu erkennen geben? Sollte er von Pansa eine Stellungnahme fordern, ihn unverblümt fragen, warum Serenus sterbend ausgerechnet seinen Namen genannt hatte? Oder sollte er ihn des Mordes bezichtigen an seinem Herrn Lucius Cäcilius Serenus?

Aphrodisius wußte es nicht, als er mit wuchtigen Faustschlägen Einlaß forderte. Er wußte nur, daß er diesem Popidius Pansa gegenübertreten mußte. Die Türe gab nach wie von unsichtbarer Hand geöffnet, und aus dem Inneren hörte man das unruhige Plätschern des Springbrunnens. Die Säulen zu beiden Seiten des Innenhofes schimmerten fahl.

»He da!« rief Aphrodisius, weil er nicht als Eindringling ertappt werden wollte. »He, da«, wiederholte er lauter, »wo ist der Türsklave, he da?«

Nichts – nur das Plätschern des Brunnens.

»Aphrodisius wünscht den Herrn des Hauses, Popidius Pansa, zu sprechen!« rief er laut. Aber auch diesmal kam keine Antwort. Da durchquerte der Pompejaner das Atrium und fand im rückwärtigen Teil des Gebäudes, wo für gewöhnlich die Cubicula lagen, alle Türen geöffnet. Als er in den ersten Raum blickte, fiel es ihm noch nicht auf, doch als Aphrodisius die Tür des zweiten Raumes aufstieß, sah er mit Verwunderung: alle Zimmer waren leer, ausgeräumt. Hastig rannte er von einem Raum zum anderen, leer, er kletterte über die steile Treppe in das obere Stockwerk, aber auch hier das gleiche Bild. Abfall und Unrat und Scherben von Geschirr, das in der Eile des Aufbruchs zu Bruch gegangen war. Popidius Pansa hatte sich abgesetzt.

Verwirrt ließ der Pompejaner sich auf einer Marmorbank im Atrium nieder. Aus der Ferne hörte man Klagelaute wilder Tiere, und vom Hafen her war das Rufen der Ruderknechte zu vernehmen, die ein Schiff auf das offene Meer manövrierten. Im Osten machte die Nacht bereits dem Morgengrauen Platz. Wie konnte sich ein Mann mit all seinem Hab und Gut, mit Dienern und Sklaven von einem Tag auf den anderen in Luft auflösen?

Aphrodisius mußte wohl eingenickt sein, denn er schreckte hoch, als die Haustüre aufgestoßen wurde. Im Dämmerlicht erkannte der Pompejaner eine weißgekleidete Gestalt, schön und ebenmäßig wie eine griechische Kore, dahinter tauchte ein buckliger Mann auf mit einer rußenden Fackel in der Hand. Der Alte leuchtete in das Atrium als wollte er der weißgekleideten Frau, denn um eine Frau handelte es sich, die Räumlichkeiten vor Augen führen, und diese reagierte auf seine Bewegungen, indem sie ein Büschel Ähren in einen Krug tauchte, den sie mit sich trug, und Wasser versprengte wie eine Priesterin.

Nachdem er das Spiel eine Weile beobachtet hatte, trat der Pompejaner aus dem schützenden Dunkel des Säulenumgangs hervor und gab sich zu erkennen.

»Du kannst das Haus mieten«, entgegnete der Bucklige, »sobald die Priesterin der Isis die Reinigung vollzogen hat.« Er hielt Aphrodisius die Fackel vors Gesicht. »Ein Römer, wenn ich mich nicht täusche.«

Aphrodisius nickte.

»Gesindel!« stellte der Alte fest. »Aber sie sind die einzigen, die die hohen Mieten noch bezahlen können. Karthago ist ein teures Pflaster, Fremder, du wirst es noch merken. Woher weißt du, daß es leersteht?«

»Zufall«, log Aphrodisius, »wie alles im Leben.« Und er schloß sich dem Buckligen und der Priesterin bei ihrem Rundgang an.

»Es konnte ihm nicht schnell genug gehen, von hier fortzukommen«, knurrte der Alte und blieb plötzlich stehen. »Man sollte sich seine Mieter doch besser ansehen. Ich hatte bei dem Pompejaner von Anfang an ein ungutes Gefühl.«

»Ein Pompejaner, sagtest du?«

»Er behauptete es jedenfalls. Vielleicht war dieser Pansa aber auch ein entsprungener Sklave, was kümmert es mich. Er zahlte pünktlich seinen Mietzins, alles andere ist mir egal.«

»Weißt du, wo dieser Pansa hin ist?« erkundigte sich Aphrodisius, während die Prozession sich wieder in Bewegung setzte.

»Heilige Mutter Isis«, schnaufte der Bucklige, »warum, glaubst du, hat er seine Zelte so überstürzt abgebrochen? Um unterzutauchen! Es wird schon seinen Grund haben, warum er Hals über Kopf verschwunden ist. Die Priesterin der Isis soll alles Unheil bannen, das in diesem Hause geschehen ist. Komme morgen wieder, wenn dir das Haus gefällt.«

Aphrodisius versprach es.

Der römische Senat nutzte die Abwesenheit des in Antium weilenden Cäsars zu einer Plenarsitzung in der Kurie, die die Julische hieß, seit der göttliche Julius Cäsar nahe dem *Comitium* und der *Rostra* einen Neubau errichtet hatte. Das Comitium war ein heiliger Bezirk – geheiligt wie der Boden des Tempels –, in dem die Römer ihre Volksvertreter wählten oder lautstark gegen die Macht des Senates protestierten. Von der Rostra hielten Politiker feurige Reden, und Rostra wurde die Steintribüne genannt, weil an ihr sechs ebenso genannte Schiffsschnäbel der Feinde befestigt waren, die der Konsul Gaius Maenius, ein Plebejer von Geburt, während des Latinerkrieges erbeutet hatte.

Über dem hohen Eingang der Kurie, dessen Bronzetüren so schwer waren, daß jeder Flügel nur von zwei Männern bewegt werden konnte, leuchteten vier goldene Buchstaben in der Morgensonne: SPQR. Das war die Abkürzung der Formel SENATUS POPULUSQUE ROMANUS und bedeutete »Senat und Volk von Rom«. Alle Beschlüsse, die hinter diesen schweren Türen, im Zentrum der Macht des römischen Imperiums, gefaßt wurden, nannten »Senat und Volk von Rom« als Urheber.

Nach dem Gesetz war es jedem Bürger erlaubt, vor dem erlauchten Forum der sechshundert Purpurträger zu sprechen – Purpurträger deshalb, weil nur Senatoren den breiten Purpurstreifen an ihrer Tunica tragen durften –, aber dies kam höchst selten vor, und wenn, dann wurden Plebejer meist als Zeugen geladen für irgendeinen Vorgang. Ansonsten blieben die Senatoren streng unter sich, eine geschlossene Gesellschaft aus Millionären, denn eine Million Sesterzen war das Mindestvermögen, das ein Senator haben mußte, ein Mandat, das der Vater auf den Sohn vererbte.

Die einsamen Entschlüsse der Cäsaren, die Grausamkeit eines Tiberius, die Willkür eines Caligula, die Willfährigkeit eines Claudius, hatten die Macht des römischen Senats stark beschnitten, und der göttliche Nero war den Senatoren so verhaßt, daß sie Sitzungen mieden, zu denen der Cäsar sein Erscheinen ankündigte. Der Grund für diese Abneigung lag in dem menschenverachtenden Umgang, den der Göttliche mit den Purpurträgern pflegte. Gestützt auf die Schlagkraft der Prätorianergarde befahl er, die ehrwürdigen Herren Millionäre zu seinen Gesangsauftritten im Theater auf dem Marsfeld zusammenzutreiben, ließ sie, von Beobachtern kontrolliert, Beifall klatschen bis zur Erschöpfung, und gebrauchte dreihundert von ihnen als lächerliche Statisten in einer Komödie, deren Hauptrolle er selbst übernahm.

Betraten die Senatoren die Kurie, so trugen sie ihren Namen in eine ausliegende Liste ein, die mit den Buchstaben ISF überschrieben war, und jeder nahm aus einer Schale ein Körnchen Weihrauch, warf es in eine Kohlenpfanne und bat so um göttliche Eingebung bei den anstehenden Entscheidungen. Die Abkürzung über der Namensliste bedeutete IN SENATU FUERUNT, »Im Senat waren anwesend«, wie überhaupt alles nach strengem Reglement ablief und von elf Schreibern aufgezeichnet wurde.

»*Patres conscripti!*« begann der alte Senator Gaius Fulvius, der schon fünf Cäsaren erlebt hatte, mit der Jahrhunderte alten Redeformel, die das »und« zwischen den Wörtern verschluckte, denn eigentlich lautete die Anrede vor dem Senat *Patres et Conscripti* – »Patrizier und Neudazugekommene«.

»*Patres conscripti!* Gaius Fulvius, ältestes Mitglied dieses Senats, hat euch zusammengerufen, weil das Reich in Gefahr ist. Wieder einmal droht die Gefahr aus dem Osten, wo seit jüngstem die Lunte des Bürgerkrieges glüht. Aber noch ist Cäsarea nicht befriedet, noch fordern die Leute von Jerusalem tagtäglich unsere Kohorten heraus, da erreichen uns neue Hiobsbotschaften aus Armenien und dem Reich der Parther zwischen Euphrat und Tigris . . .«

»Schickt Nero zu den Parthern!« unterbrach ein glatzköpfiger, wohlgenährter Senator die Rede, und eine Handvoll anderer stimmte ein und wiederholte endlos: »Nero zu den Parthern, Nero zu den Parthern, Nero zu den Parthern!«

Und Decidius, der für seine bissigen Zwischenrufe berühmt war, spottete: »Er kann ja am Ufer des Euphrat singen, dann laufen die Feinde kampflos davon!«

»Nero zu den Parthern, Nero zu den Parthern!« wiederholten die anderen im Chor.

»*Patres conscripti!*« nahm Gaius seine Rede wieder auf. »Wie ihr wißt, hat der göttliche Cäsar den Tigranes, Sohn des Alexandros, Urenkel des Herodes, zum König von Armenien gemacht . . .«

Es gelang Gaius nur mit Mühe, sich weiter Gehör zu verschaffen, denn der Name Tigranes löste bei den Senatoren ein wildes Durcheinander von Buh- und Spottrufen aus. »Dieser Tigranes«, fuhr der Senator fort, »hat im Übermut einen Stamm der Parther angegriffen und Vologaises, ihren König, in großen Zorn versetzt.

König Vologaises hat nun seinem Bruder Tiridates, der einst schon über Armenien herrschte, ein Diadem aufs Haupt gesetzt mit dem Auftrag, den Armenierkönig von römischen Gnaden zu vertreiben. Dies meldet uns Gnäus Domitius Corbulo, Statthalter von Syrien und Eroberer Armeniens, und Corbulo fordert dringend einen eigenen Feldherrn, denn wenn Vologaises in Armenien einbreche, sei auch die Provinz Syrien in Gefahr.«

Da erhob sich der angesehene Senator Ämilius, trat in die Mitte der Kurie, an deren Längsseiten die Sitzreihen der *Patres conscripti* aufgereiht waren, verschränkte die Arme auf dem Rücken und begann, während er – wie es Brauch war – mit weitausholenden Schritten auf und ab ging, zu reden: »Ich verrate euch, *Patres conscripti*, kein Geheimnis, daß Gnäus Domitius Corbulo, der Sohn des gleichnamigen Quästors der Provinz Asien, unser bester Feldherr ist. Er ist furchtlos wie ein Löwe und klug wie eine Schlange. In Germanien trieb er die eingefallenen Chauker zurück, er machte uns im Handstreich die wilden Friesen abhängig, er hätte die Grenzen des Nordens unter unsere Gewalt gebracht, hätte nicht Claudius Cäsar ihn an den Rheinstrom zurückbeordert. Ich frage euch, *Patres conscripti*, ist nicht ein Mann wie Corbulo der Geeignete, um den Parthern zu zeigen, wie stark der römische Arm ist, auch dreitausend Meilen von Rom entfernt? Deshalb stelle ich den Antrag, Corbulo zu beauftragen, er möge Tiridates entgegenziehen und Armenien vor der parthischen Herrschaft bewahren.«

Diesem Antrag widersprach Quintanus (dem man nachsagte, er zähle zu den erbittertsten Gegnern des Cäsars), indem er auf das Alter Corbulos hinwies, der dem sechzigsten Lebensjahr näher sei als dem fünfzigsten. Man dürfe den Bogen nicht überspannen. Corbulo habe vor fünf Jahren zum letzten Mal mit Waffen gekämpft. Ein Erfolg gegen die Parther würde Corbulo zugeschrieben werden, für eine Niederlage hingegen müßte der Senat geradestehen, weil er einen altgedienten Soldaten aus dem Ruhestand zurückgeholt und dem gefährlichsten Gegner ausgeliefert habe.

Quintanus' Worte fanden Zustimmung, aber auch harte Ablehnung; ja, der Senator wurde sogar verlacht wegen seiner Rede, weil jeder, der den Feldherrn kenne, eingestehen müsse, daß Corbulo trotz seines Alters ein besserer Stratege sei als Pätus, Otho oder Vespasianus. Und Quintanus mußte sich sogar die Frage gefallen lassen, ob er nicht vielmehr die Schlagkraft des Corbulo fürchte als dessen Gebrechlichkeit, denn ein Sieg Corbulos gegen die Parther stärke das Ansehen des Cäsars, während eine Niederlage die Zahl seiner Gegner vermehre.

In der Tat gab dieses Argument den Ausschlag, daß der Senat den Beschluß faßte, Lucius Cäsennius Pätus, genannt »Silberblick«, nach Armenien in Marsch zu setzen. Pätus war jung und galt als rechter Haudegen. Mit Hilfe der vierten, fünften und zwölften Legion sollte »Silberblick« den Parthern zeigen, wer Herr war in Armenien. Bundestruppen aus Pontus, Galatien und Kappadokien sollten Pätus bei seiner Aktion unterstützen.

Dafür fand sich eine ausreichende Mehrheit, und die Konsuln traten zum Altar der Siegesgöttin Victoria, der sich an der Stirnseite der Kurie befand, und häuften Weihrauch in ein Kohlebecken, daß beißender Qualm den Raum erfüllte und die Nasen reizte, und gemeinsam riefen sie die Worte: »Senat und Volk von Rom haben gesprochen. Es sei.«

Und die Senatoren wiederholten: »Es sei.«

Inmitten dieser zeremoniellen Handlung, bei der die Senatoren sich von ihren Sitzen erhoben hatten, wurde die Türe der Kurie aufgestemmt, und ein Sklave trat atemlos in die erlauchte Versammlung.

»Rom brennt«, rief er mit verzweifelter Stimme, »der große Circus, der Aventin, Cälius und Palatin stehen in Flammen!«

Einen Augenblick lang geschah nichts. Die Purpurträger standen wie gelähmt. Doch als die Kuriendiener die hohen Bronzetüren öffneten, als ein unerklärliches, gewaltiges Brausen in die Kurie drang, da stürzten die Senatoren in wilder Panik ins Freie. Brandgeruch schlug ihnen entgegen, und auf den Stufen der Kurie erkannten sie das Furchtbare: Ein gewaltiger Rauchpilz, wie man ihn noch nie gesehen hatte, stieg hinter dem Palast des Cäsars zum Himmel. Der Tag wurde verfinstert. Hornsignale stachen von allen Seiten in das Brausen des Feuers. Menschen, wie von Furien gehetzt, rannten schreiend über das Forum. Senatoren warfen sich betend zu Boden, andere stürzten über sie hinweg, sinnlos die Namen ihrer Angehörigen rufend. Lautstark näherte sich das Brausen, Unheil verkündend wie das Schlürfen der Charybdis.

*Neptun* und *Salacia*, die beiden Schiffe des Pompejaners, hielten Kurs nach Nordosten. Nach der Hitze des Tages, bei der die Sonne beinahe senkrecht auf das Deck brannte und der trockene mauretanische Wind die Kehlen ausdörrte, kam die Kühle der Nacht wie eine Erlösung.

Aphrodisius und sein Sklave saßen an Deck der *Neptun*. Mit dem Rücken an den Mast gelehnt, lauschten beide dem regelmäßigen Knarren der Taue. An Schlaf dachte keiner, zu sehr hatte sie das Geschehen des vorangegangenen Tages erregt, gefesselt und durcheinandergebracht. Denn Gavius wußte, als er von dem seltsamen Erlebnis seines Herrn erfuhr, sehr wohl um die Identität des geheimnisumwitterten Popidius Pansa; aber er kannte ihn nicht als Händler, sondern als Advocatus, und dem glaubte auch Aphrodisius schon im Hause seines Herrn Serenus begegnet zu sein, was die Sache nur noch rätselhafter machte.

Aphrodisius, der vor der Abfahrt aus Karthago Erkundigungen eingezogen hatte, ob Pansa den Hafen verlassen habe – denn mit all seinem Hab und Gut, das er mit fortgenommen hatte, konnte er für seine überstürzte Flucht nur den Seeweg wählen –, Aphrodisius erfuhr allseits nur gleichgültiges Kopfschütteln, einen Mann dieses Namens kenne man nicht, habe man nie gesehen, und jedes Schiff, das den Hafen verließ, sei registriert mit allen Passagieren. So war der Pompejaner zu dem Entschluß gelangt, die Spur des rätselhaften Advokaten in seiner Heimatstadt wieder aufzunehmen.

Popidius Pansa. Galten die letzten Worte des Serenus seinem Mörder? Welchen Zusammenhang gab es dann zwischen Pansa und den seltenen Dolchen, die in Rom aufgetaucht waren?

Während der Pompejaner schweren Gedanken nachhing, während der Steuermann im Rhythmus des wellenschlagenden Buges ein Lied zu Ehren Neptuns sang, des Rossebändigers und blaubärtigen Herrschers der Meere, während Gavius, von Müdigkeit übermannt, das Kinn auf die Brust sinken ließ, blickte Aphrodisius zum Himmel, auf den die Nacht ein myriadenhaftes Glitzern schrieb, ein einladendes, verheißungsvolles Leuchten, wie es nur die dunkle Weite des *Mare inferum* erlaubt. Die Sterne, von denen die Alexandriner behaupteten, sie trügen die Verantwortung für das Leben jedes einzelnen, was hehre Köpfe wie Seneca und Plinius mit glühenden Worten geißelten, die Mehrheit der Römer aber für wahr hielt wie den Ursprung der Hauptstadt *ab urbe condita*, diese blinkenden Gestirne mahnten einen griechisch erzogenen Mann wie Aphrodisius zum Glauben an die olympischen Götter, denen seine Seele wenig Vertrauen entgegenbrachte. Er mochte sich als gläubig bezeichnen, als einen, der die göttliche Lenkung menschlichen Handelns anerkannte, als religiös jedoch gewiß nicht, dafür trieben zu viele Priester ihr Unwesen mit apokalyptischen Drohungen und paradiesischen Versprechungen.

Doch hier auf den Wogen des Meeres, unter dem gestirnten Himmel, fühlte Aphrodisius sich dem Göttlichen näher als dort, wo es sich säulenumrankt und weihrauchverhüllt zeigte. War nicht Okeanos der Ursprung von allem? Homer nannte ihn so, den Fluß- und Meergott von unermeßlicher Zeugungskraft, in dessen Gewässern die griechischen Mädchen badeten vor ihrer Hochzeit, so daß man sagen konnte, die Menschen stammten von den Göttern ab. Von Okeanos nahm alles seinen Ursprung, strömend wie die Wasser des Bosporus, zurückfließend wie an den Säulen des Herkules, sich im Kreise drehend, kommend, gehend, ein unaufhörliches Geborenwerden und Sterben und Wiedergeborenwerden, endlos. *Panta rhei*, sagte Heraklit, »der Dunkle« genannt, weil viele seine Sprache nicht verstanden: »Alles fließt.«

Aber das ist nur eine Geschichte vom Anfang der Dinge. Eine zweite erzählten die Griechen von einem Vogel mit schwarzen Flügeln, der Nacht, die, vom Wind befruchtet, ein silbernes Ei ausbrütete, dem Eros entschlüpfte, der Gott der Liebe. Und eine dritte weiß Hesiod, der Dichter und Bauer vom Götterberg Helikon, der erzählte, der Anfang sei ein »großes Gähnen« gewesen, *Chaos* genannt. Doch auch ein Chaot sucht Abwechslung, und die fand das Gähnen an den hohen Brüsten Gaias, der Mutter Erde auf dem

Berge Olymp, eine lustvolle Verbindung, der wiederum Eros entsprang, der Glieder Lösende, der den Sinn aller Menschen beherrscht. Aber Chaos zeugte auch die Nacht, und die Nacht gebar den Tag. Mutter Gaia jedoch, unermüdlich in ihrer Gebärfreude, brachte das schäumende Meer hervor und die hohen Gebirge, vor allem aber den gestirnten Himmel, der ihr so gut gefiel, daß sie sich ihm hingab, was ungeahnte Folgen hatte wie einäugige Kyklopen, kraftstrotzende Titanen und Riesen mit hundert Armen und fünfzig Köpfen – welch abscheuliche Inzucht!

Der nächtliche Himmel aber war ein Spiegel, glänzender Widerschein menschlicher Leidenschaften und göttlicher Schwächen, von denen die Unsterblichen nicht frei waren. Sieh nur nach Norden, und du erkennst den Großen Bären mit seinem kleinen Sohn, dieses funkelnde Zeugnis ungezügelter Leidenschaft des Blitzeschleuderers und Herrn des Himmels, Zeus, der ständig Lust verspürte, sich zu verkleiden und unschuldige Mädchen zu verführen.

Der Unschuldigsten eine war die Nymphe Kallisto, wie ihr Name sagte, die Schönste von allen, weil sie geschworen hatte, jungfräulich zu bleiben. Nymphen aber reizten, wie man weiß, den lüsternen Zeus ganz besonders, und natürlich entkam auch Kallisto seinem Buhlen nicht, und Hera, des Zeus resolute Gemahlin, verwandelte, als sie beim Baden der Folgen ansichtig wurde, die Schöne in eine tapsige Bärin und trieb sie in die Wälder des Nordens, wo ein kleiner Bär zur Welt kam, den sie Arkas nannte. Lange Jahre irrte Kallisto durch die finsteren Wälder, besorgt um ihren Sohn Arkas. Als Zeus die Geliebte schließlich fand, da soll er geweint und sie und Arkas als den großen und den kleinen Bären an den nördlichen Sternenhimmel gesetzt haben.

Und blickst du nach Süden, so erstrahlt dir der helle Jäger Orion in einem Kranz von Gestirnen, bisweilen badend im Meer. Orion, der Sohn des Poseidon, haschte wie Zeus nach anmutigen Nymphen und geriet dabei an die sieben Töchter des Atlas, der das Himmelgewölbe stützt mit kräftigen Armen. Sieben Jahre jagte Orion die Plejaden genannten Atlas-Töchter, bis diese, zu Tode erschöpft, ihre Jagdgefährtin Artemis zu Hilfe riefen, die sich der sieben erbarmte und sie in sieben Sterne verwandelte.

Aber wie das Leben spielt. Artemis, selbst Göttin der Jagd und des Naturlebens, verliebte sich in den wilden Jäger, der drohte, alle Tiere der Welt auszurotten, worin ihr Zwillingsbruder Apollon eine Schande für das Göttergeschlecht erkannte. Und weil selbst Götter gegen die Liebe vergebens ankämpfen, und als Schelten und mahnende Worte keinen Widerhall fanden, ersann der Bruder eine List: er forderte Artemis zu einem Wettschießen mit Pfeil und Bogen, mit denen die Jägerin bewundernswert vertraut war. Als Ziel diente ein dunkler Punkt über dem Horizont des Meeres, den Artemis mit dem ersten Schuß traf. Doch dann eröffnete ihr Apollon, sie habe den Kopf des Geliebten getroffen, der badend im Meer schwamm. In rasender Trauer vergoß Artemis Flüsse von Tränen, und sie heftete Orion als Stern an den Himmel, mit Keule und Schwert und sittsam gegürtet, doch manchmal, wenn seine Zeit gekommen ist, sieht man nur seinen Kopf über dem rauschenden Meer – wie ihm einst die Geliebte begegnete.

»Herr, so wache doch endlich auf!« Von weither vernahm Aphrodisius die Stimme des Sklaven. Nur langsam kehrte Leben in seine schlaffen Glieder zurück. Gavius schüttelte ihn an den Schultern: »Aufwachen, Herr, ich bitte dich!«

Unwillig und mit der abweisenden Grimasse, die jeder Träumer jedem Störenfried darbietet, erkannte Aphrodisius den dämmernden Tag und schalt Gavius einen Rüpel mit zweifelhaften Manieren, Rom sei noch weit.

Der aber ließ nicht nach in seinem Bemühen, den Schläfer wachzuschütteln, rief lautstark, daß Aphrodisius die Hände gegen die Ohren preßte, die latinische Küste komme in Sicht, er solle in Augenschein nehmen, welch drohendes Unheil zu erkennen sei.

Unheil? Aphrodisius richtete sich auf, rieb sich hastig die Augen wie Hypnos, der Gott mit dem Schlummerhorn, und blickte nach Norden. Aus der Dämmerung tauchte das Land, farblos und flach wie ein Feigenblatt, doch über dem Streif hing finsteres Verhängnis, der schwarze Atem eines Ungeheuers.

Rom! Der Steuermann nickte und wies mit der Rechten in Richtung der dunklen Wolke. Aphrodisius sah seinen Sklaven fragend an. Gavius schwieg.

»Mehr Fahrt!« herrschte der Pompejaner den Steuermann an.

»Mehr Fahrt«, wiederholte der Steuermann tonlos.

Der Rauchpilz wuchs, je näher sich die Schiffe der Küste näherten. Nun, da die Sonne über dem Festland aufging, wirkte der verfinsterte Himmel noch drohender. Schon konnte man den Hafen von Ostia erkennen, die riesigen Vorrats- und Lagerhäuser, die hohen Masten der Segler, und vom Mast eines auslaufenden Schiffes, das ihnen begegnete, rief der Matrose durch seine hohlen Hände: »Rom brennt, seit sechs Tagen!«

»Jupiter sei mit uns!« Gavius fiel auf die Knie nieder und begann zu beten, und Aphrodisius klammerte sich an die Reling und wiederholte: »Rom brennt, seit sechs Tagen.«

Im Hafen von Ostia herrschte unüberschaubares Chaos. Tausende, die dem Flammeninferno entkommen waren, drängten, ihre wenigen Habseligkeiten auf dem Rücken gebündelt, zu den Schiffen am Kai, weil sie unter dem Schock des Erlebten fürchteten, die Flammen würden auch auf die Hafenstadt übergreifen. Hafenaufseher knüppelten die rußgeschwärzten, angesengten, dem Orcus entkommenen, schreienden, weinenden Römer zurück; viele stürzten ins Wasser, Verletzte fielen von ihren Bahren und wurden zu Tode getrampelt, es stank nach Rauch und nach Blut, an ein Anlegen der Schiffe war nicht zu denken.

Aphrodisius gelang es zusammen mit seinem Sklaven, auf ein am Kai liegendes Schiff zu springen, die *Neptun* und *Salacia* drehten ab und gingen in Sichtweite vor Anker. Wie Ringer in der Palaistra arbeiteten Aphrodisius und Gavius sich durch das Menschengewühl. Einem Fuhrmann mit Maultier bot der Pompejaner hundert Sesterzen, damit er sie nach Rom bringe; doch der lachte nur: Das Doppelte habe man ihm schon geboten und er habe abgelehnt. Da packte Aphrodisius den Kerl mit beiden Händen am Hals, würgte ihn, daß sein Kopf rot anlief, und schrie: »Du bekommst dreihundert Sesterzen, du Sohn einer Hure aus dem Lupanar, und jetzt gibst du deinem Maultier die Peitsche, verstanden!«

Aphrodisius und sein Sklave sprangen auf den zweirädrigen Karren, und der Fuhrmann peitschte das Maultier in Richtung der

Stadt. Menschen mit angesengten Haaren, klagende Frauen mit ihren Kindern auf den Rücken, singende Greise, die in dem Inferno den Verstand verloren hatten, kamen ihnen entgegen. Rom war nie eine Stadt für feine Nasen, aber nun mischte sich, je mehr sie sich im polternden Wagen der Stadt näherten, der allgegenwärtige Fäkalgestank mit dem penetranten Geruch verkohlten Fleisches, und eine Hitzewolke schlug ihnen entgegen.

Er habe, klagte der Fuhrmann, den Vater in den Flammen verloren im dritten Bezirk, aber Frau und Kinder seien in Sicherheit dank der Fürsorge des Cäsars, der die Gärten des Mäcenas geöffnet und Zelte und Lebensmittel habe herbeischaffen lassen.

Und der Aventin, der dreizehnte Bezirk?

Der Fuhrmann machte eine Handbewegung, als wollte er sagen, o weh, der Aventin!

Gavius sah seinen Herrn an. Aphrodisius ließ den Kopf hängen. Wen die Götter straften, den machten sie in jungen Jahren zum Witwer; sollte er nun auch noch sein Kind verloren haben?

Am Circus Maximus, so war zu vernehmen, sei das Feuer ausgebrochen, in den Bretterbuden der Händler und Verschlägen der Bordelle, und die Feuerwehr, die in Rom tagtäglich im Einsatz war, habe dem Brand zunächst wenig Bedeutung geschenkt. Als die Flammen dann aber auf die zweistöckige Holztribüne des Circus übergegriffen hätten, sei es bereits zu spät gewesen, und im Nu hätten sie auch den Palatin erreicht und den Palast des Cäsars eingeäschert. Nur den Tempel des Apoll habe das Feuer verschont. Der dritte, zehnte und elfte Bezirk der Stadt, welche die Namen Isis und Seraphis, Palatin und Circus Maximus trugen, lägen in Schutt und Asche, sieben weitere seien stark zerstört, nur vier Bezirke hätten das Inferno schadlos überstanden: Porta Capena, der erste, Esquilin, der fünfte, Alta Semita, der sechste, und Transtiberim, der vierzehnte Bezirk.

Daß in jenem Bezirk seine Webereien lagen, nahm der Pompejaner beinahe gleichgültig wahr, der Gedanke an das Schicksal seines Sohnes ließ ihn verzweifelt hoffen. Und als in der Ferne die Pyramide des Prätors Cestius auftauchte, der zur Zeit des göttlichen Augustus sich dieses Grabmal errichtet hatte, da brach Aphrodisius in Tränen aus. Rauchende Trümmerhaufen, wohin er auch blickte, verkohlte Bäume, ihres Laubes entkleidet, Holzbalken, zum Himmel ragend wie der Arm eines verschütteten Riesen, eines gefallenen Molochs, der einmal Rom genannt wurde.

Hier und da züngelten noch kleine Flammen, Rauch mischte sich mit dem Staub der Ruinen. Die Menschen, denen sie begegneten, preßten feuchte Tücher vor Mund und Nase, und die Zahl derer, die scheinbar ziellos umherirrten, wuchs, je näher sie dem ostiensischen Tor kamen. Kurz vor dem Tor mündete die Straße nach Ostia, die den größten Teil des Weges dem mit Brandunrat beladenen Flußlauf des Tiber gefolgt war, in die Appische Straße, auf der Tausende nach Süden drängten, in eine ungewisse Zukunft.

Zwei Jahre waren vergangen, seit Aphrodisius mit seinem Sklaven hier die Mauern der Stadt erreicht hatte. Zwei Jahre, ein Augenblick im Leben vieler Menschen, im Leben des Pompejaners war es ein neues Sein. Damals, ein fortgejagter Freigelassener mit tausend Sesterzen im Säckel, erwartungsvoll, ängstlich, ein Jüngling, sein Unglück bejammernd, heute ein Mann, furchtlos, illusionslos, und wieder beklagte er sein Schicksal – wo lag der Unterschied?

»Bei meinem Leben!« – Der Fuhrmann weigerte sich, den Karren in die Stadt zu lenken, aus Furcht vor herumvagabundierenden Plünderern; ein Maultierkarren sei in diesen Tagen mehr wert als eine Herde Elefanten. So suchten die beiden zu Fuß ihren Weg. Sie hatten keine Augen für die verwesenden Leichen am Rande der Via Ostiensis, die zum Circus führte, auch die Kinder, die vor den Trümmern eingestürzter Häuser nach ihren Müttern riefen, hörten sie nicht, sie beachteten nicht einmal die rußgeschwärzten Gestalten, die sich irgendwo an ihre Fersen geheftet hatten und erst abließen, als Aphrodisius und sein Sklave den Aventin bergan ihren Lauf beschleunigten. Hier fanden sie noch aufrecht stehende Ruinen, bisweilen sogar nur leicht beschädigte Häuser vor.

Das Haus des Aphrodisius zählte zu den wenigen, die den Stadtbrand wie durch ein Wunder mit geringen Schäden überstanden hatten. Als Gavius das erkannte, puffte er den Pompejaner in die Seite. Im Näherkommen erkannten sie Sklaven des Hauses, die das Gebäude zu bewachen schienen.

»Wo ist Hersilius?« fragte Aphrodisius atemlos.

Unter den Sklaven entstand ein freudiges Geschrei, weil der Herr, den man verschollen glaubte, zurückgekehrt war, Mercurius sei Dank. Der Pompejaner aber packte den nächsten in höchster Erregung, schüttelte ihn wie einen Baum mit reifen Früchten und brüllte: »Wo Hersilius ist, will ich wissen, wo ist er?«

Der Aufsehersklave trat hinzu und antwortete entschuldigend, Urgulanilla, die Amme, habe das Kind aufs Land gebracht, es gehe ihm gut; er selbst solle sich ebenfalls nach Baiä begeben, bis alle Schäden des Brandes beseitigt seien, Rom sei kein Pflaster für einen Patronus, nur Sklaven, Strauchdiebe und Leichen seien derzeit hier zu finden. Dann küßte er ihm die Hand.

»Und die Webereien?« fragte Gavius.

»Die?« erwiderte der Aufsehersklave. »Transtiberim und das Marsfeld blieben verschont, es wird weitergearbeitet.«

Aphrodisius und sein Diener sahen sich an. Keiner brachte ein Wort hervor, und sie fielen sich weinend in die Arme und beschlossen, den Weg nach Baiä zu nehmen. So war von einem Augenblick auf den anderen für Aphrodisius alles ganz anders – wie alles im Leben von einem Augenblick auf den anderen ganz anders sein kann. Denn das Schicksal nimmt nichts, was es nicht gegeben hat.

Der Brand zerstörte Rom zum fünften Teil. Obwohl es Augenzeugen gab, die beschworen, der Brand sei am großen Circus ausgebrochen, wo die Ärmsten der Armen ihre Läden hatten, hielt sich hartnäckig das Gerücht, der Brandherd habe vom ämilianischen Grundstück des Tigellinus seinen Ausgang genommen, und der Prätorianerpräfekt habe den Löschmannschaften den Zutritt verwehrt, als ob er wünschte, daß das Feuer die Stadt einäschere. Auch wollten Prätorianer gesehen haben, wie der Cäsar, der am dritten Tage des Feuers aus Antium zurückkehrte, im hohen Palast des Mäcenas auf dem Esquilin die Leier rührte und die Zerstörung Trojas besang. Tatsache ist, daß das Großfeuer fünf Tage und fünf Nächte raste, und vielleicht hätte es ganz Rom in Schutt und Asche gelegt, hätten nicht die Löschmannschaften am fünften Tag ringförmige Schneisen um das Feuer gelegt, indem sie ganze Häuserzeilen einrissen, mit Wasser aus den Aquädukten überschwemmten und so den Flammen die trockene Nahrung nahmen.

Unter den Gebäuden, die diesen Rettungsmaßnahmen zum Opfer fielen, war ein Dutzend Getreidespeicher der Stadt, deren Inhalt die Flammen geschürt hätte, nach Schleifung der Gebäude aber unbrauchbar wurde, so daß eine Hungersnot drohte. Für einen Scheffel Weizen verlangten die Händler bis zu zehn Sesterzen, und der Cäsar glaubte einen klugen Schachzug zu tun, indem er die Vorratshäuser in Ostia öffnete und den Getreidepreis auf drei Sesterzen festsetzte. Doch nun bewahrheiteten sich die Gerüchte, daß die Vorräte für eine Million Römer kaum länger als eine Woche ausreichten, und dem Befehl des Göttlichen zum Trotz wurde Weizen bis zu zwanzig Sesterzen gehandelt.

Mercurius auf allen Wegen! Aphrodisius konnte von Glück sagen, daß er in Karthago zwei Lagerhäuser Weizen geordert hatte, und er ließ seine Schiffe so schnell wie möglich entladen, um das Getreide aus Africa herbeizuschaffen. Gavius überwachte den Transport. Er selbst ließ sich bei Tigellinus melden, der im Auftrag des Cäsars die Notstandsmaßnahmen koordinierte.

»Ich hätte nicht gedacht, daß wir uns so schnell wieder begegnen!« griente der Prätorianer verlegen. Er hielt im Palast des Mäcenas Hof, der seit den Zeiten des göttlichen Augustus dem Kaiserhaus gehörte; denn Gaius Cilnius Mäcenas, ein vornehmer Römer aus etruskischem Adelsgeschlecht, war ein steinreicher Freund des Cäsars, ein Förderer großer Dichter wie Vergil und Horaz und von solchem Einfluß, daß er in Abwesenheit des Cäsars von Rom sogar dessen Stelle vertrat.

»Nicht dir gilt mein Kommen«, erwiderte der Pompejaner kühl, »sondern meinen Geschäften.« Tigellinus stutzte. Das war ein anderer Aphrodisius als der, dem er zum ersten Mal begegnet war. »Du siehst«, fuhr Aphrodisius fort, »keine Frucht hängt zu hoch, als daß sie nicht eines Tages reif würde, um zu fallen.«

»Was willst du?«

Die Stimme des Pompejaners klang zornig: »Wollen? Nichts!

Aber ich mache dir ein Angebot, das dir und deinem Kaiser willkommen sein dürfte. Die Römer sind ungehalten, wie du weißt, weil der Göttliche die Gesetze mißachtet und die Vorräte kleingehalten hat, obwohl eine Reserve von sechs Wochen vorgeschrieben ist.«

»Du handelst mit Wollstoffen, soviel ich weiß«, drängte der Prätorianer.

»Ich handle mit allem, was meine Schiffe tragen!« antwortete Aphrodisius. »Zum Beispiel auch mit Weizen.«

»Es gibt genug Weizen zu kaufen in Alexandria, in Karthago und in Kilikien. Die Flotte in Misenum wird in den nächsten Tagen auslaufen . . .«

». . . und in zwei Wochen zurückkehren und eine halbverhungerte Stadt vorfinden und Menschen, die den Aufstand proben wie einst Spartacus, und vielleicht werden du und dein Cäsar dann nicht mehr hier sein, weil sie euch vertrieben haben wie räudige Hunde.«

Der Prätorianer tat einen Schritt auf Aphrodisius zu, als wollte er auf ihn losgehen, doch als er die furchtlose Haltung des Pompejaners erkannte, blieb er stehen und fragte mit verstellter Stimme: »Wieviel hast du anzubieten, Pompejaner? Und vor allem wann?«

»Zweihunderttausend Scheffel. Morgen.«

»Morgen? Beim Mercurius, ist das die Wahrheit?«

Aphrodisius nickte. »Meine Schiffe sind nach Ostia unterwegs, sie werden morgen eintreffen.«

»Und der Preis?«

»Zwanzig Sesterzen pro Scheffel.«

»Zwanzig Sesterzen? Du bist verrückt, Pompejaner. Du weißt genau wie ich, daß der Cäsar den öffentlichen Getreidepreis auf drei Sesterzen festgeschrieben hat.«

Aphrodisius lachte unverschämt: »Das ist Sache des Cäsars, und der Göttliche soll von seinem Volke auch nicht mehr verlangen als drei Sesterzen, aber ich verlange vom Cäsar zwanzig Sesterzen.«

»Die Götter werden deinen Hochmut strafen!« schimpfte Tigellinus.

Und der Pompejaner antwortete: »Das ist Sache der Götter. An jeder Straßenecke zahlt man mir zwanzig Sesterzen, und in ein paar Tagen, wenn die Vorräte zur Neige gehen, wird es noch mehr sein. *Salve*, Tigellinus!«

»Halt, halt!« warf der Prätorianer ein. »Ich habe keine andere Wahl.«

»Ich weiß«, sagte Aphrodisius. »Morgen um dieselbe Zeit: Vier Millionen in *Aurei*.«

Dieses Geschäft tätigte der Pompejaner am vierten Tag vor den Kalenden des dem göttlichen Cäsar Augustus geweihten Monats, im zehnten Jahr der Regierung des göttlichen Nero. Aphrodisius machte einen Gewinn von dreieinhalb Millionen Sesterzen. Zugleich verdoppelte sich der Umsatz seiner Webereien, weil Zehntausende bei dem Brand ihre Kleider verloren hatten.

Serenus hatte ihn gelehrt, daß Geld Macht sei, und dieser Gedanke faszinierte den Pompejaner mehr und mehr.

# 7

Verlassen hatte er die Stadt wie ein Dieb im Morgengrauen, und Aphrodisius selbst hatte wohl zu allerletzt geglaubt, daß er in einem von Pferden gezogenen Wagen zurückkommen würde, vornehm gekleidet wie ein Herr und mit dem Selbstbewußtsein eines wohlhabenden Geschäftsmannes. An der Straße der Gräber vor dem Herculaneischen Tor ließ er anhalten, um nach dem Grabmal des Serenus zu sehen. Er fand es ungepflegt, beinahe verwahrlost, und wandte sich der Stadt zu.

Seit er diesem Popidius Pansa begegnet war, dessen Namen Serenus sterbend gemurmelt hatte, seit dem rätselhaften Verschwinden dieses Mannes, war der Pompejaner besessen von der Idee, das Geheimnis zu ergründen, welches Pansa mit sich herumtrug. Damals in den Wirren des Erdbebens schien es unerheblich, ob sein Herr durch die Katastrophe oder durch Mörderhand umgekommen war; Serenus war tot, und dieser Tod sollte das Leben seines Sklaven verändern. Was Aphrodisius nie verstanden hatte, war die scheinbare Gleichgültigkeit, mit der Fulvia dem Tod ihres Mannes begegnet war, und die Eile, mit der sie ihn an die Luft gesetzt hatte, obwohl ihr niemand bei der Abwicklung der Geschäfte besser hätte behilflich sein können als er.

Sein erster Weg führte den Pompejaner auf das Forum, und stimmten ihn auch die gebrochenen Säulen des Jupiter-Tempels und das Flickwerk des Apollon-Heiligtums traurig, so empfand er Freude über den Wiederaufbau anderer Gebäude. Die Kurie, flankiert vom Haus der Ädilen zur Rechten und dem der Duumviri zu Linken, strahlte in neuem Glanz, noch prächtiger als zuvor die Halle der Eumachia, und sogar das Macellum, wo er zur Zufriedenheit aller die Standmieten eingetrieben hatte, war wieder aufgebaut. Das alles war kleiner, überschaubarer als in Rom und vermittelte den Eindruck von Harmonie und Ausgeglichenheit. In den Gesichtern der Menschen konnte man weit weniger Angst und Mißtrauen lesen als in denen der Römer, und Aphrodisius begann zu begreifen, warum Pompeji die »Perle Campaniens« genannt wurde.

So wie das Erdbeben das Gesicht der Stadt verändert hatte – aus den Ruinen erstanden meist größere und kunstvoller gestaltete Häuser als früher, andere wurden überhaupt nicht mehr aufgebaut, um Straßen und Plätze zu verbreitern –, so hatten sich auch die Menschen verändert. Es fiel auf, daß viele Ausländer die Stadt bevölkerten, Kunsthandwerker aus Ägypten und Achaia und Scharen von Sklaven. Ihre fremden Sprachen hallten in den Straßen, und das fremde Aussehen und ihre ungewohnte Bart- und Haartracht verliehen Pompeji ein exotisches Erscheinungsbild. Kannte Aphrodisius nur noch wenige Gesichter, so erkannten die Pompejaner ihn überhaupt nicht. Zu sehr hatte er sich verändert.

Auf der Suche nach einem Menschen, dem er vertrauen konnte, begab Aphrodisius sich zu seinem Schulmeister Saturnius in der Straße nach Nola, und er empfand Freude, den Greis lebend zu treffen. Der weißbärtige Mann vergoß Tränen wegen des unverhofften Wiedersehens und zeichnete dem Pompejaner mit dem Daumen ein Kreuz auf die Stirne. Auf die Frage des Besuchers, welches Symbol diese Handlung bedeute, antwortete Saturnius, das Kreuz sei das Zeichen des Jesus, der unter Tiberius gekreuzigt wurde, und er sei ein Jünger dieses Jesus.

Aphrodisius erinnerte sich des Tarsiers, unter dessen Berührung Fabius Eupor die Kraft seiner lahmen Beine wiedererlangt hatte, und fragte, ob dies den Ausschlag gegeben habe für seinen Glaubenswechsel. Saturnius nickte und bekannte, er habe in diesem Glauben Trost gefunden und Glück, nach dem er ein ganzes Leben vergeblich gesucht habe. Im übrigen habe sich bereits eine ganze Gemeinde um Eupor geschart, und täglich kämen neue Mitglieder hinzu.

»Kennst du Popidius Pansa?« erkundigte Aphrodisius sich unvermittelt.

»Den Advokaten?« fragte Saturnius zurück, und als der Besucher bejahte, antwortete der Alte: »Er verschwand nach dem Beben aus der Stadt. Und ließ seine Frau zurück. Was ist mit ihm?«

»Du kannst schweigen?« fragte Aphrodisius, und das klang beinahe wie eine Drohung. »Serenus, mein Herr, der mir die Freiheit geschenkt hat, starb bei dem Erdbeben im achten Jahr der Regierung des Cäsars.«

»Die Duumviri schätzten, daß damals tausend Menschen ihr Leben verloren«, bemerkte Saturnius.

»Nur starb Serenus nicht durch das Beben . . .«

»Sondern?«

»Er wurde mit einem Dolch ermordet.«

Der Greis setzte sich und schlug ein Kreuzzeichen. »Das ist eine furchtbare Behauptung, mein Sohn. Woher willst du das wissen?«

»Ich habe es selbst gesehen, ich habe selbst den Dolch aus seinem Hals gezogen. Dabei lebte Serenus noch, aber kurz, bevor er starb, nannte er einen Namen: Popidius Pansa.«

»Der Herr möge ihm vergeben.«

»Saturnius«, sagte der Pompejaner ernst und trat nah an den Alten heran, »ich beschuldige niemanden, aber ich muß wissen, was es mit diesem Pansa auf sich hat!«

»Er wird nach Rom gegangen sein. Dort ist schon mancher untergetaucht.«

»O nein, Saturnius, Pansa ist nicht in Rom, er setzte sich nach Karthago ab. Dort begegnete ich ihm als biederem Geschäftsmann. Aber erst, als ich fort war, fiel mir ein, daß ich diesen Mann kannte. Ich ging zurück in sein Haus – das Haus war verlassen. Da wußte ich, daß irgend etwas nicht stimmte.«

Saturnius strich über seinen weißen Bart, er dachte nach, dann sagte er kopfschüttelnd: »Popidius Pansa galt als ehrenwerter Mann, warum sollte er Serenus umbringen?«

Aphrodisius lachte gequält: »Rom ist voll von ehrenwerten Männern, und trotzdem morden sie wie ganz gemeine Verbrecher. Je höher ihr Amt, desto perfider ihr Verbrechen!«

In Begleitung des alten Saturnius machte Aphrodisius sich auf die Suche nach Spuren, die Pansa hinterlassen hatte. Sein Haus in einer Seitenstraße der Straße der Thermen wurde inzwischen von einem römischen Veteranen bewohnt, der es kurz nach dem Erdbeben gekauft hatte. Die Besitzerin sei unverschuldet in Not geraten.

Ob ihm bekannt sei, wo sie sich aufhalte?

Das wisse er nicht, sagte der altgediente Soldat; er habe jedoch gehört, daß sie als Fischweib bei Scaurus ihren Lebensunterhalt verdiente, ein beklagenswertes Schicksal.

Man mußte nur der Nase nachgehen, um zu der Fischsoßen-Fabrik des Marcus Umbricius Scaurus zu gelangen. Dort verrichtete Popidia, die verlassene Frau Pansas, niedere Dienste, salzte Fischinnereien und andere Abfälle und mischte sie zu einem stinkenden Brei.

Sie schien verbittert. Den Aufenthaltsort ihres Mannes kenne sie nicht, er sei vor zwei Jahren verschwunden – über Nacht. Nein, er habe ihr keinen Scheidebrief gesandt, und sie sei sicher, daß er eines Tages zu ihr zurückkehren werde. Warum Aphrodisius das alles wissen wolle?

Er sei Pansa in Karthago begegnet, erwiderte der Pompejaner, ohne die Frage zu beantworten, habe ihn dann aber aus den Augen verloren.

Das unverhoffte Lebenszeichen machte die Frau gesprächig, und sie erzählte, daß Pansa stets freizügigen Umgang mit Frauen gepflegt habe, sie nannte sogar Namen, die Aphrodisius nicht kannte, bis auf einen: Fulvia, die Witwe des Serenus. Fulvia und Pansa? Was wußte Fulvia?

Von Scaurus, der sich verwundert zeigte über den Aufstieg des Pompejaners, erfuhr Aphrodisius, daß der Cäsar von Poppäa Sabina fordere, ihr pompejanisches Landgut zu verkaufen, die Priesterin Eumachia habe als einzige Interesse gezeigt, weil sein Erhalt viel koste, aber wenig einbringe.

Nun kannte Aphrodisius von seiner Tätigkeit in Poppäas Diensten die Bilanzen dieses Landgutes; er wußte, daß der Verwalter Silanus ein Betrüger war und die Besitzungen an den Hängen des Vesuv gut den doppelten Gewinn einfuhren, den Silanus angab. Deshalb suchte er den Verwalter auf, um sich nach dem Preis zu erkundigen.

Er haßte Männer wie diesen Marcus Silanus, denen Falschheit und Gaunerei ins Gesicht geschrieben standen, und deshalb ließ Aphrodisius sich auf keine Diskussion ein, als der Verwalter beteuerte, das Landgut sei praktisch schon verkauft; Eumachia habe eine Million und zweihunderttausend Sesterzen geboten.

»Hör zu«, sagte Aphrodisius und trat vor Silanus hin, daß dieser ängstlich zurückwich, »melde deiner Herrin, Aphrodisius biete eine

Million Sesterzen, schicke noch heute einen Boten nach Rom, ich warte am dritten Tage auf Antwort.«

»Eine Million!« lamentierte der Verwalter. »Herr, es ist unmöglich, weil die Priesterin zweihunderttausend Sesterzen mehr bietet.«

». . . die in deine Tasche fließen, Silanus, dich kenne ich. Eine Million, und kein As mehr!«

Marcus Silanus hob die Hände zum Himmel wie zum Gebet: »Eumachia wird mich verfluchen, sie wird mich strafen, Eumachia ist eine harte Frau, die Götter mögen mir helfen!«

»Laß die Götter aus dem Spiel«, erwiderte Aphrodisius, »und glaube mir, Aphrodisius ist härter als Eumachia. Hast du nicht Geld angenommen, um Octavia zu töten?«

»Du weißt, daß nicht ich es war, der Octavia getötet hat, Herr!«

»Ich weiß, wie viele Sesterzen du erhalten hast, Verwalter!« Die Worte des Pompejaners klangen, als spucke er aus.

»Ich habe das Geld bis auf das letzte As zurückgezahlt, ich schwöre es, bei meiner rechten Hand.«

». . . um es Poppäa bei der nächsten Abrechnung wieder abzunehmen, Hundesohn.«

Da fiel Marcus Silanus vor Aphrodisius nieder. Er umfaßte seine Knie und flehte um die Gunst des Pompejaners. Drei Tage später war Aphrodisius Besitzer des größten Landgutes von Pompeji.

»Zerrt den Cäsar vor die Löwen!« riefen die Römer, die in Scharen das Forum erstürmten, um ihrem Unmut Luft zu machen. Viele trugen noch immer angesengte Kleider, weil sie kaum mehr als ihr Leben aus den Flammen gerettet hatten.

»Zerrt den Cäsar vor die Löwen!« hallte es aus allen Richtungen; denn seit bekannt geworden war, daß der göttliche Nero im Anblick des brennenden Rom zur Leier gesungen habe, ging das Gerücht durch die Straßen der Stadt, der Cäsar selbt habe den Auftrag gegeben, Rom anzuzünden; nach Antium sei er nur deshalb gereist, um jeden Verdacht von sich zu lenken. Als Nero gar durch Herolde verkünden ließ, er werde die Stadt innerhalb eines Jahres neu aufbauen, schöner und prächtiger als je zuvor, und diese Stadt solle

Neropolis heißen, weil ja auch der göttliche Julius, Augustus und sogar seine Mutter Agrippina Städte mit ihrem Namen erbaut hätten, da sahen sich all jene, die den Cäsar der Brandstiftung bezichtigten, vollends bestätigt.

»Zerrt den Cäsar vor die Löwen!« Immer lauter wurden diese Rufe, und sie machten selbst vor dem Palast des Mäcenas nicht halt, wo der Göttliche sich aufhielt. Tigellinus erkannte die Notwendigkeit, einen Brandstifter zu finden, denn solange es keinen Schuldigen gab, würden die Gerüchte um den Cäsar nicht verstummen.

Wer kam für eine solche Tat in Frage? Boten sich dazu nicht die Mitglieder jener Sekte, die sich Christen nannten und die römischen Götter leugneten wie die Juden, geradezu an? Tigellinus beschwor, mit eigenen Augen gesehen zu haben, wie diese Christen sich tanzend durch das brennende Rom bewegt und lachend verkündet hätten, das Reich ihres Gottes sei gekommen.

Und da Nero nichts mehr fürchtete als einen Rivalen, der ihm die Macht streitig machte, erklärte er die Christen zu Staatsfeinden und Religionsfrevlern, und die bestehenden Zwölftafelgesetze genügten, sie mit dieser Anklage zu verfolgen und zu verurteilen. Da traf es sich gut, daß der Circus Flaminius auf dem Marsfeld den Brand heil überstanden hatte.

»Zerrt die Christen vor die Löwen!« gellte es nun durch die zerstörten Straßen. Prätorianer sorgten dafür, daß die Kunde bis in die letzten Winkel drang, und der Haß, der noch vor kurzem dem Cäsar galt, traf jetzt die Christensekte mit ganzer Härte. Unbeliebt waren sie schon seit ihrem ersten Auftreten in Rom, weil sie sich absonderten von der Gesellschaft, Spiele, Theater und öffentliche Veranstaltungen mieden, und es ging das Gerücht, sie würden bei ihren geheimen Zusammenkünften, die vornehmlich nachts und in den Vierteln der Armen stattfanden, neugeborene Kinder opfern. Angeklagt eines Verbrechens gegen den Staat, genügte eine einzige Zeugenaussage, um einen Christen zum Tod zu verurteilen; einem Römer drohte der Tod durch das Schwert, Ausländer und Sklaven wurden mit dem Würgeisen hingerichtet und an Kreuze genagelt oder bei den Circusspielen den wilden Tieren vorgeworfen.

Schon aus weiter Ferne erkannte Aphrodisius die zahllosen

Fackeln vor der Stadt. Es war Abend geworden, und die Suche nach Spuren des Popidius Pansa hatte ihn allzu lange in Pompeji festgehalten. Unterwegs nach Rom trabten die Pferde schleppend, er war müde, sein Rücken schmerzte vom holprigen Pflaster der Via Appia.

»He, sieh mal!« Der Pompejaner stieß den Kutscher an. »Das sind ja lebende Fackeln!«

Im Näherkommen wurde deutlich: Zu beiden Seiten der Straße loderten Hunderte Menschen. Prätorianer waren lärmend beschäftigt, Christen an Pfählen und Kreuzen festzubinden, sie mit Pech zu übergießen und anzuzünden. Brennend vollführten die gequälten Menschen bizarre Bewegungen, wilden asiatischen Tänzen gleich, und die Römer, die wie ein endloser Wurm aus der Stadt drängten, lachten, sie klatschten in die Hände, als feuerten sie die Brandfakkeln zu größerer Ekstase an.

Zusammengedrängt in kleinen Gruppen, mit Stricken aneinandergebunden, singend und laute Gebete sprechend, erwarteten andere ihr Schicksal. Sie vergossen Tränen im Angesicht des Schmerzes ihrer Gesinnungsgenossen, aber nur selten war ein Klagen zu hören oder ein Aufschrei der Angst. Viele der Todgeweihten vermittelten sogar den Eindruck, als gingen sie glücklich in den Tod; sie schlossen die Augen und hoben die Arme in den nächtlichen Himmel und ließen die Prätorianer gewähren und fanden bisweilen sogar freundliche Worte des Abschieds.

Der stechende Geruch, der von den lodernden, prasselnden Menschenleibern ausging, lähmte die Lungen, und Aphrodisius ließ den Kutscher anhalten; an ein Durchkommen war ohnehin nicht zu denken, weil Gaffer den Weg versperrten, drängend und die Hälse reckend zwischen den Grabmälern der reichen Römer zu beiden Seiten der Straße. Auch der Pompejaner fühlte sich angezogen von dem schaurigen Schauspiel, von dem hundertfachen theatralischen Sterben, von den menschlichen Fackeln, welche die Appische Straße in zuckendes, blutrotes Licht tauchten, und von den verurteilten Christen, die dem Tod mutig die Stirn boten.

Er selbst hatte es ja am eigenen Körper erlebt, wie die Glieder im Angesicht des Todes ihren Dienst versagen, wie die Sinne verrückt spielen und das Denken verändern und nur den einen Gedanken kennen: zu überleben. Doch diese Menschen schienen den Tod nicht zu fürchten, sie wirkten auf seltene Weise unverwundbar wie der nemeische Löwe, den keine menschliche Waffe bezwingen konnte, bis Hercules kam und ihn mit bloßen Händen erwürgte. Welche geheime Kraft wohnte diesen Christen inne, welche Erkenntnis, die ihnen die Sicherheit gab, der Tod sei der Beginn eines neuen, besseren Lebens?

Gewiß, es waren meist Ärmlinge, die der neuen Sekte anhingen, Sklaven vor allem, ohne Besitz, oder jene römischen Bürger, die sich durch Geburt das Recht auf ein paar Scheffel Getreide im Monat erworben hatten, und das Stimmrecht, das sie bei jeder Gelegenheit so teuer wie möglich verkauften. Aber auch er, Aphrodisius, kam aus kleinen Verhältnissen, sein Vater war Sklave, und doch hatte er sich nie angezogen gefühlt von dieser Sekte, im Gegenteil. Als Folge seiner griechischen Erziehung, die er in Pompeji genossen hatte, verehrte er die Götter der Römer nicht, doch er kannte alle ihre Mythen und liebte sie, und Jupiter war für ihn nur ein anderer Name für Zeus, Minerva die Verkörperung Athenes, und Neptun nur ein anderer Poseidon, weil die Römer den Griechen an Phantasie und poetischer Begabung nachstanden. Und es bereitete ihm immer Schwierigkeiten, jene typisch römischen Gottheiten zu erkennen wie Concordia, die Göttin der Eintracht, Clementia, die Göttin der Milde, Fides, die Göttin der Treue, oder Pallor und Pavor, die Götter der Furcht und des Schreckens, jene seelenlosen, abstrakten Begriffe, die von den vermenschlichten Göttern des Olymp ebenso weit entfernt waren wie die Tempel der ägyptischen Katzen- und Schakalgötter von den Steintoren der britannischen Druiden.

»Brenne, brenne!« riefen die Römer im Angesicht der lebenden Fackeln, »brenne, brenne!« – so wie sie im Circus ihre Gladiatoren anfeuerten. Manche tanzten vor den lodernden Christen und ahmten ihre krampfartigen Bewegungen nach, andere rannten mit Fackeln von Pfahl zu Pfahl, um dort auszuhelfen, wo die Flammen zu ersticken drohten. Grausige Bilder, menschliche Leiber wie Baumstämme verkohlt, Greise und junge Frauen mit glühenden Haaren, die Augen weit aufgerissen, hingen an wankenden Kreuzen, und die, denen das gleiche Schicksal bevorstand, hatten sich abgewandt, um nicht dem Wahnsinn zu verfallen. Da die Zahl der Kreuze und Pfähle nicht ausreichte, um alle Delinquenten auf einmal hinzurichten, warteten immer noch ein paar hundert, in kleinen Gruppen aneinandergefesselt und von Passanten mit hämischen Bemerkungen bedacht, auf ihr Ende.

Aphrodisius verspürte Übelkeit; es war jenes merkwürdige Gefühl der Todesnähe, das er selbst im Tullianum erlebt hatte und das der Rebellion der Gedärme bei Sturm auf hoher See ähnelt. Waren es heute die Christen, so würden es morgen die politischen Gegner des Cäsars sein, die dieses Schicksal ereilte; ja, nicht einmal seine Freunde konnten sicher sein vor der Willkür des Göttlichen, das hatte die Vergangenheit gezeigt. Der Pompejaner fühlte sich schwach, machtlos, diesem Wahnsinn Einhalt zu gebieten; aber in seinen Zorn mischten sich die Worte seines Herrn Serenus: Geld ist Macht.

Im Gehen streifte ihn der Blick eines Mädchens, das, angebunden wie ein Maultier im Macellum, auf seine Hinrichtung wartete. Es unterschied sich von den übrigen Männern und Frauen dieses Haufens, die gefaßt dem Flammentod entgegensahen, weil es am ganzen Körper zitterte wie die Blätter der dodonischen Eiche. Sein Kopf, die Hände und die Knie vollführten unkontrollierte zuckende Bewegungen, und weder der Zuspruch eines alten Mannes noch der unbeherrschte Schlag eines Wache schiebenden Centurio in das Gesicht der jungen Frau zeigte Wirkung.

Leda! Der Pompejaner war ganz sicher: Das zitternde Geschöpf war Leda aus der Herberge am Circus Maximus. Man vergißt nicht das erste Lächeln in einer fremden Stadt. Beim Jupiter, was tun? Er konnte doch nicht zusehen, wie das zitternde Mädchen mit Pech übergossen und angezündet wurde!

Der Pompejaner trat näher an das Mädchen heran: »Leda!« sagte er hilflos, und er schämte sich seiner Hilflosigkeit.

Das Mädchen schien ihn nicht zu hören, es blickte durch ihn hindurch, als würde es in der Ferne ein lange gesuchtes Ziel erkennen.

»Leda!« wiederholte Aphrodisius.

Dem Centurio war die Annäherung nicht entgangen. Er stürzte

herbei und herrschte den Pompejaner an: »Weg da, verschwinde!«, und als Aphrodisius zum Gürtel griff, da fürchtete der Prätorianer wohl, er könnte eine Waffe ziehen, und zog seinerseits das Schwert.

»Dummkopf!« sagte Aphrodisius leise und hielt dem Centurio seinen Beutel unter die Nase, daß dieser verblüfft einen Schritt zurück tat. Er zog die Stirne in Falten.

»Ein Prätorianer des göttlichen Cäsar ist nicht bestechlich.«

»Wer redet von Bestechung, Centurio?«

»Was anderes als Geld trägst du in diesem Beutel?«

Aphrodisius lächelte gequält: »In diesem Beutel ist meine Dankbarkeit verschnürt, meine Dankbarkeit, die dir dann sicher ist, wenn du dieses Mädchen freiläßt.«

»Niemals«, knurrte der Prätorianer und blickte zur Seite, ob irgend jemand das Gespräch belauschte. »Was –«, begann er schließlich, »ist außer deiner Dankbarkeit noch in diesem Säckel?«

»Sieh nach!« erwiderte der Pompejaner und warf ihm den Beutel mit einer flinken Handbwegung zu. Der fing ihn auf und ließ ihn, weil er fürchtete, man könnte sie beobachten, blitzschnell im Leder seiner Uniform verschwinden. »Fünftausend Sesterzen werden es schon sein«, erwähnte Aphrodisius beiläufig.

»Fünftausend?« Der Prätorianer ging mit gezogenem Schwert auf das Mädchen zu, er holte aus, und ein sicherer Hieb teilte den Strick, mit dem Leda an die anderen Christen gefesselt war. Aphrodisius packte sie an den Schultern und stieß sie durch die Reihen der Gaffer vor sich her zu seinem Wagen. Leda ließ das alles geschehen, ohne zu erkennen, was eigentlich vorging. Sie zitterte noch immer, als der Pompejaner sie in den Wagen hob und dem Kutscher das Zeichen gab zur Umkehr.

»Hab keine Furcht«, sagte Aphrodisius und versuchte, die Hand des Mädchens zwischen die seinen zu legen, doch sie entzog sie ihm blitzschnell wie nach dem Biß einer Schlange.

»Hab keine Furcht«, wiederholte der Pompejaner, »ich bringe dich in Sicherheit, wir nehmen den Weg über die Albaner Berge.«

Aphrodisius beugte sich nach vorne und sprach mit dem Kutscher. Das Mädchen drängte sich furchtsam in den hintersten Winkel des Wagens wie ein Hase, den die Hunde in seinem Bau gestellt haben, und seine dunklen Augen funkelten, daß Aphrodisius fürchten mußte, es würde ihn anspringen wie das gejagte Wild in höchster Todesnot.

»Leda«, beschwor Aphrodisius das verzweifelte Mädchen, »du bist gerettet, Leda, du bist frei!«

Nun, da es seinen Namen hörte, musterte das Mädchen den Fremden mit unruhigem Blick, aber es erkannte ihn nicht in der Dunkelheit.

»Du wirst dich nicht an mich erinnern«, sagte der Pompejaner, »es ist schon ein paar Jahre her, da kam ich mit meinem Sklaven nach Rom und nächtigte in der Herberge deines Vaters, ich glaube Myron war sein Name.«

Als Aphrodisius den Namen aussprach, schlug Leda beide Hände vors Gesicht, und der Körper des Mädchens wurde von Weinkrämpfen geschüttelt.

»Wo ist dein Vater Myron?«

Da hob Leda die Arme und zeigte dem Pompejaner ihre Handgelenke, und Aphrodisius begriff.

»Du warst an ihn gefesselt!« rief der Pompejaner, und das Mädchen ließ weinend den Kopf auf die Brust sinken.

Aphrodisius zögerte einen Augenblick, dann beugte er sich zum Kutscher vor: »Umdrehen, hörst du, und gib den Pferden die Peitsche!«

Wie ein Block in den Steinbrüchen am Mons Claudianus polterte der Wagen über den schlechten Fahrweg, und Aphrodisius rief immer wieder: »Schneller, schneller!«

In Sichtweite des Fackel-Schauspiels an der Via Appia ließ der Pompejaner anhalten und wenden. »Komm!« sagte er gefaßt und nahm Leda an der Hand. Das Mädchen folgte zögernd und drängend zugleich, zögernd vor Todesfurcht, drängend, weil es seinen Vater liebte, einen Vater, der ihr Vater und Mutter gewesen war.

Seine Faust gebrauchend, bahnte sich Aphrodisius einen Weg durch die johlenden, tanzenden Gaffer. An der Stelle, wo er das Mädchen befreit hatte, blieb er stehen. Und wieder befiel das Mädchen jenes furchtbare Zittern, das seinen Körper zu zerbrechen drohte, und als sie erkannte, daß die Gruppe der aneinandergefesselten Christen verschwunden war, warf sich Leda schluchzend an die Brust des Pompejaners. Der preßte ihren Mund gegen sein Gewand, damit niemand ihren Schmerz hören konnte. »Leda«, stammelte Aphrodisius hilflos, ein um das andere Mal, »Leda.«

Er sah sich um, beim Jupiter, er kannte diesen Myron nicht mehr von Angesicht. »Leda«, sagte Aphrodisius, »ich weiß, daß ich Unmenschliches von dir verlange, aber es ist die einzige Möglichkeit, deinen Vater zu retten: Blicke auf, schau, ob du irgendwo Myron siehst!«

Das Mädchen verstand, es klammerte sich wie ein Kind an den Arm des Pompejaners, und dieser zog es mutig durch die Phalanx der lebenden Fackeln. Noch immer warteten Menschenknäuel, aneinandergefesselt wie Tiere, auf ihre Hinrichtung, und Leda musterte mit letzter Kraft die rotleuchtenden Gesichter. Aphrodisius fragenden Blick beantwortete sie mit einem Kopfschütteln.

Für das Mädchen war die Gefahr groß, entdeckt zu werden, und die Schritte des Pompejaners wurden zunehmend langsamer, je weiter sie gingen. So fiel es ihm zunächst gar nicht auf, daß Leda nicht mehr ihre Beine gebrauchte, sondern daß er das an seinen Arm geklammerte Mädchen plötzlich neben sich herzog wie eine Beute. Als er es aber bemerkte, bedurfte es nur eines Blickes, um das Furchtbare zu begreifen: Leda starrte stumm, mit zitternden Wangen auf eines der Kreuze, an das der Centurio soeben Feuer legte. Eine Stichflamme schoß fauchend über den ausgebreiteten Körper des Mannes, der noch einen kurzen, lauten Schrei ausstieß.

Leda krallte sich in seinen Arm, daß es schmerzte – ein Schmerz, der beinahe wohltat, denn Schmerz war das einzige Empfinden in diesem Augenblick. Aber auf einmal fiel Leda von ihm ab, sie sank stumm zu Boden, ohne einen Laut. Aphrodisius lud das Mädchen auf seine Arme und trug es zu seinem Wagen zurück. Er wollte weinen, aber er fand keine Tränen, weil es Empfindungen gibt im Leben, die stärker sind als tränenreiche Trauer. Und die Worte des weisen Sophokles hämmerten in seinem Gehirn, der da sagte: »Ungeheuer ist viel, doch nichts ist ungeheurer als der Mensch.«

Er liebte die Eristik über alles, jene hymnische Kunst des Streitgesprächs, der sich die Griechen bedienten, ebenso um Alltäglichkeiten zu beplappern wie zur Lösung eschatologischer Probleme, und meist fehlte es ihm an willigen Gegnern, so daß Annäus Seneca, die Hände auf dem Rücken haltend, wie es Aristoteles' Schülern zukam, auf- und abging und sich selbst große Worte zuwarf, die er am Ende des Säulenganges auffing, in Frage stellte wie Karneades, der Skeptiker, und sie mit weiser Überlegung nach Art des Sokrates zurückgab. Und so sehr Seneca die Bedürfnislosigkeit der Kyniker bewunderte, so gab ihr Spiegel sein eigenes Bild nur in zarten Schemen wider, denn Reichtum, meinte er, sei eine viel zu angenehme Sache, als daß man sie anderen überlassen dürfe – soviel das eine. Zum andern war er stolz, aber nicht im Hinblick auf seine Kleider, seine Haar- und Barttracht, nein, seine *Gedanken* machten ihn eitel, und er glaubte schließlich, er selbst könne sie am besten erwidern. So spielte er Schach gegen sich selbst, fuhr Türme von Gedanken auf und rochierte mit Königen und Damen – freilich nie, ohne diese Wortgefechte einem flinken Schreiber in den Stilus zu diktieren, denn anders als ein Schachspieler, der sich selbst besiegt hat oder sich selbst unterlegen ist und nach der Schlacht Brett und Figuren in die Lade zurücklegt, eiferte Seneca, jedes seiner Worte der Nachwelt zu erhalten.

So parlierte Annäus Seneca in der oben geschilderten Haltung, die Kühle des campanischen Abends genießend, über das, was ihm in den Sinn kam angesichts des pisonischen Verrats. Epicharis blieb das einsame Zeichen am Himmel der Tapferkeit, die Masse war feige, und zwei Männer, Scävinus und Natalis, hatten das geheime Wort verraten, das Codewort und Haupt der Verschwörung zugleich war: *Piso*, und dadurch den gewaltsamen Tod vieler Römer heraufbeschworen. Piso selbst gelang es, den Prätorianern – von denen Tigellinus nur die jüngsten ausgewählt hatte, weil er fürchtete, die älteren würden zu dem Verräter überlaufen – zuvorzukommen, indem er sich, als das Unheil nahte, die Pulsadern aufschnitt, ein Testament hinterlassend mit niedrigen Schmeicheleien für den Cäsar, damit seine schöne, geliebte Gemahlin dem gleichen Schicksal entrinne.

Und da er wohl fühlte, daß auch seine Zeit gekommen war, redete Seneca isomorph mit Paulinus über die Kürze des Lebens. Es gab keinen Paulinus, wenn nicht ihn selbst, und so sprach Seneca mit der Beredsamkeit des Lehrers und hörte sich zu, lernwillig wie ein Schüler, während der Schreiber jedes Wort notierte: »Die meisten Menschen, Paulinus, beklagen den Mißstand, daß der Mensch nur für eine kurze Zeitspanne geboren ist und daß seine Frist so schnell und stürmisch abläuft, daß die meisten, ja beinahe alle Menschen mitten in den Vorbereitungen für das Leben hinscheiden.«

». . . für das Leben hinscheiden«, wiederholte der Schreiber.

»Sieh nur, Paulinus, wie begierig die Menschen sind, lange zu leben. Abgelebte Greise betteln mit Gelübden um Zugabe weniger Jahre, sie machen sich selber vor, jünger zu sein, und sie betrügen sich selbst, als könnten sie auch den Tod hinters Licht führen. Sei daher nicht neidisch, wenn du eine Purpurtoga siehst, die schon oft angelegt wurde; wenn du einen Namen hörst, der auf dem Forum gefeiert wird. Denn diese Dinge gewinnt man auf Kosten des Lebens. Daß ein einziges Jahr nach ihnen als Konsuln gezählt wird, dafür würden sie all ihre Jahre opfern . . .«

Lärm von jenseits der Mauer unterbrach den Monolog, und Seneca erklomm eine Bank, die ihn sommers so oft zum Betrachten der Sterne geladen hatte, von denen die Ägypter sagten, daß sie die Geschicke der Menschen lenkten; aber daran glaubte Seneca nicht. Trotz *interlunium*, der lichtlosen Nacht des Neumondes, schienen die Gärten des Hauses in grelles Licht getaucht. Soldaten mit Fackeln umstellten das Gut, Hunderte in Armspanne aufgereiht, welch verzauberndes Gehege. Furchtlos trat Seneca dem Prätorianertribun gegenüber, der seinen Namen, Gavius Silvanus, nannte, und forderte ihn auf, mit ihm zu trinken, roten Falerner aus der Zeit des göttlichen Tiberius, den Mischkrug sparsam gebrauchend.

Das Treffen war peinlich genug, und Silvanus griff gierig zum Becher, bevor er zur Sache kam und in Tigellinus' Auftrag die Erklärung abgab, Natalis habe ihn, Seneca, der Mitgliedschaft der pisonischen Verschwörung bezichtigt und er, Tigellinus, fordere seine Stellungnahme. Nicht ohne Ironie jener Vorfall, weil Seneca genau wußte, daß der Fragesteller selbst den Verschwörern angehörte, während Silvanus bekannt war, daß Seneca, obwohl er mit ihnen sympathisierte, eine Mitgliedschaft stets abgelehnt hatte. So schickte denn der weise Greis den Tribun fort mit der Antwort, er habe Nero zu dem gemacht, was er heute sei, warum solle er Interesse an seiner Beseitigung haben? Und da er den Tod nicht fürchtete, nur das würdelose Sterben, das ihm bevorstand, wenn er der unabwendbaren Parze Atropos, die den Lebensfaden durchtrennt, freie Hand ließ, rief Seneca seine Frau Pompeia Paulina, seine Schreiber und Diener und verkündete seinen Entschluß, freiwillig aus dem Leben zu scheiden, weil Nero, der seine Mutter und Ehefrau umgebracht habe, auch nicht vor einem Mord an seinem Erzieher und Lehrer zurückschrecke.

Wie tröstend seine Worte auch klangen, wie fröhlich der Abschied, Pompeia Paulina bestand darauf, zusammen mit ihrem Gemahl zu sterben, Bedenken kenne sie nicht. Seneca liebte seine Frau, und obwohl er zahlreiche Einwände nannte, blieb diese beharrlich. So gebührte dem Freitod der beiden kaum weitere Erwähnung, rechtfertigte nicht der tragische Ablauf das Gegenteil.

Nach tränenreichem Abschied der Bediensteten zogen Seneca und Paulina sich stumm in das Cubiculum zurück. Der Alte trug eine Klinge von blitzender Schärfe, und der Ring, den er damit um seine Handgelenke zeichnete, verbreiterte sich bald, dann reichte er die Klinge mit einem Lächeln seiner Gemahlin. Ohne große Überwindung, so als sei es die natürlichste Sache der Welt, ahmte Paulina Senecas Schauspiel nach und ließ sich auf dem Lager nieder, die Arme ausbreitend wie Daidalos auf seinem Flug in das warme Sizilien.

Aber kommt der Tod stets unerwartet und schnell, so ist das Sterben eine langwierige Angelegenheit, mühsam bisweilen wie das Leben, und die beiden Alten warteten Stunden vergebens.

Um Paulina die Grausamkeit des geliebten Blutes zu ersparen, erhob sich Seneca. Er sprach: »Mag die Festigkeit, mit der wir aus dem Leben scheiden, bei uns beiden gleich sein, der Ruhm *deines* Endes ist größer.« Dann legte er sich in ein anderes Gemach, und ritzte mit der Klinge die Adern an Beinen und Kniekehlen, um das

Sterben zu beschleunigen. Nun sickerten Rinnsale von allen Gliedern des Körpers, zaghaft wie das Schmelzwasser am Vesuv, wenn der campanische Frühling glitzert, aber zu sterben gelang Seneca nicht, allzu langsam floß das Leben aus dem greisen Körper.

Dienern, die unruhig äugten, ob schon vollbracht war, was er begonnen hatte, erfuhren den Wunsch des Sterbenden zu diktieren, denn solange das Blut warm sei, müsse man kraftvoll auf das Bessere zugehen. Die Schreiber kamen weinend und zeichneten Senecas Rede auf, seine eigene Totenrede, Lehre für nachfolgende Generationen, in der er noch einmal das Streben geißelte, die ruchlose Jagd nach dem Glück.

»Doch«, brachte er schwer atmend hervor, »während die Menschen sich drängen lassen und drängen, während einer des anderen Ruhe stört, während alle wechselseitig unglücklich sind, verläuft ihr Leben ohne Gewinn, ohne Genuß, ohne geistigen Fortschritt.« Niemand habe den Tod vor Augen, man richte seine Vorstellungen vielmehr in die Ferne, und manch einer treffe sogar Vorkehrungen für das, was seinen Platz jenseits des Lebens habe, für riesige Grabmäler, für die Weihe öffentlicher Bauwerke, für prunkvolle Totenfeuer und ehrgeizige Beisetzungen. Beim Hercules, deren Leichenbegräbnisse sollten besser nachts, bei Fackel- und Kerzenlicht stattfinden, wie es Kleinkindern zukomme, die nur kurze Zeit gelebt haben.

Doch der geflügelte Tod, der Bruder des Schlafs, der Sohn der Nacht, flieht in schwarzem Gewand zuerst vor jenen, die ihm mutig entgegentreten. Seneca konnte nicht sterben, rief ungeduldig nach dem Gift, das jeder Römer von Rang vorrätig hielt, trank und wartete vergebens, dann ließ er heißes Wasser bereiten und setzte sich blutend in eine Wanne; das Wasser färbte sich rot, aber Seneca blieb am Leben, bis endlich die Sklaven den Herrn in das Dampfbad schleppten, die Feuerstelle mit knorrigem Ahorn beheizten, daß sie zu bersten drohte, und Seneca qualvoll erstickte.

Dies war das Ende des größten Philosophen, den Rom je hervorgebracht hat, als hätte Minerva verfügt, daß das Ende einsamer Gedanken einsam ist.

Beim Hineintragen erwachte das Mädchen, und der Blick, mit dem Leda den Pompejaner ansah, verriet keinesfalls Dankbarkeit, eher den Vorwurf: Warum hast du das getan? Sie weinte nicht, weil es eine Grenze des Schmerzes gibt, hinter der alle Gefühle tot sind.

Auch Aphrodisius fand es nicht angebracht, irgend etwas zu sagen; er trug sie mit beiden Armen vor sich her wie ein Kind, das namenlos aus dem reißenden Wasser der Aquä Julia gerettet wurde, dem Leben wiedergeschenkt wie der ägyptische Osiris, der entlaubte Baum, den der göttliche Caligula zum Staatsgott erhob.

Willenlos ließ es Leda geschehen, als der Pompejaner sie in eines der zahllosen Gemächer des vornehmen Hauses niederlegte, wo Gemälde die Wände zierten wie in einem Palast und schwarze gekreuzte Balken die Decke stützten mit goldenen Sonnen dazwischen. Dem Bett gegenüber fiel der Blick auf ein seltsames Gemälde, das erst vor kurzem hierher verbracht worden war: eine dem Schaum des Meeres entsteigende Aphrodite mit knospenden Brüsten und rosigen, breiten Hüften, zur Liebe geboren. Doch der Schaum des Meeres verlor sich in dunklen Wogen, die schwarzverkohlt endeten, als hätte Hades den Erderschütterer Poseidon in seinem Element besiegt. Das Bild war beim großen Brand im Tempel des göttlichen Julius, für den es Augustus in Liebe erworben hatte, von Flammen beschädigt worden, und Nero hatte es entfernen und durch ein neues von der Hand des Dorotheus ersetzen lassen. Der Kaufpreis von zwanzigtausend Sesterzen erschien lächerlich gering, war das Gemälde, beinahe so groß wie ein Scheunentor, doch ein Werk des berühmten Apelles und nach Auskunft der Restauratoren am Esquilin durchaus instand zu setzen.

Als sei sie vor den Flammen zurückgeschreckt, hielt Aphrodite den rechten Fuß aus dem Wasser, gleißende Perlen abtropfen lassend, die Linke locker vor der libidinösen Scham. Man sagt, eine wunderschöne Frau namens Pankaspe habe dem Maler für diese Szene Modell gestanden, eine Geliebte Alexanders des Großen, der Apelles an seinen Hof berief, und Apelles habe sich malend in sein Modell verliebt und Pläne geschmiedet, wie er Pankaspe dem König rauben könne. Dabei habe ein des Weges kommender Schuster ein Detail seiner Arbeit bekrittelt, worauf Apelles erwiderte, der Schuster solle bei seinen Leisten bleiben – welch vielzitiertes Sprichwort. Dem großen Alexander jedoch erschien die lange Zeit verdächtig, die der Maler für seine Geliebte verwandte, und da er, jung an Jahren, über reiche Menschenkenntnis verfügte, durchschaute er Apelles' faunische Absicht und machte ihm Pankaspe zum Geschenk.

Aphrodisius reichte Leda einen Becher mit einem Getränk aus Wein und Mohn, der, zur dritten Stunde eines wolkenlosen Tages am anschwellenden Stengel geschnitten, weißen Saft fließen läßt wie die Brust einer Amme, und eingedickt, verhärtet und zerbrochen, heilsamen Schlaf verleiht, um Vergangenes zu vergessen, den Gefährten des Odysseus gleich im verzauberten Land der Lotophagen. Leda trank gierig, denn sie ahnte wohl, worum es sich handelte, dann fiel sie, tief atmend, auf die Kissen zurück, und man sah, daß ihre Stirne glühte.

»Es wird alles gut«, sagte Aphrodisius und legte seine Hand auf den Kopf des Mädchens, er spürte das Pochen ihres Blutes und spasmisches Zucken der Haut. Leda schloß die Augen, schien für Sekunden in sich hineinzublicken, um sie dann wieder zu öffnen und genauso lange ohne einen Augenaufschlag zur Decke zu starren.

»Wie konnte das alles geschehen?« erkundigte sich der Pompejaner und nahm ihre Hand.

Leda gab keine Antwort, sie fragte leise zurück, zaghaft unsicher: »Hast du ihn gehört, den Schall der Posaune?«

Aphrodisius verstand nicht, was das Mädchen meinte. »Ja«, sagte er, »ich habe den Schall der Posaune gehört.«

Da sah Leda den Pompejaner an, zum ersten Mal blickte er in ihre dunklen, geröteten Augen. Und sie sprach: »Dann hat der Tarsier doch recht gehabt mit seinen Worten.«

Als sie den Tarsier erwähnte, begann Aphrodisius zu ahnen, daß es sich nur um jenen Prediger handeln könne, dem er vor Jahren in Pompeji begegnet war. »Schon möglich«, fügte er hinzu, um das Mädchen zu beruhigen.

»Er sprach, erschallen wird die Posaune, und die Toten werden auferweckt und sie werden verwandelt werden.«

»Ja, so hat er gesagt, der Tarsier.«

»Aber wenn es keine Auferstehung der Toten gibt?« Ein unterdrücktes Schluchzen schüttelte Ledas Körper.

Aphrodisius preßte ihre Hand. »Dein Vater und du, ihr habt euch den Christen angeschlossen?«

»In der Herberge fanden die geheimen Zusammenkünfte der Christen statt. Myron glaubte den Worten des Tarsiers, der von dem einen Gott predigte, dessen Reich nicht von dieser Welt sei.«

»Und du, Leda?«

Das Mädchen schwieg.

»Und du?« wiederholte der Pompejaner. »Glaubst du auch an den fremden Gott?« – Da bemerkte er, daß das Mädchen schlief, und Aphrodisius wagte es, Leda zu betrachten wie der Jäger die Beute, frei jeden Mitleids und mit den Augen eines Mannes, der das Lager teilt mit einer Frau.

Sittsam zuerst wanderten seine Augen auf und ab zwischen schwarzen Sohlen und dem von Tränen und Schweiß verklebten Haar, sittsam zuerst betrachtete er ihre Wangen aus Weiß und zartem Rosa, die unter den Augen eine harte Erhebung aufwiesen, den vollen Mund, dessen Lippen, nun aufgesprungen oder aufgebissen in furchtbarer Erregung, den Duft einer Rose versprachen, die schmalen, pechschwarzen Brauen, lunular die Höhlen der Augen einrahmend, der Anbetung würdig. Sittsam zuerst wühlte sich sein Blick in das üppige Haar, das sogar strähnig, verklebt und gequält von besonderem Reiz war, und ihr Hals – wie glatt, zart gebogen führte er herab auf den lieblichen Busen. Sittsam zuerst sah er die Knospen sprießen, die sich unter dem zerknitterten Gewand verbargen, die zarte Rundung ihres Bauches, der sich hob und senkte, wechselnd mit dem Rhythmus ihrer Brüste. Wie ruhig die runden Schenkel lagen, die den zierlichen Körper tragen mochten mit der Leichtigkeit einer Feder, die, ein Schritt vor den anderen gesetzt, ihren Körper zum Wogen bringen mochten wie eine dunkle Zypresse. Und an den Fesseln angelangt, fiel sein Blick auf das Gemälde des Apelles, auf die schaumgeborene Aphrodite, und unwillkürlich begann Aphrodisius zu vergleichen, zu werten, und seine Augen streiften die Sittsamkeit ab und schoben das Kleid beseite, um die kydonischen Äpfel ihres Busens zu prüfen, die Blüte ihres Nabels und das, was sich darunter verbarg, und in ihm wuchs eine verzehrende Flamme.

Seit Hersilias Tod hatte Aphrodisius keine Frau angerührt, er hatte auch gar nicht das Bedürfnis verspürt nach einem Frauengemach, einer Spinnstube oder dem Lupanar, doch nun, im Anblick der Schlafenden, kamen ihm Schmeichelnamen in den Sinn wie Rosenblatt, Kuschelchen, Liebchen oder Feigchen, ein Wort, das auszusprechen er nie gewagt hatte, weil es das Aussehen der Scham beschrieb. Nun aber begann er leise die schmeichelnden Wörter zu murmeln mit zärtlicher Zunge.

»Herr!«

Der Pompejaner erschrak, fühlte sich ertappt – das jähe Erwachen eines Träumers. Er drehte sich um.

»Wer ist das?« fragte Gavius, nun seinerseits erschrocken.

Aphrodisius erhob sich, er legte den Finger auf den Mund und ging dem Sklaven entgegen, um ihn zu begrüßen. Und dann berichtete er, was vorgefallen war, während Gavius, abwechselnd und bisweilen ungläubig, seinen Herrn und das schlafende Mädchen ansah.

»Beim Castor und Pollux!« schimpfte er augenzwinkernd. »Man kann seinen Herrn nicht eine Woche allein lassen! Guter, alter Myron. Aber war das nicht leichtsinnig, was du getan hast, Herr?«

»Leichtsinnig nennst du das, weil ich diesem Mädchen das Leben gerettet habe?«

»Ich meine, Tigellinus wird ein waches Auge auf dich haben, Herr, vor allem jetzt, wo du dich mit deinen Geschäften an ihm gerächt hast. Tigellinus gibt nie auf, das weißt du.«

Der Pompejaner machte eine abfällige Handbewegung, als wollte er eine unsichtbare Fliege verscheuchen. »Er braucht mich, und das weiß er, und sei versichert, Gavius, ich werde dafür sorgen, daß Tigellinus mich immer mehr braucht. Wie steht es um die karthagischen Schiffe?«

»Du kannst sie haben.«

»Alle drei?«

»Alle drei, doch höre den Preis: dreihunderttausend Sesterzen für jedes.«

Aphrodisius holte tief Luft. »Einerlei. Die soll mir der Cäsar bezahlen, indirekt jedenfalls.«

»Der göttliche Nero?«

»Hör zu, Gavius, der Cäsar hat jedem Römer, der sein bei dem Stadtbrand zerstörtes Haus noch innerhalb dieses Jahres aufbaut – nach den Plänen des Cäsars, versteht sich –, die Hälfte der Kosten versprochen. Was er damit bezweckt, ist klar, Nero will sich selbst ein Denkmal setzen, er will – und das möglichst schnell – ein neues Rom aus den Trümmern erstehen lassen. Severus und Celer sind beauftragt, einen Kaiserpalast zu errichten, der sich von den Hängen des Palatin bis zum Esquilin erstreckt, mit Wiesen, Plätzen und Teichen und einer Statue des Cäsars, hundert Ellen hoch, und eingerahmt von Bauwerken, welche die großen Städte des Reiches darstellen. Dazu passen die alten Straßenzüge mit den hölzernen Häusern nicht mehr. Der Göttliche hat einen neuen Plan für die Stadt entworfen, mit neuen, steinernen Häusern. Aber um diese Häuser bauen zu können, müssen die alten Ruinen beseitigt werden. Bauleute gibt es genug; aber wohin mit dem Bauschutt? Schon heute türmen sich Berge von Unrat, Gebälk und Gestein, einer schiebt seinen Unrat dem anderen zu, und Prozessionen von Eselskarren bewegen sich tagtäglich aus den inneren Vierteln aus der Stadt heraus. Aber es dauert Wochen, um den Schutt eines einzigen Hauses abzutragen!«

»Ich glaube dich zu verstehen«, entgegnete Gavius, und der Pompejaner fuhr fort:

»Mit einer Flotte von fünf Schiffen schaffe ich mir ein Monopol zur Schuttabfuhr auf dem Tiber. Der Bauschutt ist hervorragend geeignet, die Sümpfe von Ostia trockenzulegen. Anschließend schicke ich die Schiffe nach Karthago, um Weizen zu laden. Den bringen wir auf dem Tiber bis mitten in die Stadt, und der Vorgang beginnt von neuem.«

»Großartig!« Der Sklave staunte. »Nicht eine Meile Leerlauf.«

Und so geschah es. Aphrodisius kaufte Weizen in Africa, verkaufte ihn in Rom und ließ sich den Rückweg seiner Schiffe, vollbeladen mit Bauschutt, teuer bezahlen, so teuer, daß er schon bald zwei weitere Schiffe dazukaufte. Obendrein lief die Produktion seiner Webereien gut wie nie zuvor, und Aphrodisius begann darüber nachzusinnen, wie sich das Geld, das ihn von Tag zu Tag reicher machte, in Macht ummünzen ließe. Kein Zweifel, das Glück war auf seiner Seite, und Euripides' Worte schienen sich zu bewahrheiten, der, vielen zum Trotz, gesagt hatte, mehr Glück als Edle hätten oft die Niederen.

Im zwölften Jahr der Regierung des göttlichen Nero verkündeten Herolde ein überwältigendes Schauspiel. Mit dreitausend schwerbewaffneten Reitern, seinem gesamten Hofstaat, einer ganzen Kohorte von Magiern, die allerorten ihre Kunststücke vorführten und begeisterten Beifall ernteten, eilte der Parther Tiridates nach Rom, Syrien, Kleinasien, Illyrien und Dalmatien in Etappen von täglich zwanzig Meilen durchmessend, um mit Cäsar Frieden zu schließen in der Hauptstadt des Imperiums. Wo immer die hochaufgeschossenen, schwarzbärtigen Parther in ihren in rot und grün gehaltenen Uniformen auftauchten, mit ehernen Becken den Marschrhythmus schlagend, während silberglänzende Posaunen aufmunternde Signale schmetterten, da ernteten sie freundlichen Beifall, Rufe des Entzückens und dankbare Gebete, weil sie die Jahrhunderte währende Erbfeindschaft abgelegt hatten und nun als wahre Freunde der Römer kamen.

Vorangegangen war eine schändliche Niederlage der Römer in Armenien, dem ewigen Zankapfel, wo der vom Cäsar entsandte Feldherr Pätus von den Parthern entwaffnet und aus dem Feldlager getrieben wurde, um sich weinend und schluchzend nach Syrien durchzuschlagen. Nach Rom freilich ließ Pätus vermelden, er habe einen bewundernswerten Sieg errungen, und der Göttliche glaubte daran, brachte Dankopfer dar und schmückte sich sogar mit den falschen Federn seines Feldherrn, bis mit dem Frühling eine parthische Gesandtschaft eintraf und eine Botschaft ihres Königs Vologaises überbrachte. Dieser erläuterte dann seine Milde, erklärte, warum er die geschlagenen Römer habe ziehen lassen, obwohl es ihm ein leichtes gewesen wäre, jedem einzelnen den Tod auf dem Schlachtfeld zu bereiten; jetzt möge Nero dafür seinen Bruder Tiridates zum König von Armenien krönen.

Da mußten nun die Senatoren erkennen, daß ihr Beschluß, »Silberblick« Pätus nach Armenien zu entsenden, in jeder Beziehung falsch war, und keiner der *Patres conscripti* wagte zu widersprechen, als der göttliche Cäsar den altgedienten Feldherrn Corbulo, derzeit Statthalter in Syrien, zur Leitung des Unternehmens anforderte. Bis ins ferne Partherreich schien der Ruf dieses Mannes gedrungen zu sein, jedenfalls boten die Parther nun ihrerseits Frieden an, ja sogar, sich römischer Oberhoheit zu unterwerfen, vorausgesetzt, des Königs Bruder Tiridates werde von Rom als Armeniens König geduldet. Und da die größten Siege nicht auf dem Schlachtfeld, sondern in den Köpfen der Menschen errungen werden, willigte Corbulo, der – wie man sieht – wirklich ein großer Feldherr war, ein und forderte von Tiridates die von Vologaises erhaltenen Königsinsignien Krone und Szepter, der Cäsar des römischen Reiches werde sie in Rom feierlich retournieren.

Auf Anordnung des Göttlichen wurden die Tore des Janus-Heiligtums auf dem Forum geschlossen, die seit den Tagen des Divus Augustus offenstanden, damit der zweigesichtige, in die Vergangenheit und die Zukunft blickende Gott des glücklichen Endes dort erscheine, wo er für Rom von Nutzen war. Wohlüberlegt führte der Weg der Parther, die auf der Via Flaminia von Norden her kamen, durch jene Viertel der Stadt, die das reißende Feuer zum größten Teil verschont hatte, und dort, wo Brandruinen und Berge von Schutt den Weg der Asiaten säumten, ließ der Cäsar Prätorianerkohorten in ihren rot- und goldglänzenden Uniformen aufmarschieren, um abzulenken von Armut und Mißstand. Auf den Schuttbergen verteilten die Prätorianer Lose wie im Theater, welche begehrenswerte Gewinne versprachen und bewirkten, daß die unansehnliche Erde von Menschentrauben belagert und deshalb für die fremden Besucher unkenntlich war.

Der göttliche Nero wollte den König aus dem Osten des Reiches auf dem Forum willkommen heißen, denn der Cäsarenpalast auf dem Palatin lag zerstört. Feierliche Feuer loderten in hohen Schalen neben der Rostra, wo der Cäsar Tiridates auf einem blitzenden Thronsessel erwartete, wie stets scheinbar gelangweilt durch einen geschliffenen Rubin blinzelnd. Wer zwischen den Säulen der Hallen oder auf den Stufen der Tempel einen Platz ergattert und verteidigt hatte, konnte sehen, wie der asiatische König durch einen Wald von Feldzeichen und Standarten die Stufen zum Thron des Göttlichen emporstieg, und, auf dem grünschimmernden Marmor der Rednerbühne angekommen, dem Cäsar zu Füßen fiel wie ein Sklave dem gestrengen Verwalter, worauf – so hatten es römische und parthische Unterhändler abgesprochen – Nero den Darniederliegenden aufhob und huldvoll auf die Wange küßte wie einen Bruder.

Die Römer, deren Sinn nach Theatralischem gierte wie der Löwe im Circus nach dem Fleisch der Hyänen, brachen in brausenden Beifall aus, daß die Säulen, die schon so viele Triumphe gesehen, die Julius aus Gallien heimkehrend, Octavianus aus Ägypten, empfangen hatten, einzustürzen drohten. Und Nero nahm die Krone, die Corbulo ihm in Rhandeia abgenommen hatte, und setzte sie Tiridates aufs Haupt. Tiridates war damit Armeniens König von römischen Gnaden, und die Prätorianer intonierten mit kehliger, durchdringender Stimme, weil jedem von ihnen fünfhundert Sesterzen versprochen waren: »Heil dir, Cäsar, heil dir, Nero Claudius Drusus Germanicus!« und die Massen, die in jeden Ruf einstimmten, wenn er nur lautstark und vielstimmig vorgetragen wurde, wiederholten: »Heil, Heil, Heil!«

Nicht alle Römer, die dem Schauspiel nach dem Wunsch des Cäsars beiwohnen sollten, fanden Platz auf dem Forum Romanum, und deshalb hatte Nero im Theater des Pompeius, das ebenfalls keine Brandschäden verzeichnete, eine Wiederholung der Zeremonie angeordnet und das Halbrund der Bühne mit Blattgold auslegen lassen, das nun blitzte wie der Spiegel des Meeres, wenn die Sonne versinkt. Hochaufgereiht auf den Tribünen saßen die besseren Herren der Gesellschaft in hierarchischer Ordnung aufgereiht – solche, die sich dafür hielten und Wert darauf legten, gesehen zu werden, und solche, welche Ämter und Titel bekleideten oder in dem Verdacht standen, nicht weit entfernt davon zu sein. Hier klang der Beifall weit gesitteter, zurückhaltender, wenngleich durchaus laut und anerkennend.

Unter den vornehm gekleideten Klatschern hoch oben in einem der oberen Ränge sah man auch zwei Männer, die der Zufall zusammengebracht hatte und die einander mehr durch den Umgang ihrer Sklaven kannten als durch persönliche Gesellschaft: Plinius und Aphrodisius. Jeder der beiden wußte ziemlich genau um den Alltag, aber auch von den Absichten des anderen, weil Turnus und Gavius, ihre bithynischen Sklaven, zusammensaßen, so oft es ihre Zeit erlaubte. Plinius zollte dem beispiellosen Aufstieg des Pompejaners Respekt, und Aphrodisius bewunderte die hohe Bildung des Schriftstellers, der auf jede Frage eine Antwort wußte, als könnte das Wissen der gesamten Menschheit in einem einzigen Gehirn Platz finden.

Seit den Tagen des göttlichen Julius, als die Ptolemäerin Kleopatra samt Hofstaat und den größten Sterndeutern des Nilreiches, schmuckbeladen mit Perlen und goldenen Gehängen, in Rom eingezogen war, fremd und bewundernswert, wie man das von einer orientalischen Fürstin erwarten durfte, hatten die Römer Derartiges nicht mehr erlebt, und der Jubel wollte kein Ende nehmen, und jeder wußte anderes zu erzählen über das märchenhafte Volk am östlichen Ende des Reiches. Ihr furchterregendes Aussehen hätten sie von einem kraftspendenden Getränk aus den Zweigen des Baumes *Bratus*, der jenseits des Tigris gedeihe im Gebiet der Stadt Sostra, sonst aber nirgends: er ähnele einer weitausladenden Zypresse mit weißlichen Zweigen, und sein Holz zaubere auf glühenden Kohlen einen angenehmen Duft hervor, wie schon in den Geschichtsbüchern des göttlichen Claudius zu lesen sei. Auch ernährten sie sich von dem hierzulande unbekannten Burzelkraut, das sie immun mache gegen Pfeilgifte und den Biß der Sandottern und unempfänglich für erotische Träume und die Reize des anderen Geschlechts, auf daß alle Kraft des Körpers erhalten bleibe für den Kampf gegen Feinde. Und wie Romulus, der Gründer der Stadt, noch Milch opferte auf selbsterrichtetem Altar, weil er den Wein nicht kannte, so seien auch den Parthern alle Arten von Reben fremd, ja, sie verabscheuten den Genuß des die Sinne einnebelnden Getränkes, und wer gegen dieses Gebot verstoße, müsse mit dem Tod rechnen wie die Frau des Egnatius Mätennus, die mit Romulus' Billigung von ihrem Mann erschlagen wurde, weil sie Wein aus dem Faß getrunken hatte.

Und wieder brauste Begeisterung auf, als Tiridates, die symbolhafte Szene wiederholend, vor dem Cäsar auf die Knie fiel und die Erde küßte vor dem gottgleichen Despoten, und in gewohnter Hyperplasie hob der Göttliche den Parther auf, um ihm die Krone Armeniens ins schwarzkrause Haar zu drücken – »Heil dir, Cäsar!«

Nero hatte wohl den Ort für das ausgewählte Publikum mit Bedacht gewählt, denn das Theater auf dem Marsfeld, ein Halbrund mit fünfstöckigem Bühnenbau und – gegenüber – einem Tempel der Venus Victrix auf den obersten Hängen des Halbrunds, so daß die Sitzreihen gleichzeitig als Tempelstufen dienten – dieses Bauwerk hatte schon einmal Geschichte gemacht, als der göttliche Julius in der Kurie, welche die Rückseite des Bühnenbaues zierte, unter den Dolchen seiner Mörder gefallen war: *»Et tu, mi fili!«* Zunächst wollten Senat und Volk von Rom die Kurie niederreißen ob des verhängnisvollen Attentats, doch mögen architektonische Gründe eine Rolle gespielt haben – vielleicht wäre das Bühnenhaus, dessen Außenmauer die Kurie stützte, eingestürzt –, auf jeden Fall beschränkte man sich darauf, den Eingang der Kurie zuzumauern und den heiligen Beschluß zu fassen, der Senat dürfe nie mehr an den unseligen Iden des März tagen.

Während rotbehelmte Soldaten der in Asien verschlissenen Legionen mit ihren Feldzeichen und Standarten aufmarschierten, als hätten sie den Gegner auf dem Schlachtfeld besiegt, hoben dunkelhäutige, numidische Sklaven den Thron mit dem Cäsar auf ihre Schultern, was nur mit Hilfe schwarzglänzender Tragestangen aus Ebenholz möglich war, und trugen ihn, der huldvoll die Arme schwenkte, um das Halbrund der Bühne. Tiridates aber stand starr wie ein tief verwurzelter Baum. Sein hoher Wuchs und die hagere Gestalt flößten den Römern mehr Respekt ein als die Rutenbündel der Liktoren, weil die Römer kleiner waren als alle anderen Völker des Reiches und deshalb voll Bewunderung zu Riesen aufblickten wie zu Gabbara, einem Sklaven aus Arabien, der neun Fuß maß und ebenso viele Zoll und unter dem göttlichen Claudius als größter Mensch seiner Zeit galt, oder zu Pusio und Secundilla, die noch einen halben Fuß größer gewesen sein sollen und während der Regierung des göttlichen Augustus lebten und nun, balsamiert wie ägyptische Könige, in den Gärten des Sallust bestattet lagen – entgegen dem Gesetz, das ihre Verbrennung gefordert hätte. Ihre Arme mußten Tentakel gewesen sein, langgestreckt wie der Rüssel eines Elefanten im Circus, denn nach alter Erfahrung maß die Entfernung der beiden Spitzen der Mittelfinger bei ausgestreckten Armen nicht weniger als die Größe des Menschen von der Stirne bis zur Sohle.

Im Wogen des Beifalls, im Getümmel der Schreier, im Lärm der Menge gingen zwei Männer unter, die sich auf den Stufen der Ränge nach oben drängten, beide kamen von verschiedenen Seiten und beide wußten nicht von einander und beide suchten Aphrodisius, von dem sie wußten, daß er hier sein mußte. Der eine war Gavius, und weder Plinius noch sein Herr, zu sehr mit dem Schauspiel beschäftigt, bemerkten sein Kommen. Erst als der Sklave Aphrodisius die Hand auf die Schulter legte, erkannte dieser den Freund und fragte nach dem Grund seines Kommens.

Gavius formte die Hände zu einem Trichter und legte sie an das Ohr seines Herrn: »Poppäa – ist – tot!«

Aphrodisius sprang auf, er kam ganz nahe an Gavius heran: »Das ist nicht wahr!«

»Es ist die Wahrheit!« beteuerte der Sklave.

»Aber warum?« fragte Aphrodisius hilflos. »Weißt du Näheres?«

Gavius nickte. »Poppäa war schwanger.«

»Der Cäsar?«

»Man sagt es. Am gestrigen Abend gab es Streit. Nero versetzte Poppäa einen Fußtritt. Sie hatte eine Fehlgeburt. Dabei verließ sie das Leben . . .«

Der Pompejaner schob den Sklaven zur Seite, als wolle er sagen: Du kannst dich entfernen, und Gavius verstand die stumme Bewegung. Dann ließ sich Aphrodisius auf dem Stein neben Plinius nieder.

»Unangenehmes?« fragte dieser unbeteiligt.

Aphrodisius hob die Schultern. Nach einer Weile neigte er sich zu Plinius hinüber und sagte: »Der Cäsar hat Poppäa umgebracht.«

Plinius erschrak über diese Nachricht so sehr, daß ihm der Stilus, mit dem er Notizen auf ein Wachstäfelchen machte, aus der Hand glitt und zu Boden fiel, und da er, am einen Ende spitz zum Schreiben, am anderen platt zum Löschen des Aufgezeichneten, aus Elfenbein gefertigt war, wie es einem Schriftsteller zukam, sprang der Griffel vom marmornen Boden hoch und wäre unter der vorderen Sitzreihe verschwunden, hätte sich Aphrodisius nicht blitzschnell gebückt, um das zu verhindern. Und während er nach dem Stilus fingerte und ihn gerade noch zu fassen bekam, vernahm der Pompejaner einen Aufschrei, lautstarkes Entsetzen, das den Jubelschrei noch übertönte, und als er sich wieder aufrichtete, um Plinius den Griffel zu überreichen, da ragte aus dem Rücken seines Vordermannes der geschwungene Griff eines Dolches, jener Waffe, der er schon mehrfach begegnet war, und dunkles Blut färbte die Toga schwarz, und Aphrodisius fühlte zahllose Augenpaare auf sich gerichtet, und hilfesuchend sah er Plinius an. Der gewann zuerst die Fassung zurück; er drehte sich um und sah gerade noch eine Gestalt hinter der obersten Barriere verschwinden, er wollte rufen: Haltet ihn!, aber seine Stimme versagte, und niemand wußte mit seiner hilflosen Handbewegung etwas anzufangen.

Unter dem Aufschrei der Menschen um ihn herum sank der Getroffene vornüber, und Aphrodisius begann zu begreifen, daß der Dolch mit dem geschwungenen Griff nicht dem gegolten haben konnte, der nun in seinem Blute lag. Nein, er selbst mußte das Ziel des Anschlags gewesen sein, und der Stilus des Plinius hatte ihm das Leben gerettet – oder war es nicht sogar Poppäa?

Nur mit großer Anstrengung gelang es Plinius, die aufgebrachten Römer zu überzeugen, daß nicht Aphrodisius den Dolch geführt hatte, daß im Gegenteil er selbst das Ziel des Dolches war, und die Nachbarn auf der Tribüne teilten diese Ansicht und bezeugten, daß der Pompejaner unter der Sitzbank nach dem Griffel gesucht hatte, während der Anschlag passierte. So entging Aphrodisius doppeltem Unheil, und die Parzen spannen nach dem Ratschluß der Götter Aphrodisius' Lebensfaden weiter.

# 8

Obgleich noch jung an Jahren, lag Aphrodisius daran, sich in einen stilleren Hafen zurückzuziehen, hatten ihn doch die Wogen, in denen das Leben treibt, mehr herumgeworfen, als es einem Römer seines Alters zukam. Vor allem der Mordanschlag im Theater des Pompejus, dem er auf so wunderbare Weise entgangen war, daß er dem Jupiter Optimus auf dem Capitol zwei Stiere mit vergoldeten Hörnern opferte, einen für die Rettung und einen dafür, daß ihn Plinius' Aussage vor der Mordanklage bewahrt hatte, veränderte sein Denken und damit sein Leben. Wie andere Männer seines Standes ging der Pompejaner nur noch in Begleitung einer Horde Sklaven auf die Straße, stämmigen Bithyniern, und er versäumte es nie, den Stilus mit sich zu führen, dem er sein Leben verdankte und den ihm Plinius deshalb zum Geschenk gemacht hatte.

Denn eines war Aphrodisius nach dem gescheiterten Attentat schnell klar geworden: ein Habenichts hat nichts, nicht einmal Feinde, zählt man dich jedoch zu den *beati possidentes,* der vermeintlich glücklichen besitzenden Klasse, so mußt du dich um Feinde nicht sorgen, es gibt genug; Mitleid nämlich, das man dem Armen entgegenbringt, dient zur Erbauung der eigenen Seele, Neid auf das Besitztum der Reichen jedoch versetzt deine Seele in Aufruhr, und nur den wenigsten gelingt es, ihn zu bekämpfen. Wurde der Reichtum dir in die Wiege gelegt von der spinnenden Klotho, so ist der Neid der Menschen nicht größer als jener, den sie deinem Vater entgegenbringen, weil er eine Hundertschaft Sklaven sein eigen nennt und ein Haus auf dem Land mit Weinbergen in Alba, deren Trauben süß, oder in Surrentum, deren Trauben von besonderer Heilkraft sein sollen für Genesende. Auch ein Ölberg, nicht weiter als vierzigtausend Schritte vom Meer entfernt, der Grenze seiner Tragekraft, schürt den Neid nicht mehr, obwohl doch keiner, der einen Ölbaum gepflanzt hat, in seinem eigenen Leben zur Ernte der Früchte gelangt. Aber das, was du mit eigener Hände Arbeit, mit den Anstrengungen deines Kopfes erreicht hast, das wird zum Ziel unzähliger Neider, beweist es doch nur das eigene Unvermögen.

Aphrodisius hielt es für klug, den Neidern, deren Feindschaft er sich schon erworben hatte, allen voran dem Prätorianerpräfekten Tigellinus, den Rücken zu kehren und nach Pompeji zurückzukehren. Da die Zahl der *frumentarii* in Rom so groß war wie nie zuvor, galt es auch, Leda zu verstecken, die der Pompejaner bei sich aufgenommen hatte und die er liebte wie Pygmalion, der König von Kypros, der das elfenbeinerne Bild einer Jungfrau verehrte und zu Aphrodite flehte, es zu beleben. Doch was Pygmalion kraft seiner Gebete gelang, blieb dem Pompejaner verwehrt, so sehr er auch Aphrodite anflehte: Das Mädchen zeigte seinem Retter die Dankbarkeit des Verstandes, mehr nicht, aber auch nicht weniger.

Am Tag nach den Fontinalien, wo die Tage kürzer zu werden beginnen, ließ Aphrodisius Rom hinter sich, von dreizehn Pferdewagen geleitet mit kostbarer Habe und der Zuversicht, fernab des brodelnden Kessels der Hauptstadt sein eigenes Feuer zu schüren. Außer Leda, seinen Sohn Hersilius, den treuen Sklaven Gavius, dem der Pompejaner an diesem Tag die Freiheit schenkte, was dieser entrüstet von sich zu weisen versuchte, weil er nun selbst für sich sorgen müsse, wo es ihm bisher doch an nichts gefehlt habe, nahm Aphrodisius noch Urgulanilla mit, die Amme mit dem Aussehen der Göttin Securitas, die Badesklavin Zugrita, deren Finger die flinkesten und weichesten zugleich waren zwischen Parthien und den Säulen des Hercules, und eine Handvoll Leibwächter und Obersklaven für das pompejanische Landgut. Die römischen Geschäfte, vor allem die Leitung der Webereien jenseits des Tibers, besorgte Polybius, der nach Poppäas Ableben ohne Arbeit war, weil der Cäsar ihre gesamten Besitzungen sofort zu Geld gemacht hatte.

Daß Aphrodisius den Marcus Silanus auf seinem Posten beließ, verwirrte den Verwalter, er empfand es als Strafe, weiter seinen Dienst tun zu müssen, während sein Herr alle Betrügereien kannte; aber das war Gewähr genug für den Pompejaner, keine Unregelmäßigkeiten befürchten zu müssen.

Das Landhaus, das nun seinen Namen trug, hatte die Form eines großen T, was jedoch nur sichtbar wurde, wenn man eine der himmelhohen, schwarzen Zypressen bestiegen hätte, welche die Villa, auf kleine Gruppen verteilt, einrahmten wie die Nereiden den Tempel von Xanthos. Aus luftiger Höhe wäre dem Betrachter auch aufgefallen, daß die linke Hälfte des T-Balkens ausladender und breiter war als die rechte: ein späterer Anbau mit Badebassin, *apodyterium* zum Auskleiden, *calidarium* und *praefurnium* zum Feuermachen, gewachsen in Generationen. Doch wenn man das Haus von Süden betrat – nur Herrschaften benutzten diesen Eingang, Diener und Sklaven lebten in winzigen Gemächern, die an der linken Hälfte des T-Balkens angeklebt waren, und hatten ihren eigenen Zugang von Westen her –, blieb der Grundriß schon deshalb verborgen, weil das Gebäude auf leicht ansteigendem Gelände lag, so daß das *viridarium,* welches die Mitte des Querbalkens bildete, nur über Treppen erreichbar war und deshalb ein Stockwerk höher lag als der Eingang. Achtzehn korinthische Säulen bildeten die quadratische Mitte dieses Viridariums mit exotischen Pflanzen, um das ein breiter, marmorgepflasterter Gehweg führte mit marmornen Bänken zu beiden Seiten und Skulpturen achaischer Herkunft. Aber der Reihe nach.

Schmal, wie bei allen Häusern auf dem Land, die des Nachts uneinnehmbar verschlossen wurden, öffnete sich das Eingangstor in einen Korridor, der von zwei winzigen *cellae* flankiert wurde, in denen die Pförtnersklaven darüber wachten, daß niemand unangemeldet das Haus betrat. In diesem Korridor war das Ziegelwerk sichtbar, aus dem der gesamte vordere Teil der Villa, also der Schaft des T, errichtet war. Diese Art von Ziegeln trug den Namen *tetradoron,* was – nach griechischer Herkunft – nichts anderes bedeutete als vier Handbreit; und das entsprach in der Tat der Breite jedes einzelnen Ziegels. Gebäude aus diesem Mauerwerk waren um ein Vielfaches teurer als die im Quaderbau aufgeführten Häuser; ihre Haltbarkeit aber übertraf, zumindest bei einstöckigen Gebäuden, jede andere Bauweise, weil die Ziegelwände Erdbewegungen nachgaben, und in den Provinzen Asia und Achaia gab es Bauwerke, die auf diese Weise viele Jahrhunderte schadlos überdauert hatten, wie das Grabmal des Königs Mausolos in Harlikarnassos, die Tempel des Zeus und des Herakles in Patrai und der Palast des Lyderkönigs

Krösus in Sardes, der jetzt ein Pflegehaus für alte Männer beherbergte. In Rom, wo aufgrund der Raumnot alle Gebäude höher als anderswo in den Himmel ragten, fand die Ziegelbauweise allein deshalb wenig Anklang, weil sich der geschilderte Vorteil der Nachgiebigkeit des Mauerwerks bei fünf- und sechsstöckigen Häusern als Nachteil auswirkte und Hochhäuser aus *tetradoron-* oder *pentadoron-*Ziegeln auseinanderzubrechen drohten.

Durch den Korridor gelangte man nach zehn Schritten in das Atrium, einen hohen, unmöblierten, zum Himmel und nach vorne, wo das Viridarium lag, geöffneten Raum. Unterhalb der Lichtöffnung in der Decke, über der sich hellblau schimmernd der campanische Himmel wölbte, befand sich, knietief und von einer weißen Marmortreppe gerahmt, das Impluvium, ein Becken mit Goldfischen, das den seltenen Regen auffing und sommers angenehme Kühle verbreitete. Pilaster mit korinthischen Kapitellen unterteilten die Wände links und rechts; deren warmer Ziegelton in rötlich, braun bis dunkelblau schimmernden Farben vermittelte ein Gefühl der Geborgenheit. Zwischen den Pilastern führten schmale, aber hohe und türenlose Zugänge seitwärts in je drei Räume, die das einzige Licht aus dem Atrium bezogen, weil sie, obwohl an den Außenwänden gelegen, keine Fenster hatten. Einer dieser Räume war an der vorderen Seite völlig offen, und man konnte ihn beinahe als eine große Nische bezeichnen; dieser *ala* genannte Raum nahm in jedem besseren Haus die Ahnenbilder auf. Leere Steinsockel und dunkle Ränder an den Wänden ließen erkennen, daß sie entfernt worden waren. Aber sonst hatte Poppäa alle Einrichtungen an ihrem Platz belassen.

Allerlei Meergetier – Polypen, Tintenschnecken, Muscheln, Delphine und Fliegende Fische – tummelte sich im Mosaik des Fußbodens und vermittelte den Eindruck bunter Kleckse im türkisfarbenen Meer. Vor allem Delphine liebten die Pompejaner über alles, und es gab kaum ein Haus, das nicht in irgendeiner Art mit Darstellungen dieser malerischen Wesen geziert wurde, seit unter der Regierung des göttlichen Augustus ein Junge aus der Nachbarschaft mit einem Delphin Freundschaft geschlossen hatte.

Besagter Knabe mußte tagtäglich von Baiä nach Puteoli zur

Schule. Nun liegt aber Baiä auf dem misenischen Kap, der Bucht vorgelagert, Puteoli in Sichtweite, und der Weg über das Meer ist nicht weit, während der mühsame Landweg viel Zeit beansprucht. So brachte der Junge täglich Brot für den aus dem Meer auftauchenden Delphin, und der bot ihm den Rücken zum Aufsitzen und trug ihn über das Meer zur Schule, und jeder konnte es sehen, jahrelang. Doch dann starb der Knabe an einer Krankheit, der Delphin aber erschien weiterhin jeden Tag an derselben Stelle, und obwohl er Futter bekam, schien er betrübt, und eines Tages starb auch er, und die Pompejaner zweifelten nicht, daß Sehnsucht die Todesursache war.

Das Tablinum mit Sitzgelegenheiten zu beiden Seiten, ein Empfangsraum für förmliche Besuche, war zum Atrium hin völlig offen, zum Viridarium aber, das Bäume und Sträucher und den nahen Gipfel des Vesuv in seine ungedeckte Architektur einbezog, mit vier Säulen bewehrt. Die hohen Wände schmückten Gemälde, glühend wie die Farben des Herbstes, und in einer Technik gemalt, die nach ihrer griechischen Herkunft *Enkaustik* genannt wurde; denn während die römischen Maler, von denen es wenige gab, vielfach verlacht wurden, weil sie Linkshänder waren wie Turpilius oder stumm wie Pedius oder weil sie nur sehr kleine Gemälde malten wie Titedius Labeo, so daß der Urhebervermerk *pinxit* große Heiterkeit auslöste, signierten die griechischen Maler aufgrund ihrer besonderen Malweise *enékaen* – was nicht etwa »er hat es gemalt« bedeutet, sondern »er hat es eingebrannt«. *Praxiteles enékaen* – »Praxiteles hat es eingebrannt«.

Schnelligkeit war die Voraussetzung für diese Malweise, die durch ihr glasiges Aussehen und, anders als die gewöhnlich stumpfen Wandmalereien, durch ihren matten Glanz auffiel. Den Untergrund bildeten mehrere Schichten aus Kalk, Sand und Seife, die nach dem Antrocknen mit heißem Wachs und feingemahlener Kreide überzogen wurden. Nach dem Erkalten konnte die »eingebrannte« Oberfläche glänzend poliert und mit Farben, die ebenfalls mit Kalk, Seife und Wachs versetzt waren, bemalt werden. Beinahe jedes Haus in dieser Stadt war geschmückt mit derlei Wandmalereien, und einer versuchte den anderen in dieser Kunst zu übertreffen. Allerdings konnte kein Zweifel daran bestehen, daß Aphrodisius die schönsten in ganz Pompeji besaß.

Ja, der Besucher saß im Tablinum und blickte, je nach der Seite, die ihm der Hausherr zuwies, auf die friedliche Geburt des Apollon (zur Linken) oder auf die kriegerische Auseinandersetzung Apollons mit dem Drachen (zur Rechten), auf die rosige Göttin Leto, die, an die Palme der schwimmenden Insel Delos geklammert, zusieht, wie Amphitrite, die Göttin des Meeres, den Neugeborenen in den klaren Fluten der Ägäis badet, oder auf den wilden Knaben, der dem Drachen Python sein Schwert in den Bauch rammt, so daß das Blut – *ipso facto* – von den delphischen Felsen spritzt.

Nur Freunde und Vertraute genossen den Vorzug, in das Viridarium eingelassen zu werden, das sich über der erwähnten Steintreppe hinter dem Tablinum auftat. Es nahm die größte Fläche des Hauses ein und trennte den rechtsgelegenen Badetrakt vom linksgelegenen Wohn- und Schlaftrakt durch den hohen Wuchs schwerduftender Sträucher und Bäume aus allen Provinzen des Reiches: Damaszenerpflaumen aus Syrien und Perseabäume von den Ufern des Euphrat, Azaroldornen aus Africa und Kastratenäpfel aus Belgien – so genannt, weil ihnen die Samenkerne fehlen –, Myrten von den Hängen des Idagebirges und pelasgischer Seidelbast, der auch den Namen »Kranz des Alexander« trägt, und ein Lorbeerstrauch vom neunten Meilenstein der Flaminischen Straße, wo ein Lorbeerhain den Namen *Ad gallinas* trägt – »zu den Hennen«.

Diese sonderbare Namensgebung ging auf den göttlichen Imperator Cäsar Augustus zurück, dessen Ehefrau Livia Drusilla, noch als sie dem Cäsar versprochen war, an dieser Stelle Rast machte, und während der Rast ließ ein Adler ein weißes Huhn, rein und unverletzt wie eine Blüte, in Drusillas Schoß fallen. Und da das Huhn einen Lorbeerzweig im Schnabel hielt, frohlockten die Zeichendeuter und verkündeten großen Ruhm. Der Cäsar ließ zum Dank das Huhn und seine Nachkommen pflegen wie ein Kind, der Lorbeerzweig aber wurde an jener Stelle angepflanzt und gehegt, so daß ein Hain entstand. Augustus nahm, nachdem das Imperium befriedet war, einen Zweig aus diesem Hain, wand einen Kranz und setzte ihn triumphierend aufs Haupt. Und weil keinem so viel Glück aus dem

Füllhorn Fortunas beschieden war wie ihm, folgten alle Cäsaren der Sitte.

Die Mitte der linken Hälfte nahm das Triclinium ein, wo hundert Gäste Platz finden konnten – es zu beschreiben, wird sich noch Gelegenheit bieten. Daneben lagen, nach Norden hin, drei *oeci,* fensterlose Salons, die nur über einen langen Gang betreten werden konnten, der zu den Küchen- und Personalräumen führte. Südlich davon, hinter einem weiteren Salon, lag das Vestibulum zum Ankleiden und dahinter das Cubiculum, das Schlafzimmer des Hausherrn, das einen winzigen Durchlaß zur Latrine hatte. Ohne Zugang zu den herrschaftlichen Räumen waren dahinter Diener und Sklaven untergebracht, jeweils vier in einem Raum und zu ihrer Zufriedenheit.

Etwas abseits der Villa stand ein Wirtschaftsgebäude mit Zisterne und Backofen im Innenhof, mehreren Ställen für Pferde und Tierhaltung, Vorratsspeichern, Weinkellern und einem Thermopolium, wo das Personal sein Essen einnahm. Keines der Gebäude, weder die Wirtschafts- noch die Wohnhäuser, hatte bei dem großen Beben Schäden davongetragen.

Insgesamt verfügte das Landgut über eine Fläche von vierhunderttausend Joch, womit es zu den größten der etwa vierzig pompejanischen Güter gehörte, und es beschäftigte Sklaven, Handwerker, Händler, Diener und Schreiber eingerechnet, über sechshundert Menschen, die sich in den Getreideanbau mit zwei bis drei Ernten, den Obstanbau – berühmt waren die campanischen Feigen; aber auch Quitten, Pfirsiche, Mandeln und Äpfel –, die Produktion von Olivenöl und Gemüse und den Weinanbau teilten.

Vor allem der Weinbau erwies sich als einträgliches Geschäft, denn nirgends auf der Welt gedieh der Rebstock so hoch und kräftig wie an den Hängen des Vesuv; und nicht selten konnte man beobachten, wie Weinstöcke mit den hier in großer Zahl wachsenden Pappeln eine Ehe eingingen, in knotigem Lauf Stamm und Äste umgarnten und höchste Wipfel erklommen und vom Winzer, der die Trauben ernten wollte, die längsten Leitern forderten. Poppäa Sabina, oder besser ihre Vorfahren, hatten den *gemellae,* den Zwillingstrauben, den Vorzug gegeben, die, wie ihr Name sagt, stets in zwei Beeren zusammenstehen und einen sehr kräftigen, herben Wein liefern, der sich besonderer Beliebtheit erfreute.

Nichts auf der Welt kann schöner sein als ein Sonnenaufgang in der Campania, an den Hängen des Vesuv, der seinen Gipfel dunstverhangen in das Morgenlicht reckt, und so nutzte Aphrodisius diesen ersten lauen Morgen zu einem Gang über seine Besitzungen, allein mit sich und seinen Gedanken. Jeder seiner Schritte, den er auf eigenem Boden tat, jeder Blick auf die üppig wuchernden Felder, auf die Last der schwerschwangeren Bäume erfüllte ihn mit Stolz, war es doch noch nicht lange her, daß er all diese Herrlichkeit der Natur aus der Ferne, über die sorgsam aus Feldsteinen geschichtete Mauer, die den gesamten Besitz umgab, betrachtet hatte. Und nun war dies alles sein.

Die wärmende, den Tau auf den fingerigen Feigenblättern trocknende Sonne zur Rechten, nahm der Pompejaner den sanft ansteigenden Feldweg nach Norden, durchquerte Felder von Kohl, Erbsen, Bohnen, Zwiebeln und Mangold, devot gegrüßt von den Sklaven, die zu früher Stunde bereits ihre Arbeit verrichteten. Nach einer knappen Stunde Weges näherte er sich der nördlichen Grenze seiner Besitzungen, und als er sie erreicht hatte, setzte er sich auf die Mauer der Umfriedung, und sein Herz schlug schnell; denn zu seinen Füßen lag Pompeji, die Quitte im Garten der Venus, gezeichnet zwar noch immer von dem wütenden Erdbeben, aber trotz klaffender Ruinen, trotz Haufen von Schutt an den Straßen nach wie vor ohne Beispiel im Süden des Reiches und stolz in seiner zeitlosen Schönheit, bunt und prall. Und dahinter in milchigem Schleier das Mare Tyrrhenum, einladend der Golf, das Kap Misenum im Westen nur zu erahnen, doch Stabiä nach Süden hin mit seinen mondänen Bädern zum Greifen nah vor dem himmelstürmenden Mons Lactarius. Beim Apollon, wo war die Welt schöner?

»Wer bist du?«

Eine weibliche Stimme störte die Andacht des Pompejaners. Auf der anderen Seite der Mauer stand eine Frau in Begleitung zweier

Dienerinnen; sie hatte den bauschigen Kragen ihres langen Gewandes über den Kopf gezogen wie zum Gebet, aber Aphrodisius erkannte sie sofort, ihre Haltung und die Schönheit ihres Gesichts: Eumachia.

»Ich bin Lucius Cäcilius Aphrodisius und – mit Verlaub – Herr über dieses Land.«

»Ach«, erwiderte Eumachia so kurz und so spitz, wie es dieser Laut nur hergab; aber in diesem einen Laut lag, jedenfalls schien es dem Pompejaner so, alle Wut und Verachtung, deren eine Frau fähig ist. Deshalb überwand Aphrodisius jedes Gefühl der Bewunderung, ja Begehrlichkeit, denn Eumachia war noch immer eine anziehende, schöne Frau, und er verstellte sich wie Odysseus vor Penelope und fragte mit gestelzter Höflichkeit:

»Und wer bist du, Schöne der aufgehenden Sonne?«

»Eumachia, Tochter des Lucius, Priesterin des göttlichen Augustus.«

»Ach«, ließ sich der Pompejaner in etwa dem gleichen Tonfall vernehmen, dessen sich Eumachia zuvor bedient hatte, und natürlich erkannte sie das Schnippische in dieser Antwort, und, um das Gespräch nicht zu beenden, noch ehe es richtig begonnen hatte, fügte er hinzu: »Dann sind wir ja Nachbarn, sozusagen.«

Eumachia, welche die Erregung des anderen nicht teilte – jedenfalls war ihr nicht die geringste Unruhe anzumerken –, blieb stumm und forderte damit Aphrodisius zum Sprechen heraus. Mit deutlicher Verlegenheit kam dieser ihrem Wunsch nach: »Ich stamme von hier, der Bankier Lucius Cäcilius Serenus, der bei dem großen Beben umkam, schenkte mir die Freiheit. Ich ging dann nach Rom, und dort habe ich mein Glück gemacht.«

»Das kann man wohl sagen!« antwortete die Priesterin, aber keineswegs anerkennend, sondern eher abfällig böse. »Allein mit deiner Hände Arbeit wirst du dein Vermögen wohl nicht erworben haben, Freigelassener!«

Freigelassener! Es war lange her, seit ihn jemand so angeredet hatte. Gewiß, Aphrodisius war vom Stand ein Freigelassener, ein Sklave, dem sein Herr die Freiheit geschenkt hatte, aber den meisten ist es gleichgültig, ob du ein *vir vere Romanus* bist oder ein

Freigelassener; sie fragen dich nicht nach der Abstammung. Das, was du bist, oder besser: was du hast, ist Stammbaum genug.

Aber Eumachia wollte ihn kränken; und weil er das nicht zulassen, ihr diesen Triumph nicht gönnen wollte, tat er, als habe er das Schimpfwort gar nicht gehört, statt dessen ging er in seiner Antwort auf den anderen Vorwurf ein: »Nein, nicht mit den Händen, Eumachia, das wäre töricht, wo du dir zwei Hände für zweitausend Sesterzen kaufen kannst, ich habe mir mein Vermögen wohl eher mit dem Kopf erworben!« Und dabei tippte Aphrodisius an seine Stirne.

Nun aber fühlte sich die Priesterin herausgefordert, weil ein mit dem Kopf erworbenes Vermögen ebenso ungewöhnlich wie anerkennenswert war, und sie sprach, ohne den Pompejaner anzusehen, der von der Mauer herabstieg und mit aufgestützten Ellenbogen nach drüben schaute: »Man sagt, du habest mit Frauen dein Glück gemacht, mit deren Hilfe jedenfalls . . .«

»Wenn du den Koprophagen Glauben schenkst . . .«

»Für gewöhnlich nicht, für gewöhnlich gebe ich nichts auf das Gerede der Leute, aber in diesem Falle muß wohl etwas daran sein, denn zufällig bist du ja wohl nicht in den Besitz dieses Landgutes gelangt?«

»Beim Mercurius, das ist in der Tat kein Zufall, ich habe länger als ein Jahr die Bücher dieser Besitzung kontrolliert und wußte genau, was sie wert ist, und deshalb –«

»Ich habe das erste Angebot gemacht!« fuhr Eumachia dazwischen.

»Und ich das bessere«, erwiderte Aphrodisius schnell, »und deshalb hat Poppäa an mich verkauft.«

»Deine Angebote sind bekannt!« Und nun begann die Priesterin sich sichtlich zu erregen. »Sie fanden im Cubiculum statt, Freigelassener.«

Aphrodisius begriff, worauf sie hinauswollte, und er erwiderte, jetzt ganz ruhig: »Und wenn es so wäre, Priesterin des göttlichen Augustus?«

Diese Unverfrorenheit versetzte Eumachia in Zorn; sie stieß die beiden Dienerinnen beiseite, zum Zeichen, daß sie sich entfernen sollten, und trat an die Mauer heran, welche die Grenze zwischen beiden Besitzungen bildete. Der Pompejaner konnte ein erregtes Flackern in ihren dunklen Augen erkennen. »Du hast mich um dieses Landgut betrogen, Freigelassener, aber, bei meiner rechten Hand, ich schwöre, die Zeit wird kommen, da wird es dir leid tun, deinen Fuß wieder auf pompejanisches Land gesetzt zu haben und nicht in jenem verderbten Rom geblieben zu sein; denn du bist kein Pompejaner, du bist ein verkommener Römer, einer von denen, die heute aus goldenen Bechern trinken und morgen aus der hohlen Hand.«

»Ich habe lange genug aus der hohlen Hand geschlürft«, antwortete Aphrodisius gelassen, »ich weiß den goldenen Becher sehr wohl zu schätzen, und deshalb werde ich alles daran setzen, um nie wieder auf ihn verzichten zu müssen, sei versichert. Im übrigen danke ich dir für deine offenen Worte; denn gibt es Schlimmeres als eine Schar sogenannter guter Freunde, die dir lächelnd entgegentreten und hinter deinem Rücken den Bogen der Mißgunst spannen, die Dolche des Neides wetzen und den Speer des Hasses aufnehmen? Wie tugendsam ist da ein wahrer Feind, einer von der Art wie du, der seine Abneigung klar zu erkennen gibt, dafür danke ich dir. Doch sollst du wissen, daß ich deinem Treiben nicht tatenlos zusehen werde. Ich werde meinerseits alles daransetzen, daß für dich die Zeit, da *du* aus einem goldenen Becher trinkst, zu Ende geht. Das sagt dir Aphrodisius, der Freigelassene des Lucius Cäcilius Serenus.«

Das sichere Auftreten des Pompejaners und die Unverschämtheit, mit der dieser Emporkömmling gegen sie vorging, versetzte Eumachia derart in Rage, daß ihre Lippen unkontrolliert zu zittern begannen, und sie suchte vergeblich nach einer Antwort. »Ich gehe«, sagte sie schließlich, und weil das zu sehr nach dem Eingeständnis einer Niederlage klang, fügte sie hinzu: »Hier stinkt es zu sehr nach Sklave.«

Von nun an wußte Aphrodisius: In Pompeji war die Gefahr nicht geringer als in Rom – sie hatte nur andere Namen.

Ein Aufatmen ging durch die Stadt, als die Römer erfuhren, der Cäsar habe sich in die Provinz Achaia begeben, um, wie er verlauten ließ, ein ganzes Jahr nur für die Kunst zu leben; die Griechen seien das einzige seiner Kunst würdige Volk im römischen Imperium. In Wirklichkeit hatte der Entschluß jedoch ganz praktische Gründe: zum einen war der Göttliche obdachlos, der Cäsarenpalast auf dem Palatin lag zerstört, und der neue sprengte alle Dimensionen; unter Berücksichtigung römischer Gigantomanie erschien ein volles Dezennium für den Bau nicht zu hoch gegriffen. Zum anderen aber hatte Nero Angst. Durch die Aufdeckung der Pisonischen Verschwörung war seine Furcht vor Attentaten gewachsen, ebenso die Zweifel, wem in seiner nächsten Umgebung er überhaupt noch trauen konnte; er schlief kaum, und wenn, dann am hellichten Tage, und die Zusammensetzung der Leibwache wurde täglich geändert.

So schien Korinth – die römischste aller Griechenstädte, weil, einst verödet, vom göttlichen Julius mit Veteranen neu besiedelt – als geeignete Zuflucht, während Helius, ein Freigelassener des Cäsars, in Rom die Amtsgeschäfte führte. Tigellinus begleitete den Göttlichen, ebenso Sporus, sein Lieblingsklave, dem Nero, Poppäas Ableben betrauernd, eine Geschlechtsumwandlung hatte angedeihen lassen, mit wenig Erfolg, wie es schien, denn bald darauf hatte er Messalina geehelicht, ein Frauenzimmer von derber Sinnlichkeit, viermal verheiratet, zuletzt mit Atticus Vestinus; Nero, sagte man, habe ihn töten lassen.

Aber während der Cäsar in Verzückung zur Lyra sang und Gedichte von eigener Feder vortrug, blieb die Zeit nicht stehen. Und weil eine einmal in Gang gesetzte Gärung auch mit Waffengewalt nicht zu stoppen ist, wuchs die Rebellion in Judäa weiter und nahm immer bedrohlichere Formen an, vor allem bei den Zeloten, den radikalen Besitzlosen unter der jüdischen Bevölkerung, die nur eine Alternative kannten: Freiheit oder Tod. Selbstmordkommandos provozierten die römischen Besatzer, wo immer sich eine Gelegenheit bot, und die Flammen, welche mal hier, mal dort aufflackerten, konnten täglich einen verheerenden Brand auslösen, ein Inferno sogar, das den gesamten Osten des Imperiums einzuäschern in der Lage gewesen wäre.

Politik aber schien dem Cäsar nur Abfall der Kunst zu sein, und die Töchter von Uranos und Gaia, die Musen, galten ihm mehr als der Sohn von Zeus und Hera, der reißende Mars, dem man nachsagte, er sei der Vater des Stadtgründers Romulus und seines Zwillingsbruders Remus. Fatal nur, daß Nero so gerne siegte, während er den Krieg haßte und dieses schmutzige Geschäft lieber anderen überließ. So konnte der Cäsar nicht unterscheiden zwischen Notwendigkeit, Willkür und Gleichgültigkeit, und er stahl sich aus der Verantwortung, indem er wichtige Entscheidungen Tigellinus überließ.

Der aber ließ Köpfe rollen nach Belieben und machte nicht einmal vor jenen halt, die sich verdient gemacht hatten um das Vaterland – vor allem nicht vor jenen. Ein Mann wie Corbulo mit dem Ruhm des größten Feldherrn seiner Zeit, der in der Lage war, Truppen zu mobilisieren und Legionäre zu motivieren – das hatte er zuletzt im Osten bewiesen –, erschien dem Prätorianer eine latente Gefahr, und deshalb wurde er nach Griechenland zitiert, und die Boten ließen verlauten, der Cäsar habe seinen Tod beschlossen. Um einem unrühmlichen Ende zu entgehen, stürzte Corbulo sich in sein Schwert – beklagt vom göttlichen Nero, dem die Machenschaften des Tigellinus verborgen blieben.

Wer sollte nun den jüdischen Aufstand niederschlagen?

Es lebte damals in der Provinz Africa ein Procurator namens Titus Flavius Vespasianus, von niederer Herkunft und bereits siebenundfünfzigjährig, aber mit dem Ruf des untadeligen Legionskommandanten, der in Germanien und Britannien mehr als dreißig Schlachten geschlagen und siegreich beendet hatte, so daß ihn der göttliche Claudius mit den Triumphabzeichen versah. Mochte er als Stratege genial sein, von Geld und Reichtum hielt Vespasianus nichts, er stammte aus einem kleinen Dorf im Sabinerland und mußte von seiner Mutter in die Ämterlaufbahn gedrängt werden; und während andere als Provinzprocuratoren Millionen scheffelten, was das Gesetz ihnen zugestand, geriet er an den Rand des Bankrotts und sah sich gezwungen, sein Geld als Maultierhändler zu verdienen. »Mulio« nannten ihn die Römer spaßhaft, »Maultiertreiber«. Zwar mochte ihn der göttliche Nero nicht leiden, weil er, noch in

Rom, bei seinen Gesängen vor Publikum immer einzuschlafen pflegte und auch durch wiederholte Warnungen des Tigellinus davon nicht abzubringen war, aber er erschien dem Cäsar ungefährlich und ohne persönlichen Ehrgeiz, und das unterschied ihn vor allem von Otho, der auch ein glänzender Feldherr für Judäa gewesen wäre, den Nero jedoch lieber im fernen Spanien sah.

Und doch war dem Flavier ein bedeutendes Schicksal verheißen, das er niemandem kundtat, weil er wußte, daß die Parzen im Verborgenen wirken und jeden strafen, der ihre Fäden verwirrt. Vorzeichen gab es viele, ungewöhnlich viele sogar, die von den Auguren als Zeichen der Herrschaft gedeutet wurden: So stürzte eine schwarze Zypresse auf seinem Landgut entwurzelt zu Boden, grundlos, weil weder Gewitter noch Sturm an ihrem Geäst zerrten. Doch – was noch erstaunlicher war – am folgenden Tag stand sie aufgerichtet und frischer begrünt als zuvor, und niemand wurde ausfindig gemacht, der den Baum aufgerichtet hatte. Ein anderes Mal lag Vespasianus zu Tische, und ein Hund stürmte in das Triclinium mit seltsamer Beute im Maul, und als er diese unter Vespasianus Platz ablegte, erkannten die Gäste eine menschliche Hand. *Praemissis praemittendis* verirrte sich ein wilder Stier in das Haus des Flaviers, und während die Bewohner davonstürzten und um ihr Leben fürchteten, legte sich das Tier vor dem Hausherrn nieder, zahm wie ein Haushund.

Ein anderes Vorzeichen war über Jahre hin und für jedermann sichtbar. Die uralte, dem Mars geweihte Eiche im Garten der Flavier wuchs träge und kaum erkennbar, doch jedesmal, wenn die Herrin des Hauses ein Kind zur Welt brachte, trieb sie einen jungen Ast in schnellem Wuchs. Der erste Ast war zart und verdorrte, und das Mädchen, dem er erwuchs, starb, bevor es ein Jahr alt war. Der zweite Ast zeugte von Kraft, und seine Länge verhieß anhaltendes Glück. Der dritte Ast aber wuchs sich zur Größe eines ganzen Baumes aus und überwucherte alle anderen Zweige; und die Auguren, die ihn bestaunten, prophezeiten dem dritten Sohn, er würde einst Cäsar werden wie der göttliche Gaius.

Nun war Vespasianus siebenundfünfzig, und er mochte wohl nicht mehr an die Weissagung der Auguren denken. Er hatte Frau und Tochter verloren, und deshalb liebte er seine Söhne Titus und Domitianus, selbst schon im besten Mannesalter, wie Vater und Mutter zugleich und scharte sie um sich, wo immer sich die Möglichkeit bot.

Nach dem Willen des göttlichen Cäsar sollte Titus Flavius Vespasianus den jüdischen Aufstand niederschlagen, und er segelte nach Achaia, um den allerhöchsten Befehl entgegenzunehmen. Über den Hellespont nach Syrien gelangt, zog der Feldherr sechzigtausend Mann zusammen, während sein Sohn Titus nach Alexandria reiste, um dort die fünfzehnte Legion gegen Judäa zu rüsten. Im Gebiet von Ptolemais, das die Westgrenze bildet zu Galiläa, fügten Vater und Sohn ihre Truppen zusammen und gingen gegen die Städte Gabara und Jotapata vor. Auf dem Forum in Rom aber wollten Männer nach einer Volksversammlung mit eigenen Augen gesehen haben, wie sich die Statue des göttlichen Julius auf ihrem Sockel bewegte und sich gen Osten wandte, als liege dort die Zukunft des römischen Imperiums.

Ob er mit ihm ringen wolle?

Beim Hercules, ja, antwortete Aphrodisius, er wolle es zumindest versuchen, und er rechnete sich durchaus Chancen aus, weil der andere ein gutes Stück älter und kaum kräftiger gebaut als er erschien, warum nicht. Der erregende Duft der Stabianer Thermen, eine Mischung von parfümiertem Wasserdampf, frischgeschwitztem Schweiß und triefendem Öl, das hier aus fischigem Tran, dort aus den schmackhaften Früchten des Ölbaums gepreßt schien, enthemmte den Pompejaner wie arkadischer Wein, dem nachgesagt wurde, er mache Männer rasend und Frauen fruchtbar. Er betrat diese Thermen an der Straße nach Stabiä zum ersten Mal, selbstbewußt und erhobenen Hauptes, wissend, daß sein Weg nicht im Apodyterium endete, dem Umkleideraum, in welchem die Sklaven die Kleider ihrer Herren bewachten.

»Aphrodisius«, sagte er, dem Fremden seinen Namen nennend.

Der gab sich als Alleius Nigidius Maius zu erkennen, so daß Aphrodisius mit flacher Hand gegen seine Stirne schlug, weil er ihn nicht gleich erkannt habe, Nigidius natürlich, aber nackt sähen alle Männer gleich aus, beinahe jedenfalls. Sie lachten, und Nigidius meinte, er habe Aphrodisius sofort erkannt, erinnere er sich doch noch gut an den Freigelassenen des Serenus. Nun konnte sich der Pompejaner auch mit großer Anstrengung nicht erinnern, diesem Mann je persönlich begegnet zu sein, aber einen Mann wie Nigidius kannte man natürlich, und – nur um irgend etwas zu sagen – erkundigte sich der Pompejaner, was ihn, den Römer, wieder einmal nach Pompeji führe, Geschäfte gewiß?

Nackt, wie er so vor ihm stand, lachte Nigidius, und das war nicht ohne Komik, weil ein nackter Mann schon mit ernstem Gesicht komisch genug aussieht, aber erst lachend! Das gleiche könne er ihn fragen, meinte Nigidius, und wahrscheinlich sei auch die Antwort die gleiche. Nur Beamte und Senatoren hielten sich in Rom auf, und die nur deshalb, weil es ihr hohes Amt vorschreibe, und natürlich das Millionenheer der Sklaven, wenn man diese einmal zu den Menschen zählen wolle; aber wer immer die Möglichkeit habe, meide die Stadt.

Sie schöpften mit bloßen Händen licinianisches Öl aus dem kupfernen *labrum*, das hochbeinig herumstand, dem delphischen Dreifuß ähnelnd, auf dem die Pythia die Zukunft weissagte, und wuschen die dickflüssige Tinktur in ihre Haut, daß all die Düfte sich entfalteten, die ihr beigemengt waren wie Balsam und Kalmus, Iris und Kardamom, Heilwurz und gallische Narde.

Er habe ihn, Aphrodisius, stets im Auge behalten, ließ Nigidius wohlig grunzend vernehmen, er schätze Männer seiner Art sehr, die nicht auf das Erbe ihrer Väter bauten, wie die meisten Römer, die in dem Wort Arbeit ein Schimpfwort erkannten. Er, Nigidius, sei sicher, daß er, Aphrodisius, mehr Feinde zähle als Freunde. Aphrodisius nickte zustimmend, und der andere fuhr fort. Eumachia, könne er sich denken, werde nicht tatenlos zusehen, wie ihr der Ruhm von Reichtum und Erfolg streitig gemacht würde, sei sie doch eine wie er, frei geboren zwar, aber in Armut, und sie verdanke all ihren Besitz niemandem als sich selbst.

Den Pompejaner berührte dieses Gerede wenig, ihn interessierte, da ihm dieser Nigidius, der jeden und den jeder kannte, nun einmal über den Weg gelaufen war, das Verschwinden dieses Popidius Pansa, ob er ihn gekannt habe?

Pansa? Gewiß – ein Sonderling, wenig erfolgreich als Advocatus, sei nach dem Erdbeben einfach verschwunden, seine Frau in bitterster Armut zurücklassend. Da erzählte Aphrodisius von seiner seltsamen Begegnung in Karthago, ohne jedoch den Mord an seinem Herrn Serenus zu erwähnen, und wie erschrak er, als Nigidius auf einmal den Namen Fulvias nannte. Sie sei nach dem Tod ihres Gatten Serenus oft mit Pansa gesehen worden, heimlich des Nachts . . . Ob er bereit sei?

Aphrodisius bejahte, er sei bereit, und sie traten in die *Palästra,* einen Raum in diesigem Licht, rechteckig und von einer gewölbten Decke überspannt mit achteckigen Kassetten in der natürlichen Farbe des Stucks. Auf dem Boden aus rosa Marmor, der die Anfeuerungsrufe der Kämpfer zum Hallen brachte wie den Gesang der Sibylle von Cumä, umrahmten Mäandermuster zwei quadratische Felder. Ein Sklave bot einen Kessel dar, in den jeder mit gespreizten Fingern hineinlangte, um feinen Sand zu greifen, den er dem Gegner an den ölverklebten Körper warf zum besseren Halt seiner Hände. Sie standen sich nun aufrecht gegenüber, eine angedeutete Verbeugung führte zur Berührung ihrer Stirnen, Nigidius packte zu.

Wie das Falleisen den Fuchs an den Läufen gefangenhält, umklammerte Nigidius die Oberarme seines Gegners, und Aphrodisius war nicht in der Lage, selbst die Arme des anderen zu fassen. Gegen den Brustkorb seines Gegners gestemmt, versuchte der Pompejaner sich zu entwinden; doch er merkte sofort, daß der Gegner das Geschehen diktierte, ein um an das andere Mal versuchend, ihn zu Boden zu schleudern; aber Aphrodisius stand wie Peleus, der ringende Vater Achills, stämmig und unbeugsam, so daß Nigidius, in der Technik des Ringens erfahren, seinen Griff änderte und blitzschnell beide Hände hinter dem Nacken des Gegners verschränkte, was Aphrodisius jedoch zum ersten Mal in die Lage brachte, den Gegner an den Armen zu fassen; jedoch wieder vergeblich.

Beim Hercules, welche Rolle spielte Fulvia in diesem schmutzigen Spiel? Aphrodisius brauchte alle Kraft, um dem Druck in seinem Nacken entgegenzuwirken. Hatte Pansa mit Wissen Fulvias Serenus ermordet? Warum setzte er sich ab, Fulvia zurücklassend? Hatte Fulvia Serenus ermordet? Warum hatte Pansa fliehen müssen? Er spürte die Kraft in seinen Muskeln, das wohligen Schmerz verbreitende Dehnen, das, sich steigernd, den wuchtigen Körper des anderen zu biegen begann, seinen gepreßten Atem, in unregelmäßigen Abständen ausgestoßen wie das Schnauben eines Stieres vor dem Schwert des Gladiators, ebenso laut und ebenso zornig wild. Und wenn sich alles ganz anders zugetragen hatte? Vielleicht fügte der Zufall das Zusammentreffen Fulvias und Pansas, vielleicht fiel Serenus einem plündernden Mörder zum Opfer? Warum nannte aber sein Herr Pansas Namen? Er versuchte nun seinerseits, dem Gegner ein Bein zu stellen, ihn über seinen linken Schenkel zur Seite zu drücken und auf diese Weise zu Fall zu bringen, um ihn dann, Mann auf Mann, mit den Schultern auf den kühlen Marmor zu fesseln, wie es dem Sieger zukam.

Das kräftezehrende statische Spiel begann sich zu wandeln, denn beide mühten sich nun mit unregelmäßigen, ruckartigen Bewegungen, aber auch diese brachten weder dem einen noch dem anderen sichtbare Vorteile. Anfeuerungsrufe wurden nun immer lauter, immer häufiger, je heftiger sich die beiden drängten, stießen, schleuderten, und Aphrodisius glaubte die Stimme des Serenus zu vernehmen, der da voll Begeisterung rief: *»Valete! Valete!«*

Du sollst stark sein, hatte Serenus ihm gesagt an jenem denkwürdigen Tag, an dem er ihm die Freiheit schenkte, denn nur der Starke könne das Schicksal bezwingen. Nie hätte er damals zu hoffen gewagt, je im Leben in der Palästra gegen Nigidius zu ringen, den stolzen Römer, um dessen Gesellschaft so viele buhlten, weil es hieß, er habe Verbindungen zu den höchsten Stellen des Staates. Aber die Parzen sind unberechenbar wie alle Frauen; nun spürte er seine Muskeln, seine Kraft, seinen Willen und versuchte, sich ihm in der selben Weise aufzuzwingen.

Seltsam berührte den Pompejaner noch immer das Verhalten Fulvias, die ihn unerwartet auf die Straße gesetzt hatte, obwohl ihr doch nach dem Tod ihres Mannes ein starker Arm von Nutzen gewesen wäre. Nein, irgendein furchtbarer Zusammenhang mußte bestehen zwischen ihm selbst, Fulvia, Pansa und dem Tod des Serenus; Aphrodisius war sich sicher, daß es sogar eine Querverbindung gab zu jenem Attentat, dem er im Theater des Pompeius wie durch ein Wunder entgangen war. Sollte er einfach abwarten, bis der nächste Dolch gegen ihn geschleudert wurde? Selbst gegenüber einem Mann wie Nigidius, der ihm freundlich gegenübertrat, schien Mißtrauen angebracht, und mochte er noch so beteuern, wie sehr er Männer wie ihn schätze, die nicht auf das Erbe ihrer Väter bauen konnten.

Aber ein Ringer soll ringen und nicht denken; jedenfalls genügte dieser kurze Augenblick, und Nigidius zog Aphrodisius über seinen ausgestellten Schenkel, der Pompejaner strauchelte, versuchte den drohenden Fall mit nach hinten gestreckten Armen zu lindern, was auch gelang, aber der Angriff kam zu unerwartet plötzlich, und Aphrodisius hatte keine Chance, sich zu wehren. Nigidius bekam im Fall die Handgelenke des Gegners zu fassen und hämmerte ihn so auf den Marmor, daß der Pompejaner bereitwillig aufgab.

Alleius Nigidius Maius fand anerkennende Worte für den Unterlegenen, während er keuchend über ihm kniete. Schweiß, Öl und Sand hatten ihre muskulösen Leiber in unansehnliche, schmutzige Kolosse verwandelt, und ihre Tritte hinterließen deutliche Spuren, als sie sich in das angrenzende Caldarium begaben, einen langgezogenen Raum mit Nischen an der Stirnseite und Marmortrögen voll heißdampfenden Wassers zur Reinigung der Glieder. Ein *strigilis* aus Elfenbein diente den Wettkämpfern zum Abschaben der öligen Schmutzschicht, was jeder selbst verrichtete unter Ausstoßen wohliger Laute; erst dann stiegen sie schnaubend in die Wannen, von stämmigen Badesklaven umsorgt.

In Karthago also sei er Popidius Pansa begegnet, sinnierte Nigidius, im Wasser planschend mit der Lust eines Kindes; nicht ungewöhnlich an sich, sein nächtliches Verschwinden jedoch um so mehr. Warum, beim Jupiter, fürchte Pansa sich wohl vor ihm? Aphrodisius, im benachbarten Trog, tauchte unter und schniebte wie ein Delphin in der narbonensischen Provinz, wo – wie erzählt wird – diese Tiere gemeinsam mit den Menschen Fische fangen.

Aufgetaucht aus dem reinigenden Schaum, bekannte Aphrodisius, zwei römische Sklaven auf Pansa angesetzt zu haben, denn er sei überzeugt, daß es dem Advocatus gelungen sei, nach Rom zu entkommen; bisher habe jedoch die Suche keinen Erfolg gezeitigt. Aber wenn er diesen Pansa zu fassen kriege, werde er die Wahrheit aus ihm herauspressen – und dabei schlug der Pompejaner in das schaumgekrönte Wasser, daß Nigidius' Badesklave eine Breitseite abbekam, wie einst der göttliche Claudius von jenem gallischen Walfisch, der der Flotte bis Ostia gefolgt war und vom Cäsar persönlich mit der Lanze erlegt wurde – der Vergleich sei erlaubt.

Auf die Frage, ob er Verbindung halte zu Fulvia und ob sie eine neue Ehe eingangen sei, erwiderte Nigidius, sie lebe zurückgezogen auf ihrem Landgut, von Sklaven und Zofen umgeben, und mache einen verbitterten Eindruck; dem Umgang mit Männern stehe sie fern, obwohl nicht wenige ihr den Hof gemacht hätten – »Kein Wunder, bei ihrem Vermögen!«

Ob Nigidius von dem Attentat im Theater des Pompeius gehört habe?

Natürlich, und er, Aphrodisius, habe das einzige Richtige getan, indem er Rom verließ, beim Castor und Pollux, welch eine Zeit – *o tempora, o mores!* Unter Sulla, dem Diktator, sei das Chaos nicht kleiner gewesen, die Zahl der Opfer nicht geringer, auch damals habe ein Attentat das andere gejagt, weil sich Optimaten und Popularen bekriegten, als sei der andere ein Samnit. Die furchtbarste Erkennntnis bei all dem sei indes jene, daß keiner Seite ein *tropaeum* errichtet werden konnte, weil keine Partei den Sieg davontrug.

Und er, Nigidius, lebe er nicht in Furcht vor einem Attentat?

Alleius Nigidius Maius zögerte, als scheue er sich, die Wahrheit zu sagen; dann beugte er sich über den Wannenrand und wartete, bis Aphrodisius es ihm gleichtat. Damals, nach dem großen Beben, sprach er leise, als die Stadt noch in Trümmern lag und das Überleben jede Nacht in einem anderen Haus gefeiert wurde wie eine Wiedergeburt – damals sei in seinem Haus der Bankier Priscillianus von einem fliegenden Dolch getötet worden, ohne daß einer der Gäste den Anschlag bemerkte. Nur honorige Leute hätten bei Tische gelegen, geschlemmt und um die Gunst eines schwarzen Mädchens gelost, und er selbst habe den Mord entdeckt, und da jeder der Anwesenden höchstes Ansehen genoß in Pompeji und freundschaftliche Gefühle hegte gegenüber Priscillianus, schien es keine Frage, daß der Täter unter den Sklaven zu suchen war – ein gedungener Mörder.

Alle Nachforschungen seien jedoch erfolglos geblieben, und so habe er, wie das Gesetz es befiehlt, alle siebzig zum Tod vor den wilden Tieren bestimmt – in Rom, weil der hiesige Circus in Trümmern lag. Heute, und dabei blickte Nigidius zur Seite, ob niemand das Gespräch belausche, heute hege er Bedenken wegen seines Verhaltens von damals und glaube, daß der Mörder doch unter seinen Freunden zu finden sei. Doch wo kein Kläger, da kein Richter, niemand habe Priscillianus betrauert, weil er weder Frau noch Kinder hatte.

Mit einem Gefühl der Reinheit erhoben sich beide aus den Wannen, und nachdem sie in weiße Tücher gehüllt worden waren, deutete Nigidius mit einer Handbewegung an, ihm in das angrenzende *laconicum* zu folgen, das jedoch nur mit Holzsandalen betreten und über den Säulenumgang erreicht werden konnte, der in etwa die Mitte der Thermenanlage bildete. Trockene, heiße Luft schlug ihnen aus dem Schwitzraum entgegen, und der *fornacator*, der das Feuer bewachte, indem er regelmäßig derbe Obstbaumscheite nachlegte, schloß hastig die schmale Tür und empfing Nigidius und Aphrodisius dienernd. Die kurze Helle des Tages, der sie im Säulengang ausgesetzt waren, bewirkte plötzliche Blindheit in dem schwach belichteten Schwitzraum, und gut ein Dutzend Sklaven, Masseure, Parfümeure und Haarentferner mühten sich um die Ankömmlinge und führten sie zu der gedrängten Marmortribüne, die das Laconicum an zwei Seiten umgab.

Als das Augenlicht wiederkehrte, erkannte Aphrodisius die Enge des Raumes, den eine winzige Deckenöffnung über dem Feuer und das Flammenzüngeln darunter geheimnisvoll belichteten. Dampfend und dichtgedrängt saßen die Schwitzer auf drei übereinanderliegenden Sitzreihen, starrten teilnahmslos vor sich hin oder plauderten mit dem Nachbarn, das Prasseln des Feuers übertönend; kaum einer erkannte den anderen.

Schwitzbäder galten als Errungenschaft der Zeit; sie trieben Giftstoffe aus und öffneten den Geist für die Lehren der Philosophen. Man beteiligte sich unverhohlen an Gesprächen der anderen oder versuchte ein neues, in welches dann diese einfielen mit schönen Gedanken. Und da auf einmal alle Gespräche verstummten, begann Nigidius, die Ellenbogen auf die Knie gestützt, ohne Aphrodisius anzusehen, das Glück Fortunas zu preisen, das diese auf rollender Kugel dem Pompejaner zugeteilt hatte. Wie lange es her sei, daß er an diesem Ort Sklavendienste verrichtete?

»Keine sieben Jahre«, erwiderte Aphrodisius.

»Und heute?« klang ein ältliches Stimmchen von der oberen Reihe.

Als Nigidius bemerkte, daß Aphrodisius keine Anstalten machte zu antworten, da drehte er sich um und rief dem Fragesteller zu, heute sei er vielleicht reicher als sie alle zusammen, und sie würden es noch alle erleben, daß Eumachia bei ihm Kredit erbitte.

Hämisches Gelächter.

Ein Freigelassener, wie?

Nigidius übernahm es zu antworten und bejahte: Serenus habe ihm die Freiheit geschenkt, und nun wußten alle, schweißgebadet, um wen es sich handelte, und ein Wettkampf der Rede begann über das Glück, und ein jeder wußte anderes zu bezeugen.

Daß Fortuna seit jeher auf seiten der Sklaven und kleinen Leute stehe, weil der erste, der ihren Kult nach Rom brachte, kein Mann von Adel gewesen sei, sondern jener Servius Tullius, der König aus dem Sklavenstand, der sechste, der den Römern vorstand und Stadt und Land in *tribus* teilte und die ersten Münzen prägte.

Daß kein Sterblicher zu allen Stunden glücklich sein könne, so wie er nicht allezeit klug sei und handle, und daß selbst die Zahl der glücklichen Tage, die nach Art der Thraker mit verschiedenfarbigen Steinchen in Urnen gezählt würden – weiß für einen glücklichen Tag, schwarz für einen Tag des Unglücks –, daß selbst diese kein Maßstab seien für das Glück, weil unterlassen werde, auf das Gewicht der Steine zu achten, was die Frage aufwerfe, ob nicht ein schwerer Stein, allerhöchstes Glück bedeutend, nicht eine ganze Reihe schwarzer Steine aufwiege.

Daß selbst der Glücklichste, von Generationen beneidet, weil er der Angesehenste im Staate gewesen sei, mit den zehn höchsten Ämtern bedacht und in der Weisheit griechischer Philosophen, reich wie der lydische König Krösus, mit der Schönheit einer Frau und vielen Kindern gesegnet, ein Redner wie Apollodoros von Rhodos, der Cicero die Zunge schliff, und ein Feldherr wie der göttliche Julius, was keinem anderen *ab urbe condita* zukam, daß selbst dieser, Lucius Metellus mit Namen, in Wirklichkeit nicht wahrhaft glücklich gewesen sei in seinem Leben, weil er sein Alter in Dunkelheit verbracht habe. Wie einst der Dulder Odysseus vor Troja habe er bei einem Brand auf dem Forum das Palladium aus dem Vestatempel gerettet, was jene Unstete, Fortuna genannt, mit dem Feuer strafte, das sie in seine Augen schleuderte.

Daß König Gyges, der »Hunderthändige«, der sich mit Hilfe seines Ringes Zugang zu allen Schätzen dieser Erde verschaffte, und der sich für sein vermeintliches Glück vor allen Göttern erkenntlich zeigte, daß auch er nicht wirklich glücklich gewesen sei. Jedenfalls nach Auffassung der delphischen Pythia, die, befragt, ob *ein* Mensch glücklicher sein könne als er, geantwortet habe, ein gewisser Aglaos aus Psophis sei glücklicher als er. Und Gyges habe weder von dem Dorf in Arkadien noch von seinem ältlichen Bewohner gehört, aber die Umstände seines Glücks erforschen lassen und erfahren, daß Aglaos von den Früchten des Feldes lebte, wie der Boden sie hergab, seinen Acker nie verlassen und zeit seines Lebens kein Unheil erfahren hatte.

Daß selbst jene berühmten Männer, die Fortuna aus ihrem Füllhorn überschüttet, denen die Massen zujubeln und ehrbare Frauen ihre Gunst schenken, weil sie der Ruhm der Unsterblichkeit umgibt, daß selbst diese, die sich den Anschein geben, sie hätten das Glück gepachtet wie der Faustkämpfer Euthymos, der im Leben nur *einen* Wettkampf verlor und bei den Olympischen Spielen immer als Sieger hervorging, nicht das wahre Glück erfuhren, weil die Götter gegen sie gewesen seien.

Euthymos aus Lokri in Unteritalien sei zu Lebzeiten wie ein Gott verehrt worden, und man habe ihm zwei eherne Standbilder errichtet, eines in seiner Heimatstadt, und eines dort, wo er den größten Ruhm geerntet hatte, in Olympia. Aber am selben Tage – und das berichte der Schreiber Kallimachos aus Kyrene – seien beide Statuen vom Blitz getroffen worden und zersprungen, und die Menschen hätten ratlos das Orakel bestürmt, und dieses habe geraten, Opfer darzubringen zur Sühne bis über den Tod des Euthymos hinaus, gegen die Hoffart, der er verfallen sei, und die Menschen, welche ihm einst zu Füßen lagen wie ergebene Feinde, erkannten damals, daß nicht er der Glücklichste gewesen sei, sondern jener, der ihn *einmal* besiegt hatte, ein gewisser Theagenes aus Thassos.

Daß jener Lucius Cornelius Sulla, dessen einziges Ziel die Jagd nach dem Glück zu sein schien, und der sich mit Billigung von Senat und Volk zunächst »Liebling der Aphrodite – Epaphroditos« und später »Felix – der Glückliche« nannte, weder das eine noch das andere gewesen sei, im Gegenteil. Was habe es schon bedeutet, daß er, verarmt, ein Vermögen erbte von seiner reichen Stiefmutter und einer begüterten Dirne? Welchen Nutzen brachten sein Erfolg über Mithridates, seine Siege im Bürgerkrieg, sein Titel »Vater und Retter«, wenn er im Zenit seiner Macht zurücktrat, um auf dem Landgut in Puteoli seine Memoiren zu schreiben? Die Römer hätten damals geglaubt, Sulla wolle sein Glück festhalten, denn jenes Orakel war allgemein bekannt, das ihm den Tod auf dem Gipfel seines Glücks voraussagte; niemand aber wußte von der furchtbaren Krankheit mit Namen Phtheiriasis, die seine Eingeweide zerfraß wie der grausame Adler, der dem auf den Höhen des Kaukasus angeschmiedeten Prometheus die Leber zerhackte. Doch während dem Bringer des Feuers das tags gefressene Organ nachts wieder nachwuchs, verzehrte sich Sulla in seinen Qualen, und ein Blutsturz setzte seinem Leben ein Ende, zwei Tage nach Vollendung seiner Memoiren. Und diesen Mann solle man »glücklich« nennen?

Also müsse man arm, im Sklavenstand und von den meisten verachtet sein, um das wahre Glück zu erfahren, wollte Aphrodisius wissen, ein Kyniker vielleicht und leben wie ein Hund und

Staat und Kunst und Sitte und Familie verachten? Er, Aphrodisius, habe dieses fragwürdige Glück gelebt, und er könne beteuern, daß er weit entfernt davon gewesen sei, glücklich zu sein.

Die Worte des Pompejaners verursachten ein langes Schweigen, und Nigidius, dem die Stille unbehaglich wurde, stieß, wohlig vor Hitze stöhnend, hervor, ein wahrer Römer empfinde im Laconicum das höchste Glück, und alle pflichteten ihm bei, weil das wahre Glücksgefühl nicht von den erreichten Glücksgütern abhänge, sondern von der Glücksfähigkeit des einzelnen.

Dann bemächtigten sich die Haarentferner der beiden, indem sie Arme und Beine bearbeiteten. Ihr Tun blieb schmerzlos, da sie sehr flink und geschickt waren, vor allem aber auch wegen der Hitze, welche die Wurzeln der Haare lockerte wie der Pflug verhärtetes Erdreich.

Die pompejanischen Christen suchten Zuflucht in einem verlassenen Gehöft außerhalb der Stadt, denn die Treffen bei Fabius Eupor, dem Krämer, wurden zu gefährlich, und wenn es in Pompeji auch noch keine Kopfprämien gab für die Denunzierung eines Christen wie in Rom, so unterlag die Sekte auch in der Provinz dem allgemeinen Verbot. Das morsche Tor des seit dem Beben einsturzgefährdeten Hauses, von zwei stämmigen Sklaven bewacht, öffnete sich nur dem, der das Kennwort nannte: »Jesus liebt dich.«

Leda wies ein Öllämpchen vor, in dessen Unterseite sie ein Kreuz eingeritzt hatte, in Rom das Erkennungszeichen der Christen untereinander. Aber die Türsklaven wollten das nicht gelten lassen, fragten nach Herkunft und Begehren und schenkten den Beteuerungen des Mädchens, eine römische Christin zu sein, keinen Glauben, bis, durch den Lärm aufgeschreckt, der alte Tuchmacher Vecilius Verecundus herauskam und nach der Ursache des Streites fragte.

Sie wäre eine Römerin und behaupte, unsere Lehre zu teilen, erklärten die Sklaven, und Verecundus fragte mit der Güte seiner siebzig Jahre, wie sie heiße, woher sie komme und was sie von der Lehre wisse.

Ihr Name sei Leda, antwortete das Mädchen; sie habe ihre

Jugend als Schankmädchen verbracht in der Herberge ihres Vaters Myron beim Circus Maximus, wo die Christen Roms ihr Liebesmahl feierten. Sie habe Petrus gesehen, den Fischer, und Paulus, den Tarsier, sie habe ihren Reden gelauscht wie das Kind den Worten des Lehrers, und sie habe den römischen Göttern abgeschworen und an den einen Gott geglaubt und seinen eingeborenen Sohn. Doch Gott, der Herr, habe ihr harte Prüfungen auferlegt wie eine furchtbare Strafe; mit eigenen Augen habe sie den Feuertod ihres Vaters an der Appischen Straße ansehen müssen, und nach dem Willen des Gesetzes wäre auch sie getötet und in die fromme Gemeinschaft der Heiligen aufgenommen worden, hätte nicht Aphrodisius, der Pompejaner, den Centurio bestochen und ihre Freiheit erkauft, Gott möge ihrer Seele gnädig sein.

Da breitete Verecundus die Arme aus, daß seinem weiten Gewand Flügel zu wachsen schienen, und er zog Leda an sich wie eine verlorene Tochter und hieß sie willkommen in ihrer Mitte im Namen des Jesus Christus, der, wie die Schrift es verheißen, für die Sünden aller gestorben sei, und er führte sie in das Innere.

Fackeln an den Wänden verbreiteten zuckendes Licht, und ihr Rußen raubte den Atem. Hinter einem abgewinkelten Korridor tat sich ein hoher Raum auf, den der Einsturz einer Wand an der Vorderseite noch vergrößert hatte. Weißgekleidete Gestalten knieten in zwei langen Reihen hintereinander, die Köpfe beinahe bis zum hartgestampften Boden geneigt und mit dem oberen Gewand verhüllt, und beteten beschwörend in konvulsiven Bewegungen immer wieder dasselbe Gebet um die Kraft des Geistes.

Keiner der ekstatischen Christen blickte auf, und niemand schien zu bemerken, wie Verecundus mit dem fremden Mädchen durch die Reihe schritt – auf eine hohe, verklärte Gestalt zu, die durch ihre würdige Haltung vor einem karg gedeckten Tisch auffiel: Fabius Eupor sei sein Name, und Paulus, der Apostel des Herrn, habe ihn von seiner Lähmung geheilt und zum Zeugen gemacht in dieser Stadt.

Eupor drückte das Mädchen vor sich auf die Knie, berührte seine schwarzen Haare mit beiden Händen, und wie von selbst fiel Leda in das monotone Gebet der anderen ein, bis Tränen über ihre Wangen rannen vor innerer Bewegtheit. Dann hob der Alte Leda auf, und während das Gebet der übrigen an Inbrunst und Lautstärke zunahm, fragte Eupor, was sie an diesen Ort führe.

Tiefe Verzweiflung, erklärte das Mädchen schluchzend, sei der Grund ihres Kommens, und mehr als einmal habe sie sich den Tod gewünscht, weil Aphrodisius, der Mann, welcher sie vor dem Feuertod gerettet habe, sie mit der Lust eines Freiers verfolge und ihre Glieder, welche Glieder des Jesus Christus seien, zu Gliedern einer Dirne machen wolle.

Der Apostel, begann Eupor und prüfte das Mädchen mit durchdringendem Blick, um die Wahrheit in ihren Augen zu erkennen, der Apostel sage den jungen Frauen, die unverheiratet sind, es sei gut für sie, wenn sie so blieben und nur für Gott lebten, fehle ihnen jedoch der Mut zur Enthaltsamkeit, so sollten sie heiraten, denn es sei besser zu heiraten als zu brennen. Ob Aphrodisius ein Gläubiger sei?

Leda schüttelte den Kopf. Er begegne sogar den römischen Göttern mit Mißtrauen, und wenn er *einen* Gott kenne, so sei es Mercurius, der Gott der klingenden Münze.

Wenn eine gläubige Frau einen ungläubigen Mann habe, meinte Eupor, und der willige ein, mit ihr zu leben, so dürfe sie den Mann nicht entlassen, denn der ungläubige Mann sei geheiligt durch die gläubige Frau.

Also sei sie verpflichtet, sich Aphrodisius hinzugeben, obwohl sie Gott ihren jungfräulichen Leib geweiht habe, aus Dankbarkeit für ihr Leben, das sie lieber geopfert hätte wie Myron, ihr Vater?

Nein, entgegnete Fabius Eupor entschieden, nicht der Mensch, sondern Gott sei das Maß, und wenn sie sich Gott verschrieben habe, müsse sie Gott dienen und keinem anderen, denn das seien die Worte des Apostels aus Tarsos: Diejenige tut wohl, welche beschlossen hat in ihrem Herzen und nicht genötigt ist, sondern Freiheit hat über ihren Willen, Jungfrau zu bleiben. Ein Mann, der seine Tochter verheiratet, tut wohl; wer sie aber nicht verheiratet, tut besser.

Was solle sie also tun? Wo Aphrodisius sie begehre mit der ungestümen Kraft seiner Jugend? Würde er sie nur züchtigen wie eine ungehorsame Sklavin, so könnte sie es ertragen, aber sie fürchte die Gewalt, mit der er sie aufs Lager zwinge.

Noch immer hallten Gebete durch das verfallene Haus. Eupor sah Verecundus lange an, und ihre Augen verständigten sich wortlos. Schließlich faßte Eupor Leda an den Armen und drückte sie mit seinen knochigen Fingern, als wollte er mit dem Schmerz, den er ihr dabei zufügte, das Bewußtsein des Mädchens schärfen. Wenn das, meinte er mit leiser, drohender Stimme, was sie soeben gesprochen habe, ihr voller Ernst sei und ihr freier Entschluß, und wenn sie bereit sei, Schmerz zu ertragen für diese Überzeugung, dann würden sie ihr helfen.

Ja, das wolle sie, beim Kreuzestod des Erlösers.

Da führten Eupor und Verecundus das Mädchen durch eine rissige Türöffnung in einen kleinen, nur durch ein Loch in der Mauer spärlich beleuchteten Raum, in dem eine heruntergekommene Kline stand aus morschem, abgestoßenem Holz. Leda setzte sich und beobachtete mit geweiteten Augen, wie Verecundus ein blitzendes Messer hervorzog, schmal wie ein Pfeil und spitz wie der Kiel einer Feder, und der kakophone Klang der Gebete tönte lauter als ihr gequälter Schrei.

# 9

Am Tag vor den Kalenden des Monats, der dem göttlichen Augustus geweiht war, brachte ein Bote frühmorgens die Nachricht, die das Erscheinen des Aphrodisius und seines Freigelassenen Gavius im Haus der Ädilen auf dem Forum forderte. Die Hitze des Sommers hatte Pompeji in Besitz genommen, und wer ein Haus auf dem Land besaß, mied den glühenden Ofen der Stadt, zumindest am Tage, wenn die Sonne beinahe senkrecht über den Dächern stand, suchte Abkühlung am Meer oder den Schatten der Pinien- und Zypressenwälder, welche die Mauern der Stadt nach Norden und Osten hin umgaben.

Aphrodisius und Gavius ließen sich in einer Sänfte nach Pompeji tragen, sie nahmen den Weg durch das Herculaneische Tor, wo ihr Auftauchen unter den fliegenden Händlern, denen es untersagt war, die Stadt zu betreten, großes Aufsehen erregte. Auf der Via consularis trabten die vier Sklaven mit ihrer Last südwärts, ließen die Straße der Thermen links liegen, kreuzten die Straße der Augustalen und gelangten, vorbei an Aphrodisius' alter Arbeitsstätte, dem inzwischen wieder aufgebauten Macellum, auf das Forum. Der Jupitertempel zur Rechten lag noch immer in Trümmern, während das Zunfthaus der Eumachia nun den strahlenden Eindruck eines Tempels vermittelte mit einem hohen Eingang hinter einer Säulengalerie, in der zwei überlebensgroße Statuen den *fullones*, die hier ihre Geschäfte verrichteten, Respekt einflößten: zur Linken Concordia Augusta, der Eumachia als Priesterin diente – ein Amt, das weniger moralische Qualifikationen erforderte als die Bereitschaft hoher Investitionen für einen von Livia, der Gemahlin des göttlichen Augustus, begründeten Kult –, und zur Rechten, goldverziert in langem Gewand, die Statue Eumachias, nach eigenem Auftrag tagtäglich mit schneeweißen Blumen geschmückt, was in Aphrodisius ein Gefühl der Verachtung hervorrief. Eine Häuserzeile im Süden des Forums, in der sich die Ämter der Duumviri, der Kurie und der Ädilen verbargen, nahm sich dagegen geradezu ärmlich aus.

Das Haus der Ädilen bestand nur aus einem einzigen Raum, der, über drei Treppen erreichbar, nicht einmal Türen aufwies und jedem Einsicht gewährte. Eine an der Wand umlaufende Sitzbank verkürzte den Wartenden die Zeit; hier ging es um die Wasserversorgung, die Festsetzung von Lebensmittelpreisen, die Veranstaltung von Spielen, die Überwachung von Bädern und Bordellen und um Rechtsstreitereien und Besitzansprüche. Doch an diesem Tage vor den Kalenden des *mensis Augustus* wartete nur ein einziger Pompejaner auf der Bank, ein Krüppel mit Krücken, zusammengesunken, scheinbar teilnahmslos. Die beiden Ädilen saßen sich an einem Tisch in der Mitte des Raumes gegenüber.

»Name?«

»Lucius Cäcilius Aphrodisius, Freigelassener des Serenus.«

»Und er?«

»Gavius, Freigelassener des Aphrodisius.«

»Er lügt!« Der Mann auf der Bank im Hintergrund erwachte plötzlich, hetzte auf Gavius zu wie ein wildes Tier, wild aufstampfend mit seinen Krücken, die ihm das fehlende Bein ersetzten, ein menschliches Wrack mit langen strähnigen Haaren, die rechte Hälfte des Gesichts verbrannt, runzelig und dunkelrot, aber mit listigen, wachen Augen. »Er lügt!«

Gavius sah dem Alten fassungslos ins Gesicht, während Aphrodisius den einen der Ädilen mit einer unwilligen Handbewegung aufforderte, den Unruhestifter zu entfernen. Aber der Ädil tat nichts dergleichen, im Gegenteil, er wandte sich dem Krüppel zu und fragte mit gestelltem Lächeln: »Also, was hast du vorzubringen, Paquius Fuscus?«

Der ließ seine rechte Krücke los und zeigte, das Gehwerkzeug mit der Achsel umklammernd, auf Gavius: »Das ist Gavius, mein entsprungener Sklave, ich schwöre es bei meiner verstümmelten rechten Hand!« und dabei streckte er die rechte Hand aus, von der nur noch Zeige- und Mittelfinger zu sehen waren.

»Fuscus«, sagte Gavius tonlos, »ich dachte –«

»Na was?« schrie der Krüppel erregt und angelte nach dem Griff seiner Krücke. »Was hast du gedacht, he? Daß ich tot bin, he? Hast du gedacht, he? Falsch gedacht, Sklave! Irrtum! Ich lebe, wie du siehst, Sklave, ich bin vielleicht nicht mehr derselbe, aber, beim Jupiter, so siehst du eben aus, wenn sie dich nach fünf Tagen aus den Trümmern deines niedergebrannten Hauses ziehen.«

»Du erkennst also Fuscus, deinen Herrn«, fragte der eine der Ädilen, an Gavius gewandt.

»Ich gestehe, ja«, antwortete dieser, »aber –«

»Aber?«

»Ich bin nicht entlaufen! Hätte ich gewußt, daß Fuscus noch am Leben ist, ich hätte ihn niemals verlassen! Es gab Tausende herrenloser Sklaven, die sich nach dem großen Beben bei neuen Herren verdingten.«

»Das macht dir niemand zum Vorwurf«, erwiderte der Ädil und erhob sich. »So höre denn, was Recht ist: Nach dem Gesetz heißt dein Herr Paquius Fuscus, und du wirst zu ihm zurückkehren und ihm gehorchen, wie es einem Sklaven zukommt. Fuscus hat das Recht, dich zu züchtigen und dich anzuklagen, wenn du dich seinen Befehlen widersetzt, und er kann dich in die Freiheit entlassen, wenn er es für richtig hält.«

»Aber Gavius *ist* frei!« unterbrach Aphrodisius. »Ich, Lucius Cäcilius Aphrodisius, habe ihm die Freiheit geschenkt!«

Der Ädil hob die Hand: »Du kannst dem Sklaven eines anderen nicht die Freiheit schenken, *dixi!*«

*Dixi*, mit diesem Wort beschloß der Ädil seinen Spruch, und nur die Duumviri konnten ihn im Rahmen eines ordentlichen Gerichtsverfahrens außer Kraft setzen. Dem Pompejaner war jedoch klar, daß ein solches Verfahren keine Aussicht auf Erfolg hatte. Aphrodisius sah den hilflosen Blick seines Freigelassenen, der zu sagen schien: Du kannst mich doch nicht einfach gehen lassen, wir gehören doch zusammen, und er nickte mit niedergeschlagenen Augen: Laß gut sein, Freund, wir werden den Fall auf andere Weise lösen.

»Auf welchem Sklavenmarkt hast du Gavius erstanden?« begann Aphrodisius.

»Ich erinnere mich nicht«, antwortete der Krüppel, und als Gavius für ihn antworten wollte, kam er ihm barsch zuvor: »Schweig, Sklave!«

»Aber vielleicht blieb die Summe in deinem Gedächtnis, die du für diesen Sklaven bezahlt hast?«

»Ich erinnere mich nicht«, wiederholte Fuscus.

»Er erinnert sich nicht, er erinnert sich nicht!« brauste Aphrodisius auf. »Waren es zweitausend oder fünftausend Sesterzen?«

Der Krüppel schüttelte heftig den Kopf. »Gavius ist ein besonderer Sklave, keiner, den du einfach auf dem Sklavenmarkt kaufen kannst für ein paar tausend Sesterzen, er ist ganz außergewöhnlich. Aber das weißt du ja selbst.« Und dabei kicherte der Alte in sich hinein, indem er das Kinn auf die Brust drückte, daß es Falten warf wie die *lacinia* einer Toga.

Da trat der Pompejaner ruhig an Fuscus heran, er wollte dem armen Kerl die Hand auf die Schulter legen und sagen: Also gut, ich verstehe, daß du das Beste aus der Situation herausholen willst, aber dann schreckte er vor der abstoßenden Erscheinung zurück wie vor einer Qualle, die aus der Ferne kaum Schrecken verbreitet, aus der Nähe jedoch das Fürchten lehrt, und er sagte barsch: »Zehntausend Sesterzen, das ist mein letztes Angebot!«

»Zehntausend Sesterzen!« Der Krüppel tat entrüstet. »Der Konsul Marcus Aemilius Scaurus zahlte siebenhunderttausend Sesterzen, als der Dichter Accius aus Pisaurum seinen Schreibsklaven Daphius zum Verkauf anbot, und das ist hundert Jahre her. Inzwischen hat sich der Preis für einen Scheffel Weizen verdreifacht.«

Aphrodisius wollte sich auf den Krüppel stürzen, verspürte den Drang, auf die wehrlose, widerliche Kreatur einzuschlagen und Fuscus zur Räson zu bringen, aber Gavius bewahrte ihn davor. Er legte ihm die Hand auf den Arm und deutete damit an, daß er der Meinung sei, es habe keinen Sinn und verschlimmere die Lage nur noch. Und so erwiderte Aphrodisius seinen Händedruck und ging – ohne Gavius noch einmal anzusehen, denn er weinte vor Zorn.

Wie ein Adler, der seine Flügel bläht, um seine Beute zu schützen, scheuchte Fuscus den Sklaven mit den Krücken vor sich her. Sie sprachen kein Wort, und Gavius wunderte sich, wohin sein Herr ihn trieb, denn sie verließen die Stadt durch das Herculaneische Tor, an den fliegenden Händlern vorbei, die sich zuvor noch die Hälse ausgerenkt hatten und die nun laut lachten und spotteten ob des Bildes, das Gavius und der Krüppel boten. Es war ein Spießrutenlaufen für den Sklaven, ein demütigender Weg zurück aus der Freiheit in die Abhängigkeit, ein Hin und Her der Gefühle – Mitleid gegenüber dem Krüppel und Haß auf den Starrkopf, der ihn rücksichtslos in sein früheres armseliges Leben zurückstieß.

Fuscus schwitzte vor Anstrengung, und seine Haare hingen abstoßend zottig herab, und obwohl ihn der weite Weg schmerzte, wurde sein Humpeln schneller und schneller, je näher sie dem Landgut Eumachias kamen. Gavius beschlich eine düstere Ahnung, die zur Gewißheit wurde, als die Priesterin ihnen, von zwei Dienerinnen begleitet, entgegenkam. Der Handel ging wortlos vonstatten: Eumachia umrundete den Sklaven, musterte ihn abschätzend, dann warf sie dem Krüppel einen Beutel zu, und der schnappte danach wie der Polyp nach der Muschel; und wie die Muschel schon bei zarter Berührung zuklapppt und den Tentakel abbeißt, so sah jetzt Fuscus aus, der den Beutel mit den verbliebenen beiden Fingern seiner Rechten umklammerte. Oh, wie er diesen Paquius Fuscus haßte!

Der Cäsar des römischen Imperiums zog indes singend durch die Provinz Achaia, von einem Ort zum anderen, und überall wurde ein Sängerwettstreit ausgetragen. Nero sang zur Kithara gegen Meister ihres Faches umjubelte Tragödien, doch der Sieger des Wettkampfes stand von vorneherein fest. Der Cäsar ersang sich sogar den Titel *Periodonikes*, der nur einem Mann zustand, der alle Spiele gewonnen hatte, die Olympischen, Pythischen, Isthmischen, Nemeischen und Aktischen Spiele, und gab es – wie in Olympia – keinen Sängerwettbewerb, so wurde er eingeführt.

Bei den Pythischen Spielen im bergigen Delphi, wo Apollon den grausigen Drachen besiegte, befragte Cäsar das Orakel, wie es um seine Zukunft bestellt sei, und die wankende Pythia sprach lallend und mit geschlossenen Augen vom hochbeinigen Dreifuß, der Römer solle sich vor dem dreiundsiebzigsten Jahre hüten. Die Annalen zählten das achthundertzwanzigste Jahr *ab urbe condita*, und Nero erlebte das dreizehnte Jahr seiner Regierung; er selbst war gerade dreißig, und das dreiundsiebzigste Jahr schien ferne wie die Insel der Seligen im großen Ocean.

Ein Tor, wer auf die Ferne des Schicksals vertraut, denn wie schnell ist die Zukunft Gegenwart, wie schnell ist Atropos, die unabwendbare Parze, zur Stelle! Die Erde stöhnte gequält, als der Göttliche an jener Stelle einen goldenen Spaten in den Boden Achaias rammte, wo ein schmaler Landstreifen, gerade eine Stunde Weges, die südliche Halbinsel Griechenlands vom felsigen Mutterland trennt, und Blut quoll hervor wie aus dem Rachen eines Stieres. Doch der Cäsar weigerte sich, das furchtbare Zeichen zu deuten, er wollte ein Weltwunder schaffen wie den Koloß von Rhodos, den Leuchtturm von Pharos oder den Artemistempel von Ephesos: Er wollte einen Kanal durch den Isthmos treiben lassen, damit die Peloponnesos genannte Halbinsel fortan den Namen »Neronnesos« – »Insel Neros« trüge, und es kümmerte ihn wenig, daß bereits der göttliche Julius an diesem Projekt gescheitert war.

Zwei Tage vor den Kalenden des letzten Monats im dreizehnten Jahr seiner Regierung sammelte der göttliche Nero Griechenlands Männer um sich und verkündete ihnen die Freiheit, was nach dem Gesetz allein dem Senat zustand und nun auch dem letzten Zweifler die Willkür des Cäsars vor Augen führte. Die Griechen jubelten, in Rom aber wuchs die Wut; denn von nun an blieben die Tribute aus, auf welche die Stadt so dringend angewiesen war, und der Cäsar verlor seine letzten Freunde.

Das Orakel, das den Cäsar vor dem dreiundsiebzigsten Jahre gewarnt hatte, bewahrheitete sich schnell: Im diesseitigen Spanien erhob sich der Statthalter Servius Sulpicius Galba, ein Mann von dreiundsiebzig Jahren, der nicht vergessen hatte, wie der göttliche Augustus ihn als Kind in die Backe gekniffen und getätschelt hatte mit den Worten: Auch du, mein Kind, wirst einmal von unserer Herrschaft kosten. Nun sah er, den man in Rom schon vergessen, ja tot geglaubt hatte, weil er im Nichtstun den höchsten Lebenszweck erkannte, seine Chance, und verkündete die Spaltung von Rom. Unterstützung fand er bei dem gallischen Statthalter Cäsellius Julius Vindex, und schon stand dem Cäsar das Wasser bis zum Hals.

Zurück in Rom brütete der Göttliche wilde Pläne aus: die

Ermordung aller Statthalter in den Provinzen des Reiches, die Vergiftung aller Senatoren bei einem Bankett; er zog auch einen neuerlichen Brand Roms in Erwägung, größer noch als jener vor drei Jahren, und kein Mensch dürfe Anstrengungen machen, dieses Inferno zu löschen, denn er würde die wilden Tiere aus dem Circus durch die Straßen hetzen. Dann sang er Trauriges und mühte sich bei Saufgelagen, seine ausweglose Situation zu vergessen. Aber täglich wurden die Gäste weniger, und eines Abends saß der Göttliche allein bei seiner alten Amme und weinte.

Aus Furcht, der Senat könnte ihm das Heft aus der Hand nehmen, enthob der Cäsar die beiden Konsuln ihrer Ämter und übertrug sich selbst die höchste Staatsgewalt, denn – so ließ er verkünden – nach dem Willen des Schicksals solle er Gallien als Konsul zurückerobern. Doch der Göttliche war ein Cäsar ohne Soldaten, und er entsann abenteuerliche, gefährliche Ideen zum Aufbau einer Truppe, eine einmalige Vermögenssteuer, eine Mietsteuer in Höhe einer Jahresmiete und eine Handvoll Sklaven von jedem freien Römer.

Unfreiwillig verzichtete Aphrodisius auf hundert Sklaven, doch erwies sich dieser Verlust als bescheiden gegenüber dem Gewinn, den ihm der Getreidetransport aus Karthago und Alexandria einbrachte, denn der allgemeine Notstand trieb die Lebensmittelpreise in die Höhe. Vor den Geschäften bildeten sich lange Schlangen, und die Römer horteten, was es zu kaufen gab. Die Flotte des Pompejaners war inzwischen auf fünfundzwanzig Schiffe angewachsen, und da der Cäsar die römische Flotte in seine Kriegsrüstung einbeziehen mußte, verfügte Aphrodisius praktisch über das Getreidemonopol für die Hauptstadt. Auf seinem pompejanischen Landgut hielt er alle Fäden in der Hand, sandte mehrmals täglich Boten nach Rom, ließ neue Einkaufsquellen in den Provinzen erkunden und kam dabei zunehmend zu dem Bewußtsein, daß er den Cäsar in der Hand hatte. Ein Wink von ihm genügte, und seine Schiffe landeten nicht mehr in Ostia – den Römern drohte eine Hungersnot, dem Göttlichen das Ende.

*Panem et circenses* – Brot und Spiele forderte das Volk von seinen Cäsaren, und um beides war es schlecht bestellt. Um die

Römer bei Laune zu halten, um sie abzulenken von der katastrophalen politischen Lage, machten die Prätorianer gnadenlose Jagd auf Christen, welche die römischen Götter auf gesetzwidrige Weise entehrten. Sie holten sie aus den Ruinen der Vorstadt, aus den verkommenen Hütten der Armenviertel, aus den kleinen Läden beim Circus Maximus, ja aus Erdlöchern und Höhlen außerhalb der Mauern, wo die Appische Straße nach Süden abzweigt, und Tigellinus pferchte die Christen in die Gewölbe des neronischen Circus, wo sie tagelang, nächtelang betend den Tod erwarteten. Zu Hunderten wurden sie in die Circusarenen getrieben, wo hungrige wilde Tiger und Löwen lauerten, und nächtens loderten die menschlichen Fakkeln vor den Toren der Stadt, vom göttlichen Cäsaren bisweilen mit Wonne betrachtet.

Zwei Männer im gesetzten Alter gingen jenen, die zögerten, dem unbekannten Gott aus dem Osten abzuschwören und damit ihr Leben zu retten, mit leuchtendem Beispiel voran: Simon, der eine, Sohn eines Fischers aus Bethsaida in der Provinz Judäa, den sie Petros nannten, der Fels, ein einfacher Mann ohne Bildung, der behauptete, Zeuge der rätselhaften Wiederbelebung jenes Jesus zu sein, der unter der Präfektur des Römers Pontius Pilatus wegen politischer Umtriebe zum Tode verurteilt und gekreuzigt worden war, wie es einem Nichtrömer – der Wanderprediger stammte aus Galiläa – zukam; aber entweder log Simon, und seine Leute hatten die Leiche des Jesus heimlich aus der Gruft geholt, in welcher der Wanderprediger nach jüdischer Sitte bestattet war, oder jener war bei der Kreuzigung dem Tode entgangen, was auch gelegentlich vorkam. Jedenfalls behauptete auch der andere, Paulus mit Namen, der Tarsier, und im Gegensatz zu Petros von hoher Bildung, diesem Jesus nach dessen Hinrichtung begegnet zu sein, und wo immer er auf seinen ausgedehnten Reisen auftauchte, hinterließ er wie in Rom und Pompeji glühende Anhänger. Allein der Tod dieser beiden Männer – Paulus, der Römer, wurde auf dem Marsfeld ehrenhaft enthauptet – löste unter den Anhängern der neuen Lehre eine wahre Selbstmordhysterie aus; und sogar viele von jenen Christen, die unentdeckt geblieben waren von den Prätorianern, stellten sich freiwillig und baten betend um den Tod, um Petros und Paulus nahe zu sein. Der Wanderprediger Jesus hatte sie nämlich gelehrt, daß der Tod nicht das Ende sei, sondern der Anfang eines besseren, lebenswerteren Lebens, und sie glaubten daran.

Überall in Rom leuchteten Schmähschriften an den Wänden: *Sing, Cäsar, sing!* – damit sein Krächzen die Gallier vertreibe, oder *Vindex*, denn in dem gallischen Statthalter sahen viele Römer den neuen Cäsar. Den göttlichen Nero lähmte die Angst; er weigerte sich, nach Gallien zu ziehen, und beauftragte seinen Legaten Verginius Rufus mit dem Unternehmen.

Für kurze Zeit schien es sogar, als könnte der Cäsar das Ruder noch einmal herumreißen, denn Rufus besiegte Vindex in Gallien, und der Statthalter gab sich selbst den Tod.

Aber am sechsten Tag vor den Iden des Junius im vierzehnten Jahr seiner Regierung erreichte den Cäsar, er lag beim Mittagstisch, die Nachricht, Rubrius Gallus, einer der beiden letzten treuen Generäle, habe sich mit seinen Legionen auf die Seite Galbas geschlagen. Da rief der Göttliche nach Locusta, der alten Giftmischerin, die ihm hunderte von Malen treu gedient hatte.

Eumachia degradierte den neuen Sklaven zum »Rotfuß«, und damit zur niedrigsten und meistgehaßten Arbeit, die ein Mensch verrichten konnte. Von Sonnenaufgang bis Sonnenuntergang watete Gavius in einem riesigen Bottich über gurgelnde Stoffe in purpurrotem Urin, mit den Armen an einen hölzernen Ausleger geklammtert, und färbte, im Kreise tretend, stampfend, schlürfend das naturhelle Grau der Wolle zur dunklen, glühenden Farbe geronnenen Blutes. Der Körpersaft der Purpurschnecke (deren beste Stücke in Tyros in Asien, Lakonien und an der gätulischen Küste des Ozeans gesammelt wurden, wenn der Hundsstern aufging) – dieser Saft mit Salz und Urin vermengt, roch scharf wie indischer Pfeffer, er brachte die Augen zum Tränen und raubte den Atem bis zur Bewußtlosikgeit. Ein Wollfärber, der nur wenige Wochen diese gräßliche Arbeit verrichtete, war ein Leben lang als »Rotfuß« gezeichnet; der ätzende Purpur verfärbte die aufgeweichte Haut bis tief in das Fleisch.

So trottete Gavius, über die Deichsel gelehnt, tagelang im Kreis, vom Oberaufseher mißtrauisch verfolgt wie die übrigen Purpurfärber, insgesamt ihrer zwölf, die, wie man erzählte, ständig wechselten, entweder, weil sie die Besinnung verloren, umfielen und im Purpururin ertranken, oder weil sie nachts die Flucht ergriffen, Füße und Waden mit Fetzen umwickelt, damit sie bei Tage nicht gleich erkannt würden.

Der Sklave im Nachbarbottich, Arion mit Namen, ein Bithynier wie er, hatte einen Fluchtplan vorbereitet und ihn, Gavius, eingeweiht, verbunden mit der Aufforderung, mitzukommen; das Risiko, hier im Purpururin zu krepieren, sei größer, als auf der Flucht gefangen und hingerichtet zu werden. Tagelang trotteten sie nebeneinander im Kreis, die Schritte und ihre Rede sorgsam abgestimmt, damit sie sich bei ihrer Annäherung für kurze Augenblicke leise unterhalten konnten, um dann, dem Innenkreis des Bottichrandes folgend, wieder auseinanderzugehen.

Arion verstand nicht, warum der Neue es ablehnte, ihn bei seiner Flucht zu begleiten; aber Gavius beteuerte bei Castor und Pollux, Aphrodisius würde ihn hier herausholen, sobald sich eine Gelegenheit böte.

»Wenn er wirklich ein so guter Herr wäre, wie du annimmst« – zischte der Bityhnier und stampfte seinen Kreis weiter bis zur nächsten Begegnung, die es ihm ermöglichte fortzufahren: »– dann hätte er es gar nicht soweit kommen lassen und dich von Eumachia zurückgekauft!«

Gavius trat zornig die quallenartigen Hauben, welche die Stoffe über gluckernden Luftblasen bildeten, und brummte bei nächster Gelegenheit ungehalten: »Hier geht es nicht um Geld, lieber Freund –«, und, von seiner Runde zurückkehrend: »– das ist eine Machtprobe zweier bis aufs Blut verfeindeter Ringer!«

»Eumachia und Aphrodisius?«

»Eumachia *gegen* Aphrodisius.«

Allmählich gab Arion sich damit zufrieden, die wahren Hintergründe dieses Machtkampfes nicht zu verstehen und die Flucht wohl alleine wagen zu müssen, denn von den übrigen Sklaven genoß keiner sein Vertrauen. Es galt nun, die günstigste Gelegenheit abzuwarten. Nach Rom wollte er sich durchschlagen und dort untertauchen, und Gavius nannte Namen von Bithyniern, an die er sich wenden könne.

Gavius fürchtete sich vor dem Tag, an dem Arion verschwinden würde, denn Arion war seine Verbindung nach draußen. Arion wußte über alles und jeden Bescheid. Daß Ascula, die pralle Witwe aus der Schenke beim Macellum, es für Geld tue, seit Lucius Vetutius Placidus tot war; daß Ululitremulus, der angeblich schwule Schauspieler, mit der Frau des Scaurus ein Verhältnis habe; daß Marcus, der Sohn des Postumus, in Wirklichkeit den Arzt Cerrinus zum Vater habe und daß Nigidius Maius, der geachtete Geschäftsmann aus Rom, pleite sei und sich mit dem Gedanken trage, sein pompejanisches Gut zu verkaufen, es wisse nur noch niemand . . .

»Und Fulvia, die Witwe des Lucius Cäcilius Serenus?« Ob sie nicht mit Pansa, dem Advokaten, ein Verhältnis gehabt habe?

Arion blieb plötzlich stehen, als habe der andere etwas ganz und gar Unmögliches gesagt, eine Dummheit, über die er, Arion, nur den Kopf schütteln konnte, kichernd und mit verdrehten Augen, weil Gavius die Wahrheit nicht kannte. Und dann erfuhr dieser, Runde um Runde stampfend, daß Fulvia das Eis des Nordens in ihrer Brust trage und um jeden Mann einen großen Bogen mache, und Trebius Valens, dem Duumvir, sogar ins Gesicht gespuckt haben solle, als er, nach Ablauf des Trauerjahres, um ihre Hand anhielt. Nein, Fulvia sei ihre Dienerin Paulina Manns genug, und was Pansa, den Advokaten, angehe, so sei ihr Verhältnis gewiß nicht von Venus getragen gewesen, welche die Leidenschaft in die Herzen legt, sondern von Mercurius, dem Gott des Handels . . .

«– und der Diebe!« ergänzte Gavius.

Ob Popidius Pansa Fulvia etwas weggenommen habe, wisse er nicht, wahrscheinlich sei es wohl nicht, denn von Fulvia wurde nach seinem Verschwinden nie Anklage erhoben gegen Pansa. Doch habe sie die Hälfte ihres Vermögens eingebüßt, wobei ihr aber immer noch mehr als genug verbleibe, so daß sie die zweitreichste Frau in Pompeji sei, nach Eumachia.

Gavius trat schweigend den roten Purpururin und beobachtete, während er nachdachte, die schimmernden Blasen, die jeder Tritt auf den sich plusternden Stoffen verursachte. Und seine Gedanken kreisten um den Mord an Serenus und um die Frage, ob Fulvia oder Pansa oder beide dahintersteckten und welches Motiv ihr Handeln bestimmt haben könnte. Dabei vergaß er ganz sein eigenes erbärmliches Schicksal, die brennenden Füße, wundgescheuert von der Derbheit nasser Stoffe, und das Nachlassen des Gehirns in dem beißenden pestilenzialischen Gestank, und eine Stimme sagte: Du mußt durchhalten, durchhalten, durchhalten, Aphrodisius wird dich da herausholen. Und wenn deine Füße auch für das ganze Leben gezeichnet sind – Aphrodisius wird dir hochgeschnürtes Schuhwerk kaufen, und vielleicht werden sie dich für einen Gladiator halten, einen Retiarier mit Netz und Dreizack, oder einen Bestiarius, der mit bloßen Händen gegen die Löwen antritt, beim Jupiter . . .

*Lucius Cäcilius Aphrodisius grüßt Eumachia,*
*die Priesterin des Augustus.*

*Pompeji, an den Kalenden des Maius*

*Noch gestern war ich entschlossen, Dich zu bekriegen wie der göttliche Julius den gallischen Feind, ich war entschlossen, Dich mit Hilfe meines Vermögens um das Deine zu bringen, weil ich weiß, daß das einzige Leid, das Dir – wenn überhaupt – ein Mensch zufügen kann, darin besteht, Dir finanzielle Verluste zu bereiten. Wie mir berichtet wurde, bist Du in den Besitz meines ehemaligen Sklaven Gavius gelangt, der wie kein anderer hohe Verdienste um meinen Aufstieg und meine treue Freundschaft erworben hat. Es dürfte daher weder vor den Göttern noch vor den Menschen befremdlich erscheinen, wenn ich von Dir den Gefallen erwarte, mir Gavius, meinen treugedienten Sklaven, dem ich erst vor kurzem die Freiheit geschenkt habe, zurückzugeben gegen einen Preis Deiner Vorstellung. Du würdest dadurch weder in Deiner Ehre noch in Deiner Würde gekränkt, was im übrigen auch für mich gilt, denn im Grunde handelt es sich nicht um eine Entscheidung zwischen Sieg und Niederlage, sondern um ein Geschäft, das Dir erheblichen Gewinn und mir das Glück des geliebten Freundes einbringt; denn magst Du auch nicht meiner Meinung sein, so halte ich es doch mit dem großen Seneca, der, von vielen verlacht, die Ansicht vertrat, auch Sklaven seien Menschen und verdienten es, wie solche behandelt zu werden. Um Dir meine Wertschätzung für Gavius zu beteuern, biete ich Dir als Kaufpreis hunderttausend Sesterzen. Das ist – ich weiß – ungeheuer viel für einen Sklaven, und Du kannst für diese Summe eine ganze Centurie Sklaven erstehen, für einen Freund jedoch ist sie angemessen, und so bitte ich Dich um diesen Gefallen, der Dir zudem meine Wertschätzung einbringt.*

Der Schreiber las den Brief nochmals laut vor, und Aphrodisius gab den Auftrag, ihn auf schnellstem Wege Eumachia zu übermitteln. Dann umrundete der Pompejaner mehrmals das Viridarium und sog den wechselnden Duft der fremdartigen Pflanzen und Sträucher ein, die schwellende Blüten trugen in der lockenden Milde des Frühlings. Er war allein, jedenfalls fühlte sich Aphrodisius allein, auch wenn aus jeder Türöffnung, an der er vorüberkam, das Gesicht eines Sklaven lugte, einer Dienerin oder eines Wächters, die jeden seiner Schritte mit Neugier verfolgten. Vögel, die in der quadratischen Plantage Quartier bezogen hatten, flatterten auf, wenn sich die Schritte des Pompejaners näherten, und ihre kurzen, spitzen Schreie zerschnitten die Dämmerung wie Schwerthiebe, so daß Aphrodisius sich bald in sein Cubiculum begab, das einen direkten Zugang zum Viridarium hatte.

Im Vergleich zum benachbarten *triclinium*, zum *atrium*, *tablinum* und den zahlreichen Salons, *oeci* genannt, war das *cubiculum* von bescheidenen Ausmaßen, fensterlos und nur durch den langen Korridor vom westlichen Umgang des Viridariums belichtet. Mehr als ein Dutzend Öllämpchen an den Wänden, kaum handtellergroß und mit einem Schnabel in der Form eines Penis, hüllten, mit Meersalz getränkt, den Raum in gelblichgrün flackerndes Licht. Ein Bett mit weißem Überwurf an der Stirnseite, an der Wand gegenüber ein rundes, hochbeiniges Tischchen aus Bronze – jeder Fuß ein Ephebe von schlankem Wuchs –, davor ein Stuhl aus ägyptischem Rohr mit purpurnen Sitz- und Rückenpolstern: das war das gesamte Mobiliar. Doch zeugte die spartanische Einrichtung weniger von Sparsamkeit, schon gar nicht von Gleichgültigkeit oder Nachlässigkeit, als vielmehr von erlesenem Geschmack, denn nicht das Mobiliar belebte dieses Cubiculum, sondern Wände, Boden und Decke vermittelten einen Blick in den Olymp, und wann immer Aphrodisius diesen Raum betrat, war er gefangen von jenem überirdischen Leben der Helden und Götter, die sich in höchst menschlichen Gefühlen ergingen.

Der Fußboden in pergamesischem Mosaik setzte sich aus zwei mäandergerahmten Quadraten zusammen, vo denen, hintereinanderliegend, das eine das Bett einrahmte, während das gleichgroße vordere dem Hirtengott Pan Platz bot, welcher bocksbeinig und mit senkrechtem, gerötetem Priapos versuchte, die graziöse Amadryade davon abzuhalten, sich dem lüsternen Verlangen des Hirtengottes zu entziehen und sich in einen glitzernden Laubbaum zu verwandeln. Beschwörend hob Pan beide Hände, um den Fortgang der Nymphen-Metamorphose zu stoppen, das Wurzelschlagen der überkreuzten Beine, die Blättertriebe der Haare und der über dem Kopf verschränkten, nackten Arme. Noch war die Baumnymphe Mensch genug, mit ausladenden Hüften und breiter Scham, und die zarten Brüste verleiteten den teuflischen Pan zu lotterhaftem Grinsen über dem schmalen, das Kinn einrahmenden, schwarzen Bart.

*Tessellae* in nur drei Farben hatten dem pergamesischen Künstler genügt, Leben in den weichen Mörtel zu drücken, roter Ocker für die schwellenden Leiber, gelbes Gold für den leuchtenden Hintergrund und dunkles Grün für den umlaufenden Mäander, die knospenden Blätter der Nymphe, die Scham und die Wurzeln ihrer Füße und das Bockskleid des Pan. Allein die Schattierung der fingernagelgroßen, quadratischen Steinchen, die Adern und Brüche, die den gewonnenen Stein durchzogen, ermöglichten es, Schatten und warme Konturen zu zeichnen wie ein rhodischer Maler.

Aphrodisius ließ sich mit der angenehmen Mattigkeit, die einen an schwülen Frühlingsabenden befällt, auf das Bett fallen. Er konnte den Blick nicht ertragen, mit dem Aphrodite an der Wand gegenüber ihn ansah. Es war jene Aphrodite von der Hand des Malers Apelles, die er, frisch restauriert, aus Rom mitgebracht hatte. Nun, ohne die Flammenzeichen zu ihren Füßen, hatte ihr Blick etwas

Herausforderndes, ungewöhnlich Verführerisches wie Pankaspe, die den malenden Apelles verwirrte. Für den Pompejaner verbarg sich hinter Aphrodites erregender Schönheit keine andere als Leda, Leda, die ihn ehrte und achtete, aber die ihn nicht begehrte, die seinem Verlangen auswich, ihre Begegnung mied, und wenn sie sich nicht vermeiden ließ, ihm devot gegenübertrat, mit niedergeschlagenen Augen und dienernd wie eine phrygische Sklavin.

Er hatte, nicht ohne Scham, sogar Porcia bestochen, eine uralte Sklavin aus dem Landgut, der eine hervorragende Kenntnis der Pflanzen und ihrer Wirkung nachgesagt wurde und die mehr als ein dutzend Mixturen kannte, mit denen die Triebe zu steuern sein sollten. Und so hatte er, um das Ungestüme seines Verhaltens zu verlieren, das Leda nur schrecken konnte, ein Gebräu aus heraklischen Seerosen getrunken, das – wie gesagt wird – den Trieb für vierzig Tage und Nächte bändigt, ja, sogar wollüstige Träume vertreibt.

Leda hingegen bekam nach der Hitze des Tages Wasser zu trinken, in dem heimlich geschmackfreie Satyrshoden gelagert waren – eine Wurzel, der ihre Form den Namen gab und, wie Porcia beteuerte, alle Sehnen spanne und derartige Dränge hervorrufe, daß man sie auch springfaulen Pferden und trägen Böcken verschreibe, und Theophrastos, der Schüler des großen Aristoteles, der zeitlebens unverheiratet blieb, bezeugte bei allen Göttern die Wirsamkeit dieses Reizmittels, das einen Griechen zu siebzigmaligem Geschlechtsverkehr verleitet habe. Im vorliegenden Falle aber hatte die Wurzel nicht gefruchtet, und Leda war schamhaft, zurückhaltend, ehrfürchtig, und stammelte: »Ja, Herr!«, »Nein, Herr!«, während er selbst seine Begierde kaum in Schranken zu halten vermochte.

Aphrodisius verschränkte die Hände hinter dem Kopf und starrte zur Decke; doch der Blick in eine blaue Rotunde verwirrte seine Sinne nur noch mehr, weil ein kraushaariger Satyr, sein Kleid über den Wanderstab geworfen, eine Nymphe *a tergo* nahm, daß dem tiefgebeugten zarten Geschöpf die Arme flogen wie Tentakel eines Polypen.

»Leda!« rief Aphrodisius und sprang auf, und den Türstehersklaven, der vor seinem Schlafgemach wachte, fuhr er an: »Schaffe Leda herbei! Sie soll ihr schönstes Kleid tragen, hörst du!«

Viel zu oft hatte sie ihn hingehalten, und er hatte ihr Zeit geben, sie nicht drängen wollen; aber es gibt einen Punkt, da ist Anständigkeit schiere Dummheit. Bei Venus und Amor, warum liebte sie ihn nicht, eine junge Frau in der Blüte ihrer Jahre? Aphrodisius warf sich auf das Bett, wälzte sich unruhig hin und her und gelobte, Leda zur Frau zu nehmen, wenn sie ihn erhöre und sich bereit erkläre, sein Leben mit ihm zu teilen, wenn sie ihn nur liebte! Er liebte dieses zarte Geschöpf, das er vor dem Tod bewahrt hatte; aber mehr als einmal hatte Aphrodisius den Eindruck gehabt, als wäre Leda lieber gestorben, und das verdankte sie diesen Sektierern, die sich Christen nannten und sogar öffentlich behaupteten, ihr Reich sei nicht von dieser Welt. Mochte sie, beim Jupiter, Christin bleiben, mochte sie die römischen, sogar die griechischen Götter verachten – er, Aphrodisius, würde nicht versuchen, sie umzustimmen. Oh, wie sehr er sie begehrte!

Auf einmal stand sie vor ihm. Aphrodisius setzte sich auf. Aber das war nicht Leda, nicht jene Leda, die er kannte, die er, ohne einen Gedanken zu verlieren, aus Rom fortgenommen hatte. Er starrte das Mädchen an, fassungslos, entsetzt. Leda trug ein langes, kostbares Gewand, das er ihr geschenkt hatte, aber es stank nach verschüttetem Wein. Ihre Lippen und die Augen waren grell bemalt wie die einer Hure aus dem Lupanar, wirr die Fülle ihres Haares.

»Warum tust du das?« fragte Aphrodisius.

Leda zitterte am ganzen Körper, sie antwortete leise: »Hier bin ich, wie du mich haben willst.« Und ohne ihren Blick von dem Pompejaner zu wenden, berührte sie die beiden Fibeln, die das langwallende Gewand auf den Schultern zusammenhielten, löste sie, das Kleid glitt zu Boden, und Leda stand nackt vor ihm, nackt, aber nicht in jener unbekleideten Schönheit, die er sehnlich erwartet, sich unzählige Male vorgestellt, die er in Gedanken liebkost, bewundert und angebetet hatte, sondern zerstört, verwüstet. Man hatte ihre Schönheit getötet, ihre Brüste, den Bauch und die Schenkel mit scharfen Messern geritzt und die Wunden mit Schweinemist beschmiert, daß Eiter hervortrat und böse Entzündungen verursachte wie die Seuche der Venus, die – hat sie sich erst einmal eines Körpers bemächtigt – jede Begierde beseitigt. So sah Leda den Pompejaner an, sie blickte ihm zum ersten Mal mutig ins Auge, mutig wohl deshalb, weil sie wußte, daß sie nun nichts zu befürchten hatte.

Es dauerte eine Weile, bis Aphrodisius begriffen hatte, was dieses grauenvolle Schauspiel bedeutete. Schließlich sagte er leise, beinahe ängstlich, furchtsam, die Wahrheit zu erfahren: »Wer war das?« und lauter: »Wer hat dir das angetan?« Und dann brüllend: »Diese verfluchten Christenhunde! Das sollen sie büßen!«

Das Haus der schönen Ascula lag in der Straße der Augustalen, nur zwei Häuserblöcke entfernt vom Lupanar, und nichts anderes verbarg sich hinter dem vornehmen Eingang, der, im Gegensatz zu dem Hurenhaus, keinen marmornen Penis trug, sondern eine Rebe, das Standessymbol des Hausbesitzers vor dem Beben, und ein Schild mit der Aufschrift *Cave canem*. Ascula störte sich nicht daran. Im Gegenteil, sie fühlte sich nicht als Hure – auch wenn man ihre Liebesdienste kaufen konnte. Ein Besuch bei ihr lief nach strengen Regeln ab: Ein Freier, der um ihre Gunst buhlte, schickte seinen Sklaven mit einem Beutel und fünfhundert Sesterzen, und wenn es der Schönen genehm erschien, ließ sie bitten. Nicht selten aber kam es auch vor, daß sie dankend ablehnte.

Lange nach Mitternacht klopfte es an die Türe mit der Rebe, ein Sklave öffnete, und eine Wolke anmutigen Duftes strömte dem späten Besucher entgegen.

»Melde deiner Herrin Lucius Cäcilius Aphrodisius!«

»Meine Herrin empfängt nicht.«

»Dann überreiche ihr diesen Beutel von Aphrodisius!«

Man sah, daß der Beutel weit mehr als das Übliche enthielt. Der Sklave ging, Aphrodisius hieß seine Sklaven mit der Sänfte an der nächsten Straßenecke warten, der Sklave kehrte zurück, Ascula lasse bitten.

Das Haus, nach dem Beben prunkvoll wiederaufgebaut, wies nicht den üblichen Grundriß pompejanischer Häuser auf, der den

Besucher zunächst in das leere Atrium geleitete, von wo aus Türen zu den verschiedenen Räumlichkeiten führten. Wer das Haus Asculas betrat, befand sich sofort in einem malerischen *oecus* mit wohnlichem Mobiliar, und ein weiteres Portal im Hintergrund versperrte den Zugang zu den Privaträumen. Portal war ein blasphemisches Wort für diesen Eingang, den alexandrinische Kunsthandwerker geschaffen hatten, nach der Art ihrer Könige, denn die Türen glichen den Flügeln eines Falken mit blaugrünen, schuppenartig übereinanderliegenden Federn, und die hochgeschwungene Spitze des Portals bildete der Kopf des Vogels, der drohend in den Raum ragte.

Wie von Geisterhand öffneten sich die beiden Türen, und es schien, als gebe der Falke unter seinen Flügeln die Brut frei, die dem blassen Ei entschlüpfte, und so stand sie da, Ascula, ein andächtiger Zungenschlag, wie Diana gekleidet, in einer kurzen Tunika, das schwarze Haar hochgetürmt zu einem Kegel, aus dessen Spitze langwellige Locken fielen.

»Aphrodisius!« Ascula trat ihm mit ausgestreckten Armen entgegen. »Ich habe von dir gehört. Ich bewundere Männer wie dich, Männer, die ihr Vermögen selbst geschaffen haben. Sei gegrüßt!«

Der Pompejaner hörte nicht hin, er sog nur den Anblick dieses lüsternen Weibes in sich auf, die wogenden Formen unter dem dünnen, zartgelben Peplos, er wollte nichts weiter als Ascula nehmen, für sein Geld mißbrauchen, demütigen, er wollte sie stoßen und zerstören, wollte sich rächen für seinen Jammer. Er hatte noch das Bild vor Augen, wie er Ascula zuletzt begegnet war, vor der Schenke im Macellum; dort stand sie, breitbrüstig, die Hände in die Hüften gestemmt, auf einem Weidenkorb und predigte für Vibius Severus, man möge ihn zum Ädilen wählen, und er hatte sich mit den Augen an ihrer behaglichen Üppigkeit gelabt wie ein Wanderer an der kühlen Quelle. Aber nun lächelte sie ihn an, ihm gehörend für kurze Zeit, schließlich hatte er bezahlt, und das war ein gutes Gefühl, gerade jetzt.

Ascula reichte dem Pompejaner einen Pokal schweren Samos-Weines, noch dazu unvermischt, provozierender Ausdruck von Luxus und Frivolität wie der kostbare Salbenduft, der schwer durch den Raum zog, vergänglich und überflüssig und nur auf das Vergnügen des anderen gerichtet; denn wer den Duft an sich trägt, schnuppert nur wenig. Der verführerische Duft entströmte einem Alabastergefäß in Form eines Schwanes mit kostbarem Königsbalsam, sogenannt nach den parthischen Königen, welche einst diesen Duft erfanden, gemischt aus Kostwurz, Kardamom, Zimt, Myrrhe und Behenbalsam, Kalmus, Henna, Lotos und Majoran, allesamt aus den Ländern des Ostens, von bekannteren Beigaben nur Nardenspitzen aus Gallien, das Blütenblatt der illyrischen Schwertlilie und Wein und Honig aus Achaia. Der göttliche Nero soll derlei auf seine Sohlen gestrichen haben, was, wie es hieß, Otho ihn lehrte, zum einen, weil jener den Luxus liebte wie sich selbst, zum anderen, weil der Cäsar auch den Nasen der Menschen beweisen wollte, daß er den Partherkönig mit Füßen trat.

Und betäubten den Pompejaner allein Augen und Nase durch ihre Wahrnehmung, so geriet er vollends von Sinnen, als Ascula ihn berührte und auf das verschleierte Lustbett drückte, daß ihre Brüste über ihm hingen wie reife Quitten, hart und samtig, und noch während sich Aphrodisius an ihrem verhüllten Anblick erfreute, kam sie kniend über ihn, riß sich das zarte Gewand vom Leib, schleuderte es weit von sich und wogte tanzend mit schwingenden Armen wie eine Nereide über dem Stab seiner Lust. Welch eine Frau! Wie ein Schiff, das auf stürmischer See den Bug tief in die Wellen taucht und auf einmal seinen ganzen Leib auf den Wogen zeigt, tauchte Ascula auf Aphrodisius herab, daß ihre Haarlocken seine Brust berührten, und schon im nächsten Augenblick richtete sie sich auf, streckte sich wohlig und fiel wieder auf ihn herab, einen leisen Seufzer ausstoßend. Er wollte sich hingeben, treiben lassen auf diesen sinnlichen Wogen, doch dann überfielen ihn mit einem Male die Wut und die Enttäuschung, welche ihn hierhergetrieben hatten, und er riß Ascula niedertauchend an sich, wälzte sich über sie, hielt ihre Arme gefangen mit eisernem Griff und rammte seinen Speer in das wehrlose Weib, und es war, als träfe sie der Rammsporn einer römischen Triere.

Ascula schrie auf, doch dieses Bekunden von Schmerz entflammte den Pompejaner noch mehr, stimulierte ihn nur zu noch größerer Grobheit, und Aphrodisius kämpfte in der Grotte der Venus mit der ganzen Brutalität, die der ithyphallische Gott Priapos in das *membrum virile* gelegt hat. Betrogen, verachtet, gequält fühlte sich Aphrodisius durch Ledas Verhalten, und nun plagte er sich, eine andere zu bestrafen. Wer war die Frau, die er, halbbekleidet, unter sich quälte, Leda? Ascula? Beide?

Ascula wehrte sich mit den Beinen, versuchte mit wuchtigen Hieben der nach innen gekehrten Fersen seinen Rücken zu treffen, was mehrmals gelang, aber den Pompejaner nicht im geringsten zur Besinnung brachte, so daß der einseitige Kampf fortdauerte, und Ascula ihren Widerstand aufgab. Aber gerade dieses resignierte Dulden, die wehrlose Hingabe brachte den Pompejaner zur Besinnung, und Aphrodisius sank herab wie von einem schweißnaß gerittenen Pferd; er schämte sich und hielt liegend die Augen starr zur Decke gerichtet.

»Du hast mir weh getan«, sagte Ascula.

Aphrodisius schwieg. Der Duft, der noch kurz zuvor den Raum durchströmt hatte, wie der Circius-Wind, der in der narbonensischen Provinz entsteht, das Ligurische Meer überstreicht und vor Ostia einschläft wie die angetrunkenen Gefährten des Odysseus, schien verflogen. Er roch nur noch sich, und er roch unangenehm.

»Du hast Kummer mit einer Frau«, begann Ascula erneut.

Aphrodisius nickte, er kämpfte mit den Tränen, und ohne Aufforderung begann er zu erzählen, was ihm widerfahren war. Er redete wie ein Kind, an die Brust der Mutter gelehnt, erzählte von Hersilia, für deren Tod er sich noch immer verantwortlich fühlte, von seiner Liebe zu Leda und der Verschwörung der Christen, die das Mädchen so zugerichtet hatten, daß sie seinen Nachstellungen entgehe, und mit erhobener Faust schwor Aphrodisius Rache. Er werde jeden einzelnen pompejanischen Christen den Prätorianern verraten.

»Und liebst du Leda auch in ihrem jetzigen Zustand?«

»Ja, ich liebe sie«, erwiderte der Pompejaner. »Ich werde die besten Ärzte aus Rom herbeiholen und, wenn es sein muß, aus Alexandria, damit Leda wieder gesund wird.«

»Aber wenn du Leda behalten und für dich gewinnen willst,

darfst du die Christen nicht verraten. Sie ist doch selbst eine von ihnen.«

»Sie sind alle Verbrecher, alle! Nicht, weil sie die heimischen Götter verleugnen – wer glaubt schon, daß Jupiter in dem kapitolinischen Tempel ein- und ausgeht –, nein, ihre Bosheit richtet sich gegen das Menschengeschlecht, und wer nicht so ist wie sie, ist ihr Feind. Gesindel, asiatisches!«

»Du wirst sie dulden müssen, sonst wirst du Leda verlieren.«

»Nie, beim Jupiter.«

Von der Türe hörte man das verlegene Hüsteln der Sklavin Statilia, und Ascula rief, was los sei, und das Mädchen antwortete, ein Bote für den fremden Besucher lasse sich nicht abweisen, es sei dringend, Polybius sei sein Name.

»Polybius? Um diese Zeit?« Der Pompejaner sprang auf, und Ascula warf sich ihr Kleid über. »Soll hereinkommen!«

Polybius schlug die Faust auf die Brust und grüßte atemlos, Abbitte leistend für sein ungestümes Eindringen. In Rom herrsche das Chaos, der Cäsar habe Selbstmord begangen.

»Der göttliche Nero, tot? Wann?«

»Am Tag vor den Nonen des Junius!« Und dann berichtete Polybius aufgeregt vom Ende Cäsars, der – so wurde erzählt – unter dem Eindruck des Abfalls seiner Legionen bei Nacht in das Landhaus des Freigelassenen Phaon vor den Toren Roms, am vierten Meilenstein der Via Nomentana, geflohen sei und sich dort, nachdem ihm ein Bote die Nachricht überbracht hatte, der Senat habe ihn zum Staatsfeind erklärt, mit dem Dolch entleibte.

»Freund, das ist doch keine schlechte Nachricht!« Aphrodisius schlug seinem römischen Verwalter auf die Schulter.

»Nicht bis hierher«, erwiderte Polybius, »doch höre weiter. Der Senat hat am selben Tag Galba zum Cäsar proklamiert.«

»Beim Castor und Pollux, den alten Galba, den elenden Verschwender?«

»Eben diesen. In Rom erzählt man, er habe die fünfzig Millionen Sesterzen, die ihm Livia Augusta, die Gattin des Göttlichen, in Zuneigung hinterlassen habe, durchgebracht – die Götter wissen, wie.«

»Er ließ bei den Floralien Elefanten aus Africa seiltanzen; damals war er Prätor und suchte sich beliebt zu machen beim Volk. Im Theater veranstaltete er Seeschlachten mit richtigen Trieren, die von Ostia tiberaufwärts bugsiert und dann auf den Straßen durch Rom gezogen wurden; die Römer jubelten damals, weil sie nie dergleichen gesehen hatten. Aber geliebt haben sie Galba nie, denn während sie seine Verschwendungssucht schätzten, fürchteten sie seine Grausamkeit. Einem betrügerischen Geldwechsler ließ er die Hände abhacken, und Galba sah zu, wie sie der Scharfrichter auf den Wechslertisch nagelte. Ein Vormund, der sein Mündel vergiftet hatte, wurde auf seinen Einspruch ans Kreuz geschlagen, und da der Verurteilte klagte, er sei römischer Bürger und würdig des Todes durch das Schwert, ließ Galba ihn abnehmen und das rohe Kreuz mit weißer Farbe streichen, um ihm so einen Tod erster Klasse zu bereiten. Ich glaube, mit Galba kommen wir vom Regen in die Traufe.«

Polybius nickte. »Herr, Rom ist voll von Gerüchten, und niemand weiß zwischen Trug und Wahrheit zu unterscheiden. Erst hieß es, Tigellinus habe sich zusammen mit dem Cäsar selbst entleibt, doch dann sah ich ihn mit eigenen Augen auf dem Forum das Andenken des vergöttlichten Cäsars beschimpfen; er sei schon immer ein Gegner Neros gewesen, behauptete er, habe dies aber nicht öffentlich zeigen dürfen, um sein Handeln gegen den Göttlichen zu vertuschen . . . Welch eine Bestie! Und deshalb, sagt man, habe Galba ihm die Präfektur der Prätorianer gelassen. Jetzt aber geht das Gerücht – und deshalb habe ich mich auf den Weg hierher gemacht –, um die leeren Kassen des Cäsars zu füllen, müßten alle Römer, Freie wie Freigelassene, die über mehr als hundert Sklaven verfügen, diese Überzahl dem göttlichen Galba überlassen und im selben Verhältnis den Anteil ihres Vermögens.«

»Mercurius, steh mir bei!« Der Pompejaner ließ sich neben Ascula nieder und starrte ratlos auf den Boden.

»Was bedeutet das?« fragte Ascula.

»Was das bedeutet? Das bedeutet, daß man mir vier Fünftel meiner fünfhundert römischen Sklaven und ebenso viel meines römischen Vermögens nehmen will.«

»Und wenn du hundert Sklaven hättest?«

Aphrodisius lachte bitter. »Dann käme ich wohl ungeschoren davon . . .«

»Der Cäsar«, beteuerte Polybius, »hat jedem Prätorianer dreißigtausend Sesterzen versprochen. Er braucht also dreihundert Millionen, und die wird er sich holen.«

»Aber nicht von mir!« rief der Pompejaner erregt. »Kein As werde ich diesem Verschwender in den Rachen werfen. Hör zu, du reitest auf schnellstem Wege nach Rom zurück und machst soviele Sklaven marschbereit, daß noch neunundneunzig auf ihrem Platz zurückbleiben.«

»Herr, dann steht mehr als die Hälfte der Webstühle still, und die Schiffe, die in Ostia ihre Ladung löschen, können nicht auslaufen!«

»Gut so, Polybius! Die Webstühle sollen stillstehen, die Schiffe sollen liegen bleiben. Wähle den Treuesten aus ihrer Mitte, der die Sklaven nach Pompeji geleitet. *Mundus vult decipi*.«

Polybius schien verwirrt. Er wußte selbst nicht recht, welchen Bescheid er von seinem Herrn erwartet hatte; die Schnelligkeit, mit der Aphrodisius entschieden hatte, brachte ihn jedoch durcheinander. Einfach war es jedenfalls nicht, vierhundert Sklaven ohne Aufsehen aus der Stadt zu bringen.

»Das muß natürlich unentdeckt bleiben!« sagte Aphrodisius, der Polybius' Zögern bemerkte. »Am besten du führst die Sklaven in kleinen Gruppen durch die Porta Ostiensis, die Porta Appia, die Porta Latina und die Porta Pränestina und vereinigst sie erst am dritten Meilenstein, wo Marcus Crassus das Grabmal für seine Frau Metella errichtet hat.« Und nach einem Augenblick des Nachdenkens fügte er hinzu: »Und forsche in Rom nach dem besten Wundarzt, gib ihm zehntausend Sesterzen und einen Wagen und schicke ihn auf dem schnellsten Weg hierher, ich erwarte ihn dringend. *Vale*, Polybius!«

Polybius verschwand nach kurzem Gruß, und Aphrodisius begann, umständlich seine Kleider zu ordnen. »Ich habe alles erreicht«, begann er, ohne Ascula anzusehen, »doch Fortuna leert ihr Füllhorn nie bis zur Neige. Bist du arm, träumst du vom

Reichtum, bist du reich, träumst du vom Ruhm, bist du berühmt, träumst du vom Glück, doch glücklich bist du nie. Der Schnelläufer Ladas, der noch heute, nach einem halben Jahrtausend, auf dem römischen Forum verehrt wird, weil Myron ihm eine Statue errichtete – selbst er, den die Götter mit Ruhm überschütteten, soll nach einem Sieg in Olympia, als man ihm den Olivenzweig reichte, gesagt haben, er hätte lieber Gicht und Reichtum, denn was bringe es schon ein, hungernd schnell zu Fuß zu sein? Die wenigsten sind genügsam wie Epikur, der das höchste Glück in der Ausgeglichenheit der Seele predigte und sich am Gemüse seines Gärtleins freute. Ich lobe meine Tage, die Nächte sind mir ein Greuel.«

»Du wirst Leda gewinnen!« versuchte sich Ascula tröstend, »du mußt ihr deine Liebe zeigen, und sie wird sie erwidern.«

»Habe ich ihr vielleicht meine Liebe nicht gezeigt, als ich Leda vor dem Tod bewahrte? Ist das nun der Dank?«

Ascula nahm die Hand des Pompejaners und preßte sie an sich. »Aphrodisius, du bist ein Mann der Geschäfte, ein außerordentlich guter sogar, aber das Leben ist alles andere als ein Geschäft. Du glaubst, du hast fünftausend Sesterzen für Ledas Leben bezahlt, und nun forderst du deinen Gewinn, Liebe für siebentausendfünfhundert Sesterzen. Diese Rechnung ist falsch. Mit Geld magst du deine Begierden befriedigen, kannst Bewunderung ernten sogar, doch kein Denar, kein Aureus kann so funkeln wie ein liebendes Auge. Wenn du Leda liebst, versuche Verständnis für sie aufzubringen, laß ihr ihren Glauben; denn verrätst du die Christen, so wird Leda sich öffentlich zu ihnen bekennen, und du hast deine Liebe verraten.«

»Christen sind gottlos, sie handeln gegen das Gesetz!«

»Liebe kennt kein Gesetz, Aphrodisius.«

Der Pompejaner erhob sich. Asculas Worte wirkten verwirrend.

»Ich weiß, was du jetzt denkst«, sagte Ascula, »und das aus dem Munde einer *lupa*!«

»Nein«, fiel ihr Aphrodisius ins Wort; es berührte ihn peinlich, daß Ascula sich selbst als Hure bezeichnete.

»Doch, doch, ich lebe von der Lust, die ich anderen bereite, und sehe darin keine Schande. Zwei Dezennien lebte ich züchtig wie unter einer Keuschheitsnadel als treues Weib des Lucius Vetutius

Placidus. Aber Placidus kam bei dem Beben um, die Schenke wurde zerstört, es war kein Geld vorhanden für einen Wiederaufbau. Da blieb mir keine Wahl, es gab nur den Weg zurück in die Sklaverei, oder ich mußte mich verkaufen. *Tertium non datur.*«

Wie gebannt hing der Blick des Pompejaners an einem Gegenstand, der auf einem Tischlein neben dem Eingang lag. Er mußte schon die ganze Zeit dort gelegen haben, aber Aphrodisius hatte ihn nicht wahrgenommen. Es sprach für Ascula, daß sie dem Besucher keinen abschweifenden Blick gegönnt hatte; aber nun, im Gehen begriffen, mußte er ja auffallen, zumindest ihm, der diesem Gegenstand schon häufig und unter seltsamen Umständen begegnet war. War es Zufall oder steckte eine perfide Absicht dahinter, daß dieses Ding hier scheinbar achtlos herumlag?

Was ist das? Wie kommt es hierher? wollte Aphrodisius in höchster Erregung fragen, er hatte bereits atmend den Mund für die Frage geöffnet, doch dann blockierte irgend etwas seine Sprache, er preßte die Lippen hart aufeinander, als gelte es, eine bittere Medizin zu schlucken, gallig wie die zu Pulver gestoßene Wurzel der Feldnarde, die der Epilepsie entgegenwirken soll, und schwieg. Seine Erregung aber vermochte Aphrodisius nicht zu verbergen; die Hände zitterten, er rang nach Luft, und ein Schwindel brachte ihn zum Wanken: Vor ihm auf dem Tisch lag jener Dolch mit geschwungenem Griff, der seinen Herrn Serenus getötet hatte, ein Dolch jener Art, wie er Priscillianus den Tod gebracht hatte und wie er ihn bei Poppäa gesehen hatte und dessen Ziel er selbst gewesen war im Theater auf dem Marsfeld.

Ascula trat an Aphrodisius heran, um ihn zu stützen, denn sie merkte seine Benommenheit, aber der Pompejaner entwand sich ihrem Zugriff; er stürzte ins Freie und sog die Nachtluft tief in sich auf.

# 10

Der Körper des Mädchens bäumte sich auf in furchtbarem Fieber, und in ihrem Wahn rief Leda den Namen ihres Vaters Myron und daß sie auf dem Weg zu ihm sei, und der Wundarzt hatte Mühe, das tobende Mädchen in seine Kissen zu drücken.

»Du wirst sie töten, Trebius, sie ist zu schwach für das Gift, hörst du!« Aphrodisius packte den Wundarzt von hinten an den Schultern und wollte ihn wegreißen vom Lager, aber Trebius schleuderte den Pompejaner zur Seite, daß er strauchelte. Da sank Aphrodisius in die Knie, verbarg sein Gesicht zwischen den Tüchern am Fußende des Bettes und weinte.

»Wenn du willst, daß sie überlebt«, rief Trebius, »dann mußt du mich gewähren lassen! Ohne das Gift wäre Leda schon tot, glaube mir! Sieh nur, wie das Gift kämpft!« Und dabei leuchteten seine Augen. Trebius ging der Ruf des Arztes und Magiers voraus, der seine Kunst in Alexandria erlernt hatte, wo, so wurde erzählt, Arme ihre Leiber verkauften, um, nach einjährigem Leben im Überfluß, von den Ärzten schmerzlos getötet und zerstückelt zu werden wie ein Stier auf dem Altar des Jupiter Optimus. »Es ist *akoniton* aus der gelben Blüte, von dem die Griechen sagen, es sei aus dem Geifer des Hundes Cerberus geflossen, als Herakles ihn aus der Unterwelt schleifte; Tatsache ist, es wächst nirgends anders als im pontischen Herakleia, wo man den Zugang zur Unterwelt zeigt unter schwarzem Gestein.«

»Aber es tötet den Menschen; der Frauenmörder Calpurnius Bestia, der seine Opfer im Schlaf umbrachte, soll dieses *akoniton* verwendet haben, es ist ein zu starkes Gift!«

»Jede Medizin ist ein Gift«, erwiderte Trebius, »aber auch jede Krankheit ist ein Gift, ein Gift, das sich des Körpers bemächtigt hat. Du kannst dem Äskulap einen Hahn opfern, nach alter Sitte, und so seine Gunst erflehen, doch, wie man weiß, ist der göttliche Heiler nicht der Mächtigste, und Jupiter schleuderte einst einen Blitz auf ihn, damit er durch seine Kunst nicht die Menschen dem Tode entziehe. Also traue besser den Ärzten, die es verstehen, ein Gift im Körper mit einem anderen Gift zu bekämpfen. Es ist die Krone der Heilkunst, den Kampf zweier tödlicher Gifte im Leib eines Menschen so zu steuern, daß beide verenden und der Mensch am Leben bleibt.«

»Du sprichst wie ein Magier«, sagte Aphrodisius, der gebannt den Worten des Arztes lauschte. Leda lag nun ruhig, doch ihr Atem ging unregelmäßig und war nur in kurzen Stößen zu vernehmen.

»Jeder Arzt ist zur Hälfte ein Magier, denn jede Krankheit ist zur Hälfte ein böser Zauber. Sieh dieses Mädchen: Das Gift allein kann Leda nicht heilen, es kann sie am Leben erhalten – vielleicht –, doch damit ist sie nicht geheilt, Pompejaner. Leda fehlt der Lebensmut, sie fühlt sich alleingelassen und sie sucht im Tode ein neues Leben, sucht Zuneigung und Liebe.«

»Aber ich liebe Leda, bei Venus und Amor, ich schwöre es!«

»Du *glaubst* sie zu lieben, Pompejaner! Leda hat davon aber nichts gemerkt. Sie fühlte vielleicht, daß du sie *begehrst* – doch ist das Liebe? Sie fürchtete, von dir gebraucht und dann im Stich gelassen zu werden. Anders ist ihre Tat nicht zu erklären.«

»Wird sie durchkommen, Trebius?«

Der Wundarzt legte seine rechte Hand auf die Stirne des Mädchens; mit der linken ergriff er ihr Handgelenk. Er schwieg.

»Ich zahle dir den dreifachen Preis«, lamentierte der Pompejaner, »aber laß sie leben!«

Da wandte sich der Wundarzt um und sagte: »Aphrodisius, glaubst du wirklich, das Leben eines Menschen kaufen zu können? Wenn das so wäre, lebten die Reichen ewig und es gäbe keine Armen, weil die das erste Jahr nicht überlebten. Fast könnte man glauben, du habest Recht, weil nur das Alter bedeutender Männer überliefert ist, und doch irrst du wie Hesiod, der behauptete, die Krähe lebe neunmal länger als der Mensch, und der Hirsch viermal so lange wie die Krähe, und der Rabe dreimal so lange wie der Hirsch. Die Wahrheit ist, daß der Mensch Hirsch, Raben und Krähen überlebt, und daß nur das Leben berühmter Leute beschrieben wird, wie etwa durch Cornelius Nepos, den Freund Ciceros aus Ticinum. Von den Armen aber redet niemand. Niemand kennt einen hundertjährigen Sklaven – schon deshalb nicht, weil seine Geburt im Dunkel liegt, doch von Marcus Valerius Corvinus, der hundertmal den Jahresbeginn erlebte, reden alle, weil er öfter als jeder andere den kurulischen Sitz innehatte – nämlich einundzwanzigmal – und weil zwischen seinem ersten und seinem letzten Konsulat volle sechsundvierzig Jahre vergingen. Kein Mensch würde vom göttlichen Alter Terentias reden, deren Leib man nach einhundertunddrei Jahren auf dem Marsfeld verbrannte, wäre sie nicht die Frau des großen Marcus Tullius Ciceros gewesen, und auch Clodia hätten wir vergessen, trotz ihrer einhundertfünfzehn Lebensjahre und fünfzehnfacher Mutterschaft, hätte nicht Ofilius, der Rechtsanwalt und Freund Ciceros, ihr in seinen Schriften ein Denkmal gesetzt.«

»Verzeih mein ungestümes Verhalten«, bat Aphrodisius, »aber Leda *muß* gesund werden, hörst du, sie *muß* leben!« Ledas Atem ging nun regelmäßig, aber deutlich schwächer, und der Pompejaner lauschte ihrem Luftholen wie der Fährtensucher dem fernen Klappern der Hufe. »Glaubst du«, begann er zögernd, »glaubst du an ein Fortleben der Seele, das die Christen zum Inhalt ihrer Lehre machen?«

Trebius schnaubte zornig: »Beim Hercules! *Seele,* was ist das? Ich habe Menschen seziert, in Teile zerlegt und ihre Organe betrachtet, aber eine Seele gefunden habe ich nicht. Der Schatten, den sie Seele nennen, ist ein süßer Wahn, zerstört er doch die willkommenste Laune der Natur, den Tod, der alle Bedenken und Nöte ausräumt. Willst du nun, im Glauben an den Fortgang der Dinge, dich auch noch um jene Geschäfte sorgen, die dir das Lebensende so großzügig abnimmt? Hochmut und Vermessenheit, nichts anderes, verleitet den Menschen zu solchen Gedanken, die nichts anderes sind als ein törichter Wunschtraum von Göttlichkeit, nichts als anmaßender Neid auf die unsterblichen Götter, die unser Schicksal bestimmen.«

Der Pompejaner nickte; er wagte nicht, Trebius zu widersprechen, obwohl er dessen Meinung nicht teilte. Denn – so hätte er antworten wollen – so, wie du keine Seele entdeckt hast, bin ich auch noch keinem Gott begegnet, dem Jupiter nicht und nicht dem Hercules . . . Aber Aphrodisius hielt seine Gedanken zurück.

Einen Tag und eine Nacht verbrachte der Pompejaner an Ledas Lager, stündlich legte er frische Blätter des Fingerkrautes auf ihre Stirne zur Senkung des Fiebers, doch als die Hitze abnahm, folgte furchtbares Erbrechen, und Aphrodisius fürchtete, Leda würde sich den Magen aus dem Leib husten. Trebius braute ein stinkendes Getränk aus der haarigen, innen grünen Wurzel des »Vielfüßchens«, einem Kraut, das wegen seiner Saugwarzen und des langen, sich bei der Reife entrollenden Blatts dem gekrümmten Fangarm eines Polypen ähnelt und vorwiegend unter den knorrigen Luftwurzeln uralter Bäume gedeiht. Und er fügte junge Blätter des Kohls sowie einen abgelagerten Salzfisch hinzu. Verkocht zu einem unansehnlichen Brei und der Kranken nur mit roher Gewalt beizubringen (wobei auf einen hölzernen Kochlöffel nicht verzichtet werden konnte), zog es allen Grimm aus dem Körper, und Trebius verschwand mit einem abschätzigen Blick auf sein Honorar. Mehr, so meinte er, könne er nicht tun, bei Äsculap!

Wie durch ein Wunder erhob sich Leda am vierten Tag, fand Worte des Dankes und strebte ins Freie, das zu verhindern dem Pompejaner nur mit Mühe gelang. Er wich nun nicht mehr von ihrer Seite, wechselte die mit Salben getränkten Verbände und ließ sich durch nichts von seinem Tun abbringen.

Eumachia hatte in einer kurzen Antwort »an den Sklaven Aphrodisius« wissen lassen, sie werde Gavius nicht herausgeben, nicht lebend und nicht für eine Million. So sann Aphrodisius am Krankenlager nach, wie er den Freund zurückgewinnen könne, und es bedurfte keiner großen Überlegungen, daß mit Anstand und Ehrsamkeit allein der Priesterin nicht beizukommen war. Mit Hilfe eines bithynischen Sklaven aus dem Landgut Eumachias tauschten Gavius und Aphrodisius geheime Botschaften aus; der Pompejaner sprach dem Sklaven Mut zu, beschwor ihn, er möge durchhalten, er, Aphrodisius, werde ihn baldigst befreien. Es gelang ihm sogar, Syphax, den Sklavenaufseher der Purpurfärberei, zu bestechen, damit er Gavius schone, bis der Rettungsplan in die Tat umgesetzt werden konnte.

Der Auszug der römischen Sklaven machte kein Aufsehen, weil Polybius den Befehl seines Herren ausführte und vier Gruppen durch vier Tore der Stadt geleitete, bevor sie sich wieder sammelten, zum anderen aber herrschte Unsicherheit in Rom, da niemand wußte, wer, solange der designierte Cäsar noch immer in Spanien weilte, das Sagen hatte – nicht einmal Tigellinus, der auf Wunsch des göttlichen Galba angeblich seine Macht mit Nymphidius Sabinus teilen sollte.

Um nicht den Anschein zu erwecken, er habe von den Plänen des neuen Cäsars Kenntnis erhalten und *deshalb* die Mehrzahl seiner Sklaven aus Rom abgezogen, setzte Aphrodisius einen genialen Einfall in die Tat um: Der Pompejaner erbot sich, den Jupitertempel auf dem Forum in alter Pracht wiederaufzubauen. Der Tempel hatte seine Ruinengestalt seit dem Beben nicht verändert, so daß dem höchsten der römischen Götter nach wie vor nur auf dem Altar des Jupiter Meilichios nahe dem Theater geopfert werden konnte. Vierhundert Sklaven schienen fürs erste genug, den Schutt, der übriggeblieben war, von der glänzenden Heimstatt des Gottes zu beseitigen, und die Duumviri verkündeten das hochherzige Unternehmen durch Herolde dreimal: an den Kalenden, am dritten Tag vor den Nonen und an den Iden des Monats Sextilis, der dem göttlichen Augustus geweiht war, und sie versprachen, Aphrodisius ein bronzenes Standbild zu stiften und unter den Kolonnaden des Forums, wo die bedeutendsten pompejanischen Bürger verewigt sind, aufzustellen.

So erntete der Pompejaner hohe Anerkennung von allen Seiten, und das Mißtrauen, das ihm, dem zu unerwartetem Reichtum gelangten Freigelassenen, zunächst entgegengebracht worden war, verwandelte sich nun in Zustimmung und Vertrauen von seiten der geschäftigen *forenses* und der vornehmen *campanienses*. Und Marcus Holconius Rufus, der uralte Augustuspriester, dessen Haar schlohweiß und ungeschoren auf die Schultern herabfiel wie das eines Galliers – Rufus weissagte aus dem Opfer einer Taube, der Bau des Jupitertempels werde das Leben vieler Menschen verändern, aber keines so sehr wie das des Lucius Cäcilius Aphrodisius.

Die Worte des Priesters fanden geringe Beachtung, nur Aphrodisius dachte nach, denn schon einmal hatte der weise Rufus die Zukunft erkannt. Das war, als ein Schwan singend vom Himmel stürzte und den Pompejanern düstere Zukunft verkündete. Aber so sehr er auch nachgrübelte, er fand keinen Sinn in den Worten des Sehers und war daraufhin bestrebt, die Sache zu vergessen. Doch der Strom des Vergessens fließt träge, wenn du den Wunsch hast, er möge das alles verschlingende Meer nach kurzem Wege erreichen, und so zog die Ruine des Tempels, von der jeden Tag weniger zu sehen war, den Pompejaner an wie Midas das Gold. Vor allem des Nachts, wenn die Arbeit ruhte, schlich Aphrodisius um die zerklüftete Baustelle wie ein reuiger Täter, der an den Ort seines Verbrechens zurückkehrt, als könnte er seine Tat dadurch ungeschehen machen.

Was aber trieb den Pompejaner so unnachgiebig und beharrlich an diesen Ort? Er wußte es nicht, und in mancher Nacht wünschte Aphrodisius, der Alte hätte nie über den Bau des Tempels orakelt, denn die Ungewißheit der Zukunft ist übel, die Gewißheit entsetzlich, die ungewisse Gewißheit aber ist das schlimmste von allem.

Seiner List, die Sklaven aus Rom abzuziehen, war Erfolg beschieden; während die wohlhabenden Römer des größten Teils ihres Vermögens enteignet wurden, blieb der römische Besitz des Pompejaners verschont. Prätorianerkohorten zogen wahllos durch die Stadt und zählten die Sklaven, aber so oft sie den Bestand Aphrodisius' auch zählten, es blieben neunundneunzig.

An den Kalenden des Monats October näherte sich Galba, der designierte Cäsar, endlich der Hauptstadt. Er war klein, kahl und gichtig und von der Krankheit so sehr behindert, daß seine verkrümmten Beine keine Schuhe tragen, die Arme und Hände kein Schriftstück entrollen konnten. Was aber noch schlimmer war: Niemand in Rom kannte den Alten. So mußten ihm seine Soldaten, die den Taugenichts in einer Sänfte hereinschleppten, drei Meilen vor Rom den Weg freikämpfen, weil ein Haufen versprengter Legionäre es einfach nicht glauben wollte, daß das bresthafte Männlein der designierte Cäsar sei. Und als er die Stadt betrat, wo die Menschen links und rechts des Weges Opfertiere schlachteten, zerriß ein scheuender Stier nach dem ersten Beilhieb des Priesters seine Fesseln, stürzte sich auf die Sänfte des Cäsars und besudelte Galba mit Blut, so daß die Vorzeichendeuter ihre Haare mit dem Staub der Straße bestreuten, um größeres Unheil abzuwenden.

Das Unheil nahm seinen Lauf, und nicht einmal Opfer vermochten die Parzen zu besänftigen. Vor allen Tempeln Roms loderten die Feuer, dem Jupiter Capitolinus wurde ein Stier mit vergoldeten Hörnern dargebracht und der capitolinischen Venus weihte Galba ein Halsband aus Perlen und Edelsteinen. Doch damit erregte der Cäsar den Unwillen Fortunas, und sie erschien ihm im Traum und klagte, er habe sie um *ihre* Weihegabe betrogen und sie werde ihm alles entreißen, was sie ihm zugedacht habe.

Die Glücksgöttin war Galba nämlich, als er noch nicht die Männertoga trug, schon einmal erschienen und hatte ermattet Einlaß gefordert, und als der Junge erwachte, stand vor der Türe zum Atrium eine eherne Statue, und Galba hatte ihr in seinem Landhaus in Tusculum ein Zimmer geweiht, wo er einmal im Jahr die Nacht bei ihr wachte. Nun eilte er auf sein Landgut, um Fortuna zu besänftigen, aber als er dort ankam, fand er anstelle der Göttin einen zahnlosen Greis, der seinen eigenen Namen nicht kannte und beteuerte, dies sei der Platz, den ihm die Götter zum Sterben zugewiesen hätten. Da wußte der Cäsar, daß das Glück ihn verlassen hatte.

Servius Sulpicius Galba hatte nur Feinde. Die Reichen haßten ihn, weil er sie um ihr Vermögen gebracht hatte, die Armen verachteten in ihm den Verschwender, die Prätorianer aber verfluchten ihn, weil er, trotz zahlloser Enteignungen, nicht in der Lage war, sein Versprechen zu halten und jeden von ihnen mit dreißigtausend Sesterzen zu belohnen. Und während er opferte, riefen die Prätorianer Marcus Salvius Otho, den lusitanischen Statthalter, der in Galbas Begleitung nach Rom gekommen war, zum Cäsar aus. Galba aber ließ sich zum Forum tragen, um den Römern zu verkünden, er, Servius Sulpicius Galba, sei der einzige, der wahre Göttliche. Doch im tumultuarischen Drunter und Drüber fiel der Alte aus der Sänfte, Soldaten sprangen hinzu und schlugen ihm den Kopf ab.

Nach Pompeji gelangte die Nachricht, ein Soldat habe den

Daumen in den Mund des Kopfes gesteckt und ihn so zu Otho getragen, weil es kein Haarbüschel gab, an dem man ihn hätte fassen können. Otho schenkte das Haupt vagabundierenden Marketendern, die es auf einem Stab durch das Lager der Prätorianer trugen, und ein Freigelassener soll hundert Aurei für die Reliquie bezahlt und sie auf jenen Platz geworfen haben, wo einst sein Herr auf Galbas Befehl hingerichtet worden war.

Als Aphrodisius vom Aufstieg des lusitanischen Quästors hörte, freute er sich, denn er erinnerte sich jener Nacht, in der Otho, vom göttlichen Nero nach Rom zitiert, seinen Kummer in schwerem rotem Chios-Wein ertränkte, ein ungebetener Gast im eigenen Haus. Der Sterndeuter aus Kos hatte ihm damals geweissagt, er werde den Göttlichen überleben und die Zahl 37 werde für ihn von größter Bedeutung sein. Aphrodisius war Zeuge dieser Prophetie gewesen, und nun war Otho siebenunddreißig Jahre alt – und göttlicher Cäsar des römischen Imperiums. Beim Hercules! In gemeinsamer Trauer um Poppäa Sabina hatten Otho und Aphrodisius Freundschaft geschlossen, denn nichts verbindet mehr als das Mißgeschick zweier Männer mit ein und derselben Frau, *concordia discors.*

Leda genas zusehends unter der liebevollen Pflege des Pompejanes, und Aphrodisius machte es sich zur Gewohnheit, das Mädchen mit kleinen Aufmerksamkeiten zu beglücken. Er brachte die ersten Veilchen von den Hängen des Vesuv, eingelegte Früchte aus dem Macellum oder Dickmilch, mit Honig gesüßt, von der er wußte, daß Leda sie mochte, und seinen Taten gelang es mehr als werbenden Worten, das Mädchen für sich einzunehmen. Er liebte Leda täglich mehr, doch er hütete sich, dies auszusprechen, und hielt es mit Senecas Worten, der einem Liebenden, der geliebt werden wollte, den kurzen Rat gab: Liebe!

Liebe! Dieses Wort gewann für den Pompejaner eine ganz neue Bedeutung, sein blindes Verliebtsein beruhte nicht auf freudvoller Erwartung: Aphrodisius wollte geben, schenken, er wollte Leda dienen, und allein ihre Nähe war Dank genug. Bisweilen befielen ihn Zweifel, ob er noch jener Aphrodisius war, der Poppäa Sabina begehrt und Asculas Dienste erkauft hatte: *Non sum, qualis eram.*

*Im 515. Jahr spricht die Sibylle von Cumä:*
*O welcher Jammer!*
*Samtweiche Quitte im Garten der Venus,*
*Die reifend vom Baum fällt*
*Und verzehrt wird vom Feuer*
*Mit Mensch und Tier und allen Mauern*
*Im 832. Jahr, am neunten Tag*
*Vor den Kalenden des Monats September.*

Kaum hatte Thrasymedes das drohende Unheil verlesen, da begann ein ratloses Klagen, weil die Götter das Ende Pompejis vorbestimmt hatten, und die Duumviri verurteilten alle, die Zeugen des Vorfalls geworden waren, zur Verschwiegenheit bis zu dem genannten Tage im 832. Jahre, und diese schworen beim Jupiter und ihrer rechten Hand. Weil aber nirgends mehr Meineide geschworen werden als unter dem Siegel der Verschwiegenheit (was wohl ein menschlicher Urtrieb ist, und vom göttlichen Gaius Julius mit den Worten gegeißelt wurde, er liebe den Verrat, hasse aber den Verräter), blieb das drohende Unheil nicht lange geheim, und mit Federschwingen fegte Fama durch die Straßen Pompejis, rief rasendes Gelächter hervor und panische Angst, aber auch Gleichgültigkeit. Und als die ersten ihre Häuser verkauften und die Stadt verließen, weil sie an die Wahrheit des Sibyllinischen Orakels glaubten und fürchteten, der Groll Jupiters sei noch immer nicht verflogen, und er würde ein zweites, noch stärkeres Erdbeben schicken, das Pompeji verschlinge, da wurden Stimmen laut, die wissen wollten, Aphrodisius habe das Orakel gefälscht, um in den Besitz billigen Baulands zu gelangen.

Die Gerüchte wurden von Eumachia geschürt, weil der Wiederaufbau des Jupitertempels dem Pompejaner zunächst viele Sympathien eingebracht hatte. Eumachia wollte dem nicht tatenlos zusehen, und es traf sich gut, daß gerade ein zehnjähriges Verbot öffentlicher *munera* und *spectacula* auslief, mit dem der römische Senat auf Veranlassung des göttlichen Nero das pompejanische Amphitheater belegt hatte. Damals, drei Jahre vor dem Erdbeben, waren Pompeja-

Vergessen waren seine Pläne, die pompejanischen Christen zu verraten, auch wenn die Spuren, die das Mädchen am Körper trug, unauslöschlich waren. Ja, er begann sich sogar für die Lehre des Tarsiers zu interessieren, der unter Nero den Tod gefunden hatte, und wenn er auch dem asiatischen Meister nicht glaubte, so schienen die Worte des Wanderpredigers versöhnlich, hatte er doch gesagt, eine den Christen zugehörige Frau sollte einen Mann anderen Glaubens nicht entlassen, wenn er einwillige, mit ihr zu leben, denn der ungläubige Mann sei geheiligt durch die gläubige Frau.

Nächtelang fieberte Aphrodisius in sehnsüchtigen Träumen, weil er wußte, daß nur die Wand zu seiner Rechten ihn von Leda trennte. Aber zwischen seinem Cubiculum und dem des Mädchens gab es keine Türe, es war nur durch den langen Korridor über das Viridarium, vorbei am inneren Oecus und einem weiteren langen Gang zu erreichen, und jedesmal, wenn er sich aufmachte, von der Leidenschaft der Nacht getrieben, kehrte er bald wieder um, weil ihn der lange Weg zur Besinnung brachte und ihm klarmachte, daß er im Begriff stand, alles zu zerstören.

Aber eines Morgens, erschöpft war er nach durchwachter Nacht gerade eingeschlafen, nachdem er zur Beruhigung einen bitteren Trank aus dem Vorrat der Kräuterfrau geschluckt hatte, da erschien ihm Leda im Traum, und in einem langen, zarten weißen Gewand bestieg sie sein Bett, kniete nieder, seine Beine zwischen ihren Schenkeln, neigte sich über ihn und ließ ihre Wange auf seiner Brust ruhen. Aphrodisius spürte ihren festen Atem, ihre Haut, er wollte zupacken, sie an sich reißen, aber bleierne Müdigkeit hielt seine ausgestreckten Arme auf dem Laken fest wie das Baumharz die Flügel des Käfers. Diese furchtbare Schwere hinderte ihn daran, lustvoll zu stöhnen, als das Mädchen seine Arme, den Hals und die Brust mit den Händen zu streicheln begann. Ledas zierliche, weiße Hände beschrieben unsichtbare kleine Kreise und erzeugten eine wohlige Wärme, die sich allmählich seines ganzen Körpers bemächtigte und zum glühenden Fieber anschwoll.

Und dann richtete Leda, immer noch über ihm kniend, sich auf, zog das lange Gewand über den Kopf und sah ihn an. Aphrodisius wagte nicht, ihren Körper zu betrachten, er blickte ihr nur in die

Augen. »Wenn du mich jetzt auch noch liebst«, begann das Mädchen zu sprechen, »dann nimm mich!«

»Was heißt *jetzt noch?*« erwiderte der Pompejaner, und in seiner Stimme klang Jubel. »Nie habe ich dich mehr geliebt als gerade jetzt. Ich liebe dich, Leda, ich liebe dich!«

Da nahm Leda seine schweren Hände und preßte sie gegen ihren bebenden Leib, und Aphrodisius fühlte ihre kleinen festen Brüste, die zarte Wölbung des Bauches, die Glätte ihrer Schenkel und die flaumige Scham, und noch während er dieses feierliche Tasten wie Nektar, den süßen Göttertrunk, in sich aufnahm, drang sein Priapos, ohne es zu wollen, in sie ein, ein selbstverständliches Suchen und Finden, und es war warm und heiß, und Aphrodisius glaubte zu zerspringen.

Wie von ferne vernahm der Pompejaner einen kleinen spitzen Schrei, einen Laut, der alles andere als Schmerz bekundete, eher eine Resonanz von Glück, und er zog Leda auf sich herab, wälzte sich über sie und deckte sie zu mit seinem Körper, und mit aller Zärtlichkeit, der er fähig war, ließ er das Mädchen seine Liebe spüren. Ihre Zungen begegneten sich furchtsam und zuckend, doch kaum hatten sie sich aneinander gewöhnt, tanzten sie umeinander herum, und die eine haschte die andere und versuchte sie wie ein eingerolltes Blatt zu umschließen und festzuhalten. Ledas Wärme, ihr Duft berauschten den Pompejaner, und hätte ein neues Beben Pompeji heimgesucht, er hätte es nicht bemerkt, hätte nicht abgelassen, das Mädchen zu lieben, ein Rausch, ein Wahn, Blindsein, Taubsein für alles andere.

Er glaubte die Dämmerung des Morgens durch die geschlossenen Lider zu erkennen, aber die Augen zu öffnen, wagte er nicht – fürchtete er doch, sie könnten das traumhafte Erlebnis zerstören. Aber der fremde Duft, der Aphrodisius in die Nase stieg, das Gefühl auf seiner Haut sagten ihm, daß dieser unendlich schöne Traum nicht das mantische Abbild seiner Wünsche war, nicht das phantastische Treiben seines Gehirnes im Halbschlaf, wie es den träumenden Dulder Odysseus überkam, als ein Adler vom Himmel stieß und zwanzig Gänse tötete – woraus er ableitete, er sei der Adler und werde die zwanzig Freier seiner schönen Frau Penelope an einem

Tage erledigen –, nein, die vermeintliche Vision war Wirklichkeit. Als Aphrodisius die Augen öffnete, erkannte er Leda neben sich.

Am Tag vor den Nonen des Martius im ersten Jahr der Regierung des göttlichen Otho Imperator Cäsar Augustus beschlossen Aphrodisius und Leda ein *matrimonium iustum*, fortan zu leben wie Mann und Frau, wie das augusteische Gesetz es vorsah. Und weil die *nuptiae*, die römischen Hochzeitsbräuche, weder eine Beurkundung durch den Standesbeamten noch irgendein anderes Zeremoniell kannten, sondern sich auf ein Gelage beschränkten, bei dem meist der Hochzeiter allein auftrat, wäre auch dieses kaum erwähnenswert, hätte nicht Aphrodisius seiner Freude Ausdruck verliehen, indem er den Wanderkoch Apicius mit der Ausrichtung eines Festmahles beauftragte, das zweimal hunderttausend Sesterzen verschlang und halb Pompeji zu Gast hatte. Noch Jahre später redeten die Pompejaner von diesem Ereignis, und deshalb verdient es auch näher beschrieben zu werden.

Apicius, Sohn des berühmten Marcus Gavius Apicius, der unter der Regierung des göttlichen Tiberius Claudius Nero – eines Geizhalses, wenn es ums Essen ging – den Geldadel Roms lukullisch verköstigte und damit ein solches Vermögen verdiente, daß er, als er eines Tages Bilanz zog und feststellte, daß er nur noch zehn Millionen Sesterzen besaß, Gift nahm, weil ihm diese Summe nicht lebenswert schien –, der Sohn eben dieses Mannes hatte alle Rezepte seines Vaters gesammelt und richtete nun Feste aus, die ihresgleichen suchten im römischen Imperium. Ein Mahl unter zehntausend Sesterzen, pflegte der Küchenkünstler zu sagen, sei kein Mahl und diene lediglich der Nahrungsaufnahme, der Sättigung. Der Aufwand für das Hochzeitsmahl des Pompejaners entsprach für ihn gehobenem Mittelmaß.

Die Kunst des Kochkünstlers Apicius bestand nicht allein in der Zubereitung exotischer Rezepte, es ging vor allem darum, die notwendigen Zutaten zu beschaffen: Singvögel und Haselmäuse aus Numidien, mauretanische Strauße, Trüffel und Wachteleier aus Gallien, Honig, Feigen und Melonen aus Achaia, Flamingos und

Dattelfrüchte vom Nil, aus Germanien Hasen und Hirsche und vielerlei Gewürze aus Asien, aus Lycaonien, Armenien, Parthien und Indien.

Das so komponierte Gastmahl, zu dem die geladenen Pompejaner in festlicher Toga und ohne Frauen erschienen, begann bei Sonnenuntergang. Ein paar hundert Sklaven standen Spalier und beleuchteten den gestampften Weg von der Stadt zum Landgut des Aphrodisius. Musik und tanzende Mädchen, ganz dem Brauch der *nuptiae* entsprechend, spielten auf, und allein die verschiedenen Weine, die Aphrodisius reichen ließ, füllten ein Buch, wollte man Geschmack und Herkunft beschreiben.

In vier Farben ergoß sich der Rebensaft des Dionysos in die Schalen der Gäste, weiß, gelb, blutrot und schwarz. Viele hatten den schwarzen Psithier aus getrockneten Trauben weder gesehen noch gekostet und staunten über seinen stumpfsüßen, mostigen Geschmack, der dem Skybela ähnelte, von galatischen Hängen, und Apicius warnte, mehr als zwei Schlucke zu nehmen zur Eröffnung. Aufgetischt wurden Weine aus Sikyon, Zypern, Telmessos, Tripolis, Berytos und dem ägyptischen Sebennytos – letzterer so dunkel und sauer wie der trockene Koër, den die Bewohner der Insel mit Seewasser vermischten (ein Brauch, der auf den Diebstahl eines Sklaven zurückging, der auf diese Weise das richtige Maß wiederherzustellen versuchte). Natürlich fehlten auch Griechenweine nicht, der herbe Lesbier, obwohl ungemischt von natürlichem Seegeschmack, und Weine aus Thasos und Chios und der kostbare heimische Ariusier. Nicht zu vergessen der Maroneier von der Küste Thrakiens, den Homer lobend erwähnte mit dem ernsten Rat, ihn mit der zwanzigfachen Menge Wassers zu versetzen, und der ephesische Pramneios, der nur in der Umgebung des Artemistempels gedieh.

Von italienischen Weinen tischte der Pompejaner den göttlichen Setiner auf, der oberhalb von Forum Appii wuchs und nur deshalb göttlich genannt wurde, weil seit den Tagen des Imperators Cäsar Augustus kein Göttlicher auf diesen Wein verzichtete, und den Puciner-Wein, schwer und gehaltvoll, im Quellgebiet des Timavus reifend, von dem Julia Augusta behauptete, sie verdanke ihm die sechsundachtzig Jahre ihres Lebens, denn sie habe nie einen anderen Wein getrunken als eben diesen. Selten herb und meistens von der Lieblichkeit eines Frühlingswindes waren die Weine von Alba, und in verharzten Amphoren lagerte der campanische Falerner, von dem es drei unterschiedliche Arten gab, die, trotz der allen gemeinsamen sauren Traube, im Laufe der Reife, die im zehnten Jahr ihren Höhepunkt erreichte, einen herben, süßen und leichten Trunk abgeben – je nachdem, ob ihre Lage dem auf den Hügeln wachsenden Cauciner, dem Faustinianer in der Mitte des Landes oder dem eigentlichen, nur auf dem flachen Land gezogenen Falerner entsprach. Und schließlich der sizilianische Mamertinerwein von den Hängen des Ätna, der das gleiche verborgene Feuer in sich trug wie das fauchende Gebirge . . .

Die Männer ließen sich auf den Klinen nieder, Nigidius, der Römer, der Arzt Trebius, dem Leda das Leben verdankte, der alte Jupiterpriester Marcus Holconius Rufus, der angesehene Fischsoßenhersteller Scaurus, Loreius Tiburtinus, der seit Jahren kein pompejanisches Gelage ausgelassen hatte, Aphrodisius' alter Schulmeister Saturnius – der einzige aus der Christengemeinde –, sein Konkurrent und Gutsbesitzer Lucius Herrenius Florus, Ululitremulus im Gefolge einer auffallend gekleideten Schauspielerschar, der dicke Viehzüchter Marcus Postumus und viele andere Pompejaner von Rang und Namen, welche nicht in Abhängigkeit von Eumachia standen. Am meisten Freude bereitete Aphrodisius Gaius Plinius Secundus, der Rom ebenfalls verlassen hatte und nun nahe Pompeji auf dem Land lebte und seinen Studien nachging. Der Gastgeber begrüßte den gefeierten Schriftsteller mit jenem Griffel in der Faust, der ihm einst im Theater das Leben gerettet hatte, und er küßte ihn voll Dankbarkeit.

*»Nunc est bibendum, nunc pede libero pulsanda tellus!«* Der *magister bibendi,* der das Gastmahl leitete, rief den horazischen Trinkspruch, stampfte mit dem linken Fuß auf, schüttete aus der gefüllten Trinkschale eine Spende an die Götter auf den Boden und reichte das Trinkgefäß – denn man trank nach *more Graeco* – rechtsherum, damit jeder einen Schluck nehme. Nun erst war die *comissatio* eröffnet, und Sklaven boten jedem Gast den eigenen

Becher an und fragten nach seinem Geschmackswunsch. Nach griechischer Sitte zu trinken, bedeutete, den Wein unverdünnt zu nehmen, also entgegen römischen Bräuchen ohne Wasser und dafür in kleineren, *cyathi* genannten Bechern.

Lockige Knaben gingen unterdessen von Gast zu Gast, strichen duftende Salbe aus einer Silberschale und salbten die Füße der Geladenen. Und während Aphrodisius und seine Freunde teils nippend, teils gierig schluckend sich durch die Weinvorräte tranken, setzten die Knaben jedem Trinker einen Blumenkranz auf das Haupt, was Glatzköpfe wie Scaurus oder Postumus ein lächerliches Aussehen verlieh – jeder ein leibhaftiger Bacchus. Dazu spielte im Hintergrund ein Quartett mit Streich- und Zupfinstrumenten klagende Musik, ohne Melodie. Und noch vor dem Würfeln, bei dem um Geld und sogar um die pamphylischen Tänzerinnen gespielt wurde, erhob sich Ululitremulus und trug mit großen Gesten zur gezupften Laute eine horazische Ode vor:

*»Mit Saitenspiel, duftendem Weihrauch und mit dem Blute des Farren, des längst schon ihnen gelobten, laßt uns erfreuen die Götter, die uns den Numida schützten, der von den Gestaden Hesperiens zur Heimat glücklich gekehrt ist und jetzt dem Kreise der Freunde viel zärtliche Küsse verteilet, doch keinem, wie dir, o mein Lamia, mit dem er die Jugend verlebte, bis beide die Toga gewechselt. Heut möge dem festlichen Tage die glückliche Kreide nicht fehlen! Man zähle nicht ängstlich die Becher, laßt wieder und wieder sie füllen, nicht sei es den Füßen vergönnt, zu ruhen bei salischen Tänzen! Heut möge den Bassus im Wetttrunk nicht Damalis zechend besiegen! Besetzt die Tafel mit Rosen, mit Eppich und flüchtigen Lilien! Auf Damalis werden sich heften mit Inbrunst die schmachtenden Blicke; doch Damalis, treu dem Geliebten, umschlingt ihn wie rankender Efeu.«*

Dann war Apicius' Stunde gekommen. Er verkündete das anschließende Mahl *ex ovo usque ad malum,* und allein die Beschreibung ließ den Gästen das Wasser im Munde zusammenlaufen. Denn Apicius beschrieb nicht nur die fertigen Speisen, welche ihnen nun bald vorgesetzt würden, er hielt sich vor allem bei der speziellen Zubereitung auf, welche bisweilen fremd ammutete wie eine ägyptische Tiergottheit mit menschlichen Armen und Beinen und dem Kopf eines Schakals.

Die *gustatio* werde eröffnet mit einer Sardellenpfanne, scharf gewürzt, um den Magen zu öffnen: gegrillter und gekochter Fisch seien dazu entgrätet in einer Pfanne unter Hinzufügen von Eiern, Pfeffer, Garum und Öl zu einem Brei vermengt, mit milchigweißen Quallen belegt und im Dampf gegart worden, damit Eier und Quallen sich nicht vermischten. Danach habe man das Ganze in warmer Luft getrocknet und gepfeffert und serviere es nun häppchenweise. Dazu, ließ Apicius vernehmen, empfehle sich das leichtverdauliche Schweineeuter, gekocht, gerollt und mit Schilfrohr zusammengesteckt, gesalzen und leicht gegrillt, gewürzt mit Pfeffer, Liebstöckel, Garum und einem Spritzer weißen Weines, ein Gericht, das sogar Trimalchios' Zunge zum Schnalzen bringen würde. Nicht zu vergessen gefüllte Haselmäuse, von den Eingeweiden befreit und mit einer Fülle aus gehacktem Schweinefleisch, Pinienkernen, Laserwurzel und Garum versehen und auf trockenem Ziegel im Ofen gebacken.

Dazwischen werde ein *pulmentarium ad ventrem* gereicht, eine die Verdauung fördernde Brühe, bestehend aus mitsamt dem Kraut gekochten Roten Rüben, mit Kümmel, Pfeffer und dem Öl der Olive gewürzt, schließlich nochmals gekocht, vom Feuer genommen und angereichert mit Polypodium, gehackten Nüssen und Garum – heiß serviert und getrunken.

Den Hauptgang, *mensae primae,* eröffnet gekochter Flamingo, ein Gericht, das der Tafel des Cäsars würdig sei. Gerupft und in Salzwasser eingelegt, mit Salz, Dill und Essig versetzt, sei dieser halbgegart, sodann mit einem Lauch- und Korianderbüschel weichgekocht und mit *defrutum* zur Farbgebung versehen worden. Darauf hätten fleißige Köche Minze, Raute, Kümmel, Koriander, Laserwurz und Pfeffer in einem Mörser gestampft, Essig und entkernte Jerichodatteln hinzugefügt und mit der Kochbrühe versetzt, so daß eine duftende Soße entstanden sei, zum Übergießen des auf silberner Platte servierten Geflügels. Leicht gegrillte Trüffel lägen als

Beigabe, gesalzen, am Holzstab gegrillt und mit einer Soße aus Öl, Wein, Honig, Pfeffer und Garum übergossen – welche Wonne! Und für den Feinschmecker: das Hirn des Flamingos.

Wem das Fleisch des Flamingos zu resch, die Knöchelchen zu zahlreich seien, der könne sich an gefüllter Wildschweinkeule nach Art des Terentius erfreuen, und er, Apicius, schwöre bei Diana, der die Jagd heilig sei, daß das Borstenvieh noch die aufgehende Sonne dieses Tages gesehen habe, so frisch sei das Fleisch. Zur Zubereitung der Keule hätten geschickte Finger die Schwarte sanft vom Beinfleisch getrennt und mit Hilfe eines Trichters ein schmackhaftes Gewürz in den Hohlraum gefüllt: eine Mischung aus gestampften Lorbeerbeeren, Pfeffer, Raute, Laser, Garum und Öl vom Besten. Zugenäht seien die Keulen dann in einem Sud aus Meerwasser, Dill und Lorbeerschößlingen gegart worden.

Er könne aber auch gefülltes Spanferkel empfehlen, welches, bevor es auf blankem Eichenbrett serviert würde, die folgende Prozedur hinter sich habe: Gereinigt und durch die Gurgel ausgenommen, sei es mit einer Füllung versehen worden, die dem süßesten Götterschmaus nicht nachstehe. Hurtige Köche hätten Liebstöckel und Oreganum, gestampften Pfeffer und Laserwurzel mit Garum vermengt, Pinienkerne und Pfefferkörner hinzugefügt, und in das Ganze rohe Eier, gekochtes Hirn und kleine Vögel gemengt. Gefüllt mit dieser Köstlichkeit sei das Spanferkel vernäht und im Backofen bereitet worden, fünf Stunden in gehörigem Abstand mit grünem Öl beträufelt zur Erlangung einer knusprigen Schwarte. Serviert aber werde das rötlichglänzende Ferkel mit einer Hirtenflöte im Maul, der Pan einen klagenden Ton verleihe, solange die heiße Luft aus dem Inneren entweiche.

Neptun sei Dank, wenn im Anschluß daran die köstlichsten Früchte des Meeres serviert würden: *Isicia de cauda lucustae* – Klößchen aus Langustenschwänzen –, einfach in der Zubereitung, überraschend im Geschmack, gekocht, gehackt, mit dem Dotter gekochter Eier vermengt, gepfeffert und mit Garum versehen, aber nur so viel, daß der teigige Brei zu Kügelchen geformt werden kann, um in der Pfanne kurz angebraten zu werden. Natürlich werde auch gefüllter Tintenfisch nicht fehlen, welcher, ausgenommen und auf hartem Stein geschlagen, mit folgender Füllung versehen werde: Hirn vom Kalb mit drei gekochten Eiern und gehacktem Fleisch vermengt, mit Pfeffer gewürzt. Gefüllt und vernäht werde die *sepia* so lange gekocht, bis die geschmackvolle Füllung hart, die glasige Haut des Tintenfisches aber weich sei, und vor dem Auftragen werde das Meeresgetier in Scheiben geschnitten. Über Austern, Seeigel, Aale und Barben müsse er wohl keine Worte verlieren außer jene, daß Kräutersoßen verschiedener Zubereitungsarten, die jedoch sein Geheimnis blieben, für jedes einzelne Gericht zur Verfügung stünden.

Da konnte der dicke Postumus, dem die Aufzählung der kulinarischen Köstlichkeiten viel zu langsam voranging, nicht mehr an sich halten, und er rief in höchster Erregung: »Und was reichst du als *mensae secundae*, sprich!« Und er steckte alle zehn Finger auf einmal in den Mund.

»Süßspeisen?« Apicius rollte die Augen zum Himmel. »Ich dürfte nicht Apicius heißen und Sohn des berühmten Marcus Gavius Apicius sein, würde ich euch nicht meine Eiercreme *Tyropatina* auftragen!« Milch werde mit Honig versehen, dazu fünf Eier auf kleinem Feuer gekocht und gerührt – so lange, bis die Mischung steif sei. Serviert werde die Göttergabe mit frisch gemahlenem Pfeffer. Zum Abschluß halte er Datteln à la Apicius bereit, welche entsteint, mit Pinienkernen und gemahlenem Pfeffer gefüllt, in Salz gewälzt und in flüssigem Honig gekocht worden seien. »*Nunc vino pellite curas!*«

Die Gäste klatschten in die Hände und fanden bewundernde Worte für Aphrodisius, der sich nicht nur auf gute Geschäfte verstehe, sondern auch auf die Kunst zu leben, so wie Lucius Licinius Lucullus, der, als Konsul und Feldherr erfolgreich, die schönen Dinge des Lebens erkannte und von seinen asiatischen Kriegszügen kostbare Bücher und Gemälde mitbrachte und – aus Kerasos am Pontos den Kirschbaum; der Gastmähler veranstaltet hatte, von denen die Römer noch heute, nach hundert Jahren, erzählten. Und während sie ihre Trinkschalen mit der Rechten erhoben – die Linke stützte für gewöhnlich den Kopf ab und es galt als unheilverheißend, ein Trinkgefäß mit der Linken zu ergreifen –, wünschte jeder dem Pompejaner Glück in den Armen seiner jungen Frau und Reichtum wie Crassus, der Ländereien für zweihundert Millionen Sesterzen besaß, oder wie dem Freigelassenen Isidorus, der unter dem Konsulat des Gaius Asinius Callus und Gaius Marcius Censorius ein Testament schrieb, in dem er seinen Erben, obgleich er im Bürgerkrieg viel verloren habe, zweihundertsiebenundfünfzig Stück Kleinvieh, dazu dreitausendsechshundert Ochsen, viertausendeinhundertsechzehn Sklaven und Gold für sechzig Millionen Sesterzen vermachte – unter der Bedingung, sie sollten ihm ein Begräbnis ausrichten, das nicht weniger als eine Million Sesterzen kosten dürfe.

So aßen sie die halbe Nacht – beim Jupiter! Sie fraßen, rülpsten, kotzten und verrichteten ihre Notdurft, ohne sich zu erheben (Sklaven hielten ihnen silberne Schalen unter), sie protzten mit amourösen Abenteuern und redeten über Geld, Geld, Geld, das immer mehr an Wert verlor, und über das pompejanische Wunder – so nannte man es im ganzen Imperium, weil die Stadt, sieben Jahre nach dem großen Beben, *motu proprio*, in größerer Schönheit erstand als je zuvor.

Aphrodisius war glücklich in dieser Nacht, er trank mehr vom schweren Chios, als er vertragen konnte, denn keiner der Gäste ließ es sich nehmen, einen gesonderten Trinkspruch auf den Hausherrn auszusprechen und gesondert mit ihm zu trinken. Seine Lider wurden schwer wie attisches Blei, und Rauchschwaden zogen durch das Triclinium, als senkte der Herbst seine Nebel über die campanische Perle, und in der Trübheit eines Augenblicks erkannte der Pompejaner die übermütige Gesellschaft wie in einem Spiegel, mit verzerrten Gliedmaßen und furchterregenden Fratzen, und alle erhoben ihre Trinkgefäße mit der Linken und prosteten ihm zu mit ausladenden Gesten. Aber das Zerrbild verschwand, noch ehe er es ausreichend betrachtet hatte, und Aphrodisius winkte einen Sklaven herbei, der ihm das Gesicht mit parfümiertem Wasser besprengte; das half.

Man erzähle, begann Loreius Tiburtinus unvermittelt, Aphrodisius' junge Frau neige den Christen zu, ja, sie sei sogar eine Christin und vor den Prätorianern aus Rom geflohen – ein Gerücht *in statu nascendi*.

Von einem Augenblick auf den anderen ebbte das weinselige Gerede ab, und alle starrten auf den Pompejaner; aber nicht, weil

Tiburtinus eine Ungeheuerlichkeit verbreitet hatte, nein, die meisten hatten von diesem Gerücht schon gehört und waren gespannt auf Aphrodisius' Antwort.

Der aber reagierte gelassen; er war vorbereitet auf derartige Fragen und gab Tiburtinus der Lächerlichkeit preis, indem er sich erkundigte, ob es ihm schon so schlecht gehe, daß er unschuldige Pompejaner denunziere, um in den Genuß von tausend Sesterzen Kopfgeld zu kommen, die inzwischen ausgesetzt worden seien. Er sei gerne bereit, sie ihm zu schenken, wenn nötig, auch mehr, dann aber solle er sein Geld auf ehrliche Weise verdienen.

Da schlugen sich die anderen vor Vergnügen auf die Schenkel, und Loreius Tiburtinus bekam einen roten Kopf wie ein numidisches Huhn, und Aphrodisius fügte hinzu, er habe aus freien Stücken den Wiederaufbau des Jupitertempels in Angriff genommen, um den Blitzeschleuderer mit der Stadt zu versöhnen – ob das etwa nach Art eines Christen sei? Denn wenn Leda, seine Frau, der neuen Lehre aus dem Osten anhinge, dann müsse wohl auch er ein Christ sein. Schließlich habe noch niemand vernommen, daß Mann und Frau unter einem Dach verschiedenen Göttern opferten.

Von diesem Tag an war Lucius Cäcilius Aphrodisius ein echter Pompejaner, kein Zugereister, kein Freigelassener, kein *homo novus,* er war einer von ihnen, und das Glück schien auf seiner Seite.

Aber der Schein trog. Denn mit jedem Tag, der ihm neuen Erfolg und höheren Gewinn einbrachte, wuchs auch seine Angst vor dem Unbekannten. Auch Leda, die ihm eine gute Frau war, vermochte diese Furcht nicht auszuräumen, und dazu trug der Spruch des Priesters bei, der prophezeit hatte, der Wiederaufbau des Jupitertempels werde das Leben vieler Menschen verändern, aber keines so sehr wie das des Aphrodisius.

Bewacht wie der Cäsar in Rom verbrachte Aphrodisius die Tage hinter den Mauern seines Landgutes, und wenn er seinen Besitz verließ, begleitete ihn stets eine sechszehnköpfige Leibwache. Was Rufus wohl gemeint hatte mit seiner düsteren Prophezeiung? Der Priester, nach dem Sinn der Worte gefragt, gab sich verschlossen. Die unbekannte Zahl seiner Jahre hatte ihm ein immerwährendes

Lächeln ins Gesicht geschrieben, eine Maske, hinter der sich das Wissen um eine furchtbare Tat verbarg, das Lächeln des Auguren, der lebenslang sein Amt versah, die *toga praetexta* trug und einen Ehrensessel beanspruchte im Theater. Dafür deutete er die erbetenen Zeichen und solche, die unerbeten erschienen wie jene *ex caelo* oder *ex avibus* oder aber Blitze zu unterschiedlicher Zeit und Innereien von Schlachttieren, vor allem die Leber, auf welcher sich – so man dieser Lehre zu folgen bereit war – bestimmten Göttern zugehörige Regionen des Himmels wiederfanden.

Und wenn unter dem göttlichen Tiberius auch derlei Unfug verboten wurde, so war er längst wiederaufgelebt, und jeder höhere Beamte konnte unter seinen *apparitores* auf einen Eingeweideschauer zurückgreifen, *ut aliquid fiat*. Fraßen die heiligen Hühner des Tempels gierig, daß ihnen das meiste aus dem Schnabel fiel, so galt das als günstiges Zeichen der Götter, und wollte der Priester ein günstiges Zeichen, so behalf er sich damit, daß er das Huhn aushungerte bis fast zum Verenden und es dann in einen Käfig mit Körnern setzte, die es mit solcher Hast aufpickte, daß das meiste verlorenging. Tatsache war aber auch, daß Auguren bedeutende Ereignisse treffend vorhersagten, weil in ihren Tempelarchiven Aufzeichnungen lagerten von besessenen Sehern, die den Göttern näherstanden als den Menschen. Sie kannten das Glück und das Leid – vor allem dieses; denn schon die griechischen Philosophen, denen Aristoteles als der bedeutendste vorstand, verkündeten die Lehre, daß dort, wo viel Licht auf die Erde falle, auch viel Schatten zu finden sei, nach dem Gesetz der Natur.

Man sagt, in uralter Vorzeit habe das Menschengeschlecht ohne Leid auf der Erde gelebt, ohne Übel, Mühsal und Krankheit. Aber weil Prometheus den Göttern das höchste Glück, das Feuer, entführte, habe Zeus, als er das weithin sichtbare Flammen der Menschen erblickte, zornentflammt Hephaistos beauftragt, die Menschen zu strafen. Und der große Bildner Hephaistos schuf ein schamhaftes Mädchen, das allererste aus Erde und Wasser nach dem Willen des Höchsten, Athene schmückte es mit Schleiern und Blumenkränzen und lehrte es zu weben, Aphrodite schenkte ihm Liebreiz und verzehrende Sehnsucht, und Hermes den Hang zum

Betrügen. Er verlieh ihm eine Stimme und nannte es Pandora. Dann machten Hermes und Pandora sich auf den Weg zu den Menschen, eine geheimnisvolle Büchse im Reisegepäck. Schon der Name des Mädchens reizte die Menschen, Pandora, »die alles verschenkt« – Epimetheus, der linkische Bruder Prometheus', sah das Mädchen und die verlockende Büchse, und er nahm beides. Nichts anderes aber hatte Zeus in seinem Herzen gewollt: Pandora öffnete ihre Büchse, und herauspfiff das Übel, das sich über Erde und Meer verbreitete wie der Sturmwind, und die Krankheit, welche nachts kommt, lautlos ohne Stimme, die Zeus ihr entzog. Nur Elpis – die Hoffnung – blieb unter dem Rand des Gefäßes in der Büchse zurück, und Pandora schlug hurtig den Deckel zu. Seither mußte jeder Sterbliche fürchten, daß ihn das Übel träfe, auch in Zeiten des höchsten Glücks.

Der Wind aus Pandoras Büchse schien Aphrodisius nicht zu treffen. Und doch ist der Wille der Götter unerfindlich wie die Ebbe des Meeres, die einmal am Tag vom bewohnten Land zurückweicht, um es noch am selben Tag zurückzuerobern. Und wie das Gesetz der Gezeiten, so leitet das Schicksal den Willigen – den Widerstrebenden aber zerrt es, oder, wie Seneca zu sagen pflegte: *Ducunt volentem fata, nolentem trahunt.*

Am sechzigsten Tag ruhte die Arbeit am Jupitertempel. Schwarze Wolken jagten über die Stadt und kündeten vom Ende des Sommers. Vom Himmel schossen Blitze wie glühende Pfeile, und die Wolken entleerten sich über der Stadt, Wasserwänden gleich. Gewitter, die sich über Pompeji am Fuße des Vesuv entluden, waren gefürchtet wegen ihrer Heftigkeit, und man erzählte sich furchterregende Geschichten: von Marcus Herrenius, dem angesehenen Ratsherrn, der, von einem Blitz getroffen, tot auf dem Forum stehenblieb; von Drusilla, die der Blitz während der Schwangerschaft streifte und ihre Leibesfrucht tötete, während sie selbst am Leben blieb; von Blitzen, die nicht vom Himmel, sondern aus der pompejanischen Erde fuhren, welche unreine Stoffe der Natur berge. Unter den Konsuln Manlius Acilius und Gaius Porcius soll es unter zuckenden Blitzen Milch und Blut geregnet haben, und unter Lucius Paulus und Gaius Marcellus sogar Steine. Und viele Pompejaner hielten Felle von Seehunden bereit, denn Seehunde, so hieß es, seien die einzigen Tiere, welche nie vom Blitz getroffen würden. Einem im Schlaf getroffenen Menschen, so wurde erzählt, öffne der Blitz im Tode die Augen, während ein im Wachen Erschlagener mit geschlossenen Augen gefunden werde. Blitzopfer seien die einzigen Menschen, deren Leichen nicht verbrannt, sondern im Erdreich bestattet werden müßten.

Derlei Geschichten schürten die Angst der Pompejaner vor Gewittern, und sie opferten den Laren in ihren Häusern, und das Verlassen der eigenen Mauern galt als Frevel. So blickten sie ängstlich zum Himmel, um nach der Richtung der Blitze zu forschen; denn nach etruskischer Lehre bringen jene, welche von Westen nach Norden fahren, das meiste Unheil; und kehren sie zu ihrem Ausgang zurück, so kündet das von großem Glück (ein Vorzeichen, das dem großen Sulla zuteil geworden sein soll).

Pompeji lag wie ausgestorben. Selbst Hunde und Katzen, die das Stadtbild sonst zu Tausenden beherrschten, hatten sich in ihre Höhlen verkrochen. Die schmalen Straßen standen knietief unter Wasser und glichen Bächen, nur Quader ragten hervor, welche in Sichtweite als Trittsteine verlegt waren. Ohne Übergang wechselte der verdunkelte Tag zur nächtlichen Finsternis, und als der Regen nachließ, als nur noch hier und da dicke Tropfen auf die Erde klatschten wie Vogeleier, die der Kuckuck aus fremden Nestern stößt, da befiel Aphrodisius wieder jener unerklärliche Drang, der ihn seit Wochen in die Ruine des Tempels trieb.

In Begleitung seiner Leibwächter näherte sich der Pompejaner dem Forum, eine stumme Prozession im Dunkel der Via consularis, die Straße der Augustalen entlang zum brachliegenden Heiligtum, nur hier und da tauchten nachglimmende Blitze die Häuser in grelles Licht.

Aphrodisius blieb stehen und wartete auf das nächste Wetterleuchten, das die Säulenstümpfe des Porticus dunkel vom grellen Himmel abhob. Der Schutt auf dem mannshohen Sockel war zum größten Teil beseitigt, nur vereinzelt ragten noch Mauern empor. Es würde wohl viele Jahre dauern, und die Duumviri würden fünf-, vielleicht zehnmal wechseln, bis der Tempel des Jupiter in seinem alten Glanz erstrahlte – so dachte der Pompejaner, und er stieg die breiten Stufen empor, die der Erneuerung bedurften, schritt durch den geköpften Porticus und stolperte über vom Beben aufgeworfene Bodenplatten ins Innere, wo einmal die *cella* das Götterbild beherbergt hatte.

An dieser Stelle klaffte nun gähnend ein Loch, schwarz wie der Eingang zum Hades, dem bei der Verteilung der Welt nur das modrige Schattenreich blieb, gefürchtet und gehaßt von den Menschen, weil alle Wege dorthin nur die eine Richtung kannten. Heulend strich der Wind über die Öffnung und erzeugte den Klagelaut einer Flöte, so daß Aphrodisius näher trat, angelockt wie vom Gesang der vogelstelzigen Sirenen.

Ein Blitz zerriß das Dunkel, einer von jener Art, die keine Spur in den Himmel schreiben und das Firmament tonlos in gleißende Helligkeit tauchen. Und diese sekundenlange Helligkeit genügte, um den schwarzen Trichter im Tempel taghell auszuleuchten, sie genügte, dem Pompejaner ein grauenhaftes Bild zu vermitteln, eine Erscheinung, die Aphrodisius zweifeln ließ, ob nicht ein Traumbild vor ihm auftauchte. Blind blickte er zum Himmel, als flehte er um einen weiteren Strahl Jupiters; und der schien das Gebet des Pompejaners vernommen zu haben, denn ein zweiter Blitz folgte dem ersten, und Aphrodisius starrte in die chthonische Öffnung, ob er noch einmal die spukhafte Erscheinung erkannte, und seine Augen täuschten ihn nicht: ein Mensch mit schmerzverzerrtem Gesicht reckte die Arme hilfeflehend zum Himmel.

Wie Pappeläste, denen der Herbststurm die Blätter geraubt hat, ragten sie hilflos nach oben, aber im Gegensatz zu diesen, die im leisesten Luftstrom wanken, schienen die Arme reglos gefroren, und jetzt, im zweiten Hinsehen, erkannte Aphrodisius auch warum: Eine Marmorplatte des Tempelbodens, so groß wie ein Haustor, war geborsten und in den Trichter gesackt und hatte den Mann, der sich dort in der Tiefe aufgehalten haben mußte, in der Mitte durchtrennt. So entstand der Eindruck, als stünde der in der Hüfte abgetrennte Körper auf einem marmornen Sockel, ein theatralisches Standbild aus Achaia. Beim Jupiter! – Aphrodisius kannte diese Fratze, den breiten, beinahe kahlgeschorenen Schädel, ja, er glaubte bei seinem Anblick sogar seine Stimme zu hören, diese gepreßte, die Hälfte aller Vokale verschluckende Stimme eines Pompejaners. Aphrodisius kniete nieder, er wollte beim nächsten Leuchten das Gesicht ganz genau erkennen, und Jupiter schickte erneut einen Strahl vom Himmel, furchteinflößend grell und von tosendem Donner begleitet, daß der Boden unter seinen Knien erzitterte.

Und Aphrodisius blickte in das erstarrte Gesicht des Popidius Pansa.

Am Morgen schickte der Pompejaner einen Sklaven zu Marcus Holconius Rufus, um ihn in Kenntnis zu setzen von dem nächtlichen Geschehen in der Tempelruine und zu fragen, wie das düstere Vorzeichen gesühnt werden könne. Aber der Greis, der letzte aus der Priesterschaft des Jupiter, war unauffindbar. Deshalb benachrichtigte Aphrodisius die Ädilen, und nun lief das Gerücht durch die Straßen Pompejis wie das Feuer einer Lunte, und in kurzer Zeit war die Tempelruine umlagert von Menschen, die einen Blick auf den geteilten Advocatus werfen wollten, und immer lauter wurde die Frage, was Pansa, der vor sieben Jahren über Nacht verschwunden war, in der Tempelruine gesucht habe.

Schätze, welche von den Priestern in Jahrhunderten angehäuft wurden, sollten in den Kellergewölben des Bauwerkes lagern, von Skorpionen und giftigen Schlangen gehütet. Auch von Skeletten jungfräulicher Mädchen war die Rede, die hinter den Tempelmauern spurlos verschwunden waren; denn Fama, das gefiederte Scheusal, hat so viele Augen, Ohren und Zungen wie Federn und wurde von Terra geboren, die viele Dämonen hervorbrachte, aus Zorn gegen die Götter. Nachts schwirrt sie zwischen Himmel und Erde, tags aber sitzt sie auf Türmen und Dächern, um Wahres und Falsches zu erhaschen und es wahr und falsch zu verkünden.

Von den Gerüchten bewahrheitete sich keines, und die Pompejaner schienen enttäuscht, weil das einzige, das aus dem Schutt der Krypta geborgen werden konnte, eine mannshohe eisenbeschlagene Truhe war, welche die Duumviri auf den Plan rief, denn sie enthielt das *aerarium publicum*, Urkunden, Verträge und Grundbücher der Stadt. Im *aerarium* wurden aber auch Schuldurkunden und wichtige Testamente verwahrt, galt doch die Krypta des Jupitertempels als sicherster Ort gegen Feuer und feindliche Überfälle, zugänglich nur den *praefecti aerarii,* einem Quästor und dem jeweils ältesten Priester.

Der gewölbte Deckel der Truhe war eingedrückt, an der mit Schlössern bewehrten Vorderseite klaffte, von einem herabstürzenden Quader verursacht, ein armdicker Spalt, der im Innern ein schuttbestaubtes Durcheinander von Schriftrollen erkennen ließ – gegen Moder mit Citrusblättern bedeckt – und verschnürtem Papier, dem hellen Augustuspapier, das der Göttliche aus Eitelkeit so genannt hatte, denn eigentlich trug es den Namen »hieratisches Papier« nach seiner ägyptischen Herkunft und weil es ursprünglich für heilige Urkunden bestimmt war. Aber auch braun vergilbtes saitisches Papier war darunter, so benannt nach der Nilstadt Sais, wo das Grab des Gottes Osiris gezeigt wird und der dreieckige Stamm der Papyrusstaude üppiger wächst als an jedem anderen Ort.

Eines der *membranae,* die jenseits der Grenzen des Reiches den Namen Pergament trugen – nach der asiatischen Stadt Pergamon, wo die schlauen Bewohner vor 250 Jahren das Papyros-Exportverbot der Ptolemäer umgingen und Schreibunterlagen aus Häuten fertigten – eines trug die winzige Aufschrift: *Lucius Cäcilius Serenus an seinen Freigelassenen Aphrodisius, für den Fall seines Ablebens.*

Aphrodisius erkannte die Schrift seines Herrn sofort, die zwergenhaften, schwer zu entziffernden Buchstaben, welche jene verraten, die lieber mit Zahlen als mit Worten umzugehen gewohnt sind, und eine seltsame Verkrampftheit bemächtigte sich seiner Rechten, als der Duumvir ihm das Schriftwerk hinhielt. War es das Unerwartete, Ungewisse, Erinnerungen Wachrufende, die Mahnung des Priesters oder seine kindliche Freude, die ihn lähmte? Erst als der Duumvir seine Hand ergriff und die Rolle hineinlegte, faßte Aphrodisius zu, ließ die Schrift in einer Falte seiner Tunika verschwinden und eilte, einen Schwarm Sklaven hinter sich herziehend, nach Hause.

Er rief nach Leda, erzählte, was sich ereignet hatte, und legte die Rolle vor seiner Frau auf den Tisch.

»Was hat das zu bedeuten?« fragte Leda.

Aphrodisius hob die Schultern, dann gab er sich einen Ruck –

man sah es ihm an, wie er sich überwinden mußte – und brach das Siegel auf, entrollte die *membrana* und begann, stockend zuerst, dann immer schneller werdend, zu lesen:

*Ich, Lucius Cäcilius Serenus, rechtmäßiger Sohn des Marcus Cäcilius Serenus, schreibe heute, am Tag vor den Iden des Monats Sextilis, welcher dem göttlichen Cäsar Augustus geweiht ist, im 813. Jahr* ab urbe condita, *unter Beiziehung des unten genannten Zeugen, dies* testamentum per aes et libram, *im Vollbesitz meiner geistigen Kräfte, das, nach meinem Ableben, niemandem als dem oben genannten Aphrodisius ausgehändigt werden soll,* tale quale.

*Es ist heute der Tag, an den du dich sicher erinnerst, weil ich dir an diesem Tag die Freiheit geschenkt habe; doch handelte es sich dabei um kein Geschenk, sondern um dein rechtmäßiges Erbe; denn – und nun höre gut zu – du bist nicht der Sohn meines Sklaven Imeneus, sondern mein eigen Fleisch und Blut. Ich liebte deine Mutter Lusovia viele lange Jahre, ja, ich liebe sie noch heute. Der, den du bis heute für deinen Vater gehalten hast, Imeneus, ist nicht mit der Kraft des Priapos gesegnet, und er wußte, daß Lusovia sich mir hingab. Nicht aber meine Frau Fulvia. Mit Rücksicht auf sie, der das freudige Gebären versagt blieb, habe ich deine wahre Herkunft verschwiegen. Doch wenn es den Parzen gefällt, meinen Lebensfaden abzuschneiden, so soll sie darüber in Kenntnis gesetzt werden und soll auch wissen, daß dir das gesamte Erbe zufällt, kraft dieser* nuncupatio: *Das Landgut mit allen Besitzungen, die Ziegeleien und das Bankgeschäft mit allem Barvermögen.* More maiorum *soll Fulvia jeden Monat erhalten, was sie zum Leben benötigt.* Salve.

Post scriptum: *Mache deinem Vater keine Schande.*

*Lucius Cäcilius Serenus.– Popidius Pansa, Advocatus.*

Pansa? Aphrodisius sah Leda ins Gesicht. Pansa?

Pansas Leiche in der Tempelruine – sein mysteriöses Auftauchen in Karthago – das gescheiterte Attentat im Theater – Fulvias unerklärliche Feindschaft. Aphrodisius versuchte, seine Gedanken zu ordnen. Er war gar kein Emporkömmling, kein *homo novus*, und den Makel, unter dem er so litt, gab es gar nicht, er, Lucius Cäcilius Aphrodisius, war ein *vir vere Romanus,* beim Jupiter!

Der Pompejaner ging schweigend auf und ab, und Leda verfolgte ihn mit den Augen.

»Pansa versuchte in höchster Verzweiflung, das Testament an sich zu bringen«, sagte Leda nach einer Weile.

Aphrodisius nickte: »Er muß mit Fulvia gemeinsame Sache gemacht haben, er glaubte wohl, das *aerarium publicum* sei bei dem Erdbeben zerstört worden, da war die Versuchung groß . . .«

»Dann war es auch Pansa, der dir nach dem Leben trachtete?«

»Wer sonst könnte Interesse an meinem Tod haben?«

»Und am Tod deines Vaters Serenus?«

Aphrodisius schwieg, er dachte nach, er hörte die letzten Worte seines Vaters Serenus: Popidius Pansa. Welche Absicht verfolgte der sterbende Serenus? Hatte er seinen Mörder erkannt, und forderte er von ihm, seinem Sohn, Rache? Oder galt seine letzte Sorge der Gerechtigkeit, die ihm, Aphrodisius, zuteil werden würde, wenn er Popidius Pansa, den Advokaten, aufsuchte?

Mochte die geheimnisvolle Verbindung Pansa–Serenus–Aphrodisius noch eine Erklärung finden – welche unsichtbaren Fäden spann das Schicksal jedoch zwischen ihm und Priscillianus? Was verband Poppäa, Epicharis und Ascula? War es nur jener Dolch mit dem roten geschwungenen Griff?

Antwort auf diese Fragen vermochte nur *eine* zu geben: Fulvia. Der Pompejaner rief nach seinen Leibwächtern.

»Was hast du vor?« Leda warf sich Aphrodisius in die Arme.

»Ich muß den Mörder meines Vaters finden!« erwiderte der Pompejaner und gab den Sklaven ein Zeichen, ihm zu folgen.

Aphrodisius kam zu spät. Fulvia hatte ihrem Leben mit der schwarzen Kirsche, von der berichtet wird, sie verleihe dem Sterbenden Anmut und Schönheit, ein Ende gesetzt. Sie lag aufgebahrt im Atrium, und ihr Lächeln nahm dem Tag jede Trauer. Fenius, der *maior domus,* trat auf den Pompejaner zu und überreichte ihm wortlos ein Wachstäfelchen, auf dem wirre Buchstaben sich zu folgenden Wörtern fügten:

FVLVIA AN APHRODISIVS. ICH HASSE DICH NOCH IM TODE.

# 11

Die unerwartete Entdeckung des *aerarium publicum* stürzte die Stadt in ein Chaos. Sklaven und Freigelassene wurden über Nacht zu reichen Leuten, und Pompejaner, die seit sieben Jahren im Luxus lebten, weil sie sich als rechtmäßige Erben eines großen Vermögens glaubten, sahen sich auf einmal getäuscht und verarmten von einem Tag auf den anderen.

Am folgenden Tag fanden Hirten den greisen Priester Marcus Holconius Rufus vom Blitz erschlagen unter einer Pappel am Rand eines Weges, der zum Landgut des Aphrodisius führte. Es schien, als hätte sich der weise Prophet in der Nacht auf den Weg gemacht, um den Pompejaner vor etwas zu warnen. Durch den Tod des Priesters unterblieb diese Warnung, und das Verhängnis nahm seinen Lauf.

Unter den Urkunden, welche allesamt der Gerechtigkeit Genüge taten, befand sich eine gesiegelte Kassette aus schwarzem Holz, deren Inhalt die Duumviri nicht kannten, so daß sie, in der Annahme, es handle sich um ein wichtiges Testament, den Ädilen Befehl gaben, die Siegel zu lösen. Zum Vorschein kam eine Rolle mit griechischen Schriftzeichen, vor Jahrhunderten aufgezeichnet und im Laufe der Zeit zu Leder verbräunt, so daß es Mühe bereitete, den Wortlaut zu entschlüsseln. Und kannten die Priester des Jupiter den furchtbaren Inhalt seit erdenklichen Zeiten, ohne den Text je gelesen zu haben, weil, nach altem Brauch, der jeweils älteste Priester das Geheimnis an den nächstfolgenden weitergab, so wurde diese Kette durch Rufus' unerwarteten Tod jäh unterbrochen, und niemand hinderte die Ädilen an dem Frevel der heiligen Schrift – denn um eine solche handelte es sich.

Seite sieben der Sibyllinischen Bücher, die nach Ovid tausend Jahre alt sind, enthielt eine furchtbare Prophezeiung, Pompeji betreffend, und weil diese Zukunftsdeutung nur die campanische Stadt berührte, hatten die Jupiterpriester auf dem römischen Capitol, wo die Sibyllinischen Schicksalsbücher aufbewahrt wurden, die Seite entfernt und jenen überlassen, die sie unmittelbar betraf. Die Auflage lautete jedoch, den Inhalt nicht eher als am Tag vor dem drohenden Ereignis zu verkünden, und weil der weise Spruch aus dem Mund der obersten Priester des Reiches kam, galt er als heiliges Gesetz.

Anders als in Rom, wo neben den Jupiterpriestern fünfzehn ausgewählte Männer, *Quindecimviri* genannt (der göttliche Julius hatte ihre Zahl unter Beibehaltung des Namens auf sechzehn erhöht), die Sibyllinischen Prophezeiungen hüteten, und in diese nur Einsicht nehmen durften bei Krieg, Hunger, Seuchen und vernichtenden Naturereignissen – (aber auch dann nur auf Beschluß des unwissenden Senates) –, wachten in Pompeji die Priester allein über dieses Geheimnis. Die über Jahrhunderte gesammelten *prodigia* verkündeten allesamt furchtbares Unheil, und im Gegensatz zu den umstrittenen Prognosen der Opferschauer und Wahrsagepriester, deren Brauch höchst umstritten war, zweifelten selbst kritische Geister nicht am Wahrheitsgehalt der Sibyllinischen Sprüche, weil sie Ereignisse für Generationen voraussagten und dies ohne Auftrag und Motiv, für Menschen, die ihnen fernestanden – und weil sich bisher alle Sibyllinischen Verheißungen erfüllt hatten wie die Rufe Kassandras, die Apollon mit der Gabe der Weissagung beschenkt hatte, diese aber, nachdem Kassandra sich ihm verweigert hatte, in jenen furchtbaren Fluch ummünzte, der ihr nur noch erlaubte, von drohendem Unheil zu künden.

Schreiber wurden zur Hilfe gerufen, die griechischen Schriftzeichen auf dem geheimnisvollen Papier zusammenzusetzen, was einen Tag und eine Nacht in Anspruch nahm, weil nach der Aufzeichnung der lesbaren Wörter nur Bruchstücke einer düsteren Verheißung erkannt werden konnten, die keinen Sinn ergaben: *515 Jahr – Cumä – Jammer – Samt – Venus – reifend – Baum – Feuer der Erde – 832. Jahr – vor den Kalenden.*

Thrasymedes, dem alexandrischen Schreiber, der in Eumachias Diensten stand, gelang schließlich die Entschlüsselung des verstümmelten Textes:

ner und Bewohner aus dem nahen Nuceria bei einem Gladiatorenkampf derart aneinandergeraten, daß die Zahl der Toten auf den Rängen die der Opfer im Sand der Arena bei weitem überstieg. Seither lag das Theater im Südosten der Stadt gegenüber der großen Palästra verwaist. Anders als der Tempel des Jupiter war das Theater bei dem Erbeben nicht eingestürzt, doch galten viele Eingänge und Gewölbe als einsturzgefährdet, und Eumachia erbot sich, die Gewölbe mit Doppelbögen aus Backstein zu verstärken, die fünf untersten Stufenreihen der *ima cavea,* welche den Würdenträgern vorbehalten blieben, und die achtzehn Stufen der *summa cavea* in den oberen Rängen mit weißem Marmor zu verkleiden, und – von den übrigen Sitzreihen getrennt – eine auf der Krone verlaufende Galerie zu erstellen, mit eigenem Zugang, damit auch Frauen den *spectacula* beiwohnen könnten. Denn das Amphitheater war vor eineinhalb Jahrhunderten unter den Duumviri Gaius Quinctius Valgus und Marcus Porcius errichtet worden, als Frauen noch keinen Zutritt zu den Spielen hatten.

So wandelte sich die öffentliche Meinung zugunsten Eumachias, während Aphrodisius zunehmend in den Ruf geriet, geldgierig zu sein wie der Cäsar in Rom.

Als rechtmäßiger Erbe des Serenus versuchte Aphrodisius nun an die Hinterlassenschaft seines Vaters heranzukommen, und dabei trat zutage, daß Pansa und Fulvia sich den Nachlaß redlich geteilt hatten. Pansa hatte sich mit dem Vermögen aus den Bankgeschäften, Fulvia mit den Besitzungen zufriedengegeben – dem Landgut, zwei Stadthäusern und einer Ziegelei am Rande der Stadt.

Eines Tages erschien der Pompejaner bei Eumachia, legte ihr das Testament vor und erhob Anspruch auf seinen Besitz, die Ziegelei des Serenus und die umliegenden Ländereien.

Die Priesterin lächelte hämisch: »Du kommst zu spät, Freigelassener, die Ziegelei und die umliegenden Ländereien wurden mir von Fulvia verkauft. Hier ist der Vertrag!«

»Zum einen«, erwiderte Aphrodisius, »nenne mich nicht Freigelassener. Ich bin ein freigeborener Römer, mein Vater heißt Lucius Cäcilius Serenus. Zum anderen scheint dir jede Kenntnis des *ius Latii* zu fehlen. Ich glaube, daß Fulvia dir die Ziegelei verkauft hat, nur – sie hätte dir ebenso das Comitium oder die Stabianer Thermen oder den Tempel der Venus verkaufen können, denn diese haben alle das *eine* gemein: Sie gehörten ihr ebenso wenig wie die Ziegelei.«

»Ich habe zweimal hunderttausend Sesterzen gezahlt!« rief Eumachia wütend.

Aphrodisius blieb hart: »Mag sein, mag sein, Priesterin, du solltest dir künftig die Leute besser ansehen, mit denen du Geschäfte machst! Der Besitz gehört mir, und ich will haben, was mir – *ex aequo et bono* – nach römischem Recht zusteht.«

»Aber ich habe zwei weitere Ziegeleien auf dem Grundstück errichtet. Was soll nun damit geschehen?«

»Du wirst sie abreißen müssen, ich bestehe sogar darauf. Ich lege keinen Wert auf derlei Geschäfte.«

Die Bestimmheit und Härte, mit der Aphrodisius der Priesterin begegnete, bewirkte bei Eumachia einen Stimmungsumschwung. Sie trat mit schmeichlerischen Worten an den Pompejaner heran: »Warum müssen wir unbedingt Gegner und Feinde sein, Aphrodisius? Du bist ein fähiger, junger Mann, und dir gehört die Zukunft in dieser Stadt, aber ich habe das Leben hinter mir . . .«

»Du quälst Gavius, meinen bithynischen Freund, mit unmenschlicher Arbeit, die ihn zeichnet für das ganze Leben. Du verdienst keine Nachsicht.«

Da klatschte Eumachia in die Hände und trug der Sklavin auf, Gavius aus der Purpurfärberei herbeizuschaffen, zum Zeichen der Freundschaft – er sei frei.

»Du bist frei«, erklärte die Priesterin, als der Sklave eintraf, »aber versuche, deinen Herrn Aphrodisius umzustimmen, er fordert das Land zurück, das ich in gutem Glauben von Fulvia erworben und bebaut habe. Ich bin bereit, jeden Preis zu zahlen.«

Gavius und Aphrodisius lagen sich in den Armen, sie weinten Tränen der Freude, und die Worte Eumachias waren für sie ohne Bedeutung.

»Freund«, sagte Aphrodisius, »wie habe ich dich vermißt!« Und Gavius antwortete: »Dieses Wiedersehen, Herr, läßt mich alles vergessen«, und er blickte an sich herab, und nun starrte auch

Aphrodisius auf Gavius' Beine, die blutrot gezeichnet waren bis über die Waden. Eumachia wandte sich ab.

Der ätzende Purpuressig hatte seine Haut verbrannt und verfärbt, und Wasser und Seife und die stärksten Lösungen konnten nichts ausrichten gegen diese Verfärbung, Gavius war ein Gezeichneter auf Lebenszeit, jedermann kenntlich als niederster Sklave, als Purpurtreter.

»Einmal Purpurtreter, immer Purpurtreter«, sagte Gavius betrübt. »Es gibt Dinge im Leben, die sind nicht wieder gutzumachen.«

In seinem Zorn ging Aphrodisius auf Eumachia zu, faßte sie von hinten an den Armen und drehte sie um, daß sie die blutroten Füße des Gavius betrachten mußte: »Sieh nur hin, Priesterin, wie du dich an einem unschuldigen Sklaven gerächt hast, aus Haß gegen seinen Herrn. Haß verflüchtigt sich mit den Jahren, aber die Farbe an diesen Füßen überdauert das Leben eines Menschen. Dein Haß wird ihn bis an sein Ende begleiten, Priesterin. Und du – *rebus sic stantibus* – forderst Milde? Beim Jupiter! Ich gebe dir dreißig Tage Zeit, die Gebäude auf meinen Grundstücken zu räumen und zu beseitigen. Nach dreißig Tagen will ich keinen von deinen Leuten mehr auf meinem Grund und Boden sehen. Komm, Gavius!«

»Aber so laß uns doch noch einmal verhandeln!« Eumachia stellte sich den beiden in den Weg.

»In dreißig Tagen, habe ich gesagt, Priesterin!« Aphrodisius schob Eumachia zur Seite. »Keinen Tag länger.«

Von nun an gingen Aphrodisius und Gavius jeden Schritt gemeinsam, stets von stämmigen Leibwächtern begleitet, und Gavius schämte sich nicht seiner blutroten Füße wegen, denn – so sagte er – es sei keine Schande, von ruchlosen Menschen zu dieser Arbeit gezwungen zu werden, eine Schande sei es nur, jemanden zu dieser Arbeit zu zwingen, und deshalb lehnte er es auch ab, jene Stiefel zu tragen, die ihm der Pompejaner eigens hatte anfertigen lassen. Aphrodisius wurde sogar von Gavius bestürmt, das ererbte Land an die Priesterin zu verkaufen; ihre Lage zwinge Eumachia dazu, auf jede Forderung einzugehen, und einem guten Geschäftsmann komme es nicht zu, Gefühle zu zeigen und Haß mit Haß zu vergelten. Aber der Pompejaner blieb hart.

Leda überraschte ihren Gemahl mit der Nachricht, daß sie ein Kind erwarte, und Aphrodisius dankte heimlich der Venus mit einem Rauchopfer, weil sie seinen innigsten Wunsch erfüllt hatte, und er versprach seiner Frau, das Kind taufen zu lassen nach der Lehre der Christen, wenn es nur heimlich geschehe und verborgen bleibe vor den Bewohnern der Stadt.

Zusammen mit Gavius reiste der Pompejaner nach Rom. Aphrodisius wollte erkunden, ob die Enteignungen unter dem neuen Cäsar ein Ende gefunden hatten und ob es Möglichkeiten gab, seine römischen Geschäfte wieder zu erweitern. Er kannte ja Marcus Salvius Otho und hoffte auf ein Entgegenkommen des Göttlichen. Doch der krummbeinige Imperator zierte sich, den Pompejaner zu empfangen; er kenne ihn nicht und könne sich nicht erinnern. Das war natürlich gelogen, war doch Aphrodisius Zeuge jener Prophezeiung des Sterndeuters gewesen, die ihm das Cäsarenamt im siebenunddreißigsten Lebensjahr verheißen und sich inzwischen auf seltsame Weise erfüllt hatte.

Aber wie alle Cäsaren lebte Otho in ständiger Angst, und diese Angst war alles andere als unbegründet, denn der Göttliche war nicht überall im Imperium anerkannt. Zwar hatten ihm die Balkan- und Ostprovinzen Treue geschworen; die Besatzungstruppen Britanniens, Galliens und Germaniens neigten jedoch einem anderen Cäsar zu, dem Statthalter von Germania inferior, Aulus Vitellius, und es schien nur eine Frage der Zeit, wann dieser Vitellius mit seinem Heer vor den Mauern Roms stehen würde.

Wie hatte sich die Stadt verändert! Die engen, verwinkelten Gassen, von denen Rom vor dem Brand durchzogen war, hatten breiten Straßen Platz gemacht mit sechsstöckigen *insulae* aus Stein – Wohnblöcken, unbezahlbar für einfache Römer, die damit noch mehr an die Peripherie gedrängt wurden. Der Cäsarenpalast hingegen, vom göttlichen Nero begonnen und noch immer nicht vollendet, erstreckte sich über das gesamte Zentrum der Stadt, vom Palatin bis zum Esquilin, und von den Gärten des Mäcenas im Osten bis zum Forum des Augustus im Norden, maßlos, prunksüchtig, protzig und dabei nichts weiter als versteinerte Angst. Denn die verschwenderische Architektur, die Säulenhallen, Paläste, Plätze, Wiesen und Teiche hinter unüberwindbaren Mauern glichen einer Festung; *Domus Aurea* genannt, strotzten sie vor Gold und waren mit Edelsteinen und Perlmutt ausgelegt, Elfenbeinschnitzereien zierten Wände und Decken und einen Speisesaal unter einer runden Kuppel, die sich, wie das Weltall, Tag und Nacht drehte. Fünfzig Millionen Sesterzen investierte Marcus Salvius Otho in den ersten Wochen seiner Regierung, um den Cäsarenpalast wenigstens bewohnbar zu machen. Dann waren seine Taschen leer, und er hielt nach neuen Geldquellen Ausschau.

Mit einer List gelang es Aphrodisius schließlich dennoch, beim Cäsar Einlaß zu finden. Frühmorgens, noch vor dem Anschlag der *acta diurna* auf dem Forum, der täglich von Tausenden Menschen erwartet wurde, bestieg der Pompejaner die Rostra und hielt – wie es jedem Römer erlaubt war – eine Rede auf den göttlichen Otho. Marcus Salvius Otho, verkündete er, sei der rechtmäßige Nachfolger Galbas, und niemand, auch ein Vielfraß wie Aulus Vitellius nicht, dürfe ihm dieses Amt streitig machen, weil die unsterblichen Götter, welche die Geschicke der Menschen lenken, ihn schon für den Thron ausersehen hatten, als noch der göttliche Nero regierte, und der sei – beim Jupiter! – fünf Jahre jünger gewesen als Otho. Damals habe der Weise Seleukos aus Kos in den Sternen gelesen und geweissagt, Otho, im Zeichen des Mars geboren, werde den Cäsar überleben, und die Zahl 37 werden ihm den größten Triumph seines Lebens bescheren. Er, Aphrodisius, Sohn des Serenus aus Pompeji, sei Zeuge dieser Prophezeiung geworden, vor immerhin sieben Jahren; er schwöre es bei seiner rechten Hand.

Da klatschten die Römer begeistert in die Hände, weil sie nichts lieber hörten als Berichte über Weissagungen, die in Erfüllung gegangen waren, und sie riefen »Heil dir, Cäsar, Marcus Salvius Otho!« und bekränzten das Standbild auf dem Capitol mit Blumen, und Schmährufe gegen Vitellius wurden laut. Dieser Meinungsumschwung blieb dem Göttlichen natürlich nicht verborgen, und als er von der selbstlosen Rede des Pompejaners erfuhr, schickte er nach ihm und lud ihn ein, mit ihm in der *Domus Aurea* zu speisen.

Aphrodisius hatte sein Ziel erreicht, aber er mißtraute Otho und ging nur in Begleitung von vier Sklaven. Am Portal des Palastes, das von Prätorianern mit gekreuzten Lanzen und gezogenen Schwertern bewacht wurde, traf der Pompejaner auf eine Hundertschaft angesehener Römer und Senatoren; viele trugen die Purpurtoga, und alle hatten die gleiche Einladung erfahren wie er. Einige waren sogar mit ihren Frauen erschienen.

Hinter dem Tor tat sich ein von Türmen bewachter Innenhof auf, in dem alle Gäste ihre Sklaven zurücklassen mußten. Jeder einzelne wurde nach Waffen durchsucht, erst dann gewährten ihnen Prätorianer den Zutritt: Aufgereiht wie die Soldaten einer Kohorte marschierten sie, von der rotbehelmten Leibwache flankiert, durch ein Labyrinth von düsteren Gängen, verwinkelten Säulenreihen und über dichtbepflanzte Wege, bis sie endlich, nachdem sie längst jede Orientierung verloren hatten, in den vielbewunderten Kuppelbau gelangten, der jedem, der ihn zum ersten Mal betrat, lautes Staunen abverlangte.

Entgegen römischer Gepflogenheit, welche die Tische im Triclinium hufeisenförmig aufreihte (wobei der Herr die vordere Biegung des Hufeisens einnahm), waren hier die Tische samt den dazugehörigen Klinen sternförmig angeordnet, und die Mitte des Tischgestirns bildete der Platz des Cäsars. Das Verblüffende dieses fensterlosen Raumes, der gerade hundert Gästen Platz bot und nur von einer kreisrunden Deckenöffnung, so groß, daß eine Biga darin Platz gefunden hätte, belichtet wurde, war seine Beweglichkeit. Er konnte sich um die eigene Achse drehen, wodurch es möglich war, den Cäsar in der Mitte der Rotunde ständig den Strahlen der Sonne auszusetzen, während die übrigen Gäste im diffusen Schatten speisten. Die Szenerie bekam so etwas Unwirkliches, den sonnenbestrahlten Cäsar umwebte eine göttliche Aura, und so war es auch beabsichtigt.

Marcus Salvius Otho machte einen abwesenden Eindruck. Seine Perücke, mit der er die in die Stirne gekämmte Haarpracht des jungen Gaius Julius nachahmte – des *jungen*, wohl gemerkt; denn in dem Alter, in dem sich Otho befand, war auch der göttliche Julius bereits kahl –, dieses Ersatzhaar saß schief auf dem Kopf und wirkte eher peinlich. Seine Bewegungen schienen fahrig, er aß kaum, doch schüttete er große Mengen vorgekosteten roten Chios in sich hinein. Die Geladenen sahen es schweigend, und Aphrodisius stellte sich die Frage, wer wen mehr fürchtete, der Cäsar die Senatoren oder die Senatoren den Cäsar. In den Nischen zu den Ausgängen drückten sich finsterblickende Wachtposten herum, die jedoch gerade den vierten Teil einer Stunde auf ihrem Posten blieben und dann jeweils durch andere abgelöst wurden.

Angst und Mißtrauen beider Parteien waren nicht unbegründet. Die meisten Senatoren hatten die Einladung des Göttlichen verschmäht; sie fürchteten eine Falle und die Absicht, Otho wolle sich hinter den Mauern der *Domus Aurea* seiner größten Widersacher im Senat entledigen. Denn die Mehrzahl der Vornehmen und Reichen, auf die der unglückliche Claudius sich einst noch hatte stützen können, war inzwischen zu erbitterten Gegnern des Cäsars geworden. Er selbst, Marcus Salvius Otho, fürchtete ein Attentat, und er nahm keinen Bissen, keinen Schluck, den nicht Linus, sein beklagenswerter Vorkoster, zuvor probiert hatte.

Schließlich stieg der Cäsar auf sein Speisesofa und redete wankend auf seine Gäste ein, ihm die Treue zu halten und jene Senatoren, die sich mit Umsturzgedanken trügen, in die Schranken zu weisen, und er sparte dabei nicht mit Tränen. Aulus Vitellius, dem verschiedene Provinzen das Vertrauen ausgesprochen hätten, sei zwar ein guter Wagenlenker, aber kein Lenker des Staates. Für gewöhnlich erschienen Menschen, deren Augenmerk vornehmlich auf Essen und Trinken gerichtet sei, ungefährlich: aber auf Vitellius treffe das nicht zu – im Gegenteil, er sei, hochverschuldet, nicht einmal davor zurückgeschreckt, die eigene Mutter zu überfallen, um ihr den Familienschmuck zu rauben. Im Zorn habe er den Sohn seiner ersten Frau Petronia umgebracht, und die unsterblichen Götter hätten diesen Mord gerächt, indem sie seinen zweiten Sohn mit einer verstümmelten Zunge straften. Solle Aulus Vitellius jemals wagen, das rauhe Untergermanien zu verlassen und nach

Rom zurückkehren, so warteten an jeder Straßenecke Verfolger, Gläubiger und Leute, die er betrogen habe. Und dieser Mann erhebe Anspruch auf den Thron?

»Nieder mit dem Vielfraß!« tönte es durch den Kuppelsaal, doch die meisten Senatoren mochten in den Ruf der gekauften Jubler nicht einstimmen, und der Cäsar setzte seine Rede fort.

Cäcina und Valens, zwei Generale des Vitellius, hätten wider jedes Recht die Alpenpässe besetzt, doch hätten *ihm* die Heere in Pannonien, Dalmatien und Mösien die Treue erklärt, und Mucianus in Syrien und Vespasianus in Judäa, welche beide über die besten Truppen verfügten, seien ebenfalls auf seiner Seite. Er habe deshalb eine Gesandtschaft nach Norden geschickt, die Vitellius zur Aufgabe seiner Ansprüche bewegen solle, und ihm eine große Summe Geldes angeboten sowie ein freies Leben in einer Stadt seiner Wahl. Sollte er sich diesem Angebot widersetzen, wolle er selbst Vitellius entgegenziehen und ihn bekämpfen wie einen Feind. Dies indessen erfordere gewaltige Summen Geldes . . .

Weiter kam der Cäsar nicht in seiner Rede, denn nun wurde klar, warum der Göttliche zum Gastmahl geladen hatte, und der murmelnde Protest wuchs zum wilden Geschrei. Der unselige Galba und seine Prätorianerhorden hätten sie ohnehin ihres Vermögens beraubt, und wenn er, Otho, ihnen nun den Rest wegnehme, dann würden sie diesen Vitellius mit offenen Armen empfangen, schlimmer könne es nicht mehr kommen, *Roma dea!* Und einer der Senatoren – es war der ehemalige Quästor Gaius Senicio, der schon unter drei Cäsaren gedient hatte –, rief, dem Standbild der Victoria auf dem Capitol seien die Zügel aus den Händen geglitten, obwohl weder Sturm noch Erdbeben zu verzeichnen sei, welch furchtbares Vorzeichen . . .

Da flohen die Gäste des Göttlichen in wilder Panik, und sie versuchten, von Wächtern verfolgt und mit Waffen zur Umkehr gezwungen, sich aus dem Labyrinth des Palastes zu befreien, weil sie fürchteten, der Cäsar würde sie umbringen lassen, um so in den Genuß des ihnen noch verbliebenen Vermögens zu gelangen. Zurück blieb nur eine Handvoll Gäste, die sich, als sie die Niedergeschlagenheit des Göttlichen erkannten, einer nach dem anderen verabschiedeten, indem sie die rechte Faust auf die Brust schlugen.

»*Ave Caesar!*«

»Du?« Der Cäsar sah den letzten Gast fragend an. »Bist du nicht der Pompejaner?«

»Ja, Cäsar, ich bin es, Lucius Cäcilius Aphrodisius.«

»Warum rennst du nicht ebenso weg wie die anderen?« Otho setzte den Pokal an die Lippen, daß ihm der rote Chios über den Hals rann und seine weiße Toga mit dunklen Flecken benetzte.

»Warum sollte ich fliehen?«

»Aus demselben Grund, der den Senatoren die Flucht ratsam erscheinen läßt.«

Aphrodisius lachte: »Göttlicher Cäsar, erstens bin ich keiner von den *patres conscripti,* und zweitens halte ich es für unklug, vor dem Cäsar zu fliehen.«

»Unklug? Das mußt du mir erklären, Pompejaner!«

»Ganz einfach, Erhabener, wer flieht, wendet dem Gegner den Rücken zu.«

Otho grunzte etwas Unverständliches, dann sagte er mit schwerer Zunge: »Du hast auf dem Forum für mich gesprochen, Pompejaner, jedenfalls ist mir das berichtet worden. Warum tatest du das?«

Aphrodisius, der längst bemerkt hatte, daß ihr Gespräch von aufmerksamen Ohren und Augen in den Nischen und hinter den Säulen belauscht und beobachtet wurde, gab sich entrüstet: »Beim Jupiter, sind wir schon so weit, daß man nicht mehr für den Cäsar sprechen darf, ohne in üblen Verdacht zu geraten? Im übrigen, Göttlicher, habe ich doch nur die Wahrheit gesprochen und vor dem Volke berichtet, was der Sterndeuter von der Insel vor sieben Jahren prophezeit hat, daß du im siebenunddreißigsten Jahr deinen größten Triumph erringen und dem göttlichen Nero in nichts nachstehen würdest.«

»*Et lupus in fabula?*«

»Ich verstehe nicht, was du meinst, Cäsar.«

»Der Wolf in der Geschichte ist nur, daß Seleukos auch weissagte, das Jahr meines größten Triumphes werde auch mein Ende bedeuten. Hast du auch das vor dem Volke berichtet?«

»Nein, Cäsar«, erwiderte Aphrodisius, »das habe ich nicht.«

»Und doch war es so, und ich glaube daran. Ich habe nur noch Feinde, ja, ich muß sogar jenen mißtrauen, die eigentlich zu meinem Schutz da sind, den Prätorianern, meiner Leibwache. Sie lassen sich jeden Treuedienst mit Geld bezahlen, und das wurde bislang noch jedem Cäsar zum Verhängnis.« Otho winkte den Pompejaner näher heran: »Glaube mir, Aphrodisius, nicht der Cäsar regiert dieses Imperium Romanum, sondern das Geld. *O tempora, o mores!*«

»Das verstehe ich nicht!« erwiderte der Pompejaner. »Du bist der Cäsar, du hast die Macht!«

»Macht? – Wer Geld hat, hat die Macht. *Ich* habe Schulden, zuletzt waren es hundert Millionen Sesterzen, heute sind es vielleicht schon mehr. Aber welche Rolle spielt es schon, *wieviel* Wasser ein Ertrunkener geschluckt hat. Du, Pompejaner, hast mehr Macht als der Cäsar. Das sagt dir Marcus Salvius Otho.«

»Göttlicher Cäsar!«

»Ach, Pompejaner, wenn du wüßtest, wer wirklich die Macht hat in Rom, du würdest fliehen und diese Stadt nie mehr betreten . . .«

Im selben Augenblick trat aus dem Halbdunkel der Mauernischen ein Dutzend Prätorianer hervor. Die Rotbehelmten nahmen den Cäsar in die Mitte und drängten ihn durch den hinteren Ausgang der Halle. Otho hatte Mühe, sich auf den Beinen zu halten. Er schlurfte, stolperte und warf Aphrodisius im Gehen noch einen Blick zu, als wolle er sagen: Siehst du, Pompejaner, so ergeht es dem göttlichen Cäsar!

Und noch ehe er sich versah, wurde Aphrodisius von zwei stämmigen Leibgardisten in die Mitte genommen, die ihn im Laufschritt durch das Labyrinth der *Domus Aurea* bis zum Ausgang geleiteten. Ihm schien es, als sei er dem Orcus entkommen.

Wo aber, bei Castor und Pollux, waren seine Sklaven geblieben?

Aphrodisius hatte ein ungutes Gefühl, als er auf dem großen Platz vor dem Palast nach seinen Leibwächtern suchte, doch die waren, nachdem die Senatoren die *Domus Aurea* verlassen hatten, nach Hause geeilt, weil sie glaubten, sie hätten ihren Herrn verfehlt.

Die untergehende Sonne zeichnete einen langen Schatten des monumentalen Standbildes auf den Platz, das der göttliche Nero dem Sonnengott zu Ehren hatte errichten lassen, höher als der höchste Turm der Stadt und unverkennbar mit den Gesichtszügen des Erbauers ausgestattet. Und als der Pompejaner den leergefegten Platz überquerte, kam er sich klein vor, klein und verlassen.

»Wenn du wüßtest, wer wirklich die Macht hat in Rom, du würdest fliehen und diese Stadt nie mehr betreten!« – Die Worte des Cäsars hallten in seinem Gehirn nach wie ein unendliches Echo, das, von einem Berg zum anderen geworfen, sich ständig wiederholt. Otho lebte in Todesangst, das war Aphrodisius nicht entgangen, und im nachhinein zweifelte er, ob es geschickt von ihm war, öffentlich für den Göttlichen Stellung zu nehmen. Früher oder später würde auch Marcus Salvius Otho das Opfer seiner Bürde werden, so wie zuvor Galba, wie Nero, Claudius, Caligula und Tiberius. Ein neuer Cäsar würde sich berufen fühlen, und wer dann noch als Anhänger des alten galt, dessen Leben war keine Sesterz mehr wert. *Roma Dea*, er hatte einen Fehler gemacht!

Aphrodisius begann zu laufen, er wußte nicht, warum, aber er beschleunigte seine Schritte, als wollte er einen unsichtbaren Verfolger abschütteln – nur weg von hier. Der Pompejaner überquerte Straßen, deren Namen er nicht kannte, drückte sich an Häuserzeilen entlang, die ihm fremd waren. Die Türen der Häuser waren verrammelt – kein Zweifel, in Rom wohnte die Angst. Menschen, die ihm begegneten, zogen von ferne den Kragen über den Kopf und wählten die andere Straßenseite, um nicht erkannt zu werden, und Aphrodisius bemerkte, daß er es ihnen gleichtat. Hinter jedem Portal, jedem Mauervorsprung lauerte die Gefahr.

In seiner Angst geriet der Pompejaner in die Irre, denn dies war nicht der Esquilin, den er suchte – der mußte mehr im Osten liegen.

Die Stadt hatte ihr Gesicht verändert, und ein Fremder – und Aphrodisius war nun ein Fremder in Rom – konnte sich hilflos verlaufen.

»He da, Fremder!« rief der Pompejaner einem Entgegenkommenden schon von weitem zu; doch der drehte sich, als er bemerkte, daß der Ruf ihm galt, um und stürzte in die Richtung davon, aus der er gekommen war.

Aphrodisius merkte, wie seine Schritte, ohne es zu wollen, immer schneller wurden; er spürte die Nähe des unsichtbaren Verfolgers, hörte seine Schritte und versuchte zu entkommen, indem er immer schmalere Seitengassen wählte. Er blieb stehen: Wovor fürchtest du dich? Der Pompejaner wollte sich selbst diese Frage stellen, die Angst, die sich seiner bemächtigt hatte, in die Schranken weisen, doch während er in sich hineinlauschte, hilflos auf eine Antwort wartend, wurde er gewahr, daß die Schritte, die er vernahm, gar keine Einbildung waren. Jetzt, da er innehielt, seinen Atem bremste, um jede Einzelheit in der unheimlichen Dämmerung wahrnehmen zu können, hörte er sie wieder: Sie kamen näher, blieben stehen – Stille.

Ohne seinen Körper zu drehen, wandte Aphrodisius in einer schnellen Bewegung den Kopf, und er glaubte, hinter einem Mauervorsprung einen Schatten verschwinden zu sehen. Er wollte fortrennen, so schnell er nur konnte, doch als er in die Richtung blickte, der sein Ziel galt, da erkannte er eine dunkle Gestalt, die sich ihm breitbeinig in den Weg stellte. Sie haben dich hierher getrieben, in diese verlassene, enge Gasse, um dich zu töten, und niemand wird dich finden. Warum, warum?

Die beiden Gestalten beschleunigten ihre Schritte, und Aphrodisius sah keinen Fluchtweg. In seiner Verzweiflung ging er auf den zu, der ihm entgegenkam, ohne Waffe, in geduckter Haltung. Und während er sich umdrehte, um nach dem anderen Gegner zu sehen, der nun in schnellem Lauf auf ihn zustürzte, da warf sich der vordere mit einem hohen Sprung auf den Pompejaner, versuchte, ihn zu Boden zu reißen, und stieß dabei einen gellenden, animalischen Schrei aus wie ein Gladiator, der bei der *probatio armorum* Netz und Dreizack brüllend zum Himmel reckt, um sich selber Mut zu machen.

Aphrodisius entkam dem Sprung nur knapp, und der Übeltäter landete auf dem derben Pflaster, aber im selben Augenblick legte sich von hinten ein Arm um den Hals des Pompejaners, eisenhart war der Griff und unentrinnbar, und vor seinen Augen blitzte im Dunkeln ein Dolch. Und – beim Jupiter! – es war jene Waffe, die er kannte, von Serenus, von Poppäa, von Epicharis, von Ascula und von dem Attentat auf ihn selbst!

Aphrodisius riß die Augen weit auf, als wolle er das eigene Sterben ganz genau betrachten, er sah die weitausholende Bewegung, die auf seine Brust gerichtet war und die sein Leben nun beenden würde, und es war diese Ausweglosigkeit, diese Überzeugung, unwiderruflich dem Tod geweiht zu sein, die dem Pompejaner eine unerklärliche Kraft verlieh. Er faßte das Handgelenk des anderen, bog es nach außen, sein Widersacher stieß einen Schmerzensschrei aus, und der Dolch entglitt seiner Hand.

Den kurzen Augenblick aber, den der Unhold brauchte, um den Dolch wieder aufzunehmen, nutzte Aphrodisius zur Flucht. Er lief, bis ihm das Herz in der Brust zu platzen drohte, und erreichte, ohne zu wissen wie, den Circus Maximus. Dort, unter den lärmenden, drängenden Menschen, fühlte der Pompejaner sich fürs erste sicher.

## 12

»Wenn du wüßtest, wer diese Stadt regiert, würdest du fliehen und Rom nie mehr betreten!«

Die Warnung des Cäsars klang Aphrodisius tagelang in den Ohren, und als an den Iden des Aprilis die Nachricht eintraf, Marcus Servius Otho sei bei Betriacum gegen Vitellius unterlegen und habe sich noch in der Nacht in sein Schwert gestürzt, da floh der Pompejaner überstürzt aus Rom. Polybius hinterließ er den Auftrag, er möge all seine römischen Besitzungen veräußern; er, Aphrodisius, wolle nie mehr einen Schritt in diese Stadt setzen. Die Zeit für den Handel erschien günstig, konnte er doch darauf hoffen, der Wahnsinn um den Cäsarenthron sei Aufruhr genug, um den Besitzwechsel in aller Heimlichkeit vonstatten gehen zu lassen. Es sollte sich jedoch zeigen, daß diese Spekulationen ein verhängnisvoller Irrtum waren.

Und was als Glück erschien für den Sieger, erwuchs zum Unglück für das Vaterland, und Othos mannhafter Tod durch das Schwert konnte ehrenvoll genannt werden im Vergleich zum Sterben des Cäsars Aulus Vitellius, den die Prätorianer noch im selben Jahr mit einem Strick um den Hals durch die Stadt trieben, gequält und gemartert, halbnackt, beschimpft und bespuckt, bis man ihn, der vor Erschöpfung zusammengebrochen war, an einem Haken in den Tiber zog, in dessen trüben Fluten sein geschundener Körper untertauchte und verschwand. *Omnes eodem cogimur.*

Wen konnte es wundern, daß nun nicht nur in der Hauptstadt des Imperium Romanum das Chaos und die Willkür herrschte, sondern daß nun auch die Provinz davon heimgesucht wurde wie von einem Steppenbrand. Denn Rom lebte seit dem Ende des göttlichen Augustus in ständiger Katastrophenstimmung, obwohl kein Chaldäer, kein Sterndeuter der Stadt und ihren Bewohnern das Ende auf einen bestimmten Tag prophezeit hatte.

In Pompeji hingegen sprach jeder mit jedem über das bevorstehende Ende, feixend die einen, denen nichts heilig war, ratsuchend die anderen, welche wußten, daß sich seit Menschengedenken jeder Spruch der Sibyllen erfüllt hatte, und je näher die Zeit kam, desto zügelloser wurden ihre Gedanken.

Die Pompejaner mieden Aphrodisius, weil sie in ihm den Urheber sahen für das drohende Unheil, das doch im Grunde nur dann zu ertragen sei, wenn der Tag seiner Ankunft im Verborgenen bleibe, und als der Jupitertempel seiner Vollendung entgegenging, als die Säulen in alter Schönheit in den seidigblauen Himmel Campaniens ragten und die Stufen glänzten in weißem Marmor, schöner als vor dem Beben, und als der *pontifex maximus*, der höchste Priester des Reiches, eine Abordnung heiliger Männer nach Pompeji sandte, um den Tempeldienst an der Gottheit zu verrichten, da verjagten die Pompejaner die Priester, noch ehe sie das Heiligtum betreten konnten, und der Oberpriester in Rom sprach einen Fluch über die Stadt und ihre Bewohner, weil er den Grund ihres Handelns nicht kannte.

Gottloses Pompeji!

Die Sitten verwahrlosten wie im verderbten Rom. Sklaven bestahlen ihre Herrschaft, weil auch sie einmal so leben wollten wie die freigelassenen Römer; ehrbare Frauen, die bei ihren Männern keine Befriedigung des Schoßes fanden, forderten von den Sklaven ihr Recht und schliefen, einmal berauscht von dem süßen Drang, jede Nacht mit einem anderen, und selbst der Scheidebrief, mit dem pompejanische Männer ihre Frauen häufig wie nie zuvor bedachten, vermochte die lüsternen Weiber nicht zu bezähmen, fanden sie doch bei anderen, die ihrer eigenen Ehefrau überdrüssig waren, bereitwillige Aufnahme. Die Ädilen kamen nicht nach mit der Bewältigung aller Prozesse; und nicht das strenge Gesetz des Senates, das jede ehrbare Frau, die mit einem Sklaven verkehrte, selbst zur Sklavin degradierte, vermochte dem Unrecht Einhalt zu gebieten.

Der Verrohung der Sitten entsprach es, daß auch die Kleidung längst nicht mehr der *ordo vestimenti* folgte. Man trug, was man wollte, Sklaven die Toga – gegen jedes Recht –, und wenn Frauen in gallischen Hosen erschienen, Röcken, welche zwischen den Beinen zusammengenäht waren (eine Sitte, die der Cäsar Vitellius von jenseits der Alpen eingeführt hatte), so galt das noch nicht als Gipfel der Verruchtheit, weil es andere gab, die sogar mit den entblößten Brüsten durch die Stadt spazierten wie Kreterinnen zur Zeit des Königs Minos.

Die Pompejaner praßten, sie fraßen und soffen, und die Händler im Macellum konnten die Nachfrage nach teuren Weinen und seltenen Speisen nicht annähernd befriedigen. Dies hatte zur Folge, daß die Preise ins Unermeßliche stiegen und für exotisches Geflügel wie Strauße aus Numidien oder Flamingos aus der ägyptischen Provinz das Zehnfache bezahlt werden mußte wie zur Zeit des göttlichen Nero. Wild aus dem Norden kam überhaupt nicht mehr auf den Markt, weil es schon verkauft war, bevor es das Macellum erreichte. Man ging leichtsinnig um mit dem Geld, weil jene, welche dem Orakel glaubten, wußten, daß sie nichts mitnehmen konnten über den Acheron außer einem Obolus auf der Zunge für Charon, den Fährmann, und dieser Leichtsinn zog von überallher Gesindel an – Gauner, Betrüger, Schieber, Blender, Wucherer, Erbschleicher, Hehler, Erpresser und Glücksritter, die das Orakel nicht kannten oder es verlachten.

Und doch: *Sic erat in fatis.*

Aphrodisius wurde Vater einer Tochter, die sie Aphrodisia nannten, und Leda schenkte dem Pompejaner alle Liebe, die eine Frau einem Mann entgegenzubringen vermag, und sie war auch Hersilius eine gute Mutter, so daß er keines Glückes entbehrte. Aber jene, welchen Fortuna geflügelt auf rollender Kugel entgegenzulaufen scheint, leben häufig im Hader mit sich und ihrem Herzen. So auch Aphrodisius.

Nicht das Orakel, welches den Pompejanern das drohende Ende vorhersagte, beschäftigte Aphrodisius in dieser Zeit, sondern jener geheimnisvolle Unbekannte, der ihm nach dem Leben trachtete; denn wem die Götter das Lebensende beschlossen haben, der vermag diesem weder durch Flucht noch durch Bestechung und fromme Gebete entrinnen. Dem aber, der sich gegen das von Menschen geplante Übel zur Wehr setzt, stehen die Unsterblichen huldvoll zur Seite. Nächtelang saß Aphrodisius, schwerbewacht, auf einer Bank im Viridarium und blickte in die Sterne des Himmels, die doch die Geschicke der Menschen lenkten, wie Seleukos mit dem Aufstieg und Ende des göttlichen Otho bewiesen hatte. Die Suche aber nach dem griechischen Sterndeuter blieb erfolglos; er sei, so meldeten Späher des Pompejaners aus Rom, am selben Tag verschwunden, da seine düstere Prophezeiung in Erfüllung gegangen war.

Auch der göttliche Vespasianus, der, sechzigjährig, Vitellius auf den Thron gefolgt war – was kein Römer für möglich gehalten hätte, obwohl es ihm im Jahr zuvor vorhergesagt worden war –, stand in engem Kontakt mit einem Propheten jüdischer Herkunft. Der Priester namens Joseph ben Mattathias hatte Vespasianus nach der Einnahme der Festung Jotapata erklärt, er könne ihn ruhig in Fesseln legen, wie es einem siegreichen Feldherrn zukomme, aber nach einem Jahr werde er ihm diese Fesseln als Cäsar wieder lösen. Der Imperator brachte daraufhin den merkwürdigen Propheten nach Rom, wo er durch hohe Bildung auffiel, wo sich seine Weissagung erfüllte und wo man den Juden mit dem unaussprechlichen Namen fortan Josephus nannte wie einen gebürtigen Römer. Josephus aber, den Aphrodisius anging, und dem er viel Geld bot für die Unterstützung in seiner Angelegenheit, ließ verlauten, er weissage nicht wie das delphische Orakel auf Wunsch und gegen Bezahlung, sondern aus ihm spreche sein Gott, jener der Juden, und der stehe allen Geschäften der Menschen fern.

Verzweifelt sandte der Pompejaner seinen Freund Gavius nach Delphi, bot wandernden Wahrsagern, von denen es mehr als genug gab in diesen Zeiten, hohe Summen, und stellte immer die gleiche Frage: Wer Drahtzieher der Attentate mit den geschwungenen Dolchen sei. Doch alle Antworten – wenn Aphrodisius überhaupt eine Antwort bekam – klangen wirr und geheimnisvoll, und die delphische Pythia vermeldete hinter grünendem Lorbeer, daß Apollon ihr Namen verboten habe und sie nur zwischen ja oder nein, aber auch dem einen und anderen entscheide. Das half dem Pompejaner nicht weiter und schürte nur seine Zweifel am drohenden Untergang Pompejis.

Aphrodisius hatte geglaubt, Popidius Pansas unerwarteter Tod würde die Mordserie beenden, weil Pansa der alleinige Urheber sei, doch der erneute Mordversuch ließ den Pompejaner zweifeln, ob Pansa überhaupt etwas zu tun gehabt habe mit den Dolch-Attentaten. Sein einziges Verbrechen war vielleicht die Unterdrückung des Testaments. Gewiß, er, Aphrodisius, bedeutete eine latente Gefahr für den *advocatus*, aber konnte ihm Fulvia nicht viel gefährlicher werden? Hätte sie nicht auf der Todesliste an erster Stelle stehen müssen, weil sie, solange das *aerarium* unentdeckt blieb, die einzige Mitwisserin war?

Eumachia. Sie *mußte* ihn hassen, das war keine Frage, und dies mehr als je zuvor, nachdem sie zwei Ziegeleien auf seinem Grund und Boden hatte abreißen müssen und Aphrodisius sie zusätzlich demütigte, indem er das Land verkommen und von Disteln und Gestrüpp überwuchern ließ. Und das alles, obwohl sie Gavius aus freien Stücken herausgegeben hatte. Sie *mußte* ihn hassen, vielleicht sogar seinen Tod herbeiwünschen, und man konnte ihr durchaus die Anwerbung eines gedungenen Mörders zutrauen. Warum aber bei allen Göttern, hätte sie Serenus ermorden sollen, Priscillanus und den Mann der Epicharis in Rom?

Der alte Plinius, mit dem ihn eine herzliche Freundschaft verband, seit er in Stabiä lebte, verwies auf den Komödiendichter Publius Terentius Afer, der so lustige Theaterstücke wie *Die Schwiegermutter* oder *Der Eunuch* geschrieben und in einem Stück mit dem unaussprechlichen Namen *Heauton timorumenos,* was soviel bedeute wie *Der Selbstquäler,* den Satz gesprochen habe: *Nil tam difficile est, quin quaerendo investigari possiet.* Also sei es angebracht, nachzuforschen nach Art der Ädilen, auch wenn dadurch neue Gefahren entstehen mochten. Denn, so meinte Plinius, wer einem Menschen zweimal nach dem Leben trachte, scheue auch vor einem dritten Versuch nicht zurück, um zum Ziel zu gelangen.

Sein erster Weg führte den Pompejaner zu Ascula. Ascula weigerte sich zunächst, Aphrodisius zu empfangen, doch der schob die Türhüter beiseite und gelangte so in das Haus, wo ihn die Herrin mit verlegenen Worten begrüßte. Es sei wegen der Leute, man rede über ihn, sagte sie, und sie wolle da nicht hineingezogen werden.

»Wovon sprichst du?« erkundigte sich der Pompejaner.

»Von diesem Orakel.«

Aphrodisius hob die Arme: »Ich weiß, daß mich die Leute

meiden, aber ist es meine Schuld? Willst du mir zum Vorwurf machen, daß vor Jahrhunderten eine Sibylle Unheil vorhergesagt hat?«

Ascula schwieg, dann antwortete sie zögernd: »Das ist es nicht.«

»Sondern?«

»Die meisten Pompejaner glauben nicht an den Spruch der Sibylle . . .«

»Jeder soll das halten, wie er will.«

». . . die meisten glauben, du habest den Orakelspruch gefälscht, damit die Menschen ihre Häuser, ihre Güter und Weinberge verkaufen und du zum Schleuderpreis in ihren Besitz gelangst. Deshalb meiden sie dich.«

»Beim Jupiter!« Aphrodisius stand starr wie eine Statue auf dem Forum. »Daran glaubst du?«

Ascula hob die Schultern. »Glauben heißt nicht wissen – ja. Die Leute um Eumachia behaupten es.«

Auf einmal verstand der Pompejaner das Mißtrauen, mit dem man ihm gegenübertrat, verstand, warum die Menschen einen großen Bogen um ihn machten, wenn sie ihm begegneten, ihn mieden wie einen Aussätzigen. »Du magst mir glauben oder nicht«, murmelte er. »Eumachia lügt. Sie haßt mich, und ihr ist jedes Mittel recht, mich zu vernichten. Ich bete zu den unsterblichen Göttern, daß dieses Orakel in Erfüllung gehe. Apollon möge mich erhören.«

»Aber um das zu erfahren, bist du nicht gekommen«, sagte Ascula.

»Nein«, erwiderte Aphrodisius, »obwohl seine Bedeutung hinter dem zurücktritt, was du mir soeben gesagt hast! Es geht nur um einen Dolch, den ich einst bei dir sah, einen Dolch mit rotem, geschwungenem Griff.«

»Du meinst diesen?« Ascula holte ihn aus einer Lade, und Aphrodisius spürte, wie seine Hände zu zittern begannen.

»Ja, diesen«, sagte er. »Wer hat ihn gefertigt?«

»Ich weiß es nicht! Der Dolch ist ein Geschenk. Er gefiel mir so wie dir und . . .«

»Und?«

». . . ich tat es für einen Dolch, für *diesen* Dolch!«

»Zum Lohn für deine Dienste?«

»Wenn du es so nennen willst, ja.«

»Ein Fremder?«

»Was geht es dich an, Aphrodisius, es ist lange her – ja, ein Römer, er faselte Unverständliches von einer geheimen Truppe mit geheimem Auftrag, und ich dürfe diesen Dolch niemandem zeigen . . . Ein Wichtigtuer.«

»Kennst du seinen Namen?«

»Nein, ich kenne seinen Namen nicht, und selbst wenn ich ihn kennte, würde ich ihn dir nicht nennen. Und jetzt geh!«

Vor dem Haus warteten seine Leibwächter, doch obgleich sie ihn sicher geleiteten, fürchtete er sich vor dem Weg durch die Stadt. Männer, die mit ihren Sklaven zum Forum eilten, blieben stehen oder nahmen eine andere Richtung, um ihm nicht begegnen zu müssen, Frauen drückten sich in Hauseingänge oder verschwanden hinter Mauern, und sogar von Sklaven wurde er gemieden.

Der Tag, für den das Orakel den Untergang Pompejis vorhergesagt hatte, war gekommen, und trotz Eumachias Verleumdungen gab es nicht wenige Pompejaner, welche an die Echtheit der Weissagung glaubten. Manche verließen die Stadt, um auf dem flachen Land Zuflucht zu suchen, und Aphrodisius schickte Frau und Kinder ins nahe Stabiä zu seinem Freund Plinius, wo er sie sicher glaubte.

Jene, die an dem Orakel zweifelten, luden zu Gastmählern für den Tag der Weissagung, um, wie sie sagten, den Untergang zu feiern oder ihre Wiedergeburt. Die Priesterin Eumachia lud die höchsten Beamten der Stadt, die Duumviri, Ädilen, Quästoren und Tribune in ihr Landhaus, sogar Senatoren und Prätorianer aus Rom folgten der Einladung. Man sah Menschen, die ein Ohr auf die Erde preßten, ob nicht fernes Grollen zu hören sei, aber nichts regte sich. Auch die Tiere, die vor dem Beben große Unruhe an den Tag gelegt hatten, zeigten keine Regung. Die Hitze des Sommers, der in diesem Jahr die campanischen Felder braun färbte, bevor die Ernte abgetragen war, lähmte das Leben.

Seefahrer, welche im Hafen von Puteoli landeten, wurde befragt, ob ihre Schiffe von Stößen erschüttert, die Wogen auf See ohne spürbaren Wind plötzlich angeschwollen seien – untrügliche Zeichen für ein drohendes Beben –, aber alle Befragten verneinten. Besorgt blickten viele zum Himmel und hielten Ausschau nach strichförmigen Wolkenstreifen, die ebenfalls als Unheilkünder galten; andere starrten auf die Wasserfläche der Brunnen, wo konzentrische Ringe von verborgenen kleinen Beben kündeten – aber nichts dergleichen war zu erkennen an diesem Tage, und als die Sonne tief stand und sich noch immer kein ungünstiges Vorzeichen zeigte, da schlugen sich auch die Zweifler auf die Seite derer, die Aphrodisius einen Hochstapler nannten, einen Blender und Scharlatan.

»Manchmal«, sagte Aphrodisius, der mit seinem Freund Gavius im Viridarium saß und in den Himmel blinzelte, »manchmal weiß ich nicht, was ich mir mehr wünsche: daß Jupiter ein furchtbares Beben schicke und die Stadt vernichte, damit sich das Orakel erfülle, oder daß die Sibylle geirrt habe und daß sich der Spruch auf jenes Beben bezog, das uns beide zusammengeführt hat.«

Gavius stützte den Kopf in beide Hände und blickte mutlos vor sich hin; dann erwiderte er, ohne den Pompejaner anzusehen: »Du bist weder um das eine noch um das andere zu beneiden, Herr, denn bewahrheitet sich das Orakel, so wird unser aller Leben zerstört sein. Trifft es aber nicht zu, so ist dein Leben ebenfalls vertan, weil sie dich als Schwindler entlarvt zu haben glauben.«

»Gavius?«

»Herr?«

»Gavius, glaubst du ebenfalls, daß ich den Spruch der Sibylle gefälscht habe, um mich zu bereichern? Sei ehrlich! Traust du mir sowas zu?«

»Herr!« Gavius sprang auf. »Ich würde dir glauben, selbst wenn aller Schein gegen dich spräche!«

Da umarmte der Pompejaner seinen Freigelassenen voll Dankbarkeit.

*»Silentium, silentium!«* Marcus Umbricius Scaurus, wie immer nach Fisch stinkend, hob seinen Pokal: »Ich trinke auf das Wohl unserer Gastgeberin, der ehrenhaften Priesterin Eumachia!«

»Auf das Wohl der ehrenhaften Priesterin Eumachia!« fielen die übrigen Gäste ein, gut hundert an der Zahl, und Trebius Valens, dem zu jedem Anlaß eine Ode des Horaz über die Lippen kam, rief schwerzüngig: *»Et ture et fidibus iuvat!«*

*»Iuvat, iuvat!«*

Die Schauspieler Terentius Neo, Cäcilius Phöbus, Cälius Caldus und allen voran Fabius Ululitremulus faßten sich an den Händen, bildeten einen Kreis und schritten einen *cordax,* einen höchst unanständigen Tanz, bei dem die Mimen mit faunischen Bewegungen aufeinander zutraten und zum Vergnügen der Zuschauer Hüften und Hinterteil obzön hin und her bewegten.

»Eigentlich«, rief Eumachia – sie trug Blumen im Haar und war auf ihrer Kline von vier Dienerinnen umgeben –, »eigentlich solltet ihr Aphrodisius danken! Er hat uns dieses Fest beschert. Hätte er nicht den Göttern mit einem erlogenen Orakel ins Handwerk gepfuscht, gäbe es keinen Anlaß, unsere Wiedergeburt zu feiern, so wie die ägyptischen Priester sie predigen. Oder glaubt etwa noch irgend jemand unter euch an die Echtheit des Orakels? Du vielleicht, Postumus? Du, Nigidius? Du, Loreius Tiburtinus? Wenn einer von euch Aphrodisius glaubt, dann sollte er schleunigst sein Vermögen in Sicherheit bringen. Der Tag ist nicht mehr lang, an dem sich die Weissagung erfüllen kann.«

Da lachten die Gäste laut und pflichtbewußt, nur Trebius Valens zupfte seinen Nachbarn am Ärmel, den Weinhändler Lucius Herrenius Florus, der mit seinen Söhnen Quintus und Sextus erschienen war, und raunte ihm zu, daß weise Männer schon zweimal ein Beben vorhergesagt hätten. Der eine sei Anaximandros aus Milet gewesen, der den Lakedaimoniern den Untergang ihrer Stadt prophezeit habe, und in der Tat habe die Erde gebebt, und der Berg Taygetos, der wie das Hinterteil eines Schiffes in den Himmel ragte, habe sich erhoben und alle Häuser unter sich begraben. Pherekydes, dem Lehrer des Pythagoras, werde nachgesagt, er habe aus einem Brunnen getrunken und prophezeit, die Erde werde beben, und am folgenden Tag bebte die Erde tatsächlich.

Florus sah Valens ins Gesicht, und seine Stirn krauste sich wie eine Prünelle: »Und wenn das Orakel doch der Wahrheit entspricht? Wenn doch eine Sibylle aufgezeichnet hat, was Apollon ihr in Verzückung geweissagt hat?«

»Dann feiern wir unser Totenmahl, Florus. Dann ist es – *urgentibus fatis* – zu spät, die Flucht zu ergreifen.«

Der Weinhändler fuhr sich mit fahrigen Bewegungen über das Gesicht, die Schauspieler tanzten ekstatisch, die Kitharaspieler schlugen wild in die Saiten, und die Sklaven schleppten schwarze Amphoren mit neuem Wein herbei. Und während die angetrunkenen Gäste sich immer wieder zuriefen: *»Vivat! vivat!«* – ein Hochruf, dem an diesem Tag eine eigentümliche Bedeutung zukam –, während Düfte eines üppigen Mahls durch das Haus zogen, während die Sklavinnen mit den Besuchern begehrliche Blicke austauschten – da entfernte sich einer der Gäste, ohne daß jemand von seinem Verschwinden Notiz nahm.

Der Tag neigte sich schnell, der späten Jahreszeit angemessen, und Aphrodisius ging, das Herz von zahllosen Ängsten erfüllt, ruhelos im Viridarium auf und ab. Ein wolkenloser Himmel spannte sich, in dunklem Türkis schimmernd wie ein enggewebtes numidisches Zeltdach, von einem Horizont zum anderen, und die Hitze des Tages lag, obgleich bereits die Dämmerung hereinbrach, noch immer drückend über dem Land. Anders als sonst, wenn die Nacht kam – die Nacht, vor der sogar Jupiter eine heilige Furcht empfand, weil ein Vogel mit schwarzen Flügeln die Erde bedeckte –, lag atemlose Stille in der Luft; die fröhlichen Rufe, welche sonst zur Abendstunde von den Hängen des Vesuv schallten – ehrliche Lebenslust nach verrichteter Arbeit –, blieben aus, man hörte auch nicht das Vieh blöken nach wohligem Fressen, und nicht einmal der beruhigende Gesang der Vögel in den Pinien und Pappeln war zu vernehmen.

Das unergründliche Schweigen, das über der Landschaft lag, fand eine Entsprechung in Aphrodisius' Gemütsverfassung, und die Beklommenheit, die ihn seit Tagen ziellos durch Pompeji trieb, die seine Sinne verwirrte, weil er einerseits das angekündigte Ende fürchtete, andererseits aber nichts mehr wünschte als die Erfüllung des Spruchs der Sibylle, nahm zu von Stunde zu Stunde. Er hatte Gavius fortgeschickt, gebeten, ihn allein zu lassen, weil er nicht sprechen wollte, nicht sprechen konnte im Aufruhr seiner Gefühle, und nach zahllosen Umrundungen des Viridariums stahl er sich aus dem Haus wie ein Dieb, nahm den gestampften Weg zur Stadt und erreichte am Herculaneischen Tor das Pflaster der Via consularis.

Die Häuser zu beiden Seiten schienen verlassen, abweisend und unheimlich. An der Stelle, wo die Straße der Thermen in die Via consularis einmündet, drang Lärm aus einem Haus. Aphrodisius kam sich vor wie ein entlaufener Sklave, als er um das Gebäude herumschlich, in die erleuchteten Fenster äugte und dem Grölen und Schreien der angetrunkenen Gäste lauschte. Sie feierten ihr Überleben, das Ausbleiben der drohenden Katastrophe, denn mochten ihn, Aphrodisius, die Pompejaner auch verlachen und verachten, so hegte doch jeder eine gewisse Furcht vor der Möglichkeit, der Spruch der Sibylle könnte sich doch erfüllen, in seinem Herzen. Warum, beim Jupiter, hatte er dieses verhängnisvolle Orakel finden müssen, diese furchtbare Prophezeiung, die nun sein ganzes Leben zerstörte?

Aphrodisius lief weiter, querte die Straße der Augustalen, ließ das Macellum links liegen und betrat das verlassene Forum. Hier und da erkannte er unter den Säulengängen dunkle Gestalten, die jedoch in den Schutz der Kolonnaden zurückwichen, sobald er sich ihnen zuwandte, die – so schien es – wie er auf irgend etwas warteten, und sei es darauf, daß nichts geschah. So hatte der Pompejaner das Forum noch nie gesehen, einsam wie eine Theaterdekoration nach dem Spiel. Wie Kulissen zeichneten sich die dunklen, hohen Gebäude vor der Kuppel des Himmels ab, das erhabene Säulenrund der Halle der Eumachia, das Macellum, die wiedererstandenen Triumphbögen des Germanicus und Tiberius zu beiden Seiten des Tempels und der alles überragende Tempel des Jupiter auf seinem Stufenpodest, hoch wie der Himmel.

Aber dort, wo zur Linken die angesehensten Bürger Pompejis, als Statuen verewigt, grün schimmerten in achaisch gegossenem Erz oder in weißem carrarischem Marmor, wo goldene Lettern von ruhmreichen Taten, von Weisheit und Kunst kündeten, klaffte in der stolzen Phalanx eine Lücke, und im Näherkommen erkannte Aphrodisius das Furchtbare: *Seine* Statue, von den Duumviri in Anerkennung seiner Verdienste um den Tempel des Jupiter gestiftet, war geschleift, gestürzt, in Teile zersprungen. Als hätten sie ihn, den ruhmreichen Sohn seiner Stadt, getötet, als wollten sie ihn aus ihrem Gedächtnis streichen, für alle Zeiten vergessen, lag sein Bild zerstört, der Kopf gespalten, und als er die Tat erkannte, empfand er körperlichen Schmerz.

Mutlos, gebrochen, aber in tiefem Zorn zu den Göttern stieg Aphrodisius die hohen Stufen zum Tempel empor. Kein Wächter hütete das schmale Tor. Das Götterbild im Innern, von dem Achaier Polydeikes für den Gegenwert eines Vermögens geschaffen und der Hand eines Phidias würdig, warf zwei Schatten an die Seitenwände der Cella, hervorgerufen von zwei flackernden Öllämpchen zu beiden Seiten der Statue.

»Jupiter Optimus«, sprach der Pompejaner, ohne seine Worte mit den Lippen zu formen, »Jupiter Optimus«, wiederholte er, klein und unbedeutend vor der Größe des Standbildes, »was habe ich getan, daß du mich so strafst? Habe ich nicht rechtschaffen gelebt wie ein *vir vere Romanus*? Habe ich dir nicht deinen Tempel gebaut aus meinem rechtschaffen erworbenen Vermögen? Habe ich nicht die Gesetze geachtet und den höchsten Willen der Götter? Warum also strafst du mich, Jupiter Optimus?«

Aphrodisius lauschte in die Dunkelheit, als warte er auf eine Antwort, doch der menschlich geformte Marmor schwieg, abweisend und kalt. Statt dessen glaubte der Pompejaner zu vernehmen, wie das Tor des Tempels geöffnet wurde, wie sich Schritte näherten, stehenblieben, er glaubte den Atem eines Menschen zu hören, das Rascheln einer Toga zu erahnen, er wollte sich umdrehen, zumindest den Kopf zurückwenden, aber Aphrodisius schien erstarrt wie Philemon, den Jupiter in einen Baum verwandelte, so hielt ihn eine unerklärliche Angst gefangen.

Den Eindringling schien die Reglosigkeit des Pompejaners zu verwirren, und er machte einen großen Bogen um ihn, bis er endlich schräg von vorne in sein Gesichtsfeld trat, und Aphrodisius, den blitzenden Dolch in seiner Hand erkennend, furchtsam, beinahe beschwörend ausrief: »Tigellinus! Was soll der Dolch, Tigellinus?«

»Du hast mich wohl nicht erwartet, Pompejaner?« grinste der Angesprochene und setzte den rechten Fuß, wie zum Sprunge bereit, weit vor. »Diesmal entkommst du mir nicht!«

»Du also«, sagte Aphrodisius, und ein Zittern bemächtigte sich seines Körpers. »Was bezweckst du mit all deinen Morden?«

»Ha, Pompejaner!« Tigellinus lachte breit, daß es von den Wänden widerhallte. »Hast du nie darüber nachgedacht?«

»Unzählige Male! Warum mußte Serenus sterben? Priscillianus? Der Mann von Epicharis? Warum sollte ich sterben?«

»Das sind nur jene, von denen du weißt, Pompejaner. In Wahrheit sind es tausende, die unter dem Dolch der Prätorianer fielen.«

»Aus reiner Mordlust?«

»Beim Mars ultor, nein. Warum bist du auch so reich? Warum war Serenus so reich? Priscillianus? Der Mann von Epicharis? Reichtum wurde euch allen zum Verhängnis. Seit den Tagen des göttlichen Nero gilt das ungeschriebene Gesetz: Wer den Cäsar an Reichtum übertrifft, muß sterben, auf daß sein Besitz dem Cäsar zufalle. So hielten es Galba, Otho, Vitellius und der göttliche Vespasianus. Und ich, Tigellinus, bin der Vollstrecker ihres Willens!«

»Aber das Vermögen steht den rechtmäßigen Erben zu!«

»Es gab keine rechtmäßigen Erben.«

»Aber die Söhne!«

»Hatte Serenus einen Sohn? Priscillianus? Der Mann von Epicharis?

»*Ich* bin der Sohn des Serenus.«

»Das wußtest du, als Serenus starb, selbst nicht, Pompejaner. Wie sollten die Prätorianer davon Kunde haben?«

»Aber nun habe ich selbst einen Sohn und eine Tochter. Sie sind nach dem Gesetz meine Erben. Warum drohst du mir mit dem Dolch?«

Da kam Tigellinus näher heran. Er bewegte den Arm mit dem Dolch wie eine Schlange, die nach der Beute züngelt. Dann sagte er ruhig: »Du *hattest* einen Sohn und eine Tochter, Pompejaner, du *hattest*!«

Aphrodisius rang nach Luft, er griff sich an die Kehle, als wolle er den Würgegriff des Henkers abwehren. Das Götterbild, die kahlen Wände, die rechteckigen Ornamente der Decke begannen zu wanken, sie drohten drehend auf ihn zu stürzen, doch als er seine Kräfte, sein Bewußtsein schwinden fühlte, als er Tigellinus vor die Füße zu fallen drohte, ein hilfloses Bündel, da erwuchsen Aphrodisius Kräfte der Verzweiflung, und er stürzte sich auf den Mörder.

Tigellinus schien den Angriff seines unbewaffneten Opfers nicht erwartet zu haben, denn der geschwungene Dolch fiel klirrend zu Boden, klang hell wie ein Signal zur Schlacht, wenn der Soldat mit dem Schwert auf das *scutum* schlägt, und in einem Kampf auf Leben und Tod wälzten sich beide am Boden, ein jeder darum bemüht, die furchtbare Waffe zu ergreifen oder zumindest zu verhindern, daß sie dem anderen zufiel.

Was hatte er zu verlieren? Aphrodisius kämpfte, er schlug in blinder Wut auf den Römer ein, traf irgendwann ungezielt mit der Faust seine Kehle, daß Tigellinus einen brüllenden Schrei von sich gab, den Kopf einzog und sich krümmte, und dieser kurze Augenblick genügte, um den Pompejaner in den Besitz des Dolches gelangen zu lassen. Aphrodisius faßte den Griff, daß die Waffe eins wurde mit seiner Faust, und ohne zu zögern, stieß er zu, ein um das andere Mal, und Strahlen warmen Blutes trafen sein Gesicht, das er sich, um nicht die Sicht zu verlieren, aus den Augen wischen mußte. Wie von Sinnen stach er auf den Widersacher ein und metzelte ihn nieder.

Es dauerte eine Weile, bis er wieder zu sich kam, wie lange, wußte er nicht, und er hätte seinem Gegner wohl die Augen ausgestochen und den Bauch aufgeschlitzt, ihn zerfetzt, zerstükkelt, zermalmt, wäre nicht Jupiter dazwischengefahren mit donnernder Faust, daß die Mauern des Tempels erzitterten. Und als der Pompejaner erwachte aus seiner furchtbaren Raserei, da blickte er zu dem Götterbild empor und wartete auf ein Zeichen. Doch Jupiter schwieg starr.

Von draußen aber ertönte ein gewaltiges Brausen, als flössen alle Wasser des Ozeans von der Scheibe der Erde, und Sturm heulte auf wie der Nordwind im ersten Monat des Jahres. Mit dem Dolch in der Hand trat Aphrodisius vor den Tempel. Das Forum zu seinen Füßen, noch vor kurzem in unheimliches Dunkel gehüllt, leuchtete blutrot. Schwarzes Gestein klatschte vom Himmel, hüpfte und polterte gegen Säulen und Wände. Um das seltsame Licht zu ergründen, sprang Aphrodisius die Stufen des Tempels hinab, lief in die Mitte des Forums, wo sich schreiende Menschen versammelten. Dort drehte er sich um, und nun sah er die Ursache des Geschehens: Der Vesuv stand in Flammen, die Spitze des Berges glühte wie eine riesige Esse, in die der Schmied mit dem Lederbalg Luft bläst. Fontänen von Glut und Feuer schossen zum Himmel, und die Erde bebte.

*... Und verzehrt wird vom Feuer*
*Mit Mensch und Tier und allen Mauern ...*

Der Spruch der Sibylle! Beim Apollon, das Orakel hatte Recht behalten. Aphrodisius tanzte, sprang von einem Bein auf das andere. »Seht ihr das Feuer?« brüllte er gegen das alles übertönende Brausen. Pompejaner hetzten an ihm vorbei, in panischer Flucht; sie hörten sein Freudengeheul nicht, nicht sein satanisches Rufen: »Vulcanus, der Sohn Jupiters, hat mich erhört! Er ist lahm und häßlich, und seine Mutter warf ihn deshalb ins Meer, aber er ist gerecht und auf der Seite der Wahrheit! Vulcanus, Vulcanus!«

Wie ein Kind, das nach einem trockenen Sommer die ersten dicken Regentropfen mit ausgebreiteten Armen empfängt, drehte Aphrodisius sich um sich selbst.

Er erkannte den schwarzen Regen, der vom Himmel fiel und auf das Forum stürzte wie die Flut eines geborstenen Dammes, er atmete den beißenden Schwefel, der ihm die Sinne raubte wie tödliches Gift, er spürte die Hitze auf der Haut, in den Augen, die nahende Glut, die seine Kleider sengte. Er rief noch einmal laut und mit letzter Kraft: »Vulcanus, der Sohn Jupiters, hat mich erhört!«, dann verließ ihn das Bewußtsein.

Aphrodisius sank zu Boden, aus seiner rechten Hand glitt der Dolch, und niemand sah sein sardonisches Lachen.

# EPILOG

Nach Schätzungen von Experten forderte der Vulkanausbruch am 24. August 79 etwa zweitausend Menschenleben. Pompeji wurde unter einer drei bis zehn Meter dicken Schicht aus Bims und Asche begraben. Anders als beim Erdbeben vom 5. Februar 62 wurde die noch immer im Aufbau befindliche Stadt nicht zerstört, sondern zugeschüttet und damit auf ungewöhnliche Art konserviert. Der Vesuv, dessen vulkanische Aktivität bis dahin unbekannt war, brach dann in unregelmäßigen Intervallen immer wieder aus, bis er im Jahre 1139 scheinbar zur Ruhe kam. Menschen siedelten bis zum Kraterrand, und der Gipfel war von Wäldern bewachsen. Am 16. Dezember 1631 erwachte der Vulkan jedoch zu neuem Leben; die wohl furchtbarste Eruption seiner Geschichte brachte dreitausend Menschen den Tod, über ganz Süditalien verfinsterte sich der Himmel für mehrere Tage. Seither stießen Ausgräber und Abenteurer immer wieder auf Reste der versunkenen Stadt – erstmals 1689 bei Brunnenbohrungen –, doch erst im 19. Jahrhundert begann eine systematische Ausgrabungstätigkeit. 1823 wurden das Forum freigelegt und die umliegenden Tempel, darunter der des Jupiter, der in diesem Roman eine große Rolle spielt. Das war die Zeit, in der Edward Bulwer-Lytton, ein britischer Politiker und Verfasser spiritistischer Romane und Kriminalgeschichten, sein Buch *Die letzten Tage von Pompeji* schrieb.

Giuseppe Fiorelli, ein Numismatiker und Professor für Archäologie in Neapel, übernahm 1860 die wissenschaftliche Leitung der Ausgrabungen von Pompeji. Im Februar 1863 stieß Fiorelli in der Gegend um das Forum auf Hohlräume in den erstarrten Asche- und Bimsmassen. Sie waren den Körpern jener Menschen nachmodelliert, die in ihren Verstecken oder auf der Flucht erstickt oder von herabfallendem Gestein erschlagen worden waren. Im Laufe der Jahrhunderte waren die Leichen zerfallen, ihre Formen blieben jedoch erhalten.

Professor Fiorelli hatte nun eine faszinierende Idee: Er preßte die Hohlräume mit flüssigem Gips aus, zerschlug die Formen, und zum Vorschein kamen detailgetreue Abgüsse von Menschen, die bei dem Vulkanausbruch des Jahres 79 ums Leben gekommen waren.

Einer dieser Abgüsse schlug mich in seinen Bann, als ich ihn vor nunmehr fünfundzwanzig Jahren zum ersten Mal sah. Er unterscheidet sich von den vielen hundert Abgüssen, die in Pompeji zu sehen sind, durch eine besondere Eigenart: Es ist ein Mann, etwa fünfunddreißig Jahre alt, mit breitem Schädel und kräftiger Statur, ein Mann, dem noch im Tode eine unbändige Dynamik anzusehen ist. Und dieser Mann lacht. Er lacht im Sterben, sardonisch breit, beinahe höhnisch.

Dieses sardonische Lachen verfolgte mich viele Jahre, und ich habe in diesem Roman versucht, eine Erklärung zu finden. Alle Schauplätze und Daten des Buches sind historisch belegbar, ebenso die meisten Personen. Allerdings nahm ich mir die Freiheit, den Ascheregen des Vesuv des Nachts über Pompeji hereinbrechen zu lassen – und nicht, wie es der Realität entsprochen hätte, tagsüber zwischen zehn und achtzehn Uhr.

Baiernrain, im April 1986

Philipp Vandenberg

Postscriptum: Die lachende Gipsleiche des »Aphrodisius« ist unter Glas im Umkleideraum der Stabianer Thermen zu besichtigen.

# GLOSSAR

| | |
|---|---|
| Absit! | Das sei fern! |
| Ab urbe condita | seit Gründung der Stadt (Rom) |
| Ädil | Aufsichtsbeamter, Ädil |
| Acta diurna | Tagesberichte, Nachrichten |
| Ad leones! | Zu den Löwen! |
| Ad libitum | nach Belieben |
| Ad rem! | Zur Sache! |
| Aerarium publicum | Schatzkammer, Staatskasse, Archiv |
| Akoniton | Giftpflanze, vielleicht Eisenhut |
| Ala | Flügel, Seitenflügel des Hauses |
| Apodyterium | Umkleideraum |
| Apparitor | untergeordneter Beamter, Ordonnanz |
| A tergo | von hinten |
| Atrium | zentraler Raum des römischen Hauses, ursprünglich: Innenhof |
| Augusta Vindelicum | Augsburg |
| Aureus | wertvolle Goldmünze |
| Auri sacra fames! | Verfluchter Hunger nach Gold! (Vergil) |
| Ave! | Lebe wohl! |
| Balnea, vina, Venus | die Bäder, die Weine, die Liebe |
| Beati possidentes | Glücklich sind die Besitzenden. |
| Caldarium | Waschraum, Bad |
| Campanienses | Bewohner der Landschaft Campania |
| Carpentum | Kutsche, Reisewagen höherer Magistrate |
| Carpe diem | Ergreife den Tag! Genieße den Augenblick! |
| Cavea | Sitzreihen im Theater |
| Cave canem! | Vorsicht, Hund! |
| Cella | Nische im Tempel, die ein Götterbild beherbergt |
| Cloaca Maxima | Hauptabwasserkanal in Rom |
| Comissatio | Trinkgelage |
| Concordia discors | zwieträchtige Eintracht (Horaz) |
| Cubiculum | Schlafraum |
| Cum grano salis | mit Einschränkungen (wörtlich: »mit einem Korn Salz«) |
| Defrutum | eingekochter brauner Most |
| Dies diem docet. | Ein Tag lehrt den anderen. |

| | |
|---|---|
| Dixi | Ich habe gesprochen |
| Ducunt volentem fata, nolentem trahunt | Den Willigen leitet das Schicksal, den Widerstrebenden zerrt es. (Seneca) |
| Dum spiro, spero. | Solange ich atme, hoffe ich. |
| Duumviri iure dicundo | Zweimännerkollegium, dem die Gerichtsbarkeit obliegt |
| Enekaen | Er hat es eingebrannt. (Signatur) |
| Est quaedam flere voluptas. | Es gibt eine Lust im Weinen. (Ovid) |
| Et lupus in fabula | »Und der Wolf in der Geschichte«, der Haken an der Sache |
| Et tu, mi fili | Auch du, mein Sohn |
| Et ture et fidibus iuvat | Freut euch mit Saitenspiel und duftendem Weihrauch (Horaz) |
| Ex avibus | (Zeichen) aus dem Vogelflug |
| Ex aequo et bono | nach Recht und Billigkeit |
| Ex caelo | (Zeichen) am Himmel |
| Ex nihilo nihil | Aus nichts wird nichts. |
| Ex ovo usque ad malum | von der Vor- bis zur Nachspeise, von A bis Z (wörtlich: vom Ei bis zum Apfel) |
| Ex professo | erklärtermaßen |
| Fama | Gerücht |
| Fasces | Rutenbündel der *lictores* (s. d) |
| Floralien | Fest der Flora (28. April – 3. Mai) |
| Fontinalien | Fest des Quellgottes am 13. Oktober |
| Forenses | öffentliche Redner, Anwälte |
| Fornacator | der Ofenheizer |
| Frontistes | Schatzmeister in frühchristlichen Gemeinden |
| Frumentarii | Spion, Spitzel |
| Fullones | Tuchwalker |
| Gustatio | Vorspeise |
| Hic et nunc | hier und jetzt |
| Homo homini lupus | Der Mensch ist dem Menschen ein Wolf. (Plautus) |
| Homo novus | Neubürger, Emporkömmling |
| Ima cavea | die unteren 4 Sitzreihen im Theater, Vorzugsplätze |
| Impluvium | Regenwasserbecken |
| Improbe amor, quid non mortalia pectora cogis? | Unersättliche Liebe, wozu treibst du die sterblichen Herzen nicht? (Vergil) |
| In senatu fuerunt | Im Senat waren anwesend |

| | |
|---|---|
| In statu nascendi | im Entstehen begriffen |
| Insula | Insel, auch: Mietshaus, Häuserblock |
| Ipso facto | durch die Tat selbst |
| Koprophagen | Kotfresser |
| Labrum | Becken, Wanne |
| Lacinia | Zipfel eines Kleidungsstückes |
| Laconicum | Schwitzstube, Sauna |
| Lictores, Liktoren | Bedienstete der höheren Magistrate, sie tragen die *Fasces* (s. d.) als Symbol ihrer exekutiven Befugnisse |
| Lupanar | Bordell |
| Macellum | Markthalle |
| Magister bibendi | Zeremonienmeister, Leiter des Gastmahls |
| Magistratus, Magistrat | Amt, Würde; auch: Beamter, Staatsdiener |
| Maior domus | Verwalter |
| Mancipium | Eigentum, auch: Sklave |
| Manus manum lavat. | Eine Hand wäscht die andere. |
| Mare inferum | das Tyrrhenische Meer (um Sizilien, Sardinien, Korsika) |
| Matrimonium iustum | gesetzmäßige Ehe |
| Membrana | zum Schreiben zugerichtete Tierhaut, Pergament |
| Membrum virile | männliches Glied |
| Mensae primae | Hauptgericht |
| Mensae secundae | Nachtisch |
| Mensis Augustus | Der Monat August |
| Mercatus | Miete, Standmiete |
| Modius | Scheffel |
| Mons testaceus | Scherbenberg, Schuttberg |
| More Graeco | nach griechischer Sitte |
| More maiorum | nach Sitte der Väter |
| Motu proprio | aus eigenem Antrieb |
| Mundus vult decipi. | Die Welt will betrogen werden. |
| Munera | hier: öffentliche Belustigung, Festspiel |
| Nil tam difficile est quin quaerendo investigari possiet. | Nichts ist so schwierig, daß es nicht durch Nachforschungen aufgeklärt werden könnte. (Terenz) |
| Non sum qualis eram. | Ich bin nicht, der ich war. (Horaz) |
| Nunc est bibendum, nunc pede libero pulsanda tellus. | Nun heißt es trinke, nun mit freiem Fuß die Erde stampfen. (Horaz) |
| Nuncupatio | Einsetzung als Erbe |
| Nunc vino pellite curas. | Nun vertreibt die Sorgen mit Wein! (Horaz) |
| Nuptiae | Hochzeitsfest |

| | |
|---|---|
| Oecus, Mz.: oeci | Zimmer des römischen Hauses |
| Omnes eodem cogimur | Alle werden wie an den gleichen Ort gezwungen. (Horaz) |
| Orcus | Schattenreich, Unterwelt, Totenwelt |
| Ordo vestimenti | Kleiderordnung |
| O tempora, o mores! | Welche Zeiten, welche Sitten! (Cicero) |
| Palladium | Das vom Himmel gefallene Bild der Pallas in Troja, das durch Äneas nach Rom kam und dort im Vestatempel verwahrt wurde. |
| Pallium | Überwurf, Mantel |
| Panem et circenses | Brot und Spiele |
| Panta rhei (gr.) | Alles fließt |
| Pater familias | Familienoberhaupt |
| Pater patriae | Der Vater des Vaterlandes |
| Patres conscripti | Anrede der römischen Senatoren |
| Pauper ubique iacet | Der Arme liegt überall am Boden. (Ovid) |
| Peplos | Kleid |
| Pereat! | Hau ab! Verschwinde! |
| Perfer, obdura! | Ertrag's und sei fest! (Catull) |
| Pinxit | Er/sie hat gemalt. (Bildsignatur) |
| Pontifex maximus | oberster Priester |
| Porticus | Säulenhalle, Galerie |
| Post scriptum | »Nachgeschriebenes«, Zusatz (im Brief) |
| Praefecti aerarii | Verwalter, Aufsichtsbeamte über das *aerarium publicum* (s. d.) |
| Praemissis praemittendis | unter Vorausschickung des Vorauszuschickenden |
| Probatio armorum | Präsentation der Waffen |
| Prodigia | Vorzeichen, wunderbare Erscheinungen |
| Pro tempore | für jetzt, vorläufig |
| Pulmentarium | Fleischspeise |
| Quästor | Finanzbeamter, Verwalter öffentlicher Gelder |
| Quid sit futurum cras fuge quaerere. | Was morgen sein wird, vermeide zu fragen. (Horaz) |
| Quod dei bene vertant! | Was die Götter zum Guten wenden mögen! |
| Rebus sic stantibus | unter diesen Umständen |
| Rostra | Rednertribüne auf dem Forum |
| Salve! | Sei gegrüßt! |
| Scutum | der Schild |
| Sectio caesarea | Kaiserschnitt |
| Sed varium et mutabile semper femina. | Ein immer wieder anderes und wechselhaftes Wesen ist die Frau. (Vergil) |

| | |
|---|---|
| Sella curulis | Amtssitz der höheren römischen Magistrate |
| Sepia | Tintenfisch |
| Senatus populusque Romanus | Senat und Volk von Rom |
| Sic | so |
| Sic erat in fatis. | So war es vorgezeichnet. |
| Silentium | Ruhe, Schweigen |
| Spectaculum, Mz.: spectacula | Schauspiel, Volksbelustigung |
| Stilus | Griffel, Schreibgerät |
| Strigilis | Schabeisen, Schaber |
| Subura | Vorstadt |
| Summa cavea | obere Sitzreihe im Theater |
| Tablinum | zentraler Raum des römischen Hauses, zum *Atrium* ausgerichtet |
| Tale quale | So, wie es ist. |
| Tertium non datur | Ein Drittes wird nicht gegeben. |
| Tessellae | Mosaiksteinchen |
| Testamentum per aes et libram | rechtsverbindliches Testament |
| Tribus, Mz.: tribus | Stamm, Bezirk |
| Triclinium | Speisezimmer mit Speisesofas |
| Triere | Dreiruderer |
| Tropaeum | Siegeszeichen, Siegesdenkmal |
| Toga praetexta | die von höheren Beamten, Priestern und freigeborenen Kindern unter siebzehn Jahren getragene Toga |
| Toga virilis | Die unverbrämte Toga des volljährigen Bürgers |
| Tonos | Spannung, Abstufung, Ton, Farbton |
| Urgentibus fatis | Nun, da das Schicksal droht . . . |
| Ut aliquid fiat! | damit irgend etwas geschieht! |
| Vale! | Lebe wohl! |
| Valete! | Lebt wohl! Auch: Seid stark! (Anfeuerungsruf) |
| Viridarium | Wintergarten, Park |
| Vir vere Romanus | römischer Bürger, Vollbürger |
| Vivant sequentes! | Es leben die Nachfolgenden! |

Die Horaz-Zitate sind dem Band *Horaz-Gedichte*, hg. von Georg Dorminger, München 1958, entnommen (Übersetzung von Georg Dorminger und August von Graevenitz).

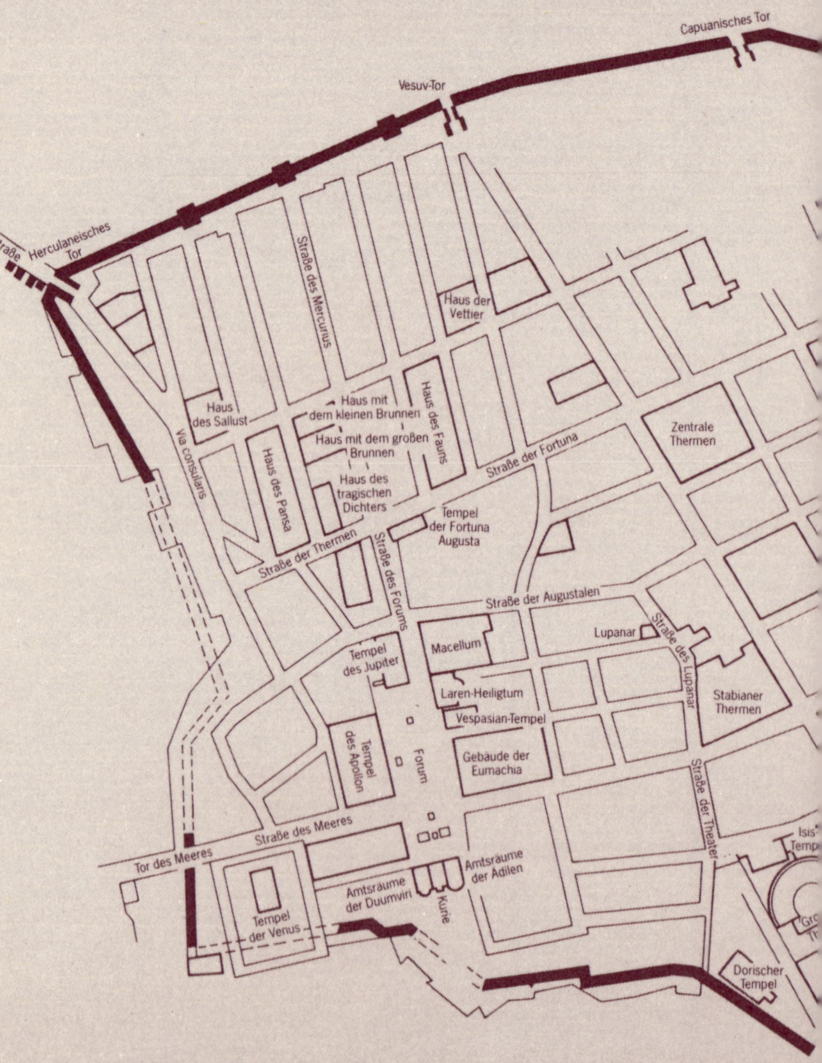
Capuanisches Tor
Vesuv-Tor
Gräberstraße
Herculaneisches Tor
Straße des Mercurius
Haus der Vettier
Haus des Sallust
Haus mit dem kleinen Brunnen
Haus mit dem großen Brunnen
Haus des Fauns
Haus des Pansa
Haus des tragischen Dichters
Via consularis
Straße der Fortuna
Zentrale Thermen
Tempel der Fortuna Augusta
Straße der Thermen
Straße des Forums
Straße der Augustalen
Lupanar
Straße des Lupanar
Macellum
Tempel des Jupiter
Laren-Heiligtum
Vespasian-Tempel
Stabianer Thermen
Tempel des Apollon
Forum
Gebäude der Eumachia
Straße der Theater
Straße des Meeres
Tor des Meeres
Amtsräume der Ädilen
Amtsräume der Duumviri
Kurie
Tempel der Venus
Dorischer Tempel

# POMPEJI